毕业了，嫁人吧！

瞬间倾城◎著

网络原名

【当loli遇见大叔】

中国画报出版社

图书在版编目(CIP)数据

毕业了,嫁人吧/瞬间倾城著.—北京:中国画报出版社,2009.8
ISBN 978-7-80220-555-0

Ⅰ.毕…　Ⅱ.瞬…　Ⅲ.长篇小说—中国—当代　Ⅳ.I247.5

中国版本图书馆 CIP 数据核字(2009)第 134171 号

上架建议:畅销书|青春言情

选题策划:博集天卷
策划编辑:一　草　李　鑫
装帧设计:熊　琼　利　锐

毕业了,嫁人吧

出 版 人:田　辉
作　　者:瞬间倾城
责任编辑:张光红
出版发行:中国画报出版社
(中国北京市海淀区车公庄西路 33 号,邮编:100048)
电　　话:88417359(总编室)、68469781(发行部)
印　　刷:三河市南阳印刷有限公司
监　　印:敖　晔
经　　销:新华书店
开　　本:880×1230　1/32
印　　张:10
版　　次:2009 年 9 月第 1 版第 1 次印刷
书　　号:ISBN 978-7-80220-555-0
定　　价:24.80 元

Contents·目录

娃娃篇

毕业了，嫁人吧

囡囡篇

毕业了，嫁人吧

楔　子

清晨，可怜的囡囡正困得前倒后仰地盘腿坐在床上，全身上下唯独脸不能动，因为正被人抓着努力涂成调色板。

“娃娃，你今天不是要面试吗？”双眼皮支着牙签的她无奈地问。

娃娃手拿眼线笔仍认真勾勒囡囡的眼皮，小嘴抿得紧紧的，看上去非常用力。

“娃娃，你还不去洗脸梳头会来不及的。”口齿不清的囡囡已经濒临崩溃。

囡囡因娃娃仍然面无表情几乎暴走，在她抓烂自己头发之前，娃娃才气定神闲地说：“我要先试妆才能决定画什么样的去面试。”

囡囡满脸黑线：“那为什么要画在我的脸上？”

娃娃拿出色彩地带涂在囡囡的眼睑上，一脸无辜地说：“因为，家里卫生间的镜子坏了。”

囡囡一时间无语凝望泪眼对，不过念在娃娃一年难得不白一次的情况下，大度地不和她一般见识，于是勉强把微笑再次展开，露出慈蔼的笑容：“乖，告诉我，镜子坏了为什么画在我的脸上。”

娃娃用看小白痴的眼神怜悯地看着囡囡：“咱俩是双胞胎啊，看你和看镜子不是一样的吗？囡囡你傻了？”

囡囡飙泪，这是什么他娘的鬼逻辑啊……

“囡囡，你说，我说自己刚刚大学毕业有人信吗？”娃娃一边拿着饭盒盖当镜子，一边诚恳地咨询意见。

“本来二十二岁就该是大学毕业，你自己不正常不要当别人也不正常。”囡囡无奈地擦了擦额头上的汗。

“可是我好怕他们不相信我。”娃娃可怜巴巴地又画了点眼影儿。

“那你为什么要把博士说成学士呢？”对于这个问题，囡囡一直不解。

“以你这种智商，说了也不懂，要知道，这世上学历太高也是一种莫名的悲哀。”娃娃做独孤求败状，面朝东方眼含热泪。

囡囡嘴角抽搐：“咳，那你毕业后为什么不去研究所工作？”

娃娃悲惨表情加剧：“研究所里除了我以外最小的男人都四十九岁了，像我这样一个花季少女插在一群谢顶的爷爷中间，那境地，多么让人悲恸……”

囡囡忍不住，咬牙切齿地说：“那你就在家待着好了，老爸老妈也不差你一口饭。”

娃娃异常认真地回答：“全球都经济危机了，你让我怎么好意思再光吃饭不干活？”

囡囡揉额头：“不如你接着读好了，我养你，反正我也要上班了。”

娃娃慈祥地抚摸囡囡短短的头发，用看小狗狗的和善眼神看着囡囡小朋友：“想我一个有为女青年怎么能让妹妹养呢？”

“杨娃娃，据说我已经养你两年了。”囡囡满头是汗，头顶乌鸦飞过。

“……是呀？所以我现在良心发现了啊，哦呵呵。”娃娃捂嘴干笑。

“那为什么要去华昊集团呢？”囡囡咬着后槽牙咯咯直响地问。

“因为，只有他们家招文员。”娃娃蹲在床上对手指，可怜兮兮地说。

“那为什么你一个研究核能的博士要去大公司当文员呢？”囡囡确定自己活不到五十岁一定就会被某人气出脑溢血翘辫子，虽然她没有辫子可翘，但不意味着这种假设不成立。

“试想一下，这个世界上还有什么工作是既能到月拿钱，准时下班，又不用和人交往，还能听到办公室男男女女八卦的呢？非文员莫属啊！”五讲四美表情的娃娃很爱国，握紧的小拳头就放在胸口表决心。

囡囡：“……”

“我是一个热爱八卦的大好青年，怎么能不去卧底挖掘潜在绯闻的集散地呢？”娃娃眼含热泪，声音颤抖，“更何况多少言情小说里的女主角都是在公司里才能遇见好心总裁的，并且努力成为他的情妇，最终达到夫唱妇随的呢！”

“所以，我会朝着目标努力进发的，你，就不要为我担心了。囡囡……”她好心安慰坐在床上垂头丧气的妹妹，狠狠拍了她的后背，差点害囡囡被口水呛死。

屁咧，我在替华昊全体上上下下包括那个倒霉催的白马董事长哀悼呢！囡囡默念。

“要知道，我们俩的差距还是很大的，毕竟像我这样能十四岁读大学的天才实在是凤毛麟角，千年难遇，所以，你也不要太自卑……”

淡定一早上的囡囡终于忍无可忍无须再忍地翻白背过气去。

餐厅的整理台上两个人正在缠绵而激烈地吻来吻去，娃娃从房间出来时扫过此情景连眼皮都没抬，对于老爸老妈二十几年如一日的不分场合不分地点的热吻她们姐俩已经很习以为常了。

其实老爸老妈才是言情小说里的真正男主女主，因为小说里的男主女主都有晒吻癖的。娃娃经过餐台用两根手指把夹鸡蛋的三明治掐起来塞嘴里，然后吮了吮手指嘟囔一声：“我去面试了，老爸老妈你们继续。”

杨逍从老婆柔美的唇上抬起头来，宠爱地看了大女儿一眼：“乖乖，记得要微笑哦。”

“唔，知道了。那个，老妈你太激动，裙子快掉了。”娃娃穿好鞋子，一本正经地提醒还在瞪大双眼迷蒙着的老娘，话说老娘真是四十几年坚持不懈地白，难怪老爹这么多年都不放心她出去上班。

“……”

“这孩子怎么这么没正经，也不知道究竟像谁了？”脸色绯红的莫愁赶紧摸摸自己的腰，发现裙子还在原地，这才懊恼地发现自己又被女儿骗了。

“还能像谁……”自然是她风流倜傥玉树临风的老爹我。杨逍对宝贝女儿的表现分外满意，后面的话还没说完只见莫愁咣当一下拍在桌子上，热情而激动地拉过老公的领子：“我说娃娃这孩子的个性怎么越来越眼熟，你说，她像不像我和你结婚前交往的那个白马王子？”

“……”

“你为什么又吻我？”莫愁皱眉，不理解杨逍突如其来的暴力源头，狠命捶他的肩膀。

废话，难道要我暴打你一顿吗？杨逍愤怒地想。

“爸妈，你们又在晨练啊？我上课去了。”囡囡从房间冲出来，短短的头发随着跑动一翘一翘的，高高个子套了一身白色的运动服，脚下穿的是杨逍前不久刚刚给她抢回来的限量版 NIKE 鞋。

“乖乖，记得不要打架哦。”杨逍再次百忙当中抽出时间空出嘴巴叮嘱小女儿。

囡囡点头，而后说:“老爸你下面反应太大了，我走了，你就不要顾忌了，该回房回房。”

“……”

“你说，这孩子怎么这么大咧咧的呢？”杨逍摇头叹气，问怀里红了双颊的妻子。

“你是不是想说她有点像我？”莫愁抬头，水盈盈的一双眼睛看过去。

“有点像当年被你气走的那个空姐……”杨逍若有所思地摸下巴上的胡须，“别说，越说越像，没准……”

莫愁忽而冷笑一下，膝盖向上抬了十公分，只听杨逍一声惨叫：“老婆，你好狠心，那里是我们家的粮仓重地阿！”

“就当免费结扎了。”莫愁豪情万丈地吼道!

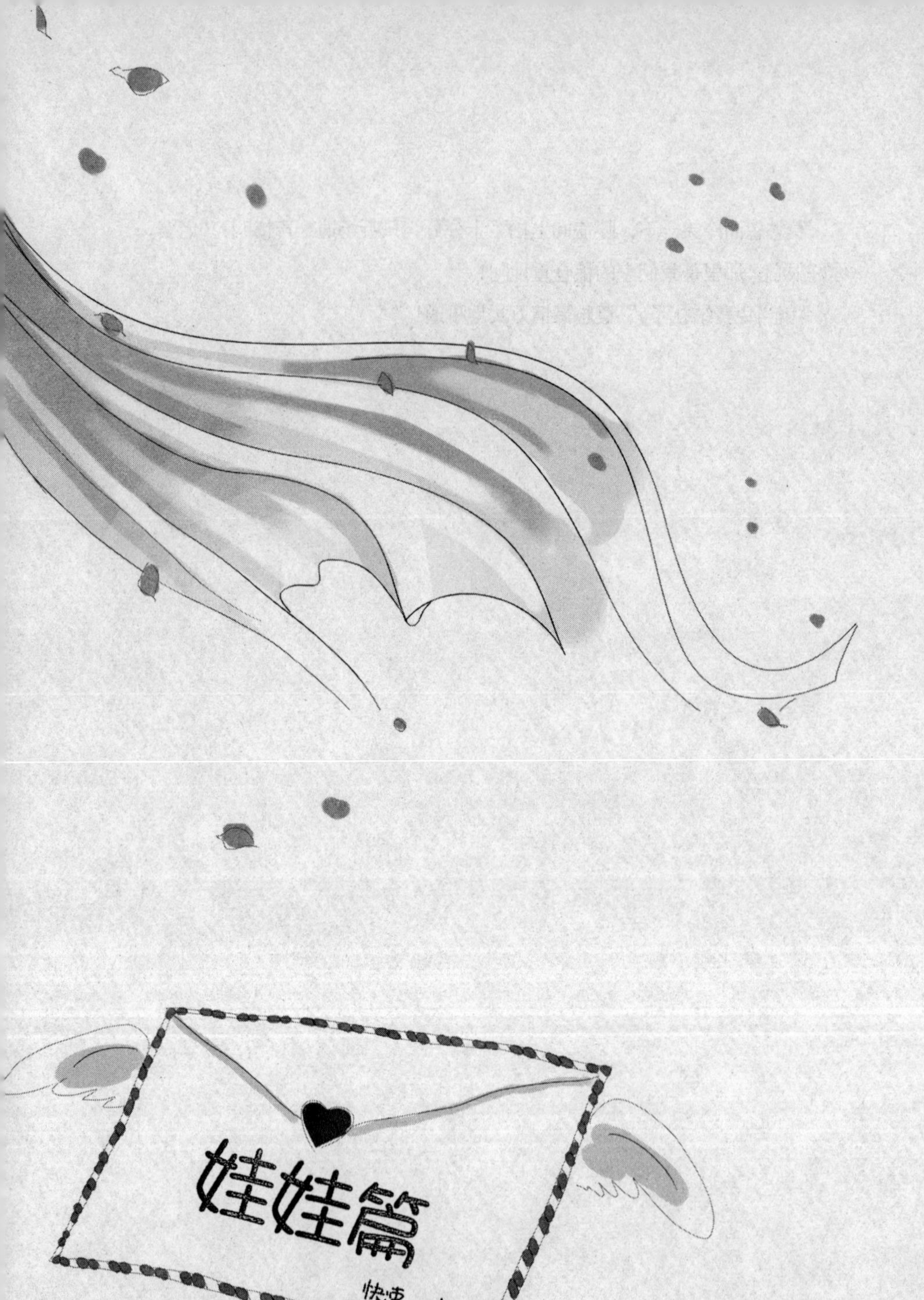
娃娃篇
快速·直达

【第一章】面 试

娃娃站在华昊大厦门口不到十秒钟就明白自己绝对错误地估计了当前金融危机造就的残酷就业形势，更错误地估计了眼下大学生的价码连秋后的大白菜都比不过的悲壮境况。

由于华昊集团员工的待遇向来名列业界前茅，过往惯于招聘硕士博士当管理实习生的他们这次招聘文员是该集团首次降低对员工的学历要求，也导致在各大高校招聘会上没有施展开拳脚的学子们打破脑袋也要来此一试身手的疯狂局面。

娃娃看看自己周围犹如北京电影学院每年招生的盛况，不由得暗自由衷地感叹，早知道就弄个原子弹模型抱来了，好歹也能证明她是才艺双绝的莘莘学子，不至于被淹没在茫茫求职人潮中。可话又说回来了，不过就是一个文员面试而已，那位四眼仁兄犯得着把吉他都扛来了吗？铮铮的声音在秋后的清晨显得分外凄凉，有点像赵本山老师最擅长的国宝乐器——三弦。

悲愤的娃娃不得不佩服现在 211 工程的大学果然是人才济济，刚看完那位把吉他弹成三弦的仁兄，一回头又是位拿着数页华盛顿《独立宣言》用美音大声朗诵的妹妹，虽说大学毕业四级是必须的，六级是应该的，八级是超常发挥的，但不用拿山姆大叔的命根子来应聘小小文员吧？这不是架着大炮轰蚊子吗？

眼看着大厦门口的应聘者越聚越多，华昊内部已经安排工作人员出来引导应聘者去人事部开始面试，只见呼啦啦一群人往上拥，面对过窄的玻璃大门颇有当年红军飞夺泸定桥的勇猛。侧身，收腹，昂首，扭腰，各路英豪纷纷施展当家绝技，转眼门外等候的应聘者就晃进去大半。

娃娃就是这一点小毛病，从小就和囡囡一样，体育是老大难问题。当年纠结跳远总蹦不过一米六的她不得不问老爸怎么才能不用考体育，高瞻远瞩的帅气老爸略略思考一下就坚定地回答，除非你一直跳级上学，肯定免试体育。

娃娃傻了吧唧地听了老爸的话，嗖嗖连跳了几级，可是当她抬头发现连大学都有体育课的时候才彻彻底底地绝望，开始本本分分地从硕士读到博士，再没起什么幺蛾子。

在大家都夸杨家女儿真聪明，能连续跳级的时候，谁能想象，这个博士居然是为了体育才被逼考出来的呢。

于是，在大家蜂拥而上的时候杨娃娃同学顺理成章地被推倒在地，趴在台阶上的她左躲右闪地向前匍匐了几下，怕被踩到的她最后等头顶的人群纷纷迈过去才勉强爬起来，等她好不容易把裙子和上衣整理好，抬头发现电梯门就要关上，赶紧火烧火燎地往前冲。

一并排两个电梯门几乎同时合拢，其中一个还差点夹到她的手，虽然不能为了面试牺牲自己的四肢，但是一想到如果面试不成就没办法靠近她梦寐以求的职位，她说时迟那时快地飞起一脚踹入其中一个电梯门，用脚尖一别，电梯门顺利打开，她点头哈腰地和里面的人打过招呼，赶紧胆战心惊地背过身去以免被里面的人迎面唾弃。

电梯门合拢，她心满意足地看了看电梯门旁边闪亮的红色按钮，哦，原来人事部在最顶层。

话说人如果聪明，连电梯都特别照顾。她觉得这边的电梯没那边的拥挤，似乎空荡荡的电梯里只有几个人，而这几个人，呃，都很喜欢安静……

Chapter 1 面试

“郎总……”陈秘书回头看了一眼自己身边的郎赫远，想请示对于这个突然闯进来的小女生应该怎么处置。

郎赫远冷冷地应了声，在后面无表情地目视前方。陈秘书见董事长没发话，自己也不方便做什么，只得双手垂在身体两侧，恭敬地站在郎赫远身后。

察觉电梯里有点安静过分了，娃娃有点紧张，于是她用嗓子眼哼歌给自己壮胆：“小呀嘛小二郎，背着书包上学堂，不怕太阳晒也不怕那风雨狂啊……”

扑哧，后面似乎有人在笑。

娃娃陡然停住哼哼，身子不自然地往门口挪了挪，咳嗽一下压低声音又唱：“让我们荡起双桨，小船儿推开波浪……”

呵呵。后面笑的人更多了。

娃娃觉得自己必须要唱一个拿手的才能证明自己的表演能力，最差也不能比那个弹三弦的“211”大学生差，于是她鼓起勇气，清清嗓子：“小小少年，很少烦恼，眼望四周阳光照……”

忽然身后有人冷冷地问了一句：“这是谁家孩子？”

声音像放进冰水里冻上十几个小时一样让人心头发颤。

娃娃回头，正对上郎赫远不见笑容的面孔，银灰色的西装衬着眉眼分明，很是冷峻夺目，其中蕴涵的低温仿佛能瞬间冻结人心，使得被目视者浑身上下隐隐发寒。

乖乖，真可怕。她很小声地辩解了一句：“我，是来面试的。”

她杨娃娃长得是小了点没错，但这位大叔也不能这么羞辱人啊，难道这年头貌美如花，青春四溢也是错吗？

“面试的？你面试什么职位？”郎赫远眼睛微眯，口气不善，“陈秘书，什么时候咱们华昊开始安排高中学生实习了？”

陈秘书对娃娃的回答也摸不着头脑，皱眉仔细想想：“郎总，没有安排高中生实习过，好像今天人事部是要面试行政部文员的。”

“我就是面试行政部文员的。”娃娃根据他们的对话很明显就能察觉眼前这人绝非等闲之辈，至少是中高层管理人员，甚至可能是直接管理人事部的高层。不想则已，一想到这儿，她的小心脏开始怦怦乱跳，不会倒霉到得罪他直接把她三振出局吧？果然，那位大叔开始不悦地皱眉，她在心底顿时哀号，千算万算也没想到今天被飞的理由这么无厘头，刚刚那一脚哪是临时抽射的世界波，简直就是踢开鬼门关的无影脚，她惨兮兮地想。

如果就因为电梯事件导致无法应聘文员的话，她只能认命去研究所了。

朗赫远发誓他第一次发现一个小女生居然敢与自己对视几秒钟还不转转眼珠的，他和她大眼瞪小眼地对望了三秒钟，还没等开口呵斥她，电梯门突然打开，门外站着规规矩矩的全特助正向里观望。

郎赫远立即撇开视线，直接对全特助沉声说：“这个是面试的，你送人事部去。”

娃娃眼看着门前那位很漂亮的姐姐面带微笑地向自己走来，而身后几个人已然越过自己头也不回地离去，她只能视死如归地再随人坐电梯下去。她老老实实地靠在电梯角落里小心翼翼地问：“敢问这位漂亮姐姐，刚刚那位帅帅的大叔是？”

全特助回头瞥了她一眼，娃娃以为自己的声音太弱她没听清，赶紧又重复了一遍问题，可全特助的表情依然不变，还在深情地凝望自己，看了能有三秒，突然笑出声来，而后什么都没说又用最缓慢的动作转过身去。

娃娃顿时愕然，而后才茅塞顿开，哦，敢情华昊集团这么大的企业慈善也做得不赖，聘用特殊人群的福利保障做得还是很完善的。

果然是为富有仁啊，娃娃点点头，并对自己敏锐的观察力暗自叫好……

娃娃在面试方面可谓捷径走尽，这可以向前追溯到其幼儿园入园考试。

那年，她和囡囡一起面试，当囡囡还在卖力地七扭八歪地完成老师规定的《采蘑菇的小姑娘》舞蹈动作时，娃娃已经颠颠地跑到几位年纪颇大的幼儿园主考老师面前，搂住一位坐在最中间的面相慈爱的奶奶大声叫了一声：“阿姨，你好漂亮，你比妈妈还年轻漂亮。”然后大大地亲了一口。

刹那间，除了还在继续卖力傻乎乎地转圈采蘑菇的囡囡，所有的人全部当场石化，那位奶奶更是眼含热泪，用力揉搓娃娃的后背连声赞叹：“这孩子实在太，太聪明了。”

于是杨娃娃同学顺利晋级，娃娃妈满脸无奈地带着刚采完蘑菇的囡囡也同时受惠。

话说，那年娃娃妈二十六岁，那位园长阿姨，呃……五十九岁。

另一次面试是小学升初中，由于跳级导致娃娃在一群应届毕业生里面看起来特别瘦小，老师在黑板上刷刷点点地出一道四元一次方程组做摸底考题，那天娃娃头很痛，想要提前回家睡觉，于是没等老师说要用什么样的方法来做题，就直接写好答案送上去再出门打车回家，以上动作一口气完成，回到家窝在被窝里舒舒服服地睡了一觉，而后就接到了录取电话，居然还是少年大学代培强化班的录取通知，究其原因是，娃娃用了线性代数齐次方程的通解来算题，并指出如果老师变动原题还可以用非齐次方程来解……

当囡囡满脸茫然地问娃娃究竟什么东西叫齐次的时候，娃娃语重心长地说：“那不是什么好东西，你还是不要知道了，就因为它，我连皮筋都不能跳了，多么悲惨……”

对了，还有一次。

那是娃娃为了老爸许诺的高额奖金在全国奥林匹克化学赛上拿了个什么倒霉的第一名，好死不死地就被少年大学看中，于是被迫和一群自诩少年天才的人同场面试，争取跨入少年大学的机会，面试的主考官是未来即将带他们完成从本科到博士的导师兼保姆——一个长相雷同龟仙人的老头，娃娃看见他满脑子想的都是龙珠和超级赛亚人，如何备答都忘到爪哇国去了。当轮到她上台时，那个龟仙人，不，那名导师捋了捋下颌上花白的胡子，慈祥地问：“这位同学，如果你是制造核武器的科学家，面临即将发生的世界核战争你将会怎么做？”

怎么做？这么没营养没建设的问题还能怎么做？！被问题雷到风中凌乱的娃娃只好转转眼睛，表面很淡定地回答：“可以实施赛亚人营救计划，先请赛亚人组织各国峰会，而后再将核武器进行良性废除，最后由各国培养新一代的赛亚人，并把每年的世界小姐选美改为每年的赛亚人比拼，获得超级赛亚人称号的国家可以轮值联合国，最终达到全球共同发展，共同进步的目的。”

随着主考席上端坐的龟仙人张开嘴的幅度开始逐渐增加，台下已经有人开始窃窃私语。娃娃明白龟仙人只是被雷劈后的正常反应，她估计自己现在的表情就像神棍一样，跟那个要在喜马拉雅山开隧道，在珠穆朗玛峰跑电梯的哥们儿一样令人震撼。

正当娃娃实在惭愧不该站在这里恶心老爷子的时候，老爷子突然满脸通红、神色激动，双手不住地颤抖、嘴不停地嚅动，娃娃大叫一声不好，该不是刚刚的回答太异想天开导致龟仙人脑血栓了吧，于是她做好准备，争取在龟仙人飞升之际瞬间移行幻影的时候，龟仙人突然用力拍了桌子大声感慨：“这计划太不靠谱、太不着四六、太无厘头了！可天知道，我们理科生是多么需要不靠谱，不着四六，无厘头的泛宇宙想象力啊！那位小姑娘，我，收定你了！！”

不是吧，这也行？

娃娃同学当场变成亿万年化石，眼含热泪，久久伫立。

所以这次面试娃娃也想来个出其不意突然制胜，至于具体实施方案还有待敲定，正打算进行更深一步的理论实践，却被电梯门打开时那人山人海的拥挤场面直接迎头打蒙，扭头求助全特助，她倒像是见惯了这样的场面，面无表情地走在前面开路，娃娃见状赶紧低头一路小跑跟上去，刚走到一半，全特助突然想到什么般停住脚步，回头问了一句：“你叫？”

“杨娃娃。”娃娃毕恭毕敬地答道。

“洋娃娃？那你八十岁的时候怎么办？”全特助神色古怪地看着她，娃娃囧了，只能呵呵干笑了两声，“那就当一个八十岁的洋娃娃。”

全特助也理所当然地囧在当场，不过训练有素的她迅速恢复状态，带着娃娃绕过众多应聘者，直接进入面试的会议室。

娃娃兴奋雀跃地随她进入，兴奋雀跃地看着五个面试官集体向她们行注目礼，然后再兴奋雀跃地听全特助严肃地说：“这是郎总交代过来面试的杨小姐。”

接下来的一切动作发生在电光火石之间。

会议室里面几位面试官起先是坐着的，听完这句话纷纷站起，身后的椅子更是接连跌倒，其中主面试官面带微笑地朝娃娃上下打量一下，满意地点头：“郎总果然是慧眼独具，这位杨小姐非常适合我们这个岗位，不仅反应机敏，还答对得体，是所有应聘者中的最佳人选，你们觉得呢？”

其余几人恨不能用这辈子最快的点头速度来表示自己正不甘人后地表达对郎总用人眼光的夸赞，于是娃娃满头黑线地成为了华昊第一个没说半个字就面试成功的，击败了拿着吉他弹三弦的，击败了拿着《独立宣言》练朗诵的，击败了所有腰好身手也好的应聘者们的传奇人物。

所有华昊的员工都因此风传娃娃是郎总的私生女，可望望天花板，掐指算算年纪似乎又不像，莫不是那个叫娃娃的LOLI是郎总父亲的私生女，郎总同父异母的亲妹妹？

要知道在复杂的豪门恩怨中这种是最常见的戏码，也是最有可能上演的戏码。至于，为什么安排她做文员？刚刚提出疑问的小职员立即被顶头上司用杂志卷拍了个满眼金星，废话！这就是郎总的聪明之处，对于这个同父异母的妹妹他也一定是恨得咬牙切齿，可碍于父亲的面子又必须安排她进入华昊，那还有什么比文员更没有威胁，更山高皇帝远的职务呢？这个杨小姐未来想要进入华昊高层议政的可能性将微乎其微，这就是传说中的远逐……

于是当杨娃娃周一去上班的时候，她的身份已经变成为一个可怜孤女，母亲含辛茹苦地养大她后将她交还给郎家，却被狠心善妒的郎总排挤，准备用最小最差的职位来折磨她，直到她坚持不住，悲惨地离开父亲的关爱。

于是杨娃娃开始发现，所有的女同事面对她时都是热泪盈眶，犹如看见希望小学的孩子般怜悯，所有的男同事则对她保持远距离观望，生怕和自己扯上关系影响仕途。

虽然这样有利于对自己博士学历的保密，但娃娃很快就悲伤地发现，那个她心仪很久的办公室八卦似乎也离她越来越远了……

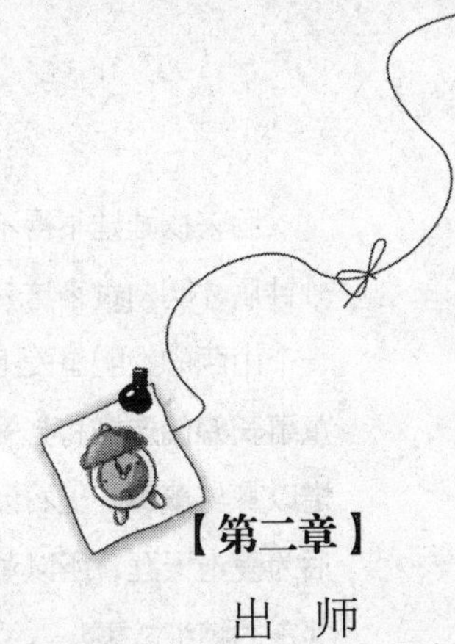

【第二章】出 师

娃娃深知，作为大公司里初出茅庐的小实习生一定要刻苦努力，不用上司把自己当成男人，把男人当成畜生，直接就要自觉地飞跃到畜生级别，这种升华虽然不是内在质变，但至少也要在面子上要做出心甘情愿的模样。

娃娃上午的工作是轰轰烈烈地做文件统计，这种看起来很容易的事情实际上非常烦琐，不过沉浸在噼里啪啦敲键盘声中的她还是在百忙当中抽出时间，支起耳朵听到了诸如以下的八卦绯闻：

“郎总最近的新欢是三栖明星洪馨。”

“羚羊集团的独生女为他痴狂，被拒绝后因爱成恨，最终踏入商界，誓与华昊斗争到底。”

“曾经调走的总办副主任居然是因为向他表白了心中压抑多年的熊熊爱意，被当场训斥，不得不引咎辞职。”

行政部小胡和小陆说这些的时候声音压得很低，对八卦异常渴求的娃娃听得很是吃力，所以她在一边做统计的时候还要一边琢磨那些问题：

为什么是山西明星？她记得那个波霸明星是香港的啊？

羚羊集团的独生女因爱生恨就一定要和董事长斗争到底吗？还是因为她已经出现返祖现象而不得不靠决斗来磨自己头顶的那对儿羊角？

最后一个更是匪夷所思，那个，那个离去的办公室主任明明是个男人啊！

后来杨娃娃不得不停下手中的工作到厕所去了一趟，在马桶上蹲了十五分钟后才明白过来这其中究竟隐藏着怎样的惊天地泣鬼神的爱情纠葛：原来一个山西的女明星爱上了董事长，董事长原来的女朋友只能愤然离去，岂料董事长偏偏选择和心爱的办公室主任双宿双栖，导致前任女友心有不甘，不惜以身与董事长玉石俱焚，深爱董事长的办公室男主任为了不牵连爱人，最后为爱走天涯，所以董事长至今仍然未婚独身。天，这么有爱，简直是人神共雷的缠绵故事！

深受感动的她终于放下心中的纠葛回到座位，屁股还没坐稳就听行政经理在隔断那头叫她，原本打算用卑躬屈膝的表情来符合自己眼下初到公司的应届毕业实习生的卑微身份，结果行政经理看上去比她还要惊恐，小心翼翼地说：“大家都在忙，可又有份东西要送总办……”

娃娃很想豪爽地拍拍经理的肩膀大笑数声说，此事舍我其谁啊，可一看到经理惊慌的小眼神儿还是临时改变了决定，不再吓她，把探出的鸡爪子讪讪地收回，笑呵呵地说：“经理，放心，我来，保证以最快的速度送到！”

经理对她的不辞辛劳很是欣慰，慈祥的目光中居然还含着突然如释重负的泪花，她的表现让娃娃突然意识到像华昊这样的大公司里有些人还是很善良的，对于支使一个美少女去送东西的事情还是深有愧疚的，所以感动的她不管经理后面要说的话，撒开丫子，虎虎生风地冲向电梯，直奔二十二楼去也……

而身后被她虎步飓风吹散的声音是：“因为文件送晚了，刚刚郎总很生气，可能后果很严重……”

娃娃的妈妈莫愁说过，出门在外做事一定要细心，尤其是在大事面前，必须要做到山崩地裂于面前不过是挥手弹弹指甲缝里的灰尘那般不动神色，凡事必须要提前整理好自己的妆容，不能蓬头垢面地出现在他人面前。此事大过天。

那个时候正是娃娃面对纠结的分子裂变万分痛苦的时候，所以思维旋转与正常人不同，况且小棉袄肯定是听妈妈话，立刻便用这些指导性的话语点燃了前进的火把，寻找到航行的方向。

于是核裂变的试验做多了，娃娃现在可以淡定地做到，无论做什么事之前都需要从容地整理整理自己头发，而且整理的时间，那是相当地长久。

初来乍到的她对传说中阴森恐怖的二十二层设施布局不太了解，卫生间的镜子自然也找不到，在金粉装潢的世界里正好有一束阳光透过窗户打在侧面的墙上，而那面宽而长的墙居然是面神奇的镜子，眼前奢华至极的装饰使得娃娃瞬间觉得终于找到过往那种光明的感觉，她凑过去精心地修饰了一下仪容，整理了一下衣服，随后逆光再露出甜美的笑容。

今天娃娃穿的是黑色的西装套裙，这是华昊的工装，过于老气横秋的颜色使得她不得不把裙子提过了腰来增加生气，而后又穿了两条彩色的袜套来配黑色高跟鞋。其实西装里面还有凯蒂猫的衬衫，只不过没有翻领的她只在耳边隐隐约约地露出半个猫头。

“还有什么不明白的？”郎赫远锐利的目光扫过所有低头不语的所谓华昊的高管们，咄咄逼人地问道。

销售总监林琅还想艰难地开口为自己部门申辩：“其实，郎总……”

“求情的话我不想听，我耐心有限。”他的双手十指交叉，显得异常地不耐烦，“金融危机对我们行业的影响力可能远远超过最初的预期，如果我记得不错的话，去年同时期你们还对我拍胸脯保证业绩不会下滑，可现在，我们下滑了百分之五十，却没有任何挽救危机的营销策略出台，就在昨天宇扬出了分析报告，业绩才下滑百分之二十一点七，这让我非常不满意。宇扬无论任何方面都比不过华昊，唯独胜在懂得减低损失，扩大内需。你们呢，做了什么？”

“我们……”生产部总经理局促地站起来，低头不语。

“没有我们，如果再这么下去，我们华昊两个字就是业界的笑柄！”郎赫远说到这里突然发现会议桌上原本垂头丧气的几个人突然被什么吸引了目光，纷纷越过他的身子看向身后，他顺着众人的视线也同样抬起头，迎着光线眯起眼睛，眉头骤然拧在一起。

一个穿着华昊工装，打扮稀奇古怪的女人正朝着他们的玻璃幕墙挤眉弄眼，最可恶的是，这家伙居然还当着那么多人的面开始提裙子。

他突然瞥开视线，压下满腔怒火，几步走出会议室大门，对着还在镜子面前练习微笑的娃娃森然冷笑：“你这种身材也准备跳脱衣舞吗？”

娃娃的左手还在裙腰上拎着，右胳膊下还夹着那个经理要送上来的文件袋，疑惑地看着眼前冲出来的大叔，紧接着这位大叔背后更是呼啦啦冲出来一干人等，各个穿戴都是华尔街精英模样，西装革履衣冠楚楚的，从他们异样的表情中看出歹意的娃娃不得不接连倒退两步，抱紧文件袋警惕地瞪回去。

不过，为首那位看上去非常有魄力的大叔还真帅，仿佛天生就有种王者桀骜的气势，娃娃仰头看着他拧在一起的眉头，有点，有点愣。

“你是哪个部门的？”他眯起眼睛来打量她，似乎在回忆在哪里见过。

“郎总，她应该是八层的。”有人记得这个看起来瘦瘦小小的女孩子，任何曾经路过八层行政部的人都不会忘记她笑起来脸颊上的两个小酒窝，还有两颗招人喜欢的小虎牙。

郎总？娃娃呆住，原来他就是那个身陷八卦绯闻旋涡里的男主角郎总？而传说中的郎总似乎正在亲自过问她的身份问题。

天哪！

还没等她吃惊完毕，郎赫远已经向她怀里的文件袋伸出手，不明就里的娃娃下意识地躲开，一张无辜的脸还处于呆滞状态。

不对，她是在思考，思考的状态！

该死，那么多心中疑惑不已的问题眼下全都嗖的一声不见了，是从山西女明星开始问，还是从男主任开始问，还是要跳跃插花着问？

怎么办，为什么脑袋里一点思路都没有？当事人就在眼前，八卦小天后杨娃娃同学你一定要争点气啊！

“把文件给我就行，你可以回去了。”郎赫远因她发呆的表情脸色变得很难看，十分冷淡地丢下一句，准备拿到文件迅速摆脱她回到会议室。

这位郎总生气时的表情非常严峻，一束光线通过他身后的窗户透过来，笼罩着那高挺的身子，阴影下深邃的眼睛凌厉吓人，嘴唇紧抿，薄削有形，他的所有影像直入娃娃心底，她只听见自己的心跳，一声比一声响，像被汽锤敲击的皮垫子……

娃娃：“……”

好不容易把郎赫远的话想了半天才明白，原来董事长大人正在管她要文件，满脸羞色的娃娃刚刚光顾着考虑先问哪个问题了，根本没想文件的事，直到看见郎赫远逐渐变冷的眼神才不得不鼓起勇气说出心底储藏很久的话：“郎总，你，你……”

郎赫远抬头看着她嗫嚅的粉红小嘴，喃喃的声音几乎听不清楚在说什么，他皱眉：“说什么？大声点儿！”

原谅她的不受控制吧，她彻底被人叔的美色诱惑了……

娃娃终于把目光从他的脸庞收回来，鼓起勇气坚定地赞叹道：“郎总，你，你怎么可以长得这么帅？！”

“什么？”郎赫远表情一沉，缓缓走向她，娃娃还没怎样，他身后听清娃娃告白的人已经纷纷倒吸几口冷气，娃娃除了被帅大叔的身影高压笼罩外，连呼吸都越来越急促，眩晕的感觉让她几乎耳鸣。

不要，不要靠这么近，大叔，我这人别的优点没有，就是对熟男免疫力差，不要再靠过来，否则我就要压上去了。娃娃在心底痛苦地挣扎。

“我，我说郎总你好帅。”娃娃咬牙，恭恭敬敬地把文件袋双手伸出奉上，见他不接，直接胡乱地把文件塞到郎赫远怀里，屁股后面升起一溜烟地从众人眼前迅速逃离。

反倒是莫名其妙的郎赫远，看看手中的文件袋，再看看杨娃娃消失的方向，随后所有人都听见某人因为跑得太快撞在电梯门上砰的一声，大力哎哟了一声，然后他才收回自己有点呆滞的视线，只见身边所有的下属全部保持伸长脖子掉了下巴探听内幕的模样，他睥睨着他们，冷冷地问："怎么？你们想好怎么应对金融危机了吗？"

"想好了……不……还没！"后知后觉的几个人发现郎总的眼神恢复了最初的冷意，赶紧纷纷开口表达自己真实的想法。

好险，幸好最近因为金融危机经费不足好久没出去大吃一顿了，不然被猪油蒙了脑子回答错了郎总的话，必定死翘翘。

唯独营销总监林琅没能及时收住嘴，说："这个小姑娘真，真有……"

"真有什么？"郎总听见林琅的话头，脸上立即变冷，几乎可以刮下三斤冰碴。

"真有创意！"林琅被郎总可怕的眼神震慑住，吞了吞口水才把"有趣"改成有"创意"，而后满脸谄媚地替郎赫远把会议室大门推开，毕恭毕敬地说句："郎总，请。"

郎赫远阴沉着脸回身，在进入会议室门口的瞬间看了电梯方向一眼，眼睛中闪过一丝忍不住的笑意，趁人没注意旋即又冷了脸。

确实有趣。不过不得不说，华昊这两年入职的员工素质越来越差，怎么这种还在怀春的小姑娘都能顺利入职进来？

看来改天得找人事部老徐到办公室来喝喝咖啡了……

娃娃不能干坏事，一旦干了坏事，即使不被人抓住现行也会从实招来，例如她气喘吁吁地跑回自己的工位时，第一件事就是给囡囡打电话。囡囡那边电话刚接通，她就狂呼哀号："完了，囡囡，我干了一件非常丢人的事。"

话筒那边传来吧唧嘴的声音，囡囡似乎正在吃零食，想她们体育组的日子真是逍遥啊逍遥，于是她嘴里含糊不清不以为然地嗤了一声："杨娃娃小朋友，你哪天没干非常丢人的事？"

"这次不一样，我今天脑子抽筋，跟大老板表白了。"娃娃激动的声音刹那间传遍了整个行政部。

"大老板？男人女人啊？"囡囡脑子还是没转过弯。

"当然是男人，女人我还表白个屁，难怪你十四岁还在上初中，我就不同了……"娃娃还要继续自己的长篇大论，囡囡赶紧截住："如果是男人，表白就表白了吧，如果是女人你去表白我才万分惊恐呢。"

"啊？！"

"也对哦。"

娃娃呆住，仔细想了一下，深感囡囡小朋友说得很对啊，只要对方不是女人怕什么？

顿时心情愉悦的她迅速对着话筒说了一句："好啦，我心情好了，没事了，另外给我留袋话梅，挂了。"

囡囡对她这种突然性骚扰已经习以为常了，嗯嗯两声又丢了一粒贡枣入口才挂断电话。

这边，娃娃微笑着把电话放下，已经淡定如常。倒是周围的同事缓缓转过头，一脸惊恐地问："娃娃，你是说，你向郎总表白了？"

杨娃娃还没有笨到把自己晋级为绯闻女主角的程度，她立即非常聪明地回答："不是他。"

急忙解释的结果是同事们继续保持春天般的关爱，继续树立秋天般的八卦心肠："那是……"

娃娃用脚指头想了半天才说："是林总。"刚刚那个是他吧，好像看见林总就站在帅大叔身边。她解释完毕，同事们当下恍然大悟，心里都在可怜她：这孩子哪都好，就是年纪太小，没见过什么世面，一个小小销售总监就被她当成顶头大老板，殊不知真正的大老板比这级别还要跳上几层呢！

娃娃见同事不再讲话，以为自己的借口完美无缺，毕竟谁也不可能去林总那儿求证她杨娃娃是不是真的告白了，她为自己的急智深感骄傲。

可骄傲一天半后，她才发现，急智另一个意思就是，急时弱智的意思。

【第三章】
林　总

华昊内部规定，员工和管理人员分两个餐厅吃午饭。

写字楼十四层内嵌的大餐厅负责全体员工中午饭，菜式为中餐，兼顾面食和小吃，十五层的西餐吧则是高层管理人员用餐的地方，提供各式西餐及各类世界美食。高层可以因西餐吃不饱到楼下中餐部吃饭，还美其名曰此乃体察民情，但员工不能因为异想天开地准备开洋荤而随意跑到上面去亲善领导。所谓的等级森严分明，由这里可见。

在同事们口中流传一万遍啊一万遍的法国特级大厨让娃娃每每想起都会口水不已，可真能不要 face 跑上去品尝新鲜美食那就是她被门夹了脑袋般的不符实际的幻想。

她一面对着自己面前的红烧牛肉努力地大嚼特嚼，一面哀叹资本主义残酷剥削人来发泄自己心中的怨气，眼见着勺子刮在盘子上发出嘎吱吱的声音，疼人得很，只能再次感叹资本主义惨无人道啊，连给员工准备的午餐都这么少，一转眼工夫盘子里的菜就不见了，真是过分。

她正准备再从展示台拿回一份木须肉填肚子时候，突然，原本喧闹的大厅瞬间安静下来。

娃娃低头端盘子往前走，被突然袭来的安静吓了一跳，茫然抬头向四周打量，似乎没发现什么异常现象，然后径直端着盘子直奔选菜区，拿着勺子叼在嘴里，严肃而认真地考虑着。

到底是木须肉呢，还是鱼香肉丝呢？要不，换个红烧肉？

娃娃觉得活在人世间最大的两抹色彩，一是绯闻八卦，一是美食诱惑。虽然娃娃对不能上楼去吃法国大餐耿耿于怀，但绝对不会因为这样的悲愤心思耽误了对眼前美食的摄取。

试问这世界上还有比吃饱肚子再躺在椅子上听绯闻更让人心满意足的事吗？

犹豫了半天，娃娃决定拿一份虾仁腰果，一份红烧肉，荤素搭配刚刚好，既健康又解馋，不错。

她端着两盘菜回来的时候身后冒出一个男人低沉的声音："你是杨娃娃？"

娃娃必须庆幸老妈对她的培养，对于陌生男子的叫声一律不予回应是娃娃五岁时候被老妈强制上的第一节安全教育课。

起因是囡囡小朋友因为别人给了一袋傻子瓜子就把自己和娃娃的名字、老爸老妈的名字，甚至连她在家里什么时候吃饭，什么时候大便都说了，此事传在莫愁耳朵里产生了媲美原子弹爆炸的惊吓效果，于是深知亡羊补牢为时不晚的娃娃妈赶紧抓过娃娃面授机宜，娃娃当时的非常不屑地撇嘴回答："别说别人了，连老爸叫我我都不答应呢，你放心吧！"

被娃娃这么一说，娃娃妈当时还真没找到什么话来对此表达自己的鲜明立场，只好悲愤地教导囡囡去了。

于是杨娃娃目不斜视，端着盘子的走路姿势越发地端庄，一副可远观不容亵玩的模样，踏着高跟鞋往前走，以为就此可以甩掉身后搭讪的不良男人，不想那男人不死心，又叫了她一声："请问你是叫杨娃娃吧？"

至此，杨娃娃才不得不勉强回头，满心不悦地审视对方。唉？这男人很面熟的，啊，原来是林总，那个当销售总监的。

娃娃非常礼貌地跟他打了招呼："您好，林总。"

林琅一向不在员工餐厅吃饭，也不喜欢亲民。只是最近发现属下看自己的眼神有点鬼鬼祟祟的，又听见点儿不知从哪传来的风言风语，这些绯闻说大不大，说小不小，影响也属中量级，可越听越不对劲，据说是那天在二十二层的小姑娘主动向别人坦白对他有意思，并且加以深情表白了。

林琅仔细而认真地回忆了一下，当时的情景似乎不是大家说的那么回事啊？是不是小姑娘被别人恶意中伤都不知道？说起来那孩子年纪还小，在这种是非多的地方不懂得保护自己也是正常的，如果要是因为这样就无缘无故地被扣了什么不好听的帽子，也怪可怜，让人有些于心不忍。

所以他好心，在中午饭的时候特地走下来到员工餐厅准备找杨娃娃聊聊，结果这孩子反应明显不对劲。

“那个，你有空吗？有空的话我们去水池那边吃？”林琅对孩子一贯保持善意的微笑，这个小娃娃乖巧可爱的样子总让人忍不住想保护她。

娃娃对林琅的要求莫名非常：“林总，您有事就在这里说吧，没什么大不了的。”

“那个……”林琅对她的不以为然很是头痛，被逼无奈不得不说，“其实我来找你，是因为公司最近流传的绯闻，有些东西我觉得还是找个安静的地方说比较好。”

娃娃眨了眨眼睛，脑子以每小时三千五百转的高速往前滚了滚，终于断章取义地弄明白林琅的意思，原来这事和绯闻有关，而这个绯闻大到林总必须找一个安静的地方才能不引起爆炸。

心领神会的娃娃连忙将手指放在嘴唇上对林琅做嘘声的动作，而后小心翼翼地左右打量了一下，似乎人潮鼎沸下没人注意他们这里的情况，“林总，您放心，我明白的，这事天知、地知、你知、我知，绝对不会再有第二个人知道，我保证！”说完还把瘦得跟芦柴棒似的胳膊搭在林琅的肩膀上，做出哥俩好的模样。

林琅看着自己肩膀上搭着的异物，再看看杨娃娃脸上浮现的三八兮兮的表情，顺便还看了看所有貌似熙熙攘攘的员工其实上都在竖起耳朵准备探听八卦内幕的情况，突然深深感觉，其实，这次下楼用餐是个错误，来找这个杨娃娃更是错误中的错误，为了这样一个莫名其妙的小女生自己变成华昊上下的焦点，简直是媲美“9·11”事件的大错误。

于是在几百号人窃窃私语和异样的表情下，林琅不得不硬着头皮和满面诡异笑容的杨娃娃走到水池那里的方桌边各自就坐，娃娃抱着盘子很体贴地问：“林总，要不我给你选点菜？你喜欢吃什么？”

林琅僵硬地摇摇头：“我说两句就走，你不用忙了。”

娃娃听话地放下手中的东西，乖乖微笑坐好，准备一心一意听八卦，林琅被她无辜的眼神害得只能用咳嗽来为自己接下来的话加油助威：“那个，杨小姐最近可能没有听见办公室流传的绯闻。”

娃娃一听他这么说，赶紧微笑道：“我听过了。”

“呃？你听过了？你不介意吗？”林琅如果不是为了在员工面前保持一贯的温文尔雅，下巴早就掉到桌面上了。

娃娃带着若有所思的神情考虑了一下：“林总觉得我有介意的必要吗？”

当她是傻的吗？大老板的绯闻？跟她有一毛钱关系吗？轮得到她介意吗？虽然她对那个惊天地泣鬼神的雷人的爱情故事万分地感兴趣，但不意味着她就一定要插手进去，这点八卦职业道德她还是有的。

“这个，毕竟你是个刚进公司的小女生，被传这些绯闻总归不太好听，如果你要是觉得不方便，我可以帮你澄清一下，不过我觉得如果澄清了势必要说到那天发生的事实真相，仔细想想也不是最佳的方案。”林琅沉吟片刻，接着说，“或者是你如果有要好的男朋友，可以直接说出来，时间长了大家就会把绯闻淡忘掉，我觉得这样会比直接澄清要好一点。”

林琅外形很阳光。虽然年纪也属于大叔级别，但笑起来和娃娃一样脸颊上有酒窝，白色衬衫的袖扣和雪白的牙齿一样熠熠闪光，如果娃娃不是坚定的面瘫大叔拥护者，相信此刻早已口水泛滥如滔滔长江了。

当然，如果能林总和郎总两位美人随她左拥右抱……不过这些东西只能在心里幻想，给娃娃心脏加上十万伏强压她也不敢真那么做。

“谢谢林总，目前我还没感觉到这些事情对我的困扰，如果我坚持不下去会和林总汇报的。”娃娃必须力证自己确实很爱八卦，即使被八卦缠身缠到窒息也心甘情愿、甘之如饴。

既然她这么宽宏大度不计较，林琅也不好再说什么，突然发现她盘子里的菜绿意盈盈的，看上去很有食欲，问了一句：“你盘子里是什么菜？”

“虾仁腰果炒西芹，林总，你喜欢吃？”娃娃把盘子送到林琅面前给他看，林总看起来很饿的样子，所以她立即提议，“林总，不如我帮您盛一份。”

“好，麻烦你了，其实楼上的东西看着漂亮，但没食欲，还是中式菜比较好。”林琅淡淡微笑，示意娃娃赶紧去。

娃娃暗暗咬碎银牙，心中飙泪。这就是传说中红果果的炫耀吗？明明就是欺负她吃不到，还居然说得那么可怜。最可恨的是，她只是客套一下而已，他居然……居然当真了。文员饭卡每个月固定三百块，VP 一千二百块，中间差距这么大，居然还欺负她掏自己腰包买饭，这样无耻的行为让她心疼肉也疼。

她故意磨蹭了一下，见林琅也不主动掏饭卡，不住腹诽的她不得不结束磨蹭站起来准备去拿菜，然后报复性地，非常坏心地给他点了一份蒸白肉。

嘴里还嘀咕：“让你不给钱，让你不给钱……”

嘿嘿，虽然这菜是贵了点，但一想到能看见林琅神色大变也算值回票价了。

回到座位上她笑眯眯地把盘子放在林琅面前，正准备欲语还羞地偷瞄林琅对蒸白肉的反应，结果还未偷瞄成功，就听见身边响起低沉的声音：“这里还有多余的位置吗？”

娃娃回头，被冷冷的郎总经理吓得浑身一抖。

就像背夫偷情的女人一样，理所当然地出现心虚的表情，她不得不立即解释道："那个，林总，是……"

"你去帮我盛一份饭菜。"郎赫远的眼神扫都没扫她一下，着实损伤了美少女的自尊心。

"刚刚去办公室找你，秘书说你下来亲民了，所以我过来问问，最近的销售企划做得怎么样？"郎赫远毫不介意自己站着，双手俯撑在桌子上，用最快的速度进入到公事状态中，严谨肃意，眉尾微挑。

"其实我觉得，不光要从生产方面下手，最重要的还是要扩大消费人群，尤其是新产品的定价问题。"林琅此时也整理好态度，认真地回答。

唯独娃娃站在旁边进退两难，犹豫了半天才鼓起勇气，小声说："郎，郎总。"

拜托，给林琅刷饭卡买菜已经让人很愤怒了，他一个堂堂总经理怎么连这点自觉性都没有？最可恨的是，帅大叔你根本就没说你要吃什么，我怎么知道你的口味，你的诉求啊！要知道溜须拍马这么高难度、高技巧、高强度的工作是很容易有偏差的，伴君如伴虎，万一不小心拍到马腿上，岂不是好心被雷劈吗？

"什么？"郎赫远抬头，口气懒洋洋的，虽然办公室恋情他不反对，但林琅这次真的让人大跌眼镜。这孩子，满二十了吗，他怎么忍心下得去手？

"那个……郎总，请问……您喜欢吃什么？"娃娃小心翼翼地开口，很没骨气地把要饭卡的事咽了回去。

郎赫远轻轻一瞥："随意。"

"那个，我……呃，其实觉得您还是自己来挑选比较好，嘿嘿。"娃娃对自己的卑躬屈膝、趋炎附势极度鄙视，绕了二里半的圈子还是不敢说饭卡。

"不用了，相信我们华昊员工的才智都很高，盛菜这么简单的事不会弄不好。"郎赫远慢条斯理地说，"当然，如果你连菜都盛不好，本职工作我也会同样怀疑你的胜任度。"

"……"！?#￥%……娃娃在心底骂了郎赫远一万遍，然后一脸郁抑地走到选菜区。

利落地挑了三道菜，一道粉蒸肉，一道红烧肉，一道糖酥肉，边用力夹菜边在心底咒骂："让你欺压员工，资本家，希望胆固醇高死你！"

然后又打半斤米饭，堆在盘子里，叠叠层层晃晃悠悠地端到餐桌旁边，朝蹙着眉头思考的郎赫远轻柔媚笑："郎总，您的菜。"

郎赫远视线抬起，就看见她端着的盘盘碗碗，摇摇欲坠的饭外加罗列的菜肴，以及林琅抑制不住必须用手遮掩才能憋住的笑。

"郎总，我不知道您喜欢吃什么，这些都是咱们餐厅最贵的菜，希望您喜欢。"原本娃娃还想负气地瞪瞪大叔，让他有些愧疚感。结果刚对上帅大叔冷酷的目光，小心脏又开始没骨气地怦怦乱跳了。

"不错。"疑似面瘫的郎赫远点点头示意她坐下，因为她出去时郎赫远坐在她的位置上，看着自己还没吃完的东西，她只能认命地靠着大叔坐下来，无比接近的距离导致男性气息紊乱她的大脑，她把手中的盘子推到他的面前，然后开始武力镇压自己乱扑腾的小心脏，拽过已经冷掉的虾仁腰果，郁闷地慢慢挖起吃。

"菜太多了。"她旁边有人说。

"我故意的。"娃娃想也不想地回答，突然反应过来是谁在和她说话后，才不得不僵硬地扭头对郎赫远报以微笑，"郎总，您日理万机太辛苦了，您是我们华昊的指路明灯，多吃点是必须的。"

娃娃觉得自己好想一头撞死在盘子里，宽面条泪，怎么自己这张破嘴就管不住呢?

郎赫远扬眉，睨了她因为羞愤憋红的脸颊，顿了一下，而后把糖酥肉和粉蒸肉放到她的面前："指路明灯不喜欢华昊员工浪费。"

"呃……"娃娃呆在肉山前，嘴巴张得很大。

记得小时候，某老师的语文课她睡着了，那节课的内容她一直没有回忆起来，此情此景，她终于顺利记起，消失在茫茫课业里的语文课内容，依稀间似乎讲了一个“搬起石头砸自己脚”的俗语。

【第四章】
荣　升

娃娃酷爱吃肉，爱吃各种各样的肉，曾在幼儿园时期为了盘底剩下的两块肉和囡囡发展到用削铅笔小刀互砍的地步。粗线条的莫愁妈妈不仅没有像其他妈妈那样对孩子们人身安全感到万分担忧，反而是对着刀光剑影中的姐妹俩抬起眼皮豪情万丈地大吼一声：“别闹了，否则明天都不给肉吃！”

娃娃侠女和囡囡侠客两个人顿时互相对视一秒，立即冲回去扑在莫愁妈妈脚下，用最谄媚的笑容证明自己明天绝对有资格吃肉。

娃娃最爱唱的那首歌是这样的：“肉是电，肉是光，肉是唯一的神话，我只爱肉，you are my super star，肉主宰，肉崇拜，没有更好的办法，我只能爱肉，you are my super star!”

可面对自己面前的肉山，她第一次觉得肉是砒霜，肉是鼠强灵，肉是敌杀死。不吃？拜托，买肉刷的可是她的饭卡，浪费绝对有罪！吃？前面二两米饭三盘菜下去，肚子基本上处于饱和状态，如果不想成为医务室明日笑柄之星就必须拒绝眼前在社会主义国家里妄图用肉撑死人的酷刑。

她低头想了想，勉强收罗了腹内所有恳切言辞，并把双眼努力做出星星眼状“呃”了一声，身边两个为公事谈得热火朝天的帅大叔闻声顿时停住交谈，目光齐刷刷地扫过来，等待她接下来的发言。

娃娃警告自己，这种时候说话一定要简约有力，就像论文答辩一样出其不意攻其不备，想当年她甩了一句："都在论文里呢，请老师自己看。"多么铿锵有力，多么大气磅礴，除了龟仙人，所有老师的眼镜就因这么一句话毁于一旦。

所以必须要让郎总在几个词之内就明白，她即使不吃这些肉也会为公司赴汤蹈火贡献自己最后一点血、一点精，不对，是最后一点精力，誓将与华昊以及华昊的绯闻八卦共存亡的勇气。

林琅看她脸憋得红彤彤的，好心问道："你怎么了？"

不说是不行了，箭已在弦不能不发，于是她厚着脸皮，很慷慨激昂地说："那，那我就真吃了啊？"

两位帅大叔同时愣了一下，而后林琅扑哧一声乐个前仰后合，在接触到郎赫远冰冷的警告目光后才正襟危坐地朝娃娃慈蔼地笑道："吃吧。"

娃娃悲愤地看看郎赫远，希望他能明白，其实自己原来想说的不是这个意思，不过惨兮兮的求救信号和帅大叔大脑显然不是一个赫兹频率的，郎赫远回头瞥了她皱在一起粉嫩的小脸，停了几秒钟，也说："吃吧。"

这一声就是宣布她死刑的判决，苦命的娃娃只好认命地把糖酥肉拽到自己面前，鼻涕一把眼泪一把地夹一筷子肉塞嘴里，喝一口水，而后对郎大老板微微一笑。

显然这种企图唤醒资本家对童工的怜悯举动是无效的，郎赫远始终和林琅在研究发展大计，连一厘目光都没分给她。好不容易糖酥肉吃完了，没等抬头喘口气，另一盘粉蒸肉分秒不差地送到她面前。

她发誓，这个资本家吸血鬼一定在偷看她很久了！

郎赫远无视她义愤填膺的表情，淡淡问："怎么？"

娃娃咬牙强忍打嗝的欲望努力摇摇头，郎赫远若有所思地点点头："你不想吃了？"

娃娃顿时热泪盈眶。虽然资本家是吸血鬼，但如果这盘菜可以不用吃，她一定会在家供个长生牌位给郎大叔，并坚持早晚三炷香，初一、十五上供果。

刚想大呼郎总英明，就听见郎赫远懒洋洋地说："可是我看不得浪费，你还是勉为其难地吃了吧。"

刚刚差点飙出的眼泪顿时收回去，压抑许久的嗝声终于迸发出来，只见娃娃一边打嗝，一边用眼神控诉资本家对童工的虐待，力道之强，声音之大，让屏风外吃饭的员工纷纷将目光迅速窥探过来。

郎赫远见她这么辛苦，把水杯递上去，娃娃很有骨气地抑扬顿挫打着嗝把头别开，他缓缓站起，走到另一边，把水杯抵在她的唇边："喝水压下去，就不打了。"

大家尽可想象此刻娃娃眼中是怎样的景象：背对阳光的优雅帅大叔，躬身端着一杯水，修长的手指握在透明玻璃杯上显得异常有力，分外养眼，再加上嘴唇感觉那一丝冰冷凉意贴过来……

如果此刻心跳还能保持每分钟一百二十次，那一定是心脏瘫痪！

为了心脏不超速行驶，娃娃不得不避开朗赫远强大的气场，忙不迭地接过水杯咕咚咕咚咽下去。

郎赫远收回手，回到自己座位，示意对面呆若木鸡的林琅继续。

水咽下去，嗝打得更厉害了，娃娃只好掐着自己的脖子吃粉蒸肉。

吃一片，嗝一下，吃两片，嗝一双，眼看祖国花骨朵般的杨娃娃马上变成可怜巴巴的苦菜花，身边突然有声音状似不经意地说："今天粉蒸肉看起来很好吃的样子。"

"屁。"娃娃虽然嗝了一下，但还是努力把这个字发得很标准。

"哦？"郎赫远瞥她，等待她接下来为这个屁字的蹩脚解释。他似乎已经摸出这个小女生的说话规律了，凡是一句由心而发说出的话，肯定会跟上一堆不着四六的注释。

娃娃一惊，迅速回想自己曾经说过的话，脑子山路十八弯后才勉强颠簸（你问为什么颠簸，废话，都嗝成那样了，能不颠簸吗）的解释："那个，嗝，我说的是，嗝，屁，嗝，不是很好吃，嗝，的样子，嗝，而是非常，嗝，好吃，嗝，完毕！”

对面林琅的筷子都摔在地上，笑得几尽自绝。

郎赫远大叔倒是分外耐心，等她连同嗝和话一起结束后，把那盘粉蒸肉拿到自己面前，开始吃。

娃娃睁大双眼。虽然这样就可以不用虐待自己可怜的胃，但郎总吃她吃剩下的……上面也许还有她的口水……

于是娃娃大义凛然地吼了一声：“郎总，嗝！”

“嗯？”眼看他那筷粉蒸肉马上就进嘴了，娃娃不得不加大声音增强威力：“嗝，您这是变相和我接吻！！！嗝，嗝！”

郎赫远和林琅几乎同一时间回头，视线更是齐刷刷地砸在娃娃身上，同样的话听在他们两人的耳朵里尚且风格迥异，更何况这话是听在数百员工耳朵里呢？

只见整个餐厅从人声鼎沸到鸦雀无声也不过就用了三十秒而已。

几百双视线同时向水池方向前进，如有因为坐在墙角旮旯视线不能顺利到达者，都纷纷站起破除重重阻碍坚持向那里投去探究的目光。

娃娃圆溜溜的大眼睛从左转到右，从右转到左，突然被人关注的感觉，说实话，并不好，所以她用力吞咽了一下口水：“其实……嗝。”

郎赫远把肉放入嘴中，而后才漫不经心地说：“林琅，你接着说。”

那位姓林的总监明显已经被郎赫远居然在听清楚娃娃说什么的情况下还把肉给吃了的诡异举动吓坏了，闻言忍不住被自己口水呛了一下：“郎总，我，说到哪里了？”

郎赫远抬头：“我也不知道。”

“呃，那郎总的意思？”林琅确实不太清楚郎赫远的目的，到底要他说什么。

郎赫远十分之面无表情，压低声音说：“难道你希望所有的员工都支棱着耳朵听间接接吻的事？”

“那个郎总，嗝，其实我想说的不是，嗝，而是……”娃娃为自己无意中惹下的祸羞愧不已，她偷偷拽了拽郎赫远的袖口，“郎总，嗝，你要相信我。”

她的小动作使得郎赫远以一种奇怪的目光看了她几秒钟，然后慢慢开口：“我相信你。”

娃娃想了半天才说：“那，你别吃，嗝，那个肉了吧？那上面有我口，嗝，水！”

郎赫远嘴角抽搐了一下，又夹起一块粉蒸肉在众目睽睽之下放入嘴中，看傻眼了娃娃小朋友，只见他慢慢品味，而后轻轻咽下，随着郎赫远消化系统循环中每个动作分解，娃娃都会把自己幻想成那片可怜而又无辜的粉蒸肉肉，被他撕咬，咀嚼。

咕噜，咕噜，她连续吞了好几口口水。

郎赫远侧头，咬牙低声说道：“没关系，我不介意和你间接接吻。”

咕噜，咕噜，她又连续吞了好几口口水。

然后，那个刚刚吃了带着娃娃口水粉蒸肉的郎总，突然冷冷地问：“你不打嗝了？”

呃?

好像是哦。

娃娃发现自己不打嗝了异常兴奋，她胡乱挥舞着手臂雀跃欢呼：“郎总，你太奥特曼了，以前都是我妈用不给我吃饭来吓唬我，你居然用接吻，而且还成功了！”

由于没有打嗝声的掺杂，这次的声音悠远而清晰。

郎赫远爽利的眉毛彻底打了个死结，至此，他彻底明白了一件事，这孩子不光年纪小，连脑子都不好使，说别的都白扯。

终于，随着餐厅里再度寂静如夜，黑脸的郎总看了一眼身边的杨娃娃，握起拳，努力克制自己想把她从玻璃窗扔出去的冲动，然后从座位站起，头也不回地悲愤离去。

当然，这个悲愤的形容词，是对面林琅总结后给后加的。

娃娃真的很想投水身亡，身边的喷水池就是一个很好很强大的选择。她对天发誓自己绝绝对对不是小白，可每次见到帅大叔都会不由自主地发生一些令人囧到五体投地的混乱事来，她哀怨地望向林琅，妄图用眼神向他证明，刚刚那话其实只是自己一时脱线，希望他能理解，并代为向帅大叔解释。

显然普通的凡夫俗子是不能理解的，林琅摇摇头："娃娃，你……"

娃娃闭上嘴巴，含恨望向外面依然因为郎赫远愤然离开不住揣测的同事们，完了，这日子没法过了，一想到自己马上就会成为那个传说中的山西女明星，那个离去的办公室主任，那个羚羊女，不由得悲从心来，当然，她最终能成为绯闻女主角的前提是，大老板能忍住不炒她鱿鱼的话。

要不，还是给吉吉打个电话吧，问问最近导师有没有深切地想念自己，实在不行，回去再进入博士后科研流动站从事科学研究工作混个博士后当当也是可以考虑的，实在不行，就让她杨娃娃老死在实验室吧！

娃娃的亲情电话还没打，八卦绯闻还没燃烧到娃娃身边，总办的全特助就再次出现在行政部门口，微笑着问："请问，杨娃娃在吗？"

杨娃娃知道，自己这辈子唯一的职业生涯将就此结束，心里不由得哀号，人都说擒贼先擒王果然不错，宁可得罪下面的员工一万，不能得罪上面的老总一个，像她这样得罪公司大老板郎总的还不被开走，试问华昊何以正法规，明纪律？杀一儆百是必须的，就让她来当以后员工培训时案例点评时的反面典型吧。

娃娃僵硬地站起来，默默地收拾工位上属于自己的东西，小瓷娃娃，笑脸仙人掌，她和囡囡的合影相框，护手霜，保湿喷雾，以及新买的《壹周刊》……

全特助微笑着说："杨小姐，郎总让你收拾好东西搬到二十二层去。"

"呃，二十二层？"娃娃嘴巴不由自主地张大了。什么意思？难道郎总觉得这么放过她太不解恨，准备抓到自己眼皮子底下用老虎凳、辣椒水慢慢折磨吗？

显然，行政经理比她还惊讶，声音都控制不住地颤抖："全特助，你的意思是，娃娃要调到总办了？"

熟知华昊内部人事斗争内情的员工都知道，行政经理渴望总办生活已经很久了，哪怕调过去只是做个总助也心甘情愿，可金窝里飞出傻麻雀，偏偏不是她，不得不让她赤裸裸地嫉妒。

"不是总办，是隶属郎总的特别行政助理。"全特助对行政经理的失态依然保持得体的笑容。

"隶属于郎总？特别行政助理？"这次发出颤抖声音的是娃娃小朋友，她再次确定了自己的想法。郎总果然是个恩怨分明的人，有仇必报是他鲜明个性之一，如果此行前去，恐怕凶多吉少。她惨兮兮地拽了拽全特助的衣襟："漂亮姐姐，请问，郎总有没有特别交代过，让我在去受刑之前给家人留句遗言？"

【第五章】

交 锋

娃娃坐在宽大的……接见室里，正埋头苦……敲：

最近被人缠：乃的意思是，乃上吊了？!

超级美少女：（满头黑线）姐姐，求乃了，用五笔打字好不好，是上调不是上吊。

最近被人缠：五笔和拼音从本质上来说都是差不多的，那钓乃那个大老板帅不帅?

超级美少女：（再次黑线）……是调啦，乃让偶说实话吗，呃，其实很帅。

最近被人缠：帅就好啊，比伦家强，伦家最近被那个无赖缠死了，你说说，那个男人长得居然像金城武！！！

超级美少女：（愤怒的表情）吉吉，乃这是赤裸裸的炫耀，人家金大叔很帅地说。

最近被人缠：（做可怜状）那如果是从事婚礼司仪的金城武呢?

超级美少女：主席曾教导偶们……呃，不管是从事什么行业，都不能抹杀金大叔帅的事实。

最近被人缠：~~》--《~~

超级美少女：贫吗?

最近被人缠：不晓得，伦家刚刚砸了他的车。

超级美少女，乃要用它来做原子弹咩？

最近被人缠：伦家想用他来做原子弹。（发一个小匕首过去，以证实自己心中的愤怒）

最近被人缠：对了，乃看过乃家帅大老板的手指没？

超级美少女：看手指干吗？

最近被人缠：手指长的据说那个很棒。

最近被人缠：不过估计乃这么小孩不懂的啦……

最近被人缠：？？？？？

最近被人缠：娃娃，娃娃？

超级美少女：我在，我在思考。

最近被人缠：思考什么？

超级美少女：偶在思考怎么能测量大老板的手指啊，对了有具体对比数据吗？

最近被人缠：杨娃娃，乃确定乃知道伦家在说什么吗？

超级美少女：当然知道，手指证明能力……

最近被人缠：哇，杨娃娃乃了8起哦，上班才一个月就这么8CJ了！

超级美少女：手指越长数钱越快，所以手指长代表赚钱的能力！

最近被人缠：呃……

超级美少女：乃说偶给大老板倒咖啡的时候观察手指怎么样，上次龟仙人还说偶目测准确性很高的，不过一个月没看了，偶怕偶视力蜕化，要不偶在兜里带上小皮尺？

最近被人缠：呃……

超级美少女：吉吉，乃怎么了？

最近被人缠：伦家在想，要不要问问龟仙人，博士后班能不能先给乃留个位置。

超级美少女：~~》--《~~

最近被人缠：另外，乃一定要记得，一定不能被人暴捶一顿以后再回来，伦家储备的紫药水用完了……

超级美少女：乃……

最近被人缠：还有，如果乃把华昊大老板逼到暴走，估计宇扬会请乃做特别顾问的……

超级美少女：（双眼红心直冒）特别顾问，有八卦听吗？

最近被人缠：洋娃娃小盆友，乃不 94 最大的八卦咩？

最近被人缠：试问这世界上还有谁能在一个月之间就能使华昊大老板暴走的，乃简直太油菜了。

最近被人缠：娃娃，娃娃？乃又在思考了咩？

超级美少女：米，大老板叫偶给他倒咖啡……偶正在研究目测他手指的可行性办法。

最近被人缠：（满头黑线）……

超级美少女：好了，偶想好了，乃等待偶的好消息吧！

最近被人缠：伦家想了一下，其实，家里 MS 还有红霉素软膏……

超级美少女：乃……

最近被人缠：还有半瓶脚气灵……

最近被人缠：啊，伦家想起来了，乃自由而奔放地去吧，我们家还有云南白药……

超级美少女：（成吉思汗）那偶去了哦。

三分钟以后……

娃娃电脑屏幕右下角闪动的是一只小狐狸的头像，那是吉吉同学最近的新头像。

最近被人缠：娃娃，娃娃，不要去啊，那瓶云南白药过期一年半了！！！

所谓特别行政助理就是特别保姆，隶属于郎赫远一个人的小保姆，一个任由雇主连打带骂都不能反抗的卑微娃娃小保姆。

如此悲惨的境地，娃娃只好不住地安慰自己：

你看看，放眼一百平米之内，就你一个人逍遥自在（因为暂时没有办公室给她，她被送到了会客室独立办公），连总经理办公室都没你的大……

你看看，谁有你电脑上东西这么全，谁能像你一样能在上班时间用四个小时聊 QQ，再用四个小时看八卦?

保姆就保姆吧，谁让咱是拿人家手短，吃人家嘴软呢，唉。

娃娃端上咖啡，带着观察大老板手指的龌龊目的，先轻轻敲敲门，那个说进来的低沉声音非郎赫远莫属，娃娃听话地推开会议室大门，恭敬地小心走过去，很礼貌地朝几位老总微笑了一下，然后把咖啡静静地放在郎赫远身边。

走和不走是个问题，因为手指还没具体看到，此时目标就在桌下，隐隐不好分辨。郎赫远正在和别人说话，眼角余光就发现娃娃正憋着脸，犹豫不决地站在自己旁边。

“怎么了？”郎赫远转身问。

“没，没事。”娃娃抑郁地慢慢后退，真是天算不如人算啊，大老板他怎么还不端咖啡呢，只需要端起来，端起来她就能目测到的啦。

经过一个星期的磨合，郎赫远基本了解杨娃娃诡异行为的规律，基本上拼命劝说你的，一定有小谋算，如果是犹豫不决的，就更要小心注意了，所以他瞥了一眼咖啡杯，莫非她还敢往里面吐口水?

郎赫远状似不经意地用肘弯碰了碰咖啡杯，果然杨娃娃以为他要喝，立即停住脚步双眼兴奋异常地直勾勾盯着那杯值得怀疑的咖啡。

有问题！一定有问题！

“这杯咖啡我不喝了，你端回去吧。”郎赫远微笑道。

娃娃抬起头看着大老板几乎狂飙泪，大老板，你这不是资本家耍人玩呢?

可大老板的吩咐又不能不听，只好慢吞吞地走上前再把咖啡端下来，踮脚看了两眼，放在桌子下的手还是没看见。算了，看不见就看不见吧，反正他能不能数钱和她也没什么关系，这么想娃娃倒是能高兴点，既然这样了，那就恭敬地离开吧。

娃娃躬身往后退，不想倒退的脚步并不顺利，她居然被自己的高跟鞋绊了一下，为了不被跌到后脑勺，她只好选择向前扑倒，于是娃娃端着咖啡再度回归到郎赫远面前。

跪倒的娃娃在那一刹那还记得保护自己的膝盖，双手把东西扔出去来抱自己的膝盖，幸好会议室这里的地毯很厚，跪下也没撞痛手和膝盖。

娃娃那个开心啊，她的皮肤很容易有淤痕，真要是撞了，明天就得顶着两个黑膝盖头上班了，多难堪啊。

可惜笑容还没出来，就听见头顶有人说："你没事吧？"

娃娃被这种无微不至的关怀感动了，连说："没事，没事。"

"如果没事，你可以起来给我擦擦裤子了吗？"

呃？

光天化日之下，他一个大老板居然当着下属面性骚扰女员工，看来真的需要提醒他一下那例中国第一性骚扰案已经获胜了，不要仗着自己的身份为所欲为。

娃娃的怒火瞬间熊熊燃烧，强压下心中愤怒的抬头，正看见，满裤子都是咖啡的郎赫远，端坐在她面前，表情阴沉。

"那个，这个……郎，郎总。"会议室里沉默的气氛让娃娃很是不安，一想到刚刚自己的行为，不得不感慨简直是人神共愤。

那个啥，郎总啊，那杯可是热咖啡啊，委屈您还能一脸严肃地端坐在那儿，疼，疼吧？

她急忙冲到会议桌前把面巾纸抽了几张，蹲下来拼命在郎总的裤子上用力擦拭。如果说刚刚泼咖啡是喷溅型水痕的话，现在可好，彻底被她的擦拭变成模糊一片了。

望着郎赫远混乱不堪的西服裤子，娃娃不由得内心感慨，人都说国际名牌西装都是防水隔热的，这次可真见识了，这不，半天了，咖啡还没渗进去。

手还在郎赫远裤子上挥舞着，突然被他一把擒住小手腕。

娃娃吓得张大嘴，只见郎赫远淡淡地说："不用你擦了，出去吧。"不仅越擦越乱，还专挑重点部位擦，虽然知道她不一定有那个心眼，但如果对每个男人她都这么没心机，早晚被人生吞活剥了。不过这些话不用他说，反正她和他也没什么关系，更何况和这种没脑子的孩子说也说不明白，算了。

娃娃哦了一声，想挣脱他的钳制，结果郎赫远的手居然没松。

那就不要怪她了哦，反正送上门的不看白不看，她开始理所应当地开始打量郎赫远的手指。

不错，修长有力，看上去坚毅果敢，大概是因为抓住她手腕的关系，关节还微微泛白，目测这手指长度绝对达到普通大众的中上等水平了。

唔，如果这么说，手指够长赚钱能力就高，看来郎总果然不负众望，华昊未来的再发展就要靠他的手指头了。

娃娃这边还在打量，郎赫远那边还在恼怒，倒是在外人看来，他们拉手对视这画面太唯美了些。

大老板的手按在人家小姑娘的手腕上，这可是华昊前所未有的爆炸性大新闻。

郎总一向于人前是正人君子，只看见他拒绝求爱的狂蜂浪蝶，没看见他强迫猥亵过小妹妹的，这，这不是一世英名毁于一旦吗？

众人饱含同情的目光一致看向被郎总施与魔爪的杨娃娃，只见可怜的她居然还呆呆地蹲在那里，一副被胁迫、被欺压的样子，显然被迫碍于职务，她不能对这种骚扰激烈反抗，真是，真是太可怜了。

杨娃娃满心欢喜，OK，终于目测成功，中指长度十一厘米。不错，看来自己目测的水准还没蜕化。她心满意足地站起身，才发现郎赫远的手竟然还没拿开，她礼节性地朝他微笑提醒："郎总，您的手……"

大叔，偶的手腕很细啊，再这么用力掐下去，就要断了……

郎赫远突然回神，略微不悦地放开手："以后别乱给别人擦裤子。"

拜托，大叔，如果不是你要求的，你以为我有被虐待倾向呀，还乱擦……

"那个，其实我也不是很经常把咖啡倒在别人裤子上哈，郎总，呵呵。"

"一次也不行。"郎赫远更加不悦她的顶嘴，如果小孩子不听大人训，怎么才懂得成长？

"可是……"娃娃还想为自己这种行为的偶发性辩解，就听见郎赫远冷哼一声，"你是总经理专属行政助理，你要对得起自己的薪酬。"

有钱人啊，太资本家了，娃娃为郎赫远不准她给别人擦裤子的理由而错愕震撼，于是她悲愤地端起咖啡杯竭力保持面部僵硬的微笑，从会议室走出，小心翼翼地将门关好。

在确定门已关严后，朝着会议室郎赫远座位的方向，开始用脚在虚拟的大老板身上狂踹，浑蛋，居然拿工资威胁人，简直太幼稚，太无耻了，虽然她杨娃娃人穷可志不短，绝对不会为了几千块出卖自己的尊严，绝对不会为没人性的资本家再擦裤子！

大不了回去和龟仙人再对视两年七百三十天算得了什么！！！

她思量好，立即奔赴到电脑旁，点开吉吉的头像，愤怒地敲打键盘。

超级美少女：偶回来了，气死了。

最近被人缠：快说，挨打的是哪里？是脸，还是屁股？

超级美少女：吉吉！！！

最近被人缠：好吧，那乃究竟是哪里需要紫药水，伦家去药房。

超级美少女：~~》--《~~

最近被人缠：乖，别哭，那咱换个话题，乃手指看到了没？

超级美少女：呃，看到了。

最近被人缠：怎么样，长吗？

超级美少女：很长的，反正比偶长多了，圈住偶手腕还要多一些。

最近被人缠：乃手腕？乃们……接吻了？

超级美少女：(噗的一下，电脑屏幕瞬间不保)吉吉，大老板是用来 YY 的，不是用来接吻的……

最近被人缠：= =b

最近被人缠：那他没揍乃?

超级美少女：偶还想揍他呢。

最近被人缠：(突然雀跃)他把乃怎么了?

超级美少女：(愤怒的表情)他居然用工资威胁偶!!!

最近被人缠：呃……

超级美少女：拜托，他要搞清楚，介是社会主义国家，凭什么用工资威胁淫……

最近被人缠：呃……

超级美少女：偶还和他干上了，工资对偶来说，那就是如浮云流水，什么都不是!!!

最近被人缠：呃……

超级美少女：大不了再回去和龟仙人聊赛亚人好了，WHO 怕 WHO!!!

超级美少女：吉吉，你总呃来呃去的干什么?

最近被人缠：娃娃，伦家只是想说一句，如果乃真的那么超脱，请把上学期借伦家去买饭票的浮云流水还给论家好咩……

超级美少女：呃……

超级美少女：……其实浮云流水……也是很重要的……

超级美少女：~~》--《~~

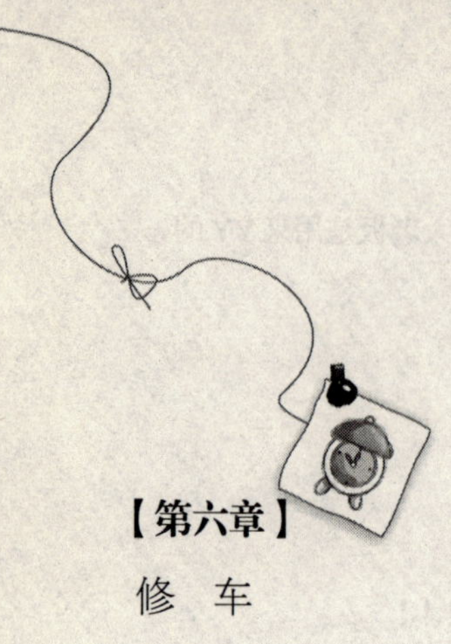

【第六章】修 车

娃娃下班回家都是坐公共汽车，美其名曰既环保又锻炼身体，实则是贪图公交卡刷一次才四毛钱的便宜。不过在同事面前还是必须要表现得大义凛然的样子，出大门还特地四下看看有没有人，才肯继续前进。

谁规定干那个倒霉的总经理专属行政助理就要开车上下班的，想她才入职一个月好不好？可当她因此否定自己有开车可能的时候，大家居然一直用诡异的眼神鄙视她："你跟郎总混了一个月还没混到个 QQ 吗？"

郎总 =QQ 吗？郎总 = 冤大头吗？郎总 =4S 店吗？

没车有那么人神共愤吗？

真是的。

所以她拖拖拉拉磨蹭到大家都已离开，才着手回家。

无奈加班加得太晚，没车确实挺让娃娃愤怒的，她瑟瑟地站在凛冽寒风中频繁张望，可半个小时过去了，连根公交车毛都没看见。

在人车稀少的冬夜，公交车它老人家终于慢吞吞地出现在路的尽头，偏在此时，一束强光打在娃娃水粉色的羽绒服上，也让她不得不抬手遮挡双眼，一辆宝马 X5 嘎一声在她身边定定停住。

娃娃偷眼看了车又目测了公交车站站牌，把车停在这里不是纯属捣乱嘛，一会儿公交车来了她还得往前跑，她下意识地向车站牌那头挪了两下脚步，就听见车内男声低沉道："怎么这么晚还不回家？"

很熟悉，很亲切，也很冰冷。

娃娃惊吓地看过去，发现居然是郎赫远自己开车，车窗半开，他在隐隐灯光下朝自己张望，太熟悉这张面瘫脸了，所以娃娃立即条件反射地微笑："郎总，我加班。"

"加班？今天会议室没有会议，你加什么班？"郎赫远看了娃娃因为天气寒冷冻红的小脸蛋，顿了一下，"上车。"

娃娃遥遥看那公交车正以龟速向自己爬行，她义正词严地拒绝郎赫远的无理要求："郎总，不用了，公交车就在你车后面，如果你不挡住它的话，我半个小时后就能到家。"

郎赫远眉尾一挑："快上车。"

"那个，其实我是在会议室浑水摸鱼，看了一会儿富豪八卦，又玩了一会儿连连看，所以郎总您不用为我加班的迟归而负疚，我真的不要加班费！"

乖乖，与其上车被郎总吓，还不如挨冻坐公交呢，除非她真的傻掉了，否则当下肯定知道该坐哪辆车是最保险的。

娃娃不计较个人得失的话还没说完，郎赫远已经从驾驶位置离开，把车门拽开，将她推上副驾驶座位，然后自己坐回去，估计她不会绑安全带，还好心地倾斜身子为她扣上。

话说，听说过黄鼠狼给鸡拜年没安好心的，可没人说过黄鼠狼给鸡扣安全带是怎么回事啊！

娃娃最终只好惊恐万分地从内视镜跟慢悠悠靠上来的公交车告别，然后是高度紧张地睁大双眼，尤其是在郎赫远淡淡语声后，瞳孔距离又加大一倍，"玩连连看加班？"

娃娃赶紧讪讪地点头："其实，那是我的业余爱好。"

郎赫远发动车，在马路上转个弯："能打多少分？"

娃娃以奇怪的目光看了他好几秒，才颤巍巍地说："通关。"

“所有的连连看？”

娃娃想想，很不好意思地说：“基本上吧，也打过循环的不结束的，最后打睡着了。”

“你脑子都用这上了？”郎赫远瞥了她一眼，把空调又开大一点。

娃娃挠挠头皮：“我们导师说练习这个能提高反应能力，不过对我似乎不太见效。”

郎赫远嘴角抽动一下，何止是没见效，根本有损害智力的先兆。

不过他还是不带表情地说：“改天我们比试一下。”

“呃？”娃娃简直不敢相信自己的耳朵，一边摇头，一边用饱受惊吓的小眼神儿回答郎赫远的提议，这不可能，这不可能的。

郎赫远对她的戒备倒也不以为意，只是随意地说：“自从毕业，还没人玩连连看赢过我。”

噗，娃娃差点被这个惊爆八卦呛死在主角温暖的车内。谁能想到，平时面瘫像神经缺失，行事如神祇般坚定，笑容若钻石样稀有的郎总居然是连连看高手。难道，难道他加班到这个时间也是为了连连看在销魂吗？

这样震惊的消息使得娃娃完全忘记两个人身份的差距，伸手拍了拍他的肩膀：“小样，没看出来啊！”

郎赫远看她拍在自己肩头的狼爪无语数秒，然后又把视线回归挡风玻璃上，继续开车。

此时娃娃才想起来面前的人不是吉吉，也不是囡囡，而是那个吃人不吐骨头的资本家，于是她借着袅袅余音把爪子收回开始掰：“没看出来郎总您才智如此过人，行事如此诡秘，实在令下属佩服佩服。”

噗，郎赫远笑得很失态，只不过立即把笑脸收回，冷冰冰地回敬：“不用佩服，我这小样儿的不值得下属佩服。”

娃娃哭笑不得，就知道他小心眼儿，不过还是很有骨气地说：“花园路益新村。”

郎赫远被话题转换之跳跃呛了一下，但还是面不改色地将车掉头，娃娃努力压抑自己想要说话的欲望，要知道小心眼的郎总目前应该还在怒火中，不要惹他，不要惹他。

不过在郎赫远拐到第三个弯儿的时候，娃娃再也忍不下去了：“那个，那个，那个郎总……”

“嗯？”车原本正在平稳的行驶中，就因为她的突然叫声，明显轨迹画了一弯曲线。

“这不是去花园路的路线。”娃娃肯定地说。

“……”

郎赫远抬头淡淡地问：“吃晚饭了没？”

娃娃肚子条件发射地咕噜了一下当作回答：“我妈说让我回家吃。”其实是，换岗后多加的五百块餐费节省下来她还有别用呢。

郎赫远一副我就知道的表情，扬眉说：“我准备带你去吃饭。”

娃娃望着郎总的侧脸顿时心中感动不已，要知道资本家去的都是山珍海味的好地方啊，头可断，血可流，错过珍馐怎回头，所以她立即下定决心用万分恳切的语气说：“郎总，我，我简直爱死你了。”

车嘎地停住，郎赫远锐利的目光扫过来，吓得娃娃小心肝猛地颤抖了一下，这眼神像是要杀人地说……

车子再次启动，娃娃觉得自己应该对刚刚的话解释一下以免郎总误会，于是她又说：“郎总，其实我想说的是，我简直爱死你吃饭的提议哦。”

郎赫远瞄了她一眼，沉声答应：“哦。”

一个字，又敲打了娃娃脆弱的小心肝，她讪讪笑了两声用龟速回到正常姿势坐好。

很快，宝马车就停在一家富丽堂皇的酒店前，郎赫远下车，关上车门，而后帮娃娃拉开车门，动作绅士优雅，只不过娃娃嘴巴在看见酒店牌匾后立即从U变成了O。

农家乐粗粮馆。

郎赫远回头说："这里的粗粮很适合吃多了油腻，没胃口就餐时吃，而且非常有益身体健康。"

娃娃呆住，心里顿时哀号——可，可关键的是，她还没油腻过啊！

早知道这样的结果，那辆425公交车啊，还不如上了呢……

窝窝头这种东西，娃娃只在电视上看见过，原本她以为菜单上标价这么贵，没准就是那个朱元璋的珍珠翡翠白玉汤，把做窝头的东西换精细些，才会价钱如此不公道，不曾想，这窝头贵就贵在返璞归真，贵就贵在货真价实，贵就贵在还原旧社会……

娃娃抱着玉米咸菜窝头眼泪汪汪地啃，啃一口，肚子咕噜叫一声，两相配合无间，直到对面郎赫远抬起头望向这里，她才异常难过地开口："郎总，您是70后吧？"

郎赫远沉默了一会儿，手捧着窝头面无表情地点头："没错，我七六的。"

娃娃唔了一声，又啃了一口窝头，话说七六年也曾经自然灾害过吗？不是还差两年就要改革开放了吗，怎么大老板还对这种忆苦思甜的东西情有独钟？

郎赫远倒是对她突然问自己年龄很感兴趣，于是他也难得地关切下属，问："那你呢？"

"我？80后，八六年的生日。"娃娃咽下窝窝头，端着掉了边的茶缸喝了一口白开水。

没错！这家为了还原六十年代公社生活，座位是炕，桌子是炕桌，一人面前一个破瓷缸，连勺子都是铁片的，盘子是粗陶的，菜是齁咸的，还美其名曰：菜咸下饭。

可关键的是，饭居然也是高粱米，实在是令人难以下咽。

原来资本家都喜欢花钱找人虐待自己，果然够变态，早知道他好这口，还不如直接把钱给她呢，保管每天都找几个小白文白他个通体舒畅，再找几个同人文雷他个五雷轰顶，多么一举两得。

好不容易等郎赫远心满意足地抹抹嘴，娃娃立即从炕上跳起来，随手剩下半个窝窝头放在桌子上，故作吃饱状说："我吃好了。"

郎赫远回头，看见碗边晃悠悠的窝头，粗重的眉头拧在一起："你吃完了？"

"嗯，这家餐馆果然名不虚传，味道奇特，郎总眼光独到，我当然也吃得很饱。"娃娃绘声绘色地夸奖。

"不许浪费粮食，把那半个吃了。"他沉声说。

娃娃很绝望，这种绝望就跟老爸逼她参加化学考试，老妈逼她学自行车时一样，她沮丧地回头，迫于郎赫远的压力只好把那半个窝头捡起来，面对干巴巴的窝头团子吞了吞口水："您放心，我一定不会浪费的，不过能不能给我一个酝酿的时间？"

郎赫远没在意："随意，走吧。"

娃娃掐着那半个窝头跟在他的身后一直在犹豫，等回到车上，那窝头还在手上酝酿当中，郎赫远给她绑好安全带，看着她攥着窝头僵硬的手指，抬头看了娃娃一眼，从她手里拿过窝头，三下五除二地吃掉了。

娃娃被他的举动震惊了，他怎么可以一而再，再而三地吃她咬过的食物，她喃喃半天才鼓起勇气："郎总，你，你没吃饱吗？"

郎赫远沉了脸色："是不想看见浪费。"

娃娃自觉不要惹怒大老板，赶紧讪讪地撇撇嘴，低头装作什么都没听见，没看见。

车子启动，直奔花园路，吃完饭时候不早了，正是华灯初上，路灯如流水向后滑过，车内寂静无声。

当然，是在车出故障之前。

很快，在人烟稀少的小路上，车子居然开始发出异样的声音，颠了一下，渐渐慢下来，似乎爆胎了。昏暗的路灯下是娃娃愧疚不已的小脸，她可以确认的是郎赫远不认识花园路，所以在她精确的指引下准备在夜色里钻小胡同抄近路，结果居然在这种鸟不拉屎的地方出了问题，叫天天不灵，叫地地不应，果真是天要亡她。

郎赫远此时表现还算正常，掏出手机打电话给 4S 店，电话接通，低低说了几句，转过身问娃娃："这里的具体地址。"

娃娃很欣慰，对这种高级车的售后服务简直羡慕到极点，果然服务是用钱堆起来的，她立即满脸赔笑："花园路北口第一个红灯右拐，第四条小胡同，大约五十米处。"

郎赫远向电话那头复述，然后挂掉电话："半个小时后到。"

半个小时而已，不长。

只不过这家 4S 店的办事效率是在令人赞叹，在半个小时后，一个半小时后，两个半小时后分别打来电话：

"郎先生您好，我是为您服务的叶慈，目前正在向您所在方向前进，请耐心等待。"

"郎先生您好，我是为您服务的叶慈，目前还在向您所在方向寻找，请耐心等待。"

"郎先生您好，我是为您服务的叶慈，目前还在向您所在方向摸索，请耐心等待。"

娃娃预感再拖下去，还会有我向您所在方向匍匐，我向您所在方向爬行，我向您所在方向滚动之类的回答，她想自己还必须接受一个残酷的现实，那就是资本家是绝对不会下车修车的，这种会沾上油污的工作怎么能劳动他那双修长的用来数钱的手指，所以她悲愤地侧过头："郎总，您车上有千斤顶和工具箱吗？"

郎赫远愣了，不过他恢复得很快："有，你要做什么？"

"没事，先把车胎卸下来等专业人士送轮胎过来，能快点搞定。"

理论上没错，关键是他们俩谁去卸？娃娃咬牙，大义凛然："当然不能您了，这种粗活儿不能劳您大驾，我来！"

娃娃义无反顾地开门下车，到后备厢里操起千斤顶，郎赫远也顺利跟下车，因为不相信她能卸下轮胎，所以手抱在胸前在车旁站好，睨着她瘦小的身子来回折腾。

娃娃虽然对车轮胎的结构不太了解，但蹲下研究两分钟后，迅速找到症结所在，轮胎没爆，刚刚那个声音来自轮胎杠偏离。

她先卖力地用千斤顶将车抬起，又从工具箱里操出扳子三下五除二将车胎卸下，瞄了瞄偏离的情况，嘟囔一句："这点小问题叫什么4S店啊，把钱给我，我来修就行了。"

郎赫远低头："杨娃娃，你本科学的什么？"

娃娃想都没想："核能啊。"

"核能？如果我没记错，核能都是直升本硕的，你的学历是？"郎赫远略沉吟片刻，娃娃立即紧张地看着他，差点伸手抽自己两耳光。

幸好此时那位叫叶慈的专业人士又来电话："郎先生您好，我是为您服务的叶慈，我已经找到花园路，即将赶到，请耐心等待。"

娃娃觉得这位专业人士实在是太敬业了，虽然用了四个小时才摸到花园路，但这种坚持不懈把迷路进行到底的精神还是非常值得他人学习的。

郎赫远挂断电话看她松口气的表情，嘴角一挑："让核能硕士给我当专属行政助理似乎太大材小用了。"

娃娃干笑："哦呵呵，那也没办法，现在经济危机世道不好，一切都我是心甘情愿的。"

郎赫远眉头舒展，微微冷笑："那不行，华昊向来知人善用，从明天开始，你把办公桌搬到我办公室外面，负责接待好了。"

"可是，接待也不是我的专长啊。"娃娃哀号。

天哪，调到那儿，天天在董事长郎赫远眼皮子下面走来走去，八卦绯闻从此拜拜，连连看从此与世隔绝，这不是要了她的小命吗？

“很尽职，你可是无所不能的，我看好你哦，娃娃硕士。”郎赫远此时笑得甚是阴险狡诈，娃娃突然觉得。

【第七章】

讨 债

人生啊，就是这么不顺遂人意……

此时的娃娃正浑身无力地靠在宽大的办公椅上濒临崩溃中。连连看的日子如明日黄花一去不可追，八卦绯闻也是天山雪莲高高不可攀，眼下她只能被迫靠观察郎赫远来解除平日里的烦闷，天天如此，已经……已经一个月了。

郎总在沉思，郎总在批改签报，郎总在开电话会议，郎总在玩连连看……

不要问她怎么知道郎赫远在玩连连看的，事实上从娃娃搬过来那天开始，郎赫远门上密实的百叶门帘就没放下过，于是闲得快要长毛的娃娃可怜的双眼必须接受他所有举动的骚扰，连同玩连连看时分外专注的眼神和嘴角上诡异而满足的笑容都持续地折磨着娃娃脆弱的神经。

娃娃悲恸地叹口气，准备拿咖啡杯去煮点咖啡，没有八卦和连连看的日子，怎么这么犯困呢？

刚站起来，身边电话就响，她连忙打着哈欠接起来，话筒里就传来郎赫远冰冷的声音：“你去哪儿？”

娃娃拽着电话线跑到办公室门前把手上端的咖啡杯朝他的方向亮了亮，无奈地回答：“我要去煮咖啡。”

“帮我煮一杯。”玻璃门内的郎赫远看了看她手中的杯子冰冷着脸说。

娃娃硬挤出一个笑脸，心中大骂，可表面上咽了咽口水，还是没敢出声，所谓吃人家的嘴软，拿人家的手短，虽然上次给大老板修坏了车不是她的错，但基本上表示一个悔过的态度还是有必要的。

呃……

没错，那天晚上当娃娃利落地用扳子把轮胎杠掰正没多久，那位摸索四个小时的修理工来到二人跟前，那辆宝马很快就被随行而至的拖车拖走了，据说是因为娃娃掰的角度问题，轮胎怎么都安不上去了……

当时完全窘掉的娃娃只好点头哈腰地把黑脸的郎赫远送上出租车，然后再咬牙切齿自掏腰包义无反顾地扔下五十块钱，虽然不知道他家在哪儿，但五十块可以在方圆二十里地画好大一个圆呢，岂料第二天郎赫远居然拿一张一百五十七的出租车发票找她报销……

按理说当时娃娃也是硬着头皮付钱了，可从那天开始郎总就变得很奇怪，和她单独相处的时候动不动就冷了脸色，可娃娃不出现烦他的时候又会四处找人。

例如最近华昊内部最人潮的绯闻是某天娃娃借着送文件的工夫跑到技术部去听八卦，正在如饥似渴地听他们几个大男人八卦上次集体检修电脑时居然在五十七岁许总的电脑里发现写给十八岁小妹妹超级情书的时候，总经理办公室居然发动三个高秘从二十二层出发，沿途查找，从营销部、核算部、财务部到行政部，直到在技术部见到杨娃娃才气喘吁吁地说："杨秘，郎总找你，快，快……"

这一个"快"字，着实吓坏了娃娃，听八卦的心立即飞到九霄云外，为了新近提升的大额工资和饭补以及终于可以到西餐厅吃饭的无尚荣耀，她立即舍弃了电梯直奔安全通道，迅速手脚并用地爬上二十二楼，直奔董事长办公室。

当她趴在郎赫远办公桌旁，舌头吐出多长，期期艾艾地问"郎总您找我？"时，郎赫远抬头，瞥了她一眼，随即低头继续看书，嘴上只淡淡说了句："给我煮一杯咖啡。"

Chapter 7 讨债

娃娃差点脱下五厘米高跟的高跟鞋砸他的头。

是的，就是这样！！！

资本家啊，万恶的资本家，屈从的娃娃从柜子里取出郎赫远的杯子，咬牙唾骂。郎赫远这个人不仅大事是资本家做派，连杯子都要侵占她私人柜子，每次还不准她拿错，一个是喝咖啡的，一个是喝水的，一个是喝酒的，她拿过黑色杯子煮好咖啡，敲敲门得到允许后才敢溜进去，迎着刺眼的阳光把杯子恭恭敬敬地放在桌子旁，然后再准备蹑手蹑脚地离开。

像个小媳妇一样。

郎赫远专注地看着电脑，背后的阳光掠过娃娃的皮肤，有些晃神。

那是一种很水嫩水嫩的颜色，近乎透明的粉，他眼睛一眯，迅速将视线转回电脑上。

上次也是如此。他坐在出租车内，娃娃在路灯下莹莹柔嫩的小脸第一次让他发现这个办事不经过大脑思考的小女生还有一个巨大的优点。

她粉嫩粉嫩的脸颊，让人很想摸一把来确定真实性。

如果不是出租车启动，他几乎已经从车窗前伸手，差一点就会碰到她。

郎赫远把这件事归结为自己长时期面对呆滞少女衍生的审美惰性，他一定是被这个小娃娃下了蛊术才导致他品位的十米跳台。

娃娃很想偷偷看一眼大老板郎赫远这么目不转睛地看电脑到底是不是在玩连连看，可又不敢做得太明显，为了能留下来，有些东西她还是要谨遵恪守的，什么都做不了的她嘟囔着小嘴不由得悲从中来。

“等我将来有了钱，我一定要天天从起床就开始玩连连看，一直玩到日落西山，满天星斗，嗯，到时候别说是大老板啊，连连看开发商都得给我送最新试用版来玩，我还不愿意理他们。”

娃娃诱人的红唇微微嘟着，配合粉嫩的小脸，使得刚刚转移开视线的郎赫远不由得微微一怔。

干吗？大老板为什么盯着自己的嘴唇看？发现气氛不对劲的娃娃浑身汗

毛顿时竖了起来，大老板，大老板他该不是又想起那个瘪了的轮胎杠了吧？

拜托，她已经赔了他一百五十七车费了，还要怎样，再说了，就是把她卖了也不值宝马的一个轮子啊，看也没用。

郎赫远显然也意识到娃娃的惊恐，心中暴怒，该死，他刚刚又差点强吻她。

怒气冲冲的心怀鬼胎者突然别过头，然后将手边的文件扔过去，头也不抬地说："你送总办去……"

娃娃顿时欢呼雀跃，看来宝马的终身维修她是不用管了，大老板也把这事忘记了。虽说刚刚被郎赫远凝视的几秒钟她觉得有点心惊肉跳，那种感觉就像是被他的目光摄住，有点心律不齐，那气氛有点像小说里男主要吻女主时的镜头，不过还好，大老板最终只是想起一件公差而已。

吓，娃娃赶紧拍拍自己的胸口，不怕不怕，娃娃啊娃娃，你最近傻了吧，早叫你别偷看囡囡的言情小说了。看！这就是言情小说后遗症。人家大老板怎么可能想吻你，这种行为和选择去吻一头猪有什么区别！！！

娃娃一边安慰自己一边去拿文件，郎赫远再度随意地说："圣诞节公司有活动，你通知总办，我也去。"

娃娃浑浑噩噩地应了一声，抱着文件太空漫步般往办公室外面走。

圣诞节公司还有活动？果然是大企业啊，在经济这么不景气的时候还能打肿脸充胖子搞活动，看来一时半会儿是倒不了的。

关门时，郎赫远抬头淡淡地看了她一眼又冷冰冰地说了一句："我昨天问了一下4S店，轮胎杠的修理费是七千八百五十块，你什么时候给我？"

被这个巨大噩耗迎面击倒的娃娃痛苦地把脸扭向一边，经济危机果然了得，连大老板都要亲自出马来追账了……

下午是例行公会，总办公务繁忙，很少开会，但每次一旦开上就必然是无休止、无睡眠，直到与会者筋疲力尽、口吐白沫为止的巨型大会。

其实主要内容无非就是在布置两旦活动的安排，然后主任就联想到细心尽职、以此为行，然后副主任就联想到安身立命、奉公守法，然后高秘们就联想到福利失衡、能者无酬……

娃娃在漫漫长会中睡着了，很还没出息地在面带微笑、眼神朦胧的情况下睡得乐出了声，主任和副主任愤怒的眼神儿她是没看到，但由她醒来后赢得了天上掉下来的一份美差——餐会当晚代表总办登台表演节目，就此了知，主任很生气，后果很严重。

这是一项娃娃从来没有经历过的新挑战，当然如果她挑战成功的话，舞台下面还剩多少活命人类也就不可知晓了。

圣诞节当天，华昊预定了五星级酒店举办圣诞元旦餐会，娃娃任务在身自然不需要在前台负责接待，奇怪的是阴阳怪气的郎董事长今天也没了动静，知道她要上台表演节目后反应很平淡，只是哦了一声让司机开车先行送娃娃去会场。

娃娃这人虽然五音缺了两音，但好在脸皮够厚，又听说如果演出会有很多补贴，另外还听说今年的抽奖大奖是四十二寸液晶彩电，娃娃顿时觉得表演算不上什么，面子更算不上什么，经济危机下钱才是最重要的那个……

于是她任由全特助先帮忙收拾了脸，深觉为了那笔丰厚的奖金牺牲一点还是应该的，可当全特助真拿出来那件演出服的时候，她只觉得一股热浪直冲头顶，瞬间九阳真经全部参悟成功。

全大姐，这是没完工的衣服吧，拿咱们敬爱的赵丽蓉老师说过的话，这后脊梁还没缝上呢，咋穿?

好好一件长款淡紫色的礼服，面料是暗光软缎做底衬，胸口全部是紫水晶镶嵌，可就是后背大V字领至腰间，套上以后估计股沟一定隐隐若现。

娃娃抬头，露出全部牙齿：“全特助，你故意的，你绝对是故意的，上次咱们总办饮水机真不是我弄坏的，你不能借机报复我！”

“我知道，不过你也说了，唱得确实不怎样，如果再不穿点提神的衣服，台下的郎总会吐血的。”全特助理所当然慢悠悠地说。

全特助一句话，娃娃的注意力立即关注到事情的本质，说白了，那个冷酷无情的大老板才是真正的事件主使者。

太过分了！这哪里是员工欢庆会，分明就是资本家在使用另一种剥削手段，他们不光榨取员工身上的每一滴血、每一滴汗，居然还妄图从员工肉体上得到他们需要的年轻和活力！

但是，但是，全特助又在娃娃心情激愤的时候状似不经意地提及：“听说这次除了奖品还有两万现金。”

两万？两万！

穿了！娃娃咬牙，当即决定英勇就义。她七扭八歪地穿上晚礼服后又被全特助按在椅子上说要梳一个配得上服装的发髻，被缥缈奖金胁迫的娃娃只能无奈地看她的手指在自己头顶飞舞，片刻之后，娃娃就改变了模样。她头发原本不长，打乱后蓬松绾起反而使得礼服看上去活泼了许多，全特助横眼看看，又把自己头发上的紫钻发簪给她插上，然后满意地拍拍手。

那一排紫钻在隐藏式射灯投影下闪着奇幻的光彩，像是仙女施展在辛德瑞拉身上的魔法，美是美了，只是让人有点底气不足。

幸好郎赫远已经在前台开始致新年贺词，当下后场的人呼啦啦少了一大半，全部拥到出场口观望。台下一阵热烈的掌声后，娃娃也不甘示弱地提着裙子悄悄趴到幕布后看热闹。

半侧脸的郎赫远不见笑容，深灰色大衣衬着眉目分明，远远望去冷峻夺目，他刚站直身子就震慑了全场，寂静无声的大堂上开始回荡着他低沉的嗓音：“华昊……”

华昊的砥柱是他，华昊也是他的事业巅峰，娃娃突然觉得他其实有些地方很像龟仙人，虽然龟仙人平日里都是笑呵呵的，可真进了实验室，那种专注的神情比年轻人更甚。

认真工作的男人，不管年纪几何都能吸引异性仰慕的目光，当然也包括娃娃这个异性在内。

Chapter 7 讨债

当热烈的掌声再次响起，娃娃身边开始拥出表演第一个节目集体舞蹈的同事们，回过神的她才晃悠着回到后台，然后腿肚子开始转筋。

没错，第二个就是她上刑场……不，是上舞台。

她正没种地准备找个椅子坐一下修整胆怯的心，不曾想身后突然冒出一个男人惊讶又不确定的声音："你是吉吉的同学？"

娃娃猛地回头，来人她不认识，身材高挑，西装革履看上去很像华昊的高管。他笑眯眯的样子非常和善："我好像看见你和她一起上课的。"

娃娃登时惊吓过度，他说他看过她和吉吉一起上课？这可不是小事，眼见自己身份马上就要暴露，她立即笑着贴上去："是啊，是啊。"

"她还在继续上课呢，你怎么来这儿了？"许瑞阳不解地看着她身上艳丽的打扮，皱紧眉头。

不能再往下说了，再往下说就要露馅了，娃娃赶紧扑上去谄媚地拉着那个男人的袖子径直往外面走廊走，时不时还要扫两眼背后的几个同事对陌生男子的话具体有什么反应。

幸好大家都在那儿腿肚子转筋，没工夫搭理这边，这点响动对于紧张根本算不上什么。

许瑞阳见她紧张的表情也有些明了，非常配合她的动作疾步走出来，两个人在走廊上面对面地站住，娃娃在内心纠结半天到底怎么开口，半天没吱声，倒是许瑞阳先找到突破口："其实，呃，我想问你，那个是不是有点不正常？"

"啊？"娃娃脑子有点反应不过来，"你看出来了？"

"当然，我已经发现她是外星生物的本质了，她的行为和思想都不像曾经在地球上生活过。"许瑞阳点头用前所未有的认真语气说。

娃娃听到这里才松了口气，终于明白他是在说吉吉，尤其是发现他说的问题简直就是萦绕她多年的困惑后更是颇有知己的感觉，欣慰地用手拍拍他的肩膀："不光是你这么想，我们班上的人都这么想。"

“是吗？那她就没有什么弱点吗？”没想到得来全不费工夫，许瑞阳终于找到原子弹之母的突破口，立即追问心中隐藏许久的困惑。

娃娃仔细想了想：“其实她还喜欢……”

忽然身后有声音冷冷地插嘴：“如果我没记错，你是第二个节目吧，还不去准备？”

这声音太熟悉了，根本连回头都不必了，娃娃赶紧灰溜溜地拎着裙子转身挪向后台，可就在此时，郎赫远突然觉得有什么东西在眼前一闪而过十分刺眼。

他眯起眼睛，盯着可疑的东西，嘴上的话却是说给许瑞阳听的：“怎么，饥不择食了？”

许瑞阳因为知道能从眼前这个小姑娘嘴里打听到冷血女博士的弱点，表现得有些兴致勃勃：“还好，就是觉得很顺眼，人又挺好玩，不妨先追追看。”

郎赫远瞬间冷脸，火顶到脑门，这丫头后背竟然全部镂空？

他阴沉地回了许瑞阳一句：“改天我倒是要问问雷劲，什么时候你变得喜欢追小女娃了。”

“小女娃怎么了，我又不老，才比她大十岁。”许瑞阳得意地吹声口哨，上次从吉吉车辆登记上查到的身份证号证明了这点，让他很是得意。不得不说，为了这个身份证号，他可是豁出去多年储藏的脸皮去求人的。

郎赫远眉尾一挑：“这么大年纪装什么青春，你比她大十三岁。”浑蛋！她穿的裙摆居然还是大开衩的，随着脚步移动，内在白皙大腿带出的旖旎风光分明饱了他人眼福。

“呃？你的意思是……她身份证是假的？”许瑞阳立即皱眉，洪高远这个臭小子的旧手下办事怎么这么不靠谱？

不是拿脑袋做担保的吗？靠，下次见面先把他脑袋扭下来当球踢！

郎赫远心思全部都在不靠谱的娃娃身上，对许瑞阳只随口敷衍了一句：“反正她是八六的，差远了，你别乱打主意了。”说罢直接疾步走进后台。

娃娃此时已经站在舞台口张望了，第一个节目还有三段副歌，就该轮到她了，怎么办，现在更害怕了，连脚都在始发抖，高跟鞋更是晃得找不到平衡点。

“回去。”他怒气冲冲地说。

娃娃回头，只见郎赫远阴沉着脸看着她。

“回哪儿去？”娃娃光顾着害怕，脑子已经停工，难道他是让她再补补妆？

刚刚全特助不是已经帮她擦过唇彩了吗，所以她鼓起勇气说：“郎总，其实，我也很想回去，但是现实不允许……”

眼看就要上场了，这个时候回去总办主任还不得提刀追杀她？

还有两万的奖金，还有抽大奖的液晶电视，液晶电视啊，能卖好多钱的啊，也可以做很多事啊！！！

“我允许就行了。”郎赫远对她的坚持异常愤怒，她现在连他的话都敢不听了吗？他不悦地拽住她的胳膊。

“那奖金呢？”大老板，您一句允许不值钱啊，远没有奖金来得实惠。

郎赫远不耐烦地说：“如果你不上台，两万我给你。”

娃娃吞了吞口水，不是吧，大老板今天被门夹了脑袋吗？难道让她上台表演就这么给华昊丢人，以至于他不得不花钱避免公司形象受损？

悲愤的她不得不在全特助的报幕声中最后哀怨地望了一眼郎赫远，用颤抖的声音发誓说：“郎总，您放心，我一定不会给华昊丢脸的，会努力找好音调的，一定，以及万分之肯定！”

音乐隐隐约约传来，娃娃已经昂首挺胸大步向前迈出脚，郎赫远站在她身后又发现她居然腿上还没穿丝袜。

“三万。”他咬牙再次加码。

“呃？”娃娃回头，几乎不敢相信自己的耳朵，但是脚步并未因此停止。

“五万！”郎赫远微微眯眼，心中怒火几乎能烧光后台的全部东西。

娃娃真的很恨自己身边没有录音机这种高科技，如果能把大老板的许诺录下来该多好，这样也不怕到时候他不承认了，眼看着脚步又往前跨了一步，其实她还在犹豫，到底该不该相信资本家可怜而贫乏的信用……

“十万！”

啊？！

娃娃刹那呆住，根本没注意脚的落点，从而顺利地踩在长长逶迤的裙摆上，视线还没从郎赫远那里收回，身子已经不由自主地向前扑去，舞台上的追灯也在此刻迅速找到她的身影，只见一道紫色神秘的抛物线伴随着扑通一声砸在地板上，轰地震撼在场所有人的心。

这出场……太前卫了！

这出场……太帅了！

只有娃娃一个人趴在舞台上哀号，郎总，您绝对是黄世仁，讨债不成就这么残害杨白劳，算你狠！

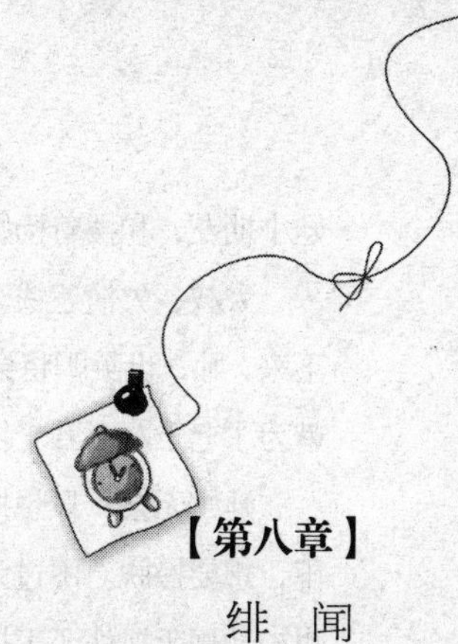

【第八章】

绯 闻

“呜、呜、呜，这一生，我都不曾这么丢人过，天哪，赐一个男人来救救我吧！”娃娃此时欲哭无泪，拼命想挣扎起身，可膝盖真的好痛，怎么都不听使唤。

她求救地看向台下欣赏表演的同事们，可从众人疯狂的掌声来看，他们已经完全以为这是本年度最有创意的出场方式了，她只能很无力地在心底呐喊：拜托，大家拎拎清好不好，谁家出场创意会这么烂，难道大家眼睛都脱窗了吗？

很快追灯再次照亮一个深色身影，只见郎赫远从容不迫地在舞台幕布后走出，站在娃娃身边，银灰色的闪灯打在他的身上，半侧脸都隐藏在光影里，晦暗不明。他单臂用力一拉，娃娃就像木偶一样重重地撞进他的怀里，他的手还一直兜着她裙后的开衩处，掩盖所有春光外泄的可能。

郎赫远的视线淡然扫过台下众人热切而期盼的眼神，明了的他突然心情愉快地抱着娃娃站起身，迎着璀璨灯光他站在麦克风架面前，用一贯沉稳的声调对台下已经傻眼的播放工作人员说：“这首歌，由我和总办的杨小姐同唱，麻烦你，音乐再重来一次好吗？”

之前还有些喧闹的会场刹那间一片寂静，所有舞台的灯光瞬间关闭，只剩下一缕银色光雾笼罩台上的两个人：即被郎赫远搂在怀里惊恐万分的杨娃娃小朋友，和搂着杨娃娃神色镇定自如淡淡微笑的郎赫远大叔。

大叔，欠债还钱天经地义，但你不带这么迫害债务人的，这样一首歌唱下来，她一世英明将会就此毁于一旦，娃娃想到大结局就悲愤万分，大老板，就为了七千八百五十块修车费，您老真豁出去了……

娃娃无奈，只想把两人绯闻程度降到最低，于是在他怀里拼命挣扎了两下，想要挣脱。不过大老板没有太大反应，身子又被他抱得实在太紧，裙子也被他用手抓住了下摆没有多余空间，所以娃娃只好用高跟鞋尖在不引人注意的情况下狠狠踢了一下郎大叔的腿肚子，意在提醒他。

这下您该明白吧，大老板，您要是现在松手，咱俩最多还是众人口中的绯闻男女，您再晚一会儿松手，咱俩在他们嘴中就是未婚夫妻了……大叔，你要明察细辨啊……

只是娃娃实在没有任何舞台经验，更不知道台上人的每一个细小动作台下的观众都能事无巨细一览无余，只见她站在郎赫远怀中居然还能拿脚尖去磨蹭他的裤子来挑逗，尤其董事长从架子上拿下麦克风，低下头淡淡看了眼不安分的她还万分宠溺地来一句："乖，好好唱。"……

台下顿时一片哗然，眼镜、假牙、水杯跌碎了一地。

这是二〇〇八年度最大绯闻，这是华昊创建以来最大的绯闻，再没有任何绯闻能与之比拟，它简直创造了郎赫远绯闻的先河，一个娃娃小秘书被郎总含情脉脉地说乖的绯闻开始四处奔走，肆意流窜……

娃娃的脑子在音乐响起的时候已经完全罢工，除了保持还在郎赫远怀里的姿势外，其他根本什么都做不了。倒是郎赫远唇边扯起一抹略带坏意的笑容，转瞬即逝，恰到好处地拿捏好时间，轻声开唱：

日夜为你着迷时刻为你挂虑思念是不留余地，

已是曾经沧海即使百般煎熬终究觉得你最好

当时选用梅艳芳的歌是因为娃娃低沉的嗓音以及五音丢失三音的特质，如今此情此景再由郎赫远唱起这首歌，简直是在员工坐席上再次响起晴空霹雳，制造了更大的绯闻。

惨了，惨了，没想到打了一辈子雁，居然被雁啄了眼，听了一辈子的绯闻，居然被绯闻缠上了身……报应啊，全都是报应！娃娃听到员工席上的哗然之后，想立即紧闭双眼不愿面对现实。

可偏偏郎赫远在此时将麦克风送到她的嘴边，娃娃甚至还能感觉到他温热的手在自己身后裙摆那里按下的力道，大老板是在示意让她接着唱吗？

可是，大……大叔，你起得那么高，让人家怎么接啊，在心中哀号的娃娃简直想一头在舞台上碰死。

显然，在数百人面前碰头明显是不可能的事，所以期期艾艾的她被迫开口：

管不了外面风风雨雨心中念的是你只想和你在一起

（屁，想和大老板在一起还不如找个地方自杀比较痛快）

我要你看清我的决心相信我的柔情明白我给你的爱

（大叔，你给我记住，我要是不给你咖啡杯里下同位素钴 -60 我就不是学核能的）

可是娃娃威胁的眼神太无力了，郎赫远依然冷静地收回麦克风接着往下唱：

一转眼青春如梦岁月如梭不回头而我完全付出不保留

天知道什么时候地点原因会分手只要能爱就要爱个够

大叔用低沉的声音来迷惑她已经很可恨了，可最可恨的是，他对她的态度居然还极度暧昧，敢放电电她。

浑身酥麻的娃娃不能用手来扫落胳膊上因为大叔暧昧眼神升起的鸡皮疙瘩，只能咬牙死挺装死人，正在死挺的工夫突然脑子里灵光一现，一下将郎赫远的诡异行为全部解释贯通。

原来如此。大老板一定很久没有人示爱了，他受不了从万人迷跌到狗不理的转变，这种巨大的落差让他不得不学习一些三流明星的炒作方式来提高自己在公司的八卦绯闻人气，可这到底干她何事啊？为什么要拖拉她一个无辜的杨白劳下水呢？

当麦克风再次被送到嘴边，娃娃再也控制不住自己哀怨的心境，竭力用最凄惨的声音企图唤起郎赫远对她无辜牵连在内的愧疚，唱道：

我要飞越春夏秋冬飞越千山万水带给你所有沉醉

我要天天与你相对夜夜拥你入睡梦过了尽头也不归

（既然你不仁就不能怪我不义，如果你要是不给我消除影响，我生死都缠着你，变成绯闻中的厉鬼我也绝对不放过你！！！）

快到结束了，再坚持一下就好，娃娃正在提醒自己，突然感觉郎赫远的身体向前贴在她的身体上，成熟男子的气息和体温透过两个人相贴的肌肤迅速渲染到娃娃的脸蛋，刹那变成番茄色。

这样唯美的画面，娇媚的杨娃娃柔美地依偎在气宇轩昂的郎赫远身上，看上去分外养眼，于是台下起哄的掌声、口哨声此起彼伏，一丝冷意划过郎赫远的唇边，目光则别有深意地看向台下贵宾席的许瑞阳。

恬不知耻啊，穷凶极恶啊，阴险毒辣啊，老奸巨猾啊，煎炒烹炸啊……

最后一句算是对他诸多恶行的终结性处理方案，不算口误！！！

我要飞越春夏秋冬飞越千山万水守住你给我的美

Chapter 8 绯闻

我要天天与你相对夜夜拥你入睡要一生爱你千百回

两个人终于迎来了最后的男女大合唱，奇怪的是，娃娃失踪多年的三音居然在此刻都找回来了，不仅没有跑调，甚至堪称男高女低配合得恰到好处。

至此娃娃不得不承认，人在异常愤怒的时候，音准之准那是前所未有的，可以想象那些不得不用假唱来掩盖自己五音不全的青春歌手们如果在上台之前都能被人大气一场，发挥将会多么稳定，音准将会多么正常，口形将会多么逼真……

正所谓天作孽犹可行，人作孽不可活，郎赫远胁迫杨娃娃大唱一曲《一生爱你千百回》后，华昊又迎来了新一轮的绯闻高峰，被绯闻冲昏头脑的兴奋员工们居然忘乎所以地开始鼓掌起哄，目标直指两人必须在台上做出点儿能满足他们口腹之欲的事来，例如，拥抱，或者是亲吻。

娃娃不得不说，距离郎赫远上次的山西女明星绯闻时间实在是太久了，群众早就如饥似渴了，眼下的绯闻八卦就是他们共同等待多年的甘露和佳肴。意识到眼前境况的她飞速转过了头，脑子里全是古文里那句，为五斗米折腰，可，有没有哪位大哥告诉她一声，五斗米到底是多少公斤啊？

眼看郎赫远颇有满足大家意愿的想法，逃是来不及了，娃娃急需知道自己到底是为了多少公斤大米出卖的自己第一次拥抱！

娃娃对这种民生用品的价码实在是没有概念，对实验室经费倒是颇有研究，如果能因为这个拥抱说服他捐助吉吉继续原子弹研究……

似乎，好像，大概，可能，没有这样慷慨的资本家，更何况也不是他想捐，国家政府就许可的……

如能因为这个拥抱说服他入股老爸的公司呢？老爸会不会知道是他女儿用拥抱换来的入股内幕后直接提刀杀了大老板呢？别说，有可能。据老妈说，老爸当年在黑道上也曾风光过……

正当娃娃在各种可能和不可能中徘徊的时候，郎赫远沉默地望向台下喧闹无法控制的局面，始终没有瞥娃娃一眼，他越是沉默，在他身边的娃娃压力越大，她半是哀怨半是求救地看向台下的全特助，可此时全特助正对着她微微含笑。

显然，她没有接收到娃娃眼神中传导过来的求救电磁波，正在此时，郎赫远拿着麦克风低下头，嘴角一扬，他放大数倍的脸吓得娃娃顿时倒抽一口气，完了，看来今天是羊入狼口，自己百分之百要变成羊排了……

就在娃娃认命地闭上双眼深呼吸一口气颤抖着嘴唇准备迎接狼吻的时候，郎赫远歪过头，戏谑的脸色顿时阴肃，低沉的声音从麦克风传出，在众人耳朵里凝成了冰，让每个字听上去觉得从脊梁骨到脚后跟都冷飕飕的："刚刚太嘈杂，我听不清楚，谁还有要求可以单独站起来提出。"

一句话，会场刹那鸦雀无声。

所谓绯闻，所谓八卦，一定是在人少的时候偷偷幻想，对着男主幻想自己是女主，对着女主幻想自己是男主，再不就是超脱站在二人躯壳之外，幻想自己是上帝，可真让八卦人士站起来单挑主角，那除非是活腻了，再饥渴也不能用鸩酒砒霜来解决温饱问题，这点常识他们还是知道的。

于是郎赫远轻易压住了全场喧闹，极绅士地拍拍娃娃的粉嫩小脸蛋："醒醒，醒醒。"

娃娃偷睁开一只眼睛瞄了他一下，似笑非笑的郎赫远下巴一抬："下台，你睡这里下个节目怎么演？"

娃娃咽了咽口水，再偷瞄了一眼台下，所有的华昊员工都已正襟危坐，就像看的是革命教育电影一样，表情肃穆，眼底一点情绪波动都没有，很是诡异。

她声若蚊呐："郎总，那，你不亲我了？"

郎赫远已经习惯她的反应速度，和时不时爆出惊人之语，所以在她说这话的时候，麦克风已经背到身后，也就是说，此时这句话只有他和她能听得到。

“你很渴望？”郎赫远唇边突现笑意，眼底的颜色骤然加深，目光也变得奇怪起来。

“这个，当然，不。”娃娃瞅了瞅舞台的出口，暗自计算自己在五秒内跑过去的可能。太可怕了，郎总的眼神好奇怪，感觉有点像狼外婆……

音乐适时响起，郎赫远的视线瞬间收回，再回头时，已经是往日淡漠疏离的表情，沉声说：“如果你希望和我联唱下首，我不介意。”

娃娃赶紧摇头，而后在郎赫远绅士般的护拥下缓缓走下舞台，直到他们的身影全部消失，舞台下才敢发出雷鸣般的掌声。

太，太有范儿了……

如果有星探来开发郎总的话一定包赚不赔，当然，这位星探一定要抗打击力度强，还要忍受他时不时的怪异举动，例如眼下：

娃娃刚走下舞台，郎赫远的手臂立即像是被电了一样，离开她的腰部，手中紧紧攥着的裙摆也立即放下，全特助默然站上来，郎赫远脱下西服低头为娃娃围在腰上，娃娃太瘦小，西服围了一圈围不住，郎赫远只能用袖子打了一个活结，而后一言不发地离开。

娃娃不能理解他的动作，更不能理解的是大老板为什么要给她的裙子加上西服围裙，虽然该西服大面积朝后，依然不改变它沦为围裙的悲惨命运。

全特助拿来她的衣服，娃娃换下礼服和郎赫远的西装递给她，全特助拿着西装看看善意地提醒她：“这个还是杨小姐自己还给郎总吧。”

拜托，她还欠大老板七千八百五十块，如果再加上西装的熨烫费，她就要破产了，本来指望让全特助通过总办来报销的，看来也没指望了……

娃娃瘪着嘴把西装收到怀里，颇有自知之明地没去参加前台抽奖，节目奖金肯定是拿不到了，扑倒在地这种垃圾节目如果都能拿到奖，会天怒人怨、天打雷劈的。大老板让她不登台就能得到十万块，多么好的交换条件啊，可她现在是一失足成千古恨，钱也飞了，节目也砸了。人已经这么倒大霉了还能摸奖摸到液晶电视吗？所以那个也别指望了。

于是娃娃老老实实地把公交卡掏出来，准备趁十点末车之前争取赶上最后一班公交车。

酒店里温度宜人，出门时才觉得寒风凛冽，几乎被风吹起来的娃娃更觉得自己是那个卖火柴的小女孩，明明里面有很多的奖品在眼前晃，却没有一个能属于自己；明明背后就是灯火通明的大酒店，她却只能蹲在特8车站前捡个树枝蹲在地上胡乱画着。

如果那笔奖金她能拿到就好了，她有急用的……

手机在怀里突然震动，她像受惊的兔子般跳起来，手机上闪烁的号码并不熟悉，她胆战心惊地接通，小声问了一句："喂……"

"你绑架我的西装去哪里了？"郎赫远的声音在电话里听上去很不悦。

娃娃一看自己胳膊上搭着的西服，顿时万分地窘，她想为自己的行为辩解：其实，我是想拿去让我妈给郎总熨烫一下。

"赎金多少？"郎赫远问。

"呃？"娃娃被郎赫远接下来的话弄糊涂了，她似乎不是要做绑架董事长西服这么高难度的犯罪活动。

"今晚你替我省了一笔十万块，当西服的赎金如何？"郎赫远的声音听上去有点闷，似乎用手在遮掩自己的声音。

娃娃听到这里忽然有种想要晕倒的冲动，拜托，大老板，难怪现在犯罪率这么高，都是你们这群资本家纵容的结果，一件西服而已，居然也不讨价还价就给十万块赎金？你说，他们不绑架你的绑架谁的去？

早知道大老板这么上道，她以后还要绑架他的咖啡杯，绑架他的金笔，绑架他的文件，未来发财致富奔小康就靠大老板了。娃娃双眼突然迸发出一串串金闪闪的元宝，并在头顶绕起圈来。

"还有，我手里有今晚的一等奖，抽奖的时候，我帮你抓了一台液晶电视……"

"……"

“总办提前评选出今晚最佳节目，你还获得了一等奖，两万奖金怎么给你？”

“……”

“喂，怎么不说话？”郎赫远不悦地问。

娃娃张了张嘴开嘴，找回自己的声音：“太刺激了，有点暂时不能适应，不过郎总放心，这点钱我还是能承受住的，不至于晕过去……”

“哦，我把东西给你带过去，不过保管费是……”

“呃？”

“陪我吃新年饭。”郎赫远不容拒绝的声音从话筒里传来彻底打败了娃娃的从容镇定，她不得不再次由衷地发出声音：“那个，郎总，太刺激了，我，我先晕十分钟去……”

【第九章】
奸 情

在郎赫远下来之前，娃娃迅速以自己毕生最快的动作给囡囡打了个电话准备沟通一下，安排囡囡来当那个在吃饭时间负责叫走自己的恶人，等下只需要按时打电话过来即可。

岂料此人居然是活不接电话，死也不接电话，连续拨打三次无果娃娃正哀号之时，狼同志，不，郎总已经出现在酒店门口。

身上的黑色风衣随步风两边飞起，那叫一个气宇轩昂。

说什么关键时刻靠姐妹那都是白扯，眼看指望不上囡囡的娃娃只好赶紧奋力自救，摆好姿势，酝酿好表情，等郎赫远走到面前，她用能想象得到的最扭曲、最畸形的面部表情来表达自己内心的万分痛苦，她在那边扭啊扭啊，可惜郎赫远连看都不看她一眼，只是一把抓住她的小手，疾步往停车场走。

这……

大叔，你怎么不按套路走？！

小说上的固定套路应该是这样的，他发现可怜而又弱小的她似乎正在饱受病痛煎熬，万分疼惜地问，你这是怎么了？

然后由她来答：我肚子疼。

然后再由大叔来问：那怎么办呢？

娃娃连这时候怎么回答都已经准备好了：敬爱的郎总，您不要为我担忧，我这是多年来的小毛病了，只要回家躺一会儿就好，您不用抽出宝贵的时间送我回去，西装就托付给您了，如果您能把今晚那些许诺过的奖金顺便给我就更好了，如果不能给，记得叫财务打到我的工资卡上。

你看，回答得多么完美，不仅能推卸熨烫西装的责任，还能把奖金最终拿到手，结果没等说呢，全被大叔破坏了……

被拉到停车场的娃娃呆呆地看着郎赫远，实在是找不到接下来的话，郎赫远把她连拉带拖地拽到某处，回头面无表情地说："你刚刚是要上厕所迷路了吗？这里就是，去吧！"

娃娃恶狠狠瞪了大叔一眼。

第一局，大叔就这样完胜。

娃娃徘徊在是大义凛然承认自己刚才是在骗老总装病，还是真的闹肚子想上厕所结果迷路这两种说法上难以抉择。

郎赫远："杨娃娃，你刚刚是要上厕所吧？"

娃娃说："我……"

郎赫远："我出来时候就看见你脸色很难看。"

娃娃说："我……"

郎赫远："我觉得你一定要记得去看医生。"

娃娃："我……"

郎赫远："小小年纪肠胃功能就这么差，不行的。"

娃娃："我……"

郎赫远："不如我们一会儿去吃粗粮调节肠胃吧！"

说完，他态度坚决地望着她。

娃娃直到此时才终于找到了机会插上一嘴："郎总……"

"嗯？"

"我，我快憋不住了……我要上厕所！"

"……"

在郎赫远满脸黑线的注视下，娃娃终于选择好自己要走的道路，那就是泪奔着冲进卫生间，头也不回地拉肚子去也。

忐忑不安的娃娃在卫生间蹲了半个小时，不知道自己出去该怎么吃这顿饭。正所谓吃饭是培养奸情的前戏，刚刚他们已经成功地制造了华昊新年度的大绯闻，如果被别人知道他们居然还在这样暧昧的夜色里进行到前戏阶段，估计她很快就会回家吃老本了。

可再不想去，也得出卫生间啊。期望大老板因为她的拖拉不耐离去的娃娃提心吊胆地走出去，居然发现郎赫远还在那儿等待，娃娃只好被迫上了车，等车开出酒店停车场，娃娃才不得不认命，此时确实无人来救。

结果郎赫远的车刚从酒店那儿转个弯，娃娃的手机一阵狂响，她顿时一惊，身边正在开车的郎赫远不动声色地看了娃娃一眼，娃娃低头从兜里掏出手机，迟疑地问："喂？"

"你是杨娃娃？"对方的声音很陌生。

娃娃点点头，小声说："我是杨娃娃啊，您是？"

"我是今天在后台和你聊过吉吉的许瑞阳，还记得吗？"等许瑞阳报完家门，娃娃也顺利地想起来那位似乎对吉吉很有兴趣的大叔，笑起来："我当然记得你啊，许先生，你找我有事吗？"

"我在会场找了一圈没看见你，你现在在哪里？我想请你吃饭，不知道方便吗？"许瑞阳好不容易逮住能攻破吉吉弱点的知情人，自然不肯轻易放过，赶紧趁热打铁收买娃娃。

"请我吃饭？好啊，你要去哪里吃饭？"娃娃迭声答应，心中顿时轻松。有了许瑞阳的参与，三人新年夜大餐这就不算是绯闻，即使明天被同事逼问，她也好有个辩解的理由嘛。

"在这个酒店旁边是家泰国菜馆，你来这边吧，我等你。"

"好，好，好。我马上就到……啊！"郎赫远突然急刹车，娃娃差点亲在挡风玻璃上，几乎以小狗吃屎的著名招式惯性扑倒在挡风玻璃上！

“喂，喂，喂？杨小姐，你怎么了？”

郎赫远从娃娃手里拿过手机，面色阴沉冷冷地说：“她很好，我不好。”

许瑞阳听到郎赫远稍带阴森森的语音，立即皱眉：“赫远，你怎么和杨小姐在一起？”

“我为什么和她在一起？因为她是我的……”郎赫远突然停住。

娃娃噗的一下，瞪大双眼。许瑞阳啊的一声，紧闭双唇。两个人一同等待郎赫远震撼人心的表白。

“……特别助理！”郎赫远丢下一句四个字的称谓，不再多说，直接挂断电话，猛地将油门一踩到底，飙车离开酒店周围一切疑似泰国菜馆的地方……

幸好郎赫远从娃娃英勇就义的表情上看出她对粗粮的极度厌恶，直接在美食街上缓慢行驶说：“你自己挑选喜欢吃的东西，选中了，告诉我。”

娃娃顿时把刚刚脑袋撞在挡风玻璃上的事全都抛在脑后，只管趴在玻璃上看路两边的饭店，忙得不亦乐乎，郎赫远怕玻璃凉，她趴上去冷，想伸手一拍她的肩膀提醒，结果娃娃立即转身、一本正经、万分诚恳地说：“郎总，您选吧，我吃什么都可以，我不挑食的。”说完眼睛不住地溜向一家外表看起来很 Q 的饭店。

郎赫远对这种阳奉阴违实在无语，伸手打开她身上的安全带指指娃娃目光所在：“我们去那家吃饭。”

娃娃就差狂呼大叔万岁了，二话不说立即从车上跳出去，欢畅而奔放地向酒店跑去，郎赫远对她顾头不顾腚的行为只能无视，把车停好，才步履稳健地走进那家外部装修很是怪异的饭店。

坐了不到十分钟，郎赫远立即后悔来了这个鬼地方，他承认自己刚刚是被许瑞阳的电话惹怒了，一想到他那么大年纪还想惦记小娃娃，气就不打一处来，只想带娃娃逃离黑社会的魔掌，可他完全没想到居然来的是家该死的亲子饭店。

现如今什么都讲搞创意不假，只是不知道这家的馊主意是哪个王八蛋出的。

饭店大堂里大大小小的孩子前前后后跑着，连同跟他们一起嬉闹的娃娃，郎赫远一眼瞥见十六个半大不大的孩子，以及……孩子们的父母们。

郎赫远只觉得怒火在胸口烧，很想找点什么东西发泄一下。最近他的脾气越来越差，凡是跟娃娃有关的事他都控制不了，因为娃娃小不点总能做出超出他处理范围的事来，例如现在正在扮演小白兔跟小朋友们一起跳着玩。

他深吸口气，再深吸口气，冷着脸拿过菜单准备点菜。

油炸怪物史莱克？香甜花仙子？最后一个居然是变形金刚大战狮子王？

郎赫远抬起头看着现在已经变成松鼠逗孩子们笑的娃娃，揉了揉自己不断蹦青筋的额角，他突然很想见见娃娃的父母，他真的非常非常想知道，一对儿能把硕士养成冰河时代松鼠的夫妇究竟是怎样的相处模式。

莫非，她母亲也是这样？

那，她父亲……实在是太可怜了！

“那位是您的……”一位身着红色针织裙的娇媚女子坐在正在扮可怜娃娃父亲的郎赫远身边，善意地笑笑，“她很可爱。”

郎赫远看都没看她一眼，立即口气不善地沉声驱赶：“这里有人。”

原本还在浅笑的红衣女郎脸上登时不好看起来，不过她还能做到大方得体泰然自若地继续赖脸皮：“我带侄子经常过来，好像没见过你们。”

说这番话的时候她离郎赫远很近，伴随着身上淡淡的香气和湿热的呼吸，再加上两个人近在咫尺的距离，对独身男性来说颇有诱惑。

娃娃起身拍拍手，赢了几个小朋友分外得意的她一回头正瞟见大老板身边多了一个漂亮女人。那女人凹凸有致的身材导致娃娃很受伤，凭什么有人可以胸比屁股大的？再看看自己，屁股平，胸更平，哎呀呀，太过分了！她居然还想偷亲大老板！

大老板可是华昊镇山之宝，怎容她觊觎！娃娃觉得自己必须承担起保卫大老板的重要职责，毕竟她拿了大老板很高的薪水！

所以她立即怒气冲冲地快步走到座位边，因为心急迈步太大，于是很不幸地被桌子绊倒，郎赫远见状立即撞开身边的女人，探身及时抓住娃娃的胳膊。

他一双大手稳稳扶住娃娃即将下落的身子，而后转了半圈直接搂住她的腰。娃娃被大老板勒到半死才骤然发觉两个人靠得实在是太近了，虽然刚刚舞台上已然被他占了便宜，但那是娱乐大众的需要，现在是在生活中，大老板没道理侵犯员工身体！

所以她回过头一正言正经地对郎赫远说："郎总，你的手放错地方了！"

郎赫远垂下头，呼吸轻轻浅浅地拂在她的脸颊，一直痒到心里。某种醇厚的男人气息包围着娃娃不多的神志，使得她顿时觉得全身火辣辣的。

话说……大叔……确实……挺……帅的。

以前娃娃最爱的是梁朝伟，不过眼见着最近梁大叔的眼角和嘴角有奔腾向下的趋势，导致娃娃陷入一种没有大叔崇拜的茫然中。自从遇见郎大叔以后，娃娃雀跃地发现，除了经常限制她出行，除了必须忍受大叔时不时的逼债，除了强迫她吃一些雀鸟才吃的小米高粱米外，大叔是很完美的男人。

所以，杨娃娃在心底将大叔的地位暗暗提了两提，准备让他和梁影帝在自己心中并驾齐驱，共争高峰。

正胡思乱想间，握着她手的郎赫远已经帮她站好，高大颀长的身影顿时笼罩住她，娃娃刚借着大老板的力道站好，郎赫远回头漠然地对还愣在那里的红衣女郎说："请您去找您的侄子，我女朋友回来了。"

"啊？"娃娃一愣，随即明白。其实这是大叔用的一个障眼法，明摆着是这位红衣女郎追求不走，大叔无奈只好拿她来做挡箭牌，颇有员工责任感的娃娃立即很配合地靠在郎赫远身上，故作亲密状："是啊，honey，为什么有人坐在我的位置上？"

不知道为什么，娃娃叫大叔 honey 的时候，很明显感觉他身子一僵，有点抹不开的娃娃只好心中默念："那个啥，大叔，我不是故意恶心你的，我是故意恶心她的……您自己保重，不要被流弹误伤哈。"

那位红衣女郎大概没料到他们俩居然是情侣，毕竟两个人看起来一个成熟俊朗，风度卓然，一个是清蠢昂然、白痴幼稚，怎么看怎么不像是一对儿，她不可置信地愣在座位上，显然不想就此放弃，换了一招再度微笑着说："似乎没座位了，如果这位先生不介意，我们四个合桌好吗？

娃娃心中暗自叫好，果然脸皮赛城墙，柳下惠也投降，在这么尴尬的局面下还能提出如此有耻有廉有担当的提议，简直可以媲美诺贝尔和平奖得主。

真该建议政府给她颁发最佳和谐社会奖，这个奖项非她莫属。

郎赫远眼中闪过一丝不耐，眉头紧皱："服务生！"

服务生立即站到他身边看了看两方僵持不下的局面，沉默了一下，终于还是选择得罪脸色好些的那位小姐："这位小姐，您的座位在那边……"

红衣女郎不理会服务生只是看着郎赫远，郎赫远搂着娃娃的腰立即闪开一个空隙："请。"

最终，娃娃赢了这场不知所谓的战役。等那位不速之客走开后，郎赫远在她耳边小声说："honey，你可以坐了。"

郎赫远的声音有些低沉，还有些诱人，听在耳朵里，娃娃的身子仿佛被电流击到，honey……确实挺恶心的，抖，起了一身的鸡皮疙瘩。难怪大叔还要以牙还牙恶心，娃娃想到这里不得不讪讪傻笑："没关系，你先坐，郎总。"

郎赫远眉尾一挑："你叫我郎总？"

娃娃张开嘴，有些不明白，不叫郎总，叫啥？不过不敢反驳的她只好傻乎乎地点点头。

郎赫远对自己的行为越来越厌恶，面色瞬间冷了下来，没再开口说什么，把菜单推到娃娃面前由她来点。

娃娃对该饭店的菜品很是满意，尤其新开发的可以边吃边玩的海底总动员，品种之繁复，口味之多变都让她口水哗啦啦的。

娃娃瞥了一眼大叔，他似乎没她胃口这么好，菜上来以后，叉子一直都是捡些普通的蛋黄薯条来吃，她知道，大叔一定是为配合她才勉强来这里吃饭的。

心存愧疚的娃娃顿时动容，用叉子叉了巧克力尼莫送到他的面前，诚恳地说："吃吧，这个是海底总动员。"

郎赫远抬头，冷冷地说："你吃吧，还是你不喜欢吃这个？"

"我当然喜欢吃啊，不过，郎总，您可不可以不把这顿饭算在我的债务里？"娃娃撇嘴，坚持用叉子上的巧克力来讨好郎赫远。

债务？唔，对，她还欠他债呢。想到这里郎赫远唇边微微扬起恶魔般的笑容，惬意地靠在椅背上。

她要是不说，他几乎都忘记了。

他先是点点头，娃娃眼底立即充满感激的汪汪水意。

大叔，我发誓，你在我心里胜过梁大叔五分！！！哦，不，十分！！！

郎赫远用叉子接过那个巧克力小鱼，在两个人中间转了转，而后徐徐地说："但是我有条件。"

呃？娃娃眼底原本充满的水意立即蒸发一半，早知道从资本家口袋里夺债务就跟虎口里拔牙是一样的，基本上大结局都是惨剧一出。

娃娃坚持咬牙挺住，微微露出四颗小白牙，讪讪地说："郎总，您说……"

"以后没外人的时候，叫我，咳……赫远。"郎赫远几不可见地皱了皱眉，刚刚他居然差点说出honey，他握紧了拳，怒火再次上升。

娃娃看见他的怒气，赶紧低头掰手指头算算，七千八百五十加上这顿饭三百八十块，再加上西装的二十块熨烫费，居然八千二百五！平均下来每个字四千一百二十五块！

仔仔细细认认真真算了三遍的娃娃立即拍桌而起，非常爽快豪气地说：“郎总，成交！”

大叔，你当我二十多年的书是白读的吗？这么划算的事，不答应的是小白！！！

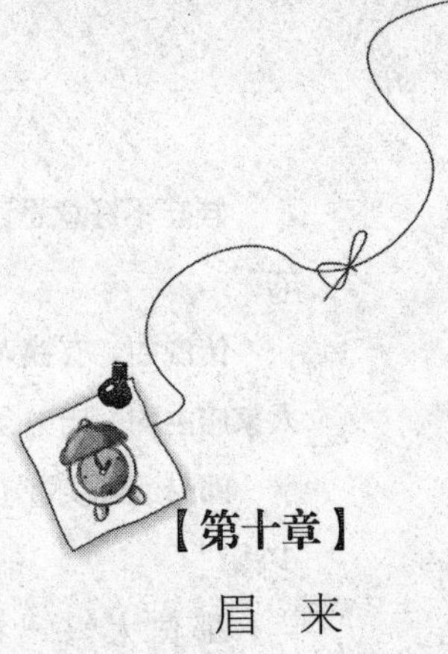

【第十章】
眉　来

郎赫远和娃娃从饭店走出来，冷风吹得她直哆嗦，郎赫远去旁边停车场提车，她跺着脚在原地转圈的时候正看见路边有女孩饰品店没关门，立即迫不及待地冲进去看看有没有围巾手套卖。

仰脸在墙壁上找一圈居然还真挂着各色手套和围巾，娃娃当即为自己的发现激动不已。

郎赫远开车到娃娃原本等待站立的地方，居然没找到人，下车往西走看了两眼，人居然也不在。饭店旁边只有一个小店还亮着灯，郎赫远看店铺上通红的凯蒂猫挂饰就头痛，但为了找娃娃只好硬着头皮推开门进去，水晶的凯蒂猫互相撞击发出悦耳的声音，娃娃闻声回头，笑眯眯地说："郎总，您稍等一下好不好，我要买围巾手套。"

不过眼尖的娃娃还是发现大老板心情似乎不太好，脸比外面的天色还黑，一想到自己刚刚的不告而溜，深知理亏的她还是自觉地为大老板挑了一双雪花图案的棉手套，然后再很没骨气地又为郎赫远挑了一条暗色条纹的围巾。不管怎么说，人家好歹也是免除了她一大笔债务，适当补偿一下也是应该的。

嗯，就这么办。

她去老板面前结账，郎赫远站在她身边从兜里掏出钱夹，低声问："多少钱？"

娃娃不好意思让他埋单，赶紧抢着说："没多少钱，而且这里不能刷卡的。"

传说中，有钱人都是刷卡付账不带现金的，万一大老板一会儿拿金卡给人家店主的，店主会吐血身亡的。

郎赫远淡淡瞥了她一眼，峻眉紧皱，掏出一张百元钞，又问了一句："多少钱？"

那位大妈一看到钱给得如此大方，立即不眨眼地漫天要价："一百五十八。"

郎赫远听完，面无表情地又掏了一百块递过去，被娃娃当即一把拍掉，她回头不满地问："哪里要那么多，这两副手套最多二十，加上围巾四十，最多六十块。"

"六十块，我不卖。"大妈眼看有金主付账，咬住价钱坚决不放松。

"不卖我们走。"娃娃说完，拉起郎赫远拿着钱的手直接推开玻璃门出去，郎赫远对她的抠门不悦，"喜欢就买，又没几个钱。"

"才不要，她这不是宰人吗。"娃娃不干。

"我付账，宰又没宰你。"郎赫远不愿意为这几个钱来回折腾，倒是娃娃拽他离开的亲昵姿势暂且缓解了心中的不舒坦。

"郎总，你要是钱多，你给我也不能给她，我有用的。"娃娃结巴巴地说。

郎赫远依然不悦，冷哼："连给自己买条围巾都不舍得，你要那么多钱干什么？"

就在此时，店主突然推开门说："八十，能买就买，不买拉倒！"

郎赫远立即停住脚步，娃娃被他没有预告的动作突然带个趔趄，郁闷地回头："怎么了，郎总？"

"她说八十了，差不多了吧？"难为郎赫远第一次为了这么点小钱和别人协商，虽然脸上还是恨铁不成钢的无奈，但口气已经变软。

娃娃回头，扬声对店主喊："六十卖就卖，反正多一分都不给。"

店主气愤地说："卖你！现在连开宝马的人都这么抠门，果然是经济危机了。"

娃娃乐颠颠地去翻自己钱包，郎赫远别有深意地看了她一眼，大步走到小店门口把钱递过去，再把包好的东西拿回来，让娃娃靠在车旁立正站好抬胳膊把围巾替她围上，又拆开手套的包装命令道："把手伸出来。"

娃娃靠在车门上，慢慢地把手伸出，路边绚烂的灯光打在两个人的身上，形成淡淡的斑斓光圈，唯美，浪漫。

突然四周很安静，静到娃娃可以听到自己心脏的跳动声，扑通，扑通……

手套质量很差，涩涩的套不上，两个人就这么对面站着，像是在等待他完成一件伟大壮举般期待着什么的降临。

娃娃的脸蛋热得厉害，郎赫远更是前所未有的紧张。

究竟站了多长时间娃娃不太清楚，不过她敢肯定的是，如果再这么站下去两个人肯定很快就变成雪人冰激凌了。

她终于鼓起勇气，不惧权贵地开口："郎总，这个，其实，是给您买的。"

眼看着郎赫远抬起头，眉头紧拧，娃娃赶紧又补充道："用来谢谢您帮我免除债务。"

郎赫远低头，无声又换了另一副手套，拿到手里发现竟然是那种幼儿拇指手套，他成年以后就没想过现在还有人能带手指不分岔的手焖子过冬，所以当他拿起那个上面带雪花图案的手套第一直觉就是娃娃应该戴这个。

娃娃发现郎赫远的表情很奇怪，赶紧从他手里抢过手焖子戴好，然后低头补充道："郎总，您那个手套是他们店里最好的。"

平时对付无故谄媚女人的冷言讽刺眼下全部消失殆尽，郎赫远只是觉得口干舌燥，眯起眼看娃娃，把剩下那副手套三下五除二地戴好，闷声说："上车！"

善于察言观色的娃娃觉得此时大老板心情比先前更加的不愉悦，是嫌她买的手套质量太差，还是因为是他付的钱心疼？

估计心疼那面儿大些，娃娃好几次买完衣服都会心疼得肉疼，一般晚饭就直接省略，如果有可能，第二天酸奶也不喝了，这是必要缓解心里心疼钱的好方法。

所以，娃娃挣扎半天才说："那六十块我一会儿给您，您就别心疼了。其实钱不重要，保暖最重要，这副手套虽然丑了点，但戴在手上很暖和，您现在手一定不冷！"

废话，当然不冷，在空调下戴副棉手套，郎赫远觉得自己手心全都是汗，可就是不想摘。第一次，一个女人会给他这么廉价的礼物，但暖意已经充盈心底。

"其实，我一直想谢谢您的。我知道，因为没有工作经验，所以我在工作上是很白痴的，因为上学久了，脑子有点不灵活，难为您一直包容我，我就总想着怎么感谢您……"娃娃说这些话的时候语气加快，说了一大串以后戴着手焖子的手还在大腿上搓过来揉过去的。

她真不知道自己到底想表达什么，就是在他给她戴手套的时候，心里突然有一点点很奇怪的感觉，然后不知道为什么脸竟然慢慢地烧起来，估计在车里看不出来，娃娃觉得自己的脸蛋现在肯定变成了大番茄。千万不要让大叔看出来，不知道的还以为她对他起什么坏心眼了呢。娃娃暗自祈祷。

车很快就开到了娃娃家门口，郎赫远这次异常清晰地记得路。

娃娃下车的时候，郎赫远也跟了下来。

一前一后地走着，她不开口，他也不开口。

娃娃觉得自己应该说点什么来表达自己此时的心情，可想了半天又不知道该说点什么好，她下巴几乎都要抵在胸口，隐藏好热辣辣的脸，头低得郎赫远只能看见她的一个后脑勺。

娃娃其实一直在看那副手套，说实话，大叔风衣的玉树临风、气宇轩昂都被雪花手套破坏得一干二净，她怎么这么蠢呢，大叔怎么能戴雪花手套呢，至少，至少也得配双小羊皮手套啊……

郎赫远看到娃娃脸色发红一副魂不守舍的样子，心情突然阴转晴大好，耐心等待她接下来的话。

“其实……”娃娃盯着他的手套，犹豫着想了半天。

“其实什么？”郎赫远因她的小忸怩，脸上露出难得的微笑，柔声问。

娃娃被他温柔的笑容晃失了神儿，这下连耳朵都红了，小脸更是几乎都要埋到围巾里。

她憋了半天，才突然说了一句：“赫远，其实，那副手套很暖和的，真的。”然后没给郎赫远回答的机会，像个受惊的小兔子一样跑上楼，因为动作过大，后面还跟了一溜烟尘。

郎赫远在那儿怔了一下，然后若无其事地上车，一直顺利开车到家，上楼打开房门，换睡衣洗澡，直到走到卫生间拧开淋浴喷头才发现，他，居然还戴着那副雪花手套。

自从娃娃新年夜思想混乱地叫了大老板一声赫远以后，大老板处事愈加诡异，很不幸，娃娃一般是他诡异行为的直接受害人。

“啊？信的开头真写‘我的小肉肉’？”娃娃趴在办公桌上，双手托着下巴，瞪着两个乌溜溜的大眼睛，发出心中无限恶心的感慨。

“不光是那个呢，结尾说‘我永远愿意做你的小内内’。”张澜宇仗着办公室里没人偷偷小声说。

呕，这徐总的文学底蕴确实内在深厚，这么纠结且又缠绵的形容词是怎么想起来的？娃娃觉得自己和自己身上的鸡皮疙瘩对此称呼都是无比佩服，不过她也在百忙之中抽出一点点空暇对正在弯腰给郎赫远检测电脑的技术部张澜宇说：“你刚刚输入的客户端程序错了，应该加个提取数据。”

张澜宇不服气，撇嘴：“小丫头别逞能，有能耐你来啊。”

“我来就我来。”娃娃拉开自己身边的椅子探过身去，把张澜宇的肩膀挤过去些，直接靠在他的腿上，很快，劈里啪啦一套程序轻易搞定。张澜宇看傻了眼："哇，杨娃娃，你以前是学什么的？"

娃娃扬扬得意地扭了扭屁股，做个鬼脸给他："我？学核能的。"

"看不出来啊，小小的年纪做程序这么熟练，你干脆和郎总申请调我们技术部算了。"张澜宇用力拍了拍娃娃的脑袋，娃娃不爽地狠狠瞪了他一眼。一抬眼就看见张澜宇停住所有的动作，目光呆滞，大概因为一时间没反应过来，肇事的手还在娃娃的发间插着。

呃，娃娃伸手朝他眼前摆摆，没动静，被核能吓傻了？其实那也是个很普通的专业啦，不过就是没事研究研究原子弹，有事搞搞核武器之类的。

"你们俩在我的办公室干什么？"令人毛骨悚然的男低音从背后响起，娃娃第一时间看了一眼张澜宇，然后非常诚恳地扭过头回答郎总的提问："我们在检测您的电脑。"

郎赫远嘴角抽动一下，而后站在两个人身边居高临下地冷冷地说："哦，那你们继续忙，我在这看一会儿。"

这下，轮到张澜宇异常紧张起来。

在大老板监视下干活儿他还是第一次。掐指算算，其实也不过在华昊入职才一年半，见到大老板郎赫远的机会只有年终公司庆祝活动上的新年贺词。如今第一次如此靠近指导公司前进方向的决策人，不得不承认，心脏确实有点超负荷。

张澜宇紧张，娃娃因为看他弄不好更紧张：拜托，大哥，你这时候大脑抛锚，不等于承认我们俩刚刚是在浑水摸鱼讲八卦嘛，大哥你就不能争气点？

于是刚刚还算很和谐的气氛被郎赫远沉默的伫立压下去，三个人一言不发地各自心怀鬼胎，只能听见大落地钟滴答滴答的响声。

不知道那副手套大老板丢掉没有，如果真不喜欢，还给她，她给他买副小羊皮的就好，那副手套不要浪费，她还有别人要送的……娃娃被自己的小心眼弄得脸有点红。为了转移愧疚，她专注地看着身边和自己一根绳上蹦跶的蚂蚱。

眼看着张澜宇敲键盘的手指头都抖成一团了，郎赫远满意地端起咖啡杯，抿了一口，看来心情不错，凉咖啡也会变得很顺口，他再睨了一眼娃娃。

这孩子居然敢趁他不在的时候随便和别的男人说话，被骗了怎么办？以后一定要好好教育，省得上当。

娃娃见状这个着急啊，这个丢人现眼的家伙，你就不能超常发挥一次给大老板看看？一边想，她一边战战兢兢地回头看了一眼，不偏不倚地和郎赫远的目光撞了个正着。

两个人就这么互相你来我往地看了几眼，娃娃大叫不好，自己明明是想察言观色的，怎么最后变成和大老板眉来眼去了。她赶紧收回视线继续关怀那名叫张澜宇的后进生，他动作奇慢，看着实在上火，她直接把张澜宇推到一边，自己靠过去亲自抄刀上手。

三下五除二搞定后，张澜宇立即用眼神对娃娃说：兄弟，真够意思，下午我要请你吃饭，地方随你挑。

娃娃则用眼神回答他：啥也别说了，快点撤吧，不然一会儿被郎总发现我们俩在他办公室八卦就惨了。

而郎赫远就站在他们俩背后阴沉着脸，怒火中烧：这两个人当他是死人吗，居然敢光天化日地在总经理办公室眉来眼去？

张澜宇本人还是很明白什么叫脸色难看的。见郎赫宇眉头都扭在一起，他默默为自己即将失去的工作深深哀悼了一下，虽然计算机硕士来技术部当检测是有点委屈，但华昊集团工资高啊，如今听说上海大学生都免费工作了，硕士难道能在金融危机里独善其身吗？岂料，千算万算就是没算到居然在总经理面前丢了人，现了眼。看来，是到下午回技术部广泛投简历的时候了。

他还在天马行空地为自己在经济危机里失去工作而悲恸，郎赫远已经完全失去所有耐心，眉尾一挑，冷冷地问：“董事长的位置好坐吗？”

张澜宇被他一句话吓得心脏狂跳，立即讪讪地站起：“不好坐，不好坐。”

“哦，以为你觉得好坐，准备坐到过年呢。”郎赫远淡淡地扫了他一眼。

那样冰冷的眼神所过之处，无不立即冰封三尺，张澜宇觉得自己脸上的假笑都快被董事长的视线冻僵了，他立刻拿好所有的东西灰溜溜地回到技术部继续惆怅地投简历去了。

郎赫远等他走后，缓缓地回到座位上，把手中的咖啡杯放在娃娃面前，晃一晃："冷了，重新煮一杯。"

娃娃忐忑不安地接过咖啡杯，没想到还没抓稳，就被郎赫远一把抓住手腕拽到面前。

娃娃大惊，立即本能地喊道："郎总，我承认，我和张澜宇是说了徐总的八卦，但是绝没有嘲笑徐总小内内的情书，并且一万分地坚定相信，如果要写情书，我们郎总的比徐总的要更加缠绵悱恻，更加痛彻心肺！"

慌乱的她低头看见郎赫远呆滞的目光，不得不硬挤出个笑脸："郎总……您说呢？"

被她长篇大论刺激到的郎赫远迅速恢复以往的面无表情、不动声色状态，不知道是不是刚刚娃娃给他戴高帽的结果，表情明显缓和下来，轻轻放开她的手腕："我说？"

娃娃立即狗腿地露出牙齿谄媚："是啊，您觉得呢？"

"你想看我的情书？"郎赫远睥睨了一眼就差吐舌头汪汪两声的娃娃，嘴角微微上扬。

大老板今天行为特别诡异，娃娃凭借在龟仙人实验室那儿多年沉浮的经验直接判断大老板今天早上肯定便秘了，这种情况一定要顺着来，不能让他将大大不出来的怒火发泄到自己身上。

所以，她立即露出那种我已经期待很久的星星眼，对大老板说："当然，of course。"

郎赫远愣了一下，紧盯了杨娃娃两眼。

过了很长时间，他才把文件袋拿出来，扔在桌面上："先把文件送过去，其他然后再说。"

娃娃对郎赫远的气派不由得发出来自内心的感叹，这就是传说中的大牌啊，连看眼过去的情书都他娘的要预约！

实在太派了！

【第十一章】

眼 去

娃娃说话办事一向是有一说一，有二说二，得到郎赫远给看情书的许诺，立即乐颠颠地拿起文件跑到总经理办公室。

总经理办公室主任笑呵呵地把文件留下，本来还要留她和大家八卦三万字联络一下感情，可此刻娃娃的心犹如长满荒草的山，实在是万般惦记着郎大叔的情书，连滚带爬地往回跑。

到办公室门口，她整理好衣服，好不容易压抑住抖如筛糠的激动和如中风般哗啦啦直流的口水，甩甩头发露出娃娃招牌式最乖巧的笑容，对还在座位上批复文件的郎赫远轻声而柔媚地闪动着媚眼说："郎总，我回来了。"

郎赫远抬头，看见她满脸贼兮兮的笑容，顿时皱眉："哦。"然后继续埋首工作。

呃？哦算是什么意思？

大叔，你不可以欺骗小朋友，故意装糊涂就更是罪加一等！！！

娃娃见郎赫远不动声色，只能缩手缩脚地站在他的身边，等他自首。等了半天，大叔还是没有动静，她不得不鼓足勇气提醒贵人多忘事的大老板："郎总，您说过要给我看情书的。"

这是怎样一种大无畏的精神啊，要知道惹怒郎总，郎总很生气，后果会很严重的。

Chapter 11 [illegible]眼去

郎赫远漫不经心地睨了娃娃一眼，娃娃坚决不畏恶势力地挺直腰杆，一双水汪汪的大眼睛就是控诉资本家不讲信用的最佳证据。

郎赫远剑眉扬起："那还有人答应我，在没人的时候叫我赫远呢！那个人说话算数了吗？"

呃，这个……

上次就是因为她太遵守承诺，才在两个人告别时候喊了大叔一声赫远，结果导致大叔便秘行为持续诡异到现在，如果再来一声……

大叔这副身子骨能承受得住吗？

三十二岁了，骨质也应该疏松了吧？

万一嘎巴一下因为她直呼其姓名挂掉了，这算典型的谋财害命吗？不喊似乎又不行。

娃娃思前想后，只好硬着头皮虚软地喊了一声："赫，赫远。"

害命就害命吧，不过她不是谋财，是谋情书。娃娃不比别人贪财，也不爱什么权势，唯独对绯闻八卦实在是欲罢不能，虽然对郎赫远的敬畏感还是那么强烈，但她对八卦的奋勇牺牲的精神比那敬畏感还要强烈一万分。

郎赫远态度很奇怪，看上去有点似笑非笑的感觉，用下巴指向桌子一角的文件袋示意她去打开。

哇，太正式了吧，她杨娃娃果然没看错，大老板是个长情的大叔，过去的情书都用文件袋保存，证明他是多么认真，多么小心，多么值得珍惜的一个人啊……

娃娃笑眯眯地把文件袋拿起来，抱在怀里，突然发觉文件袋很轻，低头把封线拽开，里面居然只有一张薄纸，她不解地抽出来，端到眼前，只见上面有两个苍劲有力的大字：

情书！

娃娃终于学会郎大叔的招牌动作，狠狠地微微眯起眼睛转过身看着始作俑者，而郎赫远则高深莫测地对着她笑了笑："对你看见的，还满意吗？"

满意个屁，这就是诈骗！

娃娃的脸蛋因为愤怒而变得粉红，呼吸也变得沉重，至此郎赫远才故作惊讶地问道："怎么，你不喜欢这情书？"

娃娃抬起头看了郎赫远半晌，从牙缝里挤出几个字："怎么不喜欢……我喜欢。"

"哦，那你还站在这干什么？"郎赫远强忍着心中的爆笑，一本正经地问。

好吧，经济危机了，硕士不好找工作，博士也一样。娃娃知道富贵不能淫，贫贱不能移，威武不能屈的道理，但是经济危机出现的时候，说这句硬话那位哥们儿都不知道已经死了几千年了，所以他没经历过，也自然不能领会。在经济危机里不降薪、不裁员那就是公司天大的恩赐。别说被大老板耍，就是被大老板打也不能走。

所以，娃娃倒吸口凉气，把气节那破玩意顺窗户扔出去，把八颗亮闪闪的牙齿露出来说："我在对郎总的情书进行顶礼膜拜。您泡妞的深厚功力全体现于此，实在不能不让属下佩服得五体投地。好，您忙，我出去把这两个字裱在我的办公桌头顶，日夜供奉，争取练就郎总前所未有的文字功力，用十五笔就能泡到心宜男子，以不辜负郎总对属下的栽培。"

说罢竟然头都不回地转身离去。

郎赫远因她的决然态度而皱眉："站住。"小孩子生气了？

娃娃继续走。凭什么可以欺负幼小，难道在小孩子面前就没有信任可言吗？

郎赫远见她脚步不停，表情一沉，再次加重声音："站住。"怎么不听话？

娃娃继续走。不能屈服，是非观念、伦理道德还是要讲的！

郎赫远顿时怒气大发，突然说道："你到底想干什么？"再不听话她死定了！

娃娃豁出去了，转过身，直视郎赫远异常英勇地说道："年纪小也不是可以被欺骗的借口，为人尊长要懂得以身为鉴！"

在郎赫远瞬间错愕的表情下，娃娃又大声补充道：“言而无信，商而无誉！”

郎赫远脸色异常阴暗，绕过办公桌走到娃娃面前厉声威胁道：

“你再说一遍！”

娃娃扬起头，望着郎赫远的下颌大胆地说：“商无信，功不成！”

郎赫远一把抓住娃娃的袖子，恶狠狠地看着她，手指关节微微泛白。很快，还紧紧拧在一团的眉毛渐渐放松，听到这里竟然开始嘴角上扬。

唔，原来，小丫头长大了，居然懂得反抗了。

不错，他喜欢。

娃娃被大叔奇怪的表情吓得勇气全失，如今只敢在下面用扭手指来表达自己内心的紧张，刚刚脑子被驴踢了，根本没考虑后果。得罪董事长……这错误也太大了吧？实在是太冲动，太冲动了，大叔千万不要开除她，千万不要……

我愿意对你说那三个字：对，不，起……

郎赫远看看她手中那张写着“情书”两个大字的纸，低头在她耳边轻声警告：“如果你想要说清楚，我会写给你。但不是现在。”

她没听错吧？大叔说写情书给她？

娃娃张大嘴巴，为惊觉内幕而心中不住地哀号：

大叔，便秘，这是病，得治！

娃娃一个下午都在考虑大老板对她说过的话究竟是什么意思。

最终得出来两个具体可能：

一个是，目前在大老板眼前经常晃悠的只有她一个异性，长期空窗导致的营养摄取不良。现在总办原本属于全特助干的工作现在都由她来接管，除了娃娃，大叔的眼睛已经接触不到世间的花花草草，所以被娃娃这棵嫩苗蒙蔽了双眼。

二来是，可能是大老板喜欢幼女，更喜欢把毒手伸向自己的周围。以前那些什么山西女明星，什么男总办主任都是大老板掩人耳目的百般借口，真正内在则是他令人发指的邪恶嗜好。

她毛骨悚然地瞄了玻璃门内的郎赫远一眼，赶紧将眼神挪开，心中阿弥陀佛地念了几遍，可怜那几个绯闻炮灰了，死都不知道内在原因究竟为何，善哉，善哉。

被娃娃这样鬼祟的眼神盯得次数多了，郎赫远有些察觉，抬头对上她贼眉鼠眼的视线，娃娃见自己撞枪口上立即坐直了腰板，深深呼吸，强装镇定。

大老板爱的是她像小兔子一样幼稚可爱，为了摆脱变态大叔的魔爪，她必须要比他更强势，要浑身上下散发出成熟女人的气息和态度，这样，他就不会有蹂躏幼小女孩子的快感。所以，杨娃娃，战斗吧！要把自己变成不符合大老板口味的老女人！

娃娃瞬间回了郎赫远一个邪魅的眼神儿，浑身上下充满战斗激情的她甚至还故作成熟地抛了两个媚眼，郎赫远靠在办公椅眯眼，看了片刻，突然起身拿起电话按了四下，娃娃办公桌上的电话立即响起，她接过，就听见郎赫远低沉不悦的声音：“你眼睛抽筋了吗？”

娃娃把话筒拿下来回头看了一眼大老板，只见郎赫远正在面色阴沉地盯着自己，立即所有的勇气被打散，换了一副讪讪的笑脸：“没，没，就是闲得没事做会儿眼保健操……”

郎赫远按住话筒缓慢地别开脸，朝着玻璃憋不住笑了两声，而后又严肃地转过来说：“哦，下去叫林琅上来。”

娃娃听罢乐得一蹦。

可算能逃开大老板诡异的眼神了，虽然只有短短的几分钟，那也是幸福啊，咱们这种要饭的坚决不能嫌饭馊！

所以她雀跃地，将抽屉里的小镜子掏出来看看，又准备掏出润唇膏蹭蹭嘴唇。话说营销部的女同事个个妆容精致，如果就这么被她们比下去了，将来哪还有脸面在总办生存呀。

不料润唇膏还没蹭上嘴唇，桌子上的内线电话又响。

娃娃不经思考地接过电话，居然又是郎赫远，声音比刚刚还要低沉：“你又照又画的，准备去哪儿？”

娃娃听完心里咯噔一下：“郎总，不是您要我去营销部找林总的吗？”

完了，看来大老板最近太忙了，怎么自己刚刚说完的事都不记得呢，这句话还不能说，说完他发现自己的错误脸面上磨不开，到时候再怪罪于她，那就真是叫天天不灵，叫地地不应了，所以娃娃小心谨慎地赔着笑脸说：“您还有其他吩咐吗？”

郎赫远停顿片刻，才很随意地回答：“哦。没事。”

没事打个屁电话！这句话娃娃当然不敢说出口，心里再度揣摩了一下，又小心翼翼地问道：“还是您准备再找别人？”

“谁也不用找，林琅也不用了，你忙你的。”不等娃娃回话，郎赫远已经冷静地把电话挂掉。

娃娃盯着话筒看了好长时间，又回头看玻璃门里面，大老板已经开始肃容办公了，眉头皱得很紧。

看来，出去溜达几分钟的愿望又就此落空了，唉。

林琅上楼的时候正看见娃娃坐在座位上唉声叹气，他出其不意地走到她身边，伴随而来的是从背后掏出的一个开朵小花的仙人球。

眼前突然飘过红色的小花朵，娃娃立即放下满心的惆怅，对他露出兴奋的笑容。

“林总，这个，是送我的？”娃娃笑眯眯的样子很甜美，有些羞涩，有些腼腆。

“嗯，听总办人说你有一个没开花的仙人球，天天浇水等开花，我来抢救那个天天被浇水的小可怜仙人球。”林琅抿嘴笑笑，把仙人球送过去。

“谢谢，谢谢。那个仙人球我都养三年了，就是不开花，我还奇怪呢，为什么不开花。”娃娃小心翼翼地从他手里接过仙人球，美滋滋地和自己那盆仙人球摆在一起。不错，刚好是一对儿，一个戴花的羞怯怯小女生，一个刚毅清朗的小帅哥。

娃娃边看，边退，边退，边看，心满意足地笑着。

林琅为她这样容易满足也轻笑，语声轻柔：“又不是什么好东西，你至于这么满足吗？”

“你不知道，礼物是不在乎贵重与否的，而是在于送出的人是否花了心思在上面。”娃娃欣然地笑答。

林琅了然地笑笑，却不料娃娃倒退的身子直接跌入到一个怀抱。她的头顶响起某人低沉的声音，夹杂着飕飕的小冷风冻僵在场的其他两个人。

娃娃不敢回头，她不知道大老板什么时候开门的，也不知道大老板究竟听到了什么，但根据她平常了解的郎赫远的语气来看，他现在真是非常非常的不悦。

所以娃娃此时的表情分外惊恐。

“你找杨秘书有事？”郎赫远瞄了一眼那盆小仙人球，只淡淡地问。

林琅从郎赫远和杨娃娃两个人的表情里嗅到了什么不对劲的气息，立即微笑说：“我其实也没什么大事。”

“哦，那就进来吧，在外面站久了容易出事。”说完转身回他的办公室。

娃娃被大叔的一句话弄得抑制不住心跳加速，血液直往脸上冲。

他，该不会以为林总在追求她吧？

就一盆仙人球而已，至于吗？

倒是林琅对眼下的情景颇为玩味，瞟了一眼杨娃娃涨红的面颊，再瞥一眼郎赫远办公室内的静默，造成这种不寻常气氛只有一种可能，那就是这两个人之间肯定发生了什么不可告人的事情。

他很快走进总经理办公室，办好事再出来时仍没忘再看上一眼杨娃娃，步履匆匆，似乎不敢停留的样子。

娃娃很想感谢他送给自己的仙人球，所以急急地说："林总……"

岂料林琅明明听见娃娃的召唤也不肯回头，反而加快速度急冲冲地走下楼去，害得娃娃盯着他的背影无奈地小声嘟囔："我怎么得罪你了，叫你，你都不理我？

还不如大叔呢，大叔从来都没有不理她的时候，不知怎的，想起大叔的时候，娃娃的白皙小脸蛋上竟然悄悄爬上一朵小红云。

不知道大叔在做什么，如果他也像林总一样送她一盆仙人球多好，她一定会很高兴的。

娃娃不由自主地偷看了一眼玻璃门，却看到此刻正半靠在门边上面容沉肃的郎赫远，娃娃刹那间惊吓过度，倒抽了一口冷气："郎，郎总，您有事？"

郎赫远缓缓走近她的身边，低头看着她少女怀春般的嫣红面孔，怒气再次涌上来，突然，他左手抬起她的下巴问："你硕士是靠吃饭混出来的？"

"啊？"什么意思？娃娃不明白大老板到底想说什么。

"女孩子不能随便收男人的礼物，你不知道？"郎赫远的口气不善。

"那，那您的也不收吗？"拜托，娃娃还惦记着情书呢，甭管是郎赫远写给谁的，给她也得要啊。

"我的除外。"双重标准郎赫远说得面不改色，气不喘，一点都不会害臊。

"……"

"这算不正当竞争吗？"娃娃迷茫地问。

郎赫远冷哼一声："我有对手吗？"

强！大叔，不得不承认，您太水仙了，您就是传说中的水仙王子啊……

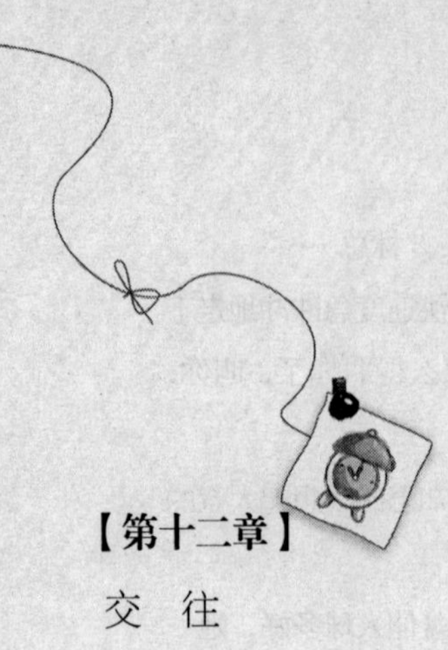

【第十二章】

交 往

娃娃清晨准备上班，囡囡咬着面包和她一同出门。

两个人并排走出楼门，囡囡发现娃娃肩膀上扛着一个硕大的行李包有点不解地问："娃娃，你要私奔吗？"

娃娃回头瞪了她一眼："私奔以后把老爸老妈交给你，我放心吗我？还私奔呢？"

"难道交给你我就放心啦？谁上次熨衣服往自己大腿上熨的？硬币大的水泡挂了整整一个星期！"囡囡愤然指出寻常人类不可能做出的巨不可思议的事件。

"那不是我正熨衣服的时候看见裤子上有褶儿吗？"娃娃对这次事故委屈得不得了。

"那，是谁往加湿器喷壶里倒开水的？"囡囡见她不承认再怒三分。

"我……好像是我，可是喷雾器喷出来的是冷水，晚上睡觉太冷了。"娃娃用无辜的眼神看着囡囡。

"然后加湿器的冷凝器就被你这么热乎乎地报废了？"囡囡额角青筋暴跳。

娃娃嘟着嘴，把头扭到一边，直接甩个后脑勺给囡囡，不再跟她解释。这丫头越来越没大没小了，怎么总喜欢训她？拜托，十四岁考上大学的人怎么能被一个现在才大学毕业的人鄙视，坚决不接受！

“那你现在能说一下为什么背个硕大的背包像是准备离家出走的模样吗？”囡囡立即转弯改攻另一突破口。

娃娃发现自从她去了华昊以后，好多人都变了，郎赫远变聪明了，囡囡变聪明了，唯独她变得越来越笨（囡囡对此观点持保留态度，她始终认为娃娃一如既往地笨），她不可置信地回头摸了摸囡囡那一头短毛，欣慰地说：“囡囡你越来越懂得什么叫迂回了。”

囡囡满脸黑线地说：“放心，没认识你之前我也知道什么叫迂回。”（娃娃对此观点持有保留态度，认识她之前……在老妈肚子里迂回吗？）

娃娃挫败地把东西放下：“我准备把这些捐了，我有好多衣服，很新的，我都消毒好了。我昨天还去银行汇钱给希望工程捐了一个图书馆。”

“你中彩票了？”囡囡记得捐图书馆要不少钱的，娃娃哪来那么多钱？

就在此时，突然有辆银光熠熠的宝马车停在二人面前，车窗缓缓打开，囡囡眼睛瞳孔随着车窗逐渐下降而放大，只见娃娃非常认命地朝车窗内的男子点头打招呼：“郎总，我马上就上车。”

囡囡立即一把将娃娃拽到一边，大声说道：“要死了，你傻呀，居然给人家当情妇？”

娃娃立即抛给囡囡一个杀死人的冰冻眼神，恶狠狠地说：“死囡囡，你再说一遍！”

经她一问，囡囡也觉得这种可能性不大。别的不说，那男人也太年轻点，另外养情妇无非都是图寻开心，谁会包养娃娃这么操心操力还不讨好的呢。莫非……娃娃她卖身捐献图书馆？

娃娃试图引导囡囡从思想的岔路上回归，毕竟这事要是传到老爸耳朵里，估计那把二十年前就已经金盆封住的砍刀又要重出江湖了。所以她在嗅到囡囡有将事情向扫黄打非蔓延的味道后，连忙挽救说道：“他是我们公司大老板，今天帮我把东西送捐助学校去。”

囡囡瞪大双眼，鬼鬼祟祟地偷偷瞄了一眼车内面容平静的郎赫远，突然大声尖叫："他，他是不是你上次说的那个表白对象？"

有这事吗？娃娃皱眉仔细想想，似乎，好像，大概，有那么一点点的印象，是在第一次见到大叔时候在给囡囡的电话里说过的。

同时娃娃也用眼角的余光不小心瞄见大叔似乎刚刚也听见了这句话，正在放眼神过来。

娃娃赶紧结结巴巴地解释："不是他，不是他。"

再次调动眼角余光，发现大叔的嘴角迅速下垂，娃娃心中紧张得更加厉害，完了，他是不是又误会她喜欢林总了，其实，其实不是的……

娃娃决定自救，所以甩开囡囡扛起那包东西往车旁走，郎赫远看见她东西拿得吃力，下车将后备厢打开，伸手把娃娃手上的东西扔进去，然后再利落地关上车门，所有动作一气呵成，帅得一塌糊涂。

囡囡上前拉住娃娃的手，低声嘀咕一句："不管你表白的是谁，这样的你要是放过了，你就是猪，二十来年书你都白读了。绑不回来他，我明天就上股票大户室去写牌子把你卖了！"

对囡囡的老鸨潜力，娃娃满头瀑布汗，在囡囡老鸨贼眉鼠眼的笑容下迈上郎赫远的车。

他帮她绑好安全带，随口问了一句："去哪里？"

娃娃心还想着刚刚囡囡的叮嘱，说："放心，我对他没绮念。"

郎赫远面色低沉，冷着脸问："对谁没绮念？"

娃娃突然明白过来，立即小脸泛起粉红色，连耳朵边都红透了，小声说："我说我对林总没绮念。"

本来只是为了转移话题，结果正对了郎赫远的心思，原本冷脸冷面的他嘴角上扬，身子一紧，差点做出什么不正常的举动。

娃娃见大老板没什么反应，轻咳一声说："其实，林总这个人挺好的。"

他皱眉：怎么无缘无故又说林琅好了，听见她夸奖别的男人好，心里非常不是滋味。

娃娃偷偷观察到大老板脸色比锅底还黑，又转了个弯说："当然，林总再好也没有郎总好。"

郎赫远方向盘一转，脸色又缓。

"郎总除了逼我吃粗粮，除了追债，除了时不时地便秘，其他都很好。"娃娃好心补充道，说到这里，她自己没忍住，先哧哧笑起来。

华昊董事长郎总经常习惯性便秘，个性水仙，爱好吃粗粮，擅长追债。这些东西估计就算是她说出去，外界谁都不会相信。

郎赫远手中的方向盘一转，脸又阴沉下来，眉毛已然紧紧拧到一起。

"你说我哪里都好？"郎赫远过了半晌才咬牙切齿地问。

"嗯，是啊。"为了表示诚恳，娃娃还凑过来用坚定的表情表达自己的确认。

"既然我这么好，那你跟我交往吧。"郎赫远镇定地说。

囡囡站在家门口张望娃娃离去的背影，发现那辆宝马始终采用S形路线前进，不由得摇头感叹，那个男人帅是挺帅的，就是开车技术不咋样，这样车要是给她开，至少也能开出直线瞧瞧。

挺好个车啊，放他手里，可惜了。

娃娃目视挡风玻璃前方，狠狠用手掐了一下自己大腿，再吞了几口口水，恢复一下所剩不多的智力，战战兢兢地问："那，那个，有什么好处吗？"

晕，要死了。本来她是想说，那怎么行？

可一接触到大叔锐利的眼神，心就慌了，嘴就口误了，整个就不知所谓了，于是就原形毕露了。

郎赫远沉吟一下："哦，好处倒不少，关键看你指哪方面的。"

娃娃闻言立即瞪大双眼，哇，好处居然还分多方面的，听起来似乎很诱人啊。原来以为能进入华昊混吃等死就是天底下最大的福利了，谁料这才两个多月，居然还有更大的福利等着她？莫非是老天是怜悯她在实验室实验做多了，怕下半辈子有个辐射后遗症啥的，特地扔下一个大礼来补偿她？

别说，还真有那个可能。

可，关键的是，这礼物也忒大了，把娃娃她砸个满眼金星一脸红光……敢问，可以跟老天爷投诉换个小点的礼物吗？

这个礼物，她怕自己应付不了，太惊喜容易造成接收者昏厥啊，三百六十度无死角打滚中。

郎赫远觉得娃娃当下反应不太正常，目光有点发直，以为她还在深度思考和他交往的可行性，心中万分郁闷。

看来他最近一年行情是直线下降，弄得跟股票大盘似的一路狂跌，去年还是那个妖艳的羚漾集团千金主动趴到胳膊上跟他表白，今年找个白痴小娃娃要求交往都要被对方考虑十几分钟，果真真是行情飞流直下三千尺了……

“咳，考虑好了吗，还是准备回家考虑一个月？”郎赫远被娃娃的默然弄得很不自在，不由得咳了声，若无其事地继续开车，想他堂堂华昊董事长愿意屈尊和她交往，居然还敢考虑这么长时间……

回家考虑一个月＝年前被华昊裁员？“不要！”娃娃连想都不多想立即大声喊道。

“哦，那你的答复呢？”郎赫远眼神有点不确定地往她脸上扫了扫。

“那个传说中的交往都需要干什么？”娃娃其实比较困惑这个。囡囡的言情小说她是偷看了不少，但是对手似乎都没有像大叔这种类型的，又水仙自恋，又能力超群，还擅长讨债，难道他所谓的交往是让她陪他讨债去？

娃娃立即绝望地看着郎赫远的侧脸：“那个，需要陪你吗？”

郎赫远怒从心头起，脸上反而是冷飕飕的笑：“不然呢？”

“也对哦，不然呢？”娃娃被他的回答弄得失神了一小下，又接着问，“那需要接吻吗？”

言情小说里但凡写到两个人缠绵是一定要接吻的，但是一想到和大叔接吻的镜头，寒，娃娃只觉得虎躯一震啊。

郎赫远的宝马车再不走S形路了，直接把车开到路边停下来。转过身认真地打量了她一会儿，垂了一下眼帘：“那，你是想吻呢，还是不想吻呢？”

猛然发现此时的气氛就是小说里的失身前奏，娃娃立即把嘴唇兜进去，用牙齿狠狠咬住，惊恐地瞪大水汪汪的眼睛直摇头。

郎赫远，郎大叔的表情突然很诡异，恶狠狠地越过两个座位中间的重重障碍物，手扶住她的后脑，直接半压上身，吓得娃娃不得不反手挣扎着找车门的锁，以备逃生。

救命，狼要吃羊啦！

结果，摸索了半天也没找到开门的地方，实在是太慌乱的娃娃只好对暴怒中的郎赫远讪讪地笑着：“郎……郎总，那……那个，我……我吃大蒜了。”

“哦，叫赫远。”显然郎赫远并没被这种假设唬住，靠过来的动作还在继续。

“赫，赫远……我真吃大蒜了。”娃娃面前就是郎大叔宽阔的胸膛，背后是椅背，两边夹击的情况下弄得她的精神高度紧张，她还没发现大叔眼睛里已经变了颜色，她还没发现自己已经到了最危险的时刻，所以，她还在抱着那个可笑的理由当挡箭牌。

郎赫远再也不想忍下去，娃娃身上淡淡的奶香已经诱惑他很久了，他总是竭力克制自己的念头。不知道从什么时候他一看见她就想笑。像是受惊小兔子的娃娃总能做出许多出乎意料的事，起初，他还满心愤怒，可渐渐地，如果某一天异常平静，他反而会有点不习惯，总觉得她正在那儿憋着整点什么事儿的感觉，竟然还会满心期待，直到她真的闹了糗，他才能继续安然工作下去，放下了心。

难道，这奶娃娃身上有了什么魔咒？他不由自主地又靠近了些。

“娃娃。”郎赫远的呼吸淡淡地拂在她的脸颊上，带动她耳边的几绺散发忽忽飘动，他低头靠在她的脸侧，用很轻柔的声音说，“答应我。”

娃娃仿佛被下了蛊惑一般，眼睁睁斗鸡眼一样看着郎赫远的嘴唇越来越近，她很想推开大叔的狼吻袭击，但手上没有力气，另外她其实也想知道言情小说里所谓的接吻都描写得像是被雷劈了的感觉是不是真的……

郎赫远一手横过娃娃的腰，一只手把她的头靠近自己，娃娃只觉得自己嘴唇上被人印上了，被人用力亲了，被人蹂躏了，被人辗转了，就是没找到被雷劈的感觉……

所以她满脑子想的就一句话，回家……回家一定要警告囡囡，不许再花钱买那个什么瞬间倾城的书了，都是骗人的！

郎赫远不住轻轻叹息，娃娃的嘴唇很甜，有点巧克力的味道，他在她唇边略带贪婪地吸吮的时候竟然会有一种负罪感，好像他正在欺负祖国的小花朵。

天，该死，她甚至还在紧紧咬着牙齿。

他用诱惑的嗓音说了一声："娃娃，乖，张嘴。"

大叔的声音令人发指地低沉诱惑，声控协会的娃娃下意识地听从了他的建议，慢慢张开嘴，只觉得什么东西正在纠缠戏弄她的舌尖。

娃娃觉得自己耳边轰隆一声打了声响雷，顿时感到自己明显已经有了脑溢血的前兆，血管正飞速扩张着，血液几乎开始逆流。

她的双手已经被大叔压在身体两侧，所有的注意力全部都在研究怎么挣脱暴力钳制，大叔的力气太大，她没有机会反抗逃离，一张小脸憋红了也没掰动一根手指。

郎赫远低头看着娃娃的苦瓜脸，微皱着眉头，喘息了一下才放开她。

该死，他也没想到自己引以为豪的理智一旦溃堤会这样抑制不住。刚刚那刻的真实想法竟然是想把娃娃归为己有，一辈子都不给别人亲吻。这种念头没错，错的是太着急了，恐怕娃娃已经被他吓坏了。

娃娃不知道为什么大老板停下了动作，恍惚之间还记得他之前的善意邀请，伸出舌尖舔舔被他亲吻过的嘴唇，似乎味道还不赖，有种薄荷的清新味道。

她怔怔地坐在那喘息，只觉得全身虚脱发软，脑子脱轨罢工。

想了十秒钟，才能找到最开始的话题线索："赫，赫远。"

"嗯？"郎赫远一本正经的样子真的很君子，仿佛刚刚差点狼嚎的人不是他。

“如果，如果我们交往了是不是能天天接吻?”娃娃终于把心中的疑问问出来，长长地松了口气。

郎赫远挑了挑眉想了想，淡淡地瞥了她一眼，坚定地回答:“必须天天接吻!”

娃娃点头:“哦，那好，我们交往吧!”

【第十三章】
卖 身

说实话，郎赫远听到娃娃答应交往的时候心情很差。

他感觉自己像是在卖身。莫非对于娃娃来说，接吻比和他交往更有魅力？这丫头还真懂得怎么挫败男人的自信心。

倒是娃娃对郎赫远很久不表态产生了疑惑，莫非是大叔做不到天天接吻这么高难度的挑战性任务？早说嘛，她也不会太难为他的，毕竟岁数不饶人了，隔三天吻一次也是可以的，不过一周吻一次就不行了。

所以她善解人意地说：“其实，如果郎总您身体情况不容许，我也不会强迫你接吻的。”

冷场。

突然间郎赫远莫名其妙地静默，连带着娃娃不得不小心翼翼地抬起眼偷窥大老板的情况。

只看见郎赫远攥着方向盘的手指关节泛白，他双眼目视前方，半晌，才缓缓开口：“你放心吧，我身体好着呢，不服气就再来试试。”

娃娃眨眨眼，大脑开始飞快思索，鉴于刚刚事情发生得太突然不排除大老板是在逞能，权衡利弊，她还是非常认真地说：“那就再试试吧！”

郎赫远觉得自己的车子算是开不到捐助点了，眼看刚刚启动的车子又停在了路边，这次他一把将娃娃拽过挡位，紧紧搂入怀里。娃娃被大老板的突然袭击吓坏了，只能顺从地靠在他的胸前，郎赫远的体温透过他的掌心传导至她的身体，娃娃小脸迅速地红了。

因为靠近郎赫远的身体，鼻尖能闻见淡淡的薄荷香气，娃娃心慌意乱地想要从他身上爬起来，大老板的手并不放开，若有似无圈起的空间里只容她乖乖地趴在他的身上。

“娃娃。”

“呃？”大老板干吗突然用这么温柔和善的声音叫她，黄鼠狼给鸡拜年，没安好心，难道是大叔此时又有什么不可告人的打算？

郎赫远觉得自己就要疯了，这丫头像小猫咪一样趴在他的胸前依偎着，居然还发出撒娇一样甜甜软软的声调，她不知道这样的声音会把男人的魂都勾走吗！

郎赫远咳嗽声稍微调整了有些异样的坐姿，训斥道：“没事别趴男人大腿上。”

娃娃迷蒙地望了一眼大叔，不解地问：“郎总，不是你让我趴的吗？”

郎赫远勉强压抑住想先掐死自己然后再掐死娃娃的冲动，可一看到娃娃茫然而又无辜的眼神，他决定还是先掐死娃娃好了。

“我让你趴在那儿了吗？”郎赫远额角上的青筋左跳右跳，脸色也阴沉得可怕。

娃娃胆怯地看着大老板明显是华昊倒闭，股票暴跌，被麦道夫诈骗才会有的便秘表情，不得不说：大叔最近看来大大很不顺啊，现在还会用恶狠狠的眼神看着她，使得她不得不带点心虚地思考自己曾经做过的事。

没错，她是不该拿墙当镜子。

没错，她是不该打嗝说疯话。

没错，她是不该掰断轮胎杠。

没错，她是不该给他买手套。

但是，拜托，要求交往是他啊，咋弄得这么像是她求他似的？

当杨白劳要有当杨白劳的职业道德，像她，欠债那段时间多么忐忑难安啊，大叔一定是当黄世仁当习惯了，把债务人也当成债权人那么张扬了。

这样不好，这样不好……

娃娃眯起眼睛思考时的动作让郎赫远心里微微一动，在亲吻下去点火自焚和拒绝以后欲火中烧之间徘徊了一阵，还是决定把娃娃捞起来趴在自己怀里，双手紧紧抓着她的手腕，娃娃呆呆地看着郎赫远突然靠近放大的脸，完全说不出话来。大叔的气息变得具有侵略性，而且异常危险，她的身子刚能勉强靠住那儿，他就吻了上来。

这次娃娃真被雷劈了，劈得很彻底，从头顶到后脚跟，浑身像是被几万伏高压电接通一样，战栗颤抖。这次郎赫远没有挑开她的牙齿，戏弄她的舌头，反而是转攻娃娃敏感的耳垂。

随着自己耳边大老板呼吸的明显粗重，娃娃开始拼命挣扎。她不知道即将会发生什么，但敢肯定的是即将发生的肯定不是什么好事，这一点她还是能感觉出来的。

可郎赫远的双臂有力，紧紧环住她的腰，舌尖逗弄娃娃的耳朵不肯离开。娃娃只觉得自己脸上火辣辣地热，微微喘气的她用双手抵住郎赫远的胸膛说：“郎，郎总，我们再不走中午就赶不到了。”

对她想要岔开话题颇感不耐的郎赫远又在她的唇边流连辗转了一番，才靠在她的耳畔低哑地开口：“我倒是希望一直都赶不到……”

娃娃怨愤地看着郎赫远，心中很是不满。

都说资本家不喜慈善，为富不仁，现在她算看出来了。如果真是这样，交往以后她一定要改造他，为富一定要有仁，赚多少钱没了慈善心那就是大灰狼！！！所以娃娃郑重其事地说：“我还有个交往条件……”

郎赫远对娃娃突然提出交往条件不悦，刚刚不是说交往条件是接吻嘛，这个他一定满足她，那还有什么？

“每年我有权把一些你不穿的衣服，你不用的书籍捐给小朋友们。”娃娃抿着小嘴说道。

郎赫远扬眉："你的意思是要把 Armani 和《Winning-Jack Welc》送给小朋友？"

娃娃愣了一下，无奈地长叹口气，资本家和普通人的生活就是不同，连用的东西都这么不适合捐献，难怪建国初期大家呼吁要均产均富呢，这种资本家天生就不知道什么是普通，什么是公益，均了也活该。

不过她还是撅着嘴抱怨："不爱捐就不捐，没人逼郎总。"

郎赫远居高临下地看着她气鼓鼓的小脸，压抑着心底的怒气，别当他不知道她转来转去的眼睛下想的是什么，这丫头肯定又想岔了。

"如果某些人可以主动亲我一次，我可以考虑要不要成立一个专属的娃娃基金，专事帮助一些特困的孩子生活读书……"郎赫远的话还没等结束娃娃立即飞速地扑上来，他剩下的话都被甜甜的小嘴堵住。

娃娃一边心满意足地舔着郎赫远的嘴角，一边心中谋划着眼看就是过年了，应该借此机会再哄骗郎赫远出个十万二十万的给孩子们添套衣裳……

郎赫远被她舔得全身紧绷，娃娃思考完毕，也就结束了为基金献身的工作，可他还有点意犹未尽，正在算计买衣服到底需要多少钱的娃娃又感到他的接近，察觉他的不轨念头，连忙往后仰去，两只手捂住嘴，瞪大双眼闷声叫道："你不能随便吻，我这个要换钱的。"

郎赫远想要掐死娃娃的念头再次浮起，经久不退……

当郎赫远把车子七扭八歪地开到捐助地点，太阳高照，已经是中午了。

虽然肚子饿得咕咕直叫，口水也开始泛滥分泌，但娃娃看见出来等她的孩子们和领队老师还很开心，兴奋得拉开安全带就往外走，郎赫远怕她撞到头，立即探身过去打开车门，娃娃这才像逃出牢笼的小鸟，啊啊大叫着扑了出去，和孩子们嬉闹在一起。

孩子们显然平时跟她是很熟的，比约定的时间明明晚了很久，还都守在那儿不肯去吃饭。

当他们看见娃娃和一个陌生的叔叔一起下车时，表现都有点怯生生的，犹豫着不肯上前，倒是其中一个孩子很是懂事，咬着手指头走上来拽着娃娃的袖口，小声问娃娃："娃娃姐姐，他是你爸爸吗？"

娃娃被他的问题弄得很尴尬，回头瞥了一眼大老板如同锅底一般的脸色，不住地嘿嘿讪笑："小东，他不是娃娃姐姐的爸爸，他是叔叔。"

她刚说罢，随即一个可爱的小女生立即走到郎赫远面前，非常大方得体无比响亮的喊了一句："叔叔，您是娃娃姐姐的叔叔，也是我们大家的叔叔，我们会爱你的。"

说完还拍拍郎赫远的衣角表示安慰。

娃娃在心中默默为郎大叔默哀三秒钟，心想如果此时大叔噗的喷出一口鲜血也不是什么令人十分诧异的事，毕竟，这场面，实在太刺激人了，稍微正常一点的人类都不能逃脱口吐一升鲜血的命运。忍耐，忍耐……大叔你一定要忍耐，我马上就替你解释，我一定替你解释。

于是娃娃转过身慈善而和蔼地对那个小姑娘说："小美，乖，那位不是我叔叔哦，他虽然外表是看起来年纪大一点，但怎么能是我叔叔呢？我叔叔都四十多了，他还没到四十。"

小美听完解释，疑惑地说："可是娃娃姐姐，是你说的，他是叔叔啊。"

唉，这孩子怎么都排不对辈分呢？娃娃对此问题很是挠头。

还是旁边站着的小李老师出来打圆场说："小美，那位是你该叫叔叔，他和娃娃姐姐没关系……"

娃娃长出口气，幸好小李老师还能弄明白这里面纠结的称呼。

"你和娃娃姐姐是一辈儿，所以娃娃姐姐也要跟你一样称呼他，所以你们俩一起管那位叔叔叫叔叔，就对了。"

这下连娃娃的脸都跟锅底一样黑了，仿佛听见头顶乌鸦呱呱飞过。不必抬头也晓得大老板现在必定已经全身血液逆流，即将呈现心脑血管疾病前兆。

争取在第一时间拨打 120 吧，大老板，她只能做到这点了。

郎赫远收回僵硬的表情，蹲下来和小美平视，对着还在犹豫到底该怎么开口称呼的她嘴角微微含笑："乖，如果弄不明白，就不用叫叔叔了，以后改叫我姐夫吧！"

小美瞪大眼睛和郎赫远对视三秒。突然往回可怜兮兮地望了一眼，把小嘴一瘪："娃娃姐姐，叔叔占你便宜……"

冷场。

刚刚出现在娃娃头顶的那群乌鸦再次飞过……

娃娃和小李老师都在大脑中迅速思考能够安抚小美的可行性办法，娃娃觉得这个时候必须要说一点带有心灵鸡汤的警世名言来治愈小美刚刚被大老板言语摧残过的幼小心灵，所以她淡定一笑，坦然地对小美说："没关系，你娃娃姐我已经占过他便宜了！"

噗！

小李老师对娃娃的回答不得不痛苦地低吟了一声，一手捂住自己的脸扭向一边。

郎赫远蹲在小美面前不动声色地挑了挑眉，强忍了半天笑意，拉住小美的小手站起来朝她挤挤眼开口说："走，咱们俩进去，谁也不许说认识她哦，太丢人了……"

小美被他的表情逗得咯咯直笑，乖乖听话地被帅大叔拉着走进教室，唯独剩下被郎赫远的笑容迷失了魂魄还在发呆的娃娃，以及百般思考应该怎么将小美教育回正轨的小李园丁……

娃娃一不留神，还看见玻璃窗里小美居然还甜甜地亲了亲郎赫远的脸颊，他则笑着侧过脸任由小美的口水沾满另一侧。

教室里因为郎赫远的到来瞬间沸腾了。

一帮女孩子们突然都七嘴八舌地叫起来，像一窝嬉闹的小鸟，怎么都安静不下来，而男孩子们则都用痛苦的目光望着娃娃，露出愤慨无奈的表情。

娃娃也觉得很是懊恼，她挠挠自己的头发，不知道该怎么处理，只好自行惭愧地走到还在抑郁的小李老师面前，先行道歉。

看得出他确实很抑郁，现在不光是小美脱离了轨道，所有的小朋友都不在轨道上，估计等他们走以后，小李老师要有一阵子忙的了。

娃娃笑得僵硬，把手搭在小李老师的肩膀上自责："其实，你也不能全怪孩子们，就是我碰见大老板也经常脱轨，至今，我都没干一件正常露脸的事……"

不料小李老师对她的爆料倒是镇定自若："可是，你脱轨正常啊，因为你本来就不在轨上，要知道，我的孩子们可从来都没这么脱轨过……"

娃娃盯着面相忠厚的小李老师，一个字一个字地从牙缝里蹦出来："小李老师，你们村都这么夸人的呀？"

飙泪……

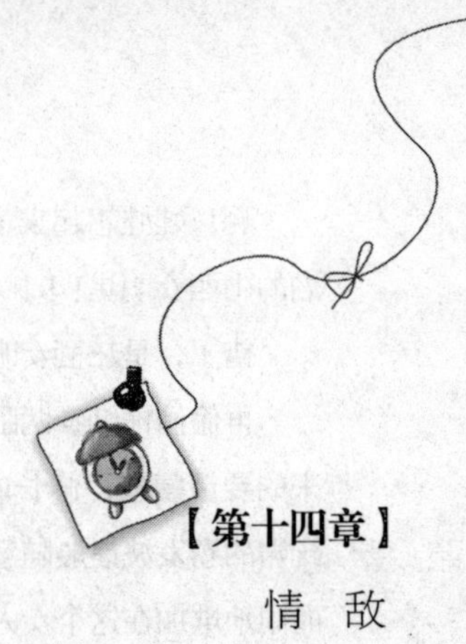

【第十四章】情敌

传说中，不管是大陆还是台湾，言情小说里一定要有个经典坏女配，该人来如风，去无踪，神龙见首不见尾。来搅和的时候，场面比刚被原子弹轰炸过都狼藉，男主女主不需要她增进感情的时候，把尾巴收拾好，消失得比黄鼠狼都迅速。

时间长了，娃娃一直对书中的女配没什么好感。这些女配们怎么那么没有职业道德，难道就不能贯彻一次早来晚走的华昊员工上班四字方针吗？

好好一本书，她才出现一场，看着不过瘾啊！

她以为那种小说里经常出现的争风吃醋的场景不会出现在她和大叔的面前，却不料，女配这天到得还真早。

大清早，阳光灿烂，她刚上班就看见郎赫远办公室的门敞开着，一位气质婉约、容貌秀丽的女子正坐在沙发里用郎赫远的咖啡杯品尝咖啡。娃娃鬼鬼祟祟地探头的时候，那个女人恰好也正朝门外望过来，等看清楚娃娃的容貌后便轻轻点头示意。

娃娃眨眨眼，仔细想想，这女人的样貌很熟悉，似乎在哪里看见过。

好像是《电影世界》？不对，那是一家正统到不能再正统的杂志，连“激情”两个字都不会刊登的，怎么可能入得了娃娃的八卦绯闻眼？这个女人出现的地方明明在脑袋上被人打了一个大大的惊爆框，××× 夜闯 ××× 香闺的。

啊！娃娃想起来了，立即双眼散发出感叹号的光芒，她就是那个鼎鼎大名的山西女明星！！！

错了，是三栖女明星！！！

再偷偷仔细瞧两眼，果真是美人啊美人，真人看上去比八卦周刊上拍出来的要清瘦些，修长的身材搭配 H 款白色风衣，越发显得容貌姣好，棕色妩媚的卷发波浪般随意的熠熠夺人眼目，似乎所有美丽的修饰词在此时不约而同地堆加在这个女人的身上。

总体来说就是两个字，漂亮！

那个女人显然也看见娃娃呆滞的目光，善意地抬头朝她招招手，面带笑容："麻烦你，能帮我再煮杯咖啡吗？"

娃娃听罢立即狗腿地跑上去："没问题，没问题。"说完看看手里接过来的杯子，想想又说，"可是这是郎总专用的咖啡杯，我再给您换一个吧！"

洪馨仔细扫了一眼郎赫远这位甜美可人的小秘书，微微含笑："没关系，我和赫远不分彼此的。"

娃娃听到她的解释，眼睛黯了黯，随即又想到另一种解释："那也不行，这是对您的不尊重，再说，万一被有心人看见了，也会对您的事业有影响不是？"

"你认识我？"洪馨好奇地问。

娃娃瞪大双眼，一副不可思议的表情："您是洪馨啊，主演《老爹，再爱我一次》那个女主角啊，还有那个《旋风少女闯关东》不都是您的作品吗，我爱您，一直都是您最忠实的追随者，我都关注您很多年了！"

这里必须解释一下，娃娃记住《老爹，再爱我一次》，是因为那剧本据说不仅沿袭台湾同名电影，然后还把故事改个乱七八糟，拾人牙慧居然能拾得那么不漂亮，实在前无古人，后无来者。娃娃还是在天涯上看了整整三天的掐架帖才记住的。

至于《旋风少女闯关东》这个被电视剧狂热分子娃娃妈都鄙视的电视剧

当年得到了空前的追捧,成就了超高的收视率,全国女星上至八十,下至八岁,无人不学闯关东少女的穿着打扮和语言风格,导致娃娃身边的同学开口就是卡哇依状,“哥哥,我们再也回不到重前吗?”“哥哥,你真无情,你真残酷,你真无理取闹……”这些经典的台词,娃娃想不记得都不行。

其实娃娃最爱的还是影视歌三栖明星的八卦啊,五彩斑斓的绯闻那叫一个层出不穷!今天是赶赴富豪筵,明天是委身金小开,绯闻个个精彩,男伴个个帅,当然这里面也包括郎赫远那段超级宇宙无敌的怪异爱情。

娃娃由内而外的仰慕使得洪馨心情好得不得了,立即露出完美无缺的笑容说:“小妹妹,你真可爱。”

“哪里,哪里,还是您可爱。”娃娃也含笑对着洪馨谦虚。

“我不行了,都老了,还是你可爱。”洪馨是何等人物,哪能让娃娃谦虚成功,于是她再接再厉,穷追不舍。

娃娃摇摇头:“您上次接受采访的时候说,您一辈子都是二十岁,还是您可爱……”

“你可爱……”

“您可爱……”

当郎赫远走到办公室门口的时候,就看见一大一小两个女人正在他的办公室里头顶冒火地恭维到底是谁更可爱的问题。他扬眉,怒火中烧,随即飞快地居高临下低声问了一句:“你们俩在干什么?”

听上去声音非常不悦,娃娃此时的表现非常聪明啊,立即转身笑眯眯地说:“郎总,洪小姐等候您多时了,您忙,我现在就去倒咖啡。”

郎赫远不动声色,看着娃娃低头匆匆从自己面前走过,返身一把拉住她的胳膊,认真打量她脸上的表情。

娃娃呆住:“郎总,您还有什么吩咐?”

郎赫远以为她刚刚低头是在生气,结果抬起头来才发现,那一双眼睛下分明是等待看好戏的小雀跃,立即沉了嘴角,收回视线,恶声恶气道:“没事。”

“哦，那您忙您的，我会尽量多煮一会儿的。”娃娃三八兮兮地笑着，说的话里分明还有另外一种意思。

郎赫远生平最讨厌吃醋的女人，用爱当借口掩盖自己撒泼的泼妇行为他一贯不齿，可今天娃娃的淡定和好奇却让他心中甚感不悦，如果可以，他宁可让娃娃撒娇耍赖要求他不许见别的女人。

他一双峻眉狠狠地拧在一起，目光穿透娃娃的身体，恨不能随手找个东西敲昏她，他真想打开脑袋要看看这丫头脑子里是不是被人灌上了水泥，怎么就这么不开窍呢。

他侧脸看看娃娃，又睨了一眼洪馨，突然说：“你不用煮咖啡了，我和洪小姐出去谈。”

氧化钙，大老板做事太不地道了，明明知道有八卦看不到她会很痛苦，很痛苦的，居然还这样吊她胃口，可恶！

娃娃哀怨地看着郎赫远的脸，瞬间皱巴巴的小脸让郎赫远唇边的笑意慢慢变大，这才是身为他人女友应该有的表情……

“那您能不能让我和洪小姐拍张照？我要给我妹妹看，不然她不相信我会碰见洪小姐的。”娃娃可怜巴巴地问。

郎赫远收回笑容，立即恶狠狠地看了杨娃娃一眼，冷冷地说：“不行。”说完抬脚先行离去，洪馨见状立即姿态端庄优雅地站起身，慢慢挪到门口，可怜地看了看撇嘴的娃娃，香风一扫，转身也跟着郎赫远离去。

走到电梯门口，洪馨自如地轻轻挽住郎赫远的胳膊。

不知道为什么，看到这一幕的娃娃直觉得自己的气息突然变短，似乎被人掐住了脖子，有点难受。

似乎在某个地方，有个小小的针尖，一下一下扎得她疼得厉害。

郎赫远和洪馨这顿饭吃得还真久，久到他回来的时候，娃娃已经趴在桌子上睡着了，小嘴一张一合的看起来很香的样子。

他轻轻脱下外套给她盖上，又用手怜爱地摸摸她的头发，娃娃只觉得自己头顶什么东西痒得厉害，借着那东西把痒的地方蹭蹭再蹭蹭，还是觉得痒，只好睁开眼睛，结果刚掀开半个眼皮就接收到两道诡异的眼神。

吓！

她立即本能地摸摸自己嘴角，幸好，睡觉的时候没流口水，不然一定会被大叔笑话死。

“郎总，你回来啦？”清醒后的她笑呵呵的。

那抹灿烂的笑容非常耀人眼球，有点出神的郎赫远咳嗽一声：“嗯，有人找我吗？”

娃娃连忙摇头，然后继续用笑容迎接郎赫远的归来。她的表情看起来真像一只蹲在家里的宠物狗，主人回来了，正在兴奋期，可怜巴巴的表情让人真想再拍拍她的脑袋，说声乖。

这边他刚把自己想要摸她粉嫩脸蛋的念头克制住，那边娃娃就主动贴上来拽住他的衣袖，用手上下扫了扫虚拟不存在的灰尘，然后狗腿地说：“郎总辛苦了，我去给你煮咖啡。”

郎赫远一脸阴霾：“你就没有想问的吗？”

娃娃奇怪地回头看了一眼，还是大老板了解她啊，她随即改了脸色，确实比先前更加狗腿：“有啊！”

以为她终于知道吃醋滋味的郎赫远，不着痕迹地靠在她身后：“你想问什么？”

“洪馨的胸是不是隆过的……啊！”还没等娃娃问完就被猛地拎起来，迎面对上一双愤怒的眼睛，随后被郎赫远用一个胳膊夹起来，径直走入办公室。

关门，落锁，放百叶窗，动作一气呵成，手段干净利落。任由娃娃怎么挣扎也没有用，郎赫远疾步走到沙发前将她扔过去，娃娃啊的一声跌入沙发里。

娃娃脑海里闪过无数言情小说的经典桥段，无论动作情景都没错，莫非这就是传说中的H前奏?

一想到这种可能，娃娃立即连滚带爬地往沙发下面溜，却被郎赫远抓住手腕困在沙发上，阳光从背后给大老板的轮廓增添一轮光晕，像极了娃娃梦中对自己非礼过无数次的影帝梁朝伟大叔。

她顿时被眼前的情景轰个晕头转向，心脏急速跳动已经分不清个数，只能怔怔的："那，那个赫远，你现在是欲求不满吗？"难道洪馨的胸部是隆的，所以在床上他倒了胃口？然后饥不择食地跑过来对她下手？思来想去只能这么点可能了……

一句话让郎赫远只觉得看见了南墙在向自己招手，也预料到自己未来的下半生不会活得很长，他反复不停地警告自己，一定要冷静。无论娃娃说了什么就当她什么都没说。

"如果我是欲求不满，你会怎么办？"他低沉着声音冷冷开口。

娃娃努力回忆了一下自己看过的言情小说，最近看的那个作者说自己H无能，所以里面没有解决之道，她只好吞了几口口水说："你是想用我来发泄吗？"

这是个很有可能的事，一般小说里都是这么说的。

郎赫远的视线开始停留在娃娃的粉嫩嘴唇上，声音不由自主地低沉了下去："我说是，你肯吗？"

屁咧，她肯才怪!

"不肯会被裁员吗？"本想就这么回敬回去，转念一想又可能被开除，娃娃再次惊吓抬头。

据说胁迫不成便会开除也是资本家惯用的手段之一。

郎赫远勉强控制住自己想要再撞墙的冲动，瞥到娃娃惊恐万分的眼神突然想到什么，嘴角微扬身子慢慢贴上去，磨蹭在她的嘴唇边缘问她："如果不是裁员，反而是你有钱呢？"

“那我要看看多少钱才能回答你。”娃娃严谨而认真地说。

“那我们换一种说法，如果你和我同居，我送你一样最贵的东西，怎么样？”郎赫远有意无意地用嘴唇在她脖子上扫来扫去的，痒得娃娃直想躲，根本没有机会思考他说送东西之前那半句话。

“送……送什么？”娃娃结结巴巴地问。

“我，把我送给你怎么样？”郎赫远用很温柔的声音说。

娃娃认真地考虑一下：“你是不错啊，可是，你不值钱啊！”

拜托，大叔，现在经济危机了，多养活个人得添多少费用啊，更何况，大叔去的都是高档酒店，穿的都是高档名牌，看的都是金融类的书籍，累死她，她都供不起的。

娃娃迷迷糊糊的表情让郎赫远抑制不住想要亲她。

在现在急进功利的时代，本色如她这么纯真的女孩子实在是太少了。很多女人，知道他郎赫远的姓名必然会联想到财富、背景以及会带给她们怎样优渥的生活。唯独她考虑的一定是最不靠谱，却又是最实际的问题，他敢和任何人打赌，娃娃现在想的一定是她养不起他，一定是。

“笨蛋！”他虽然嘴里那么说，眼中却含带了笑意，“把我送给你，你就等于有了华昊，你以后想要什么没有呢？”

啊！大叔，你是不是因为洪馨隆胸气糊涂了？这个不好乱送人的！莫非大老板出去这一会儿知道了什么噩耗，导致他绝望了？就算那样也不至于他准备把华昊送给她这么默默无闻的小老百姓啊！

到底是什么噩耗对大老板的打击度这么强？

“是，是因为华昊要破产了吗？”刚把假设说出口的娃娃，立即被人像拎玩具一样翻个身，屁股被郎赫远狠狠拍了一下：“你瞎说什么？”

趴在沙发上的娃娃犹豫了一下，侧脸望天又想想，也不对，如果破产了给她那不等于白给了吗？说不定还加速了华昊的灭亡，这么说，不是华昊的问题，难道是……

“赫远，你得绝症了？”说到这里娃娃眼底竟然泛起水意泫然欲滴。虽然平时被大老板训滋味不好受，但真少了这么个人，心里还是有点怪难受的。

“杨娃娃！”郎赫远崩溃前的低吼声让悲恸的她立即噤若寒蝉。

看来，这个也被否定了，那……最后一种可能就是她了。

所以，她鼓足勇气，战战兢兢，冒着有可能被郎赫远嘲笑鄙视的可能，反过来身提出最后的假设：“那……是因为我太可爱了吗？”

郎赫远之前的怒火、欲火、心火，全部都被娃娃一句话当头熄灭，他憋住笑意，眼角也弯了起来。他故作认真地想了想郑重地点点头：“好像，是的。”

娃娃顿时如释重负地松下了全身僵硬：“这么说……这个理由还不算太离谱。”

郎赫远为了憋住笑，已经全身僵硬，不得不用点头来表示自己对娃娃说法的强烈赞同。

于是她惭愧地对手指说：“可是，我不值得你把自己送给我这么厚重的奖励啊。”

难得小东西懂得心虚，所以郎赫远好奇地问：“那你觉得你能承受什么呢？”

“老妈说，属于别人的东西，再好也不能拿来给自己。同理，你和华昊再好，也不是我的，我也不能据为己有。”娃娃的表情非常凝重。

他淡淡瞥了一眼她，心中因她的诚实有些异样：“那你觉得怎么才能让你安心收下我呢？”

娃娃低头想了想，突然一下子坐起来：“不如我们玩连连看吧，谁赢了听谁的。”

郎赫远强忍住笑意只是挑了挑嘴角，对上她的眼睛：“好，我们玩连连看，谁赢听谁的。”

【第十五章】
同 居

二十二层总经理办公室在下午两点二十五分时接到董事长亲自打来的电话，明确指示，未经他的许可，任何人不能去办公室打扰他的休息。

而后娃娃在董事长办公室门口的电脑被郎赫远搬到宽大的办公桌上和他的电脑并排放好。

娃娃看郎赫远这么认真地追求公平，言不由衷地劝他不必这么一丝不苟，不过是场游戏，至于吗？可大老板还是亲自把所有的东西安装好后，将她拉到他怀里坐好，在她耳边轻声说："好了，开始。"

娃娃愣住，他这是在搞什么鬼？那么追求公平，甚至连电脑都给搬进来，居然让她坐在他怀里玩连连看？这怎么玩嘛，明显不方便啊……

"我抱着你同样不方便。"不等她说出口，她肚子里的蛔虫郎赫远又在她耳边吹气。

也对哦，当年龟仙人就曾经说过"人有百般技艺，只要根底扎实，就不怕外界环境的影响"，所以，娃娃握拳，觉得对于这种环境应该要做到适应，适应，再适应。

要知道他们当年做实验的时候还放慢摇舞曲呢，这点小困扰算什么！

娃娃铆足精神，摆好起跑的姿势。郎赫远见状嘴角微扬，将自己左手绕过娃娃的腰间去握鼠标。娃娃虽然警觉大老板的身体压了上来，无奈箭已在弦顾不得太多了，聚精会神地握住鼠标准备开始。

“开始！”郎赫远轻轻地说，娃娃立即快手点开连连看，当然也没忘偷眼瞥了大老板的鼠标行进速度。

哇，他居然能用左手顺利点开界面，而且速度明显不慢，看来，她是遇到对手了。

第一关实在太简单，娃娃觉得自己闭着眼睛都能搞定，可是当郎赫远的气息接触到自己耳垂的时候，她似乎就不那么确定自己能顺利完成了。

眼看着连滚带爬气喘吁吁地过了第一关，趁间歇的时候她回头怒目横视：“你故意的。”

郎赫远似笑非笑无辜地问：“我怎么了？”

“你的呼吸弄痒我的耳朵了！”娃娃对大叔的不正当竞争手段很是气愤，这就是资本家垄断时用过的令人发指的釜底抽薪围魏救赵啊。

“哦，这样？你不喜欢？那好，我保证，不会再有呼吸弄痒你的耳朵了，我们可以继续比赛了吗？”郎赫远淡淡笑问。

既然大叔有悔过的心思也不能不给他机会对吧，所以娃娃悻悻地又点点头，迅速出其不意地点开第二关，做了个小小的弊。

第二关，其实还是很简单，可娃娃分明能感觉到自己脖子上有人正在用嘴唇蹭来蹭去，企图犯规。娃娃小脸绯红，连带着手经常点错，明明红色的也看成绿色的，明明机器宝宝也看成了大熊猫，勉强撑到这关结束，愤慨非常的她立即咬牙切齿地转过身：“你，你……”

郎赫远若无其事地弯起嘴角，笑着问：“我怎么了？”

“你不能用嘴啃我的脖子，这……这么痒怎么打？”娃娃明确指出对手犯规的行为。

“哦，好，那我注意。”郎赫远的认罪态度非常好，把娃娃小脸扳正，憋着笑说，“继续。”

娃娃立即点开第三关，这次她把脖子和脸都要贴到电脑屏幕上了，正在暗自得意地想这下资本家该无计可施了吧……不料，郎赫远环在娃娃腰间的手开始不老实起来，娃娃原本很服帖的衣服似乎在慢慢被掀开。

娃娃顿时满头冷汗，只觉得脊梁发冷，眼前的花花点点全部模糊一片。拜托，大叔你不能为了赢连自己色相都不要了吧，也太好强了吧?

她刚想大喊："大叔你太无耻了！"结果眼睛一瞥，郎赫远第三关已经气定神闲地打完了，正把手从鼠标上抽过来，睨着一双黯黑的眼睛看她。

娃娃郁闷，赶紧点了几下，把自己落后的时间补回来。她现在觉得自己背后的郎赫远就是魔鬼，连资本家都算不上。不仅没有最起码的廉耻，连游戏玩家的最基本道德都没有！！！

太可恨了。

所以她眼皮都不抬直接点开第四关，努力打起来。郎赫远也含笑随之把鼠标抓住，开始接着点下去。

这次郎赫远的手非常规矩，他其实是在很认真地打。但被狼来了吓怕的杨娃娃总觉得自己后颈的碎发被小冷风吹动，搔得她微痒，还有自己后背上的体温，隔着好几层衣服也能感觉到的炙烫灼热让她更是坐立难安，别扭的她只好来回调整着姿势。突然觉得一个黑影从旁边袭来，定睛一看才发现大老板正用手指淡淡地指着她的电脑屏幕说："娃娃，你快挂掉了。"

哇，真的，她居然在玩连连看的时候走神，这种前所未有的现象使得眼下的局势异常严峻，她抖擞精神连忙补救，好不容易在最后一格时间的时候把第四关完成。

她愤怒地回头，却发现郎赫远离她很远，甚至除了她坐的地方外，他们根本没有任何肉体上的交集。

娃娃眨巴眨巴眼睛，到现在也没明白自己刚刚是怎么了，和大老板对视三秒后，立即转过头掩盖自己曾经想入非非的事实，大叫："第五关开始！"

她的声音有点颤，觉得全身像困在太上老君的炼丹炉一样滚烫，在寒冬腊月，在温暖但称不上燥热的办公室里，只觉得从头烧到脚热气直蹿，那把火像是从心里发出的劈里啪啦的，几乎把神志烧干净。

其实，郎赫远也并不自在。

这丫头坐在他腿上还不老实，屁股总是扭来扭去的，磨蹭重点部位，害得他只能勉强忍耐，咬牙坚持。第四关之所以不再戏弄娃娃，完全是因为他怕反过来戏弄了自己。刚刚那些举动只要再多保留一秒，他一定会扑上去把娃娃生吞活剥了。

所以，他暧昧而低沉地询问："还继续吗？"

这样哑哑的嗓音简直能让人春心大动，娃娃专注在连连看的眼睛瞬间又闪失了神，心中不住哀号，大叔，这又是新的招数吗？居然用声音来诱惑她分神，为了赢真是不惜血本啊！

娃娃清清楚楚听到自己吞口水的声音，咕噜，然后再吞，咕噜，眼看着一多半就快要打完了才结巴地说："玩……玩。"

郎赫远看她红透的小脸，也没多说话，转过身开始专注第五关。

娃娃被郎大叔看得头皮发麻，两腿不住地哆嗦，好不容易熬过一关，身边的他还没完成，这是比赛开始以来郎赫远第一次落后，娃娃突然松了口气，看来再坚硬的磐石也有不行的一天啊。

郎赫远眯眼看着她略为放松的表情问："还继续？"

娃娃觉得自己脸一定可以烫熟鸡蛋了，所以头也不抬地说："继……继续！还没分出胜负呢！"

郎赫远摇头叹气，立即也投入战斗当中。

郎赫远无论是办公时还是玩连连看时，都很有王者气势，当他真的投入了，那种掌握全局的专注使得娃娃视线不知不觉地从电脑转移到他的身上，渐渐地，有些出神。

望着郎赫远出神，不光是因为他很帅，还有一种很特别的感觉在里面。

像是娃娃很喜欢的那个隔壁王大爷家的金毛巡回犬，那种一日不见连饭都不想吃的感觉，也像是当年和园长奶奶玩亲亲时，心中暖融融的感觉，还像是老妈首饰盒里她惦记很久的那个翡翠玉镯，她口水连天却得不到的那种感觉……还像……

“我过关了。”郎赫远突如其来的笑容晃了娃娃的神，当神志勉强复原的她意识到大老板刚刚究竟说了什么的时候，立即从他的腿上跳起来：“你过关了？”

郎赫远满意地点点头：“看上去，似乎是的。”

娃娃一回头，大声哀叫，发现自己电脑屏幕上已经显示那句她永远都不可能看见的 GAME OVER。

原来，这场游戏的本质就是传说里消失在茫茫历史长河中，无数军事家为之扼腕叹息，各国领导人都为之魂牵梦萦的第三十七计……

美男计啊……

“乖，娃娃，你就好心收留我吧。”

被一个即将奔四的大叔，表情无辜且可爱地撒娇求收养，该用什么样的表情回过去才不能让他羞愤自杀，还必须让自己被刺激的脆弱小心肝迅速恢复强健？

这是一个很高深的问题。

喜悦？那不可能，虽然大老板声称他过来时自带华昊集团，自带口粮，可身为大老板监护人的她将来也是要附带一定的监护责任的，万一哪天大老板资本家的习性不慎露出来，伤及弱小无辜，会不会有家属打上门来，找她报仇？

痛苦？似乎也没有。这年头，天上掉下个帅哥，而且还是浑身上下金光闪闪的钻石王老五帅哥，无论呈现什么姿势砸在脸上，估计也不会有人脑子里闪出“痛苦”两个字吧？

惊恐？倒是有点。娃娃总觉得这世上便宜无好货，送上门的都是残次品，例如，她的二十块的围巾，三天就弄得脖子起了红疙瘩，换上老妈那条几千块的羊绒围巾怎么磨都没事。大老板他外表英俊，气宇轩昂，主业经营的华昊集团虽然在目前金融危机中的影响不容小觑，但只要他思想活络，下海做点副业捞个鱼上个网什么的，估计收入也不会太差，这么好的好事为什么会平白送给一个刚毕业的助理?

娃娃坚决不承认自己很小白，但自知配大叔还是让她有点心虚的，所以这一切一切的一切都很诡异啊，能不让她毛骨悚然吗?

当然，除了茫然，其实更多的感觉是彷徨。

娃娃从读幼儿园开始就一直在跳级。

她上小学的时候同龄人还在过家家玩泥巴，她上高中学导数的时候同龄人刚刚明白什么叫代数，当她终于从实验室有了空暇抬头看看外面湛蓝的天空时，以囡囡为首的同龄人似乎正在为高考而忙碌着。

比别人看起来快一步的娃娃其实在心理成熟方面远远落后于很多同龄人，所以她有时候甚至会处于混乱的茫然中。

有些事情对同龄人来说，解决起来很简单，可是对她来说，处理就非常难。因为她常常不知道该用同龄人解决事情的方式，还是该用同学历人对待事情的解决方式去做，所以在颠来倒去，百般思量的调换过程中，她夹杂其间觉得太累，身心全都疲惫。

只能说，与其那样，不如返璞归真些好。

只不过娃娃同学一个没留神，返璞归真的劲使大了，才造成现在她这种二十二岁的外表，三十岁的学历，十五岁的智商的尴尬境地，所以这不是她的错，下次她会汲取经验教训改进的，当然，前提是，还有下次。

呆滞状的娃娃被人轻轻摇醒，终于从天马行空的幻想中跌回冰冷冷的现实，她知道，眼下这个关键性的问题稍不谨慎即将对自己未来的前途造成毁灭性的破坏。

虽然以前有人说过，过年的时候资本家都喜欢给雇工吃鸡腿的，但不能否认的是，这种示好绝对代表即将失去百分之二十的薪水或者是被炒鱿鱼的危险警示。所以虽然对方明显看起来气息很弱，意图不明显，但绝不能掉以轻心，以免钻套上当。

正所谓黄鼠狼给鸡拜年，图谋的不一定是鸡大腿！大老板他就算是在年前变性了，他也还是姓郎！

所以娃娃奋不顾身地握紧拳头，大声说："那好啊。"

说实话，郎赫远对娃娃的濒死抵抗已经做好了长期斗争的准备，不料她的反应突然一百八十度大转弯，让他反而有点不敢确定，不过朗赫远还是镇定自若地说："那说好，你要和我同居。"

娃娃笑眯眯地点头："好啊！"

突然被这丫头如此痛快地答应，郎赫远不得不习惯性地怀疑她是不是又在搞什么鬼花样，不过鉴于娃娃向来说话都不在状态，跟着她的思路去难为自己歪着走路，反而显得他白用华昊磨炼自己这么多年。

所以，郎赫远失笑，耐心地诱问："为什么这次你答应得这么痛快呢？"

只见娃娃异常淡定地说："因为我和你同居就一定要回家拿衣裳，我回家拿衣裳就一定会遇见我家老爸老妈，所有的事我都不用问，反正有他们呢！"

她这么笃定他会被她父母挡回来？莫非她父母是超人？

郎赫远被娃娃唬人的表情弄迷糊了，还真当下沉吟考虑了一下这种可能性。

"你父亲是？"

"是传说中那个旭都国际的董事长雷劲的师傅。"娃娃说到这里表情看上去还是很谦虚的。

雷劲这个人郎赫远还是很熟悉的，只是娃娃家和旭都国际居然也有颇深的渊源，倒让他吃惊不小，所以郎赫远眯眼问道："如果你父亲和雷劲关系不错，为什么你不认识许瑞阳呢？他是雷劲的兄弟，可你们见面的时候，我没看出来你认识他。"

娃娃老老实实地说："别说许先生，我连雷劲都不认识。我老爸封刀很多年了，我出生以后就没怎么见过他们。"

哦，原来是这样。

郎赫远扫了一眼娃娃表情，徐徐地说："那刀，确实封了吗？"

"确实封了。"娃娃不明白郎赫远问这句话什么意思。

郎赫远从自己腿上把娃娃抱起来，拍了拍她的屁股，站起身来："走，咱们去你们家拜见你的父母。"

这下轮到娃娃目瞪口呆了，大老板胆子不小啊，为了恐吓他，她把老爸陈年历史都祭出来了，他怎么眉头都不皱一下。

不解的娃娃脱口而出："赫远，你真的不怕我老爸？"

郎赫远面色凝重的，缓缓地说："我怕……"

"不过我现在更怕你爸贴在刀上那个封条不结实……"

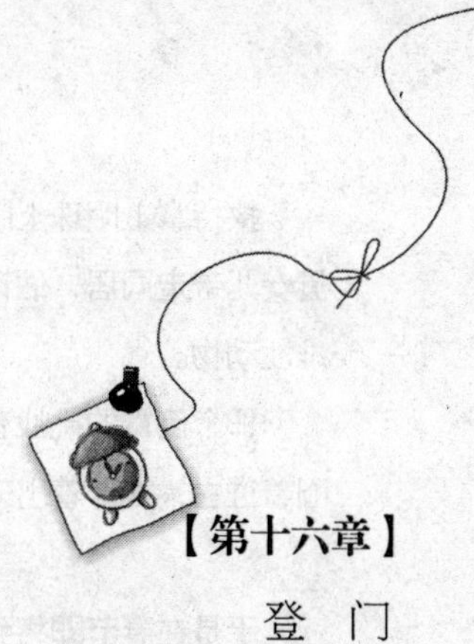

【第十六章】
登　门

娃娃才不傻。她甩甩手，把狼大叔送到老爸面前，由老爸去处理。虽然囡囡之前被老妈给卖了，但妄图染指杨家女儿者的下场肯定是一闷棍被老爸打昏，还提什么同居请求啊，所有问题不费吹灰之力就解决得干干脆脆，所以不必担心。

虽然老爸那把刀封了，但她没告诉大老板，其实除了那把上了封条的刀外，老爸还有流星锤、牙棒、九节鞭、真正成名使用的是双节棍……

所以娃娃拉着郎赫远的手笑呵呵地往外走，内心一点都不紧张。反而是郎赫远从出门到上车始终保持沉重的面色，几乎没有笑容。

雷劲的火暴脾气不清楚有多少来源自娃娃的父亲，听许瑞阳说被女人收服以后的雷劲，乖得像只小绵羊，不知道以此类推认定娃娃的父亲也被妻子温柔驯化，任由男人上门挑衅的可能是否存在。

郎赫远和旭都的私人关系并不远，但一直恪守道不同不相为谋的礼貌在交往，他不借助旭都开发国际市场，旭都也从不寻求两方利益合作，可只有他自己知道，他与雷劲属于互相欣赏，迥异的行事风格并没有成为阻碍两人惺惺相惜的障碍。

至于自己能否和娃娃的父亲也像与雷劲相处那般融洽……

估计，没那个可能。

挟持掌上明珠上门踢馆，还要让女方家人热烈鼓掌欢迎野男人把自家宝贝女儿带走同居，估计任何一个雄性动物都不能允许，更何况以前是掌刀的雄性动物。

那个倒霉的挑战者恐怕要站着进去，躺着出来吧，当然，也有可能是囫囵着进去，零碎着出来……直接被掌刀的雄性动物分尸了。

于是在春节即将到来前十天，一个阳光灿烂的下午，杨娃娃同学二十二年来第一次带男人回家，只是这次回家迎来的是一场急风暴雨般的热情，还是一场急风暴雨般的拳脚，就只有……天知道了。

娃娃家郎赫远是去过的，原以为她们家只是普通小康，毕竟住在这样环境嘈杂的地方，四周又满是旧楼林立，门外叫卖豆腐的声音和院子里犬类动物的叫吠此起彼伏，相得益彰，除了“混乱”两个字，根本看不出来与外界有何不同。

直到真的走入这幢三层老房子，察看到不同于普通外表的内在后，郎赫远不由得心头一沉。

外表看来如寻常人家的住宅内在的尖端安保措施令人咋舌。娃娃反复通过瞳镜指纹齿痕才能打开一道大门，而随在她身后的郎赫远进入时立即引起尖锐的警报声，刺耳的声音还没停止就听见楼上咕咚一声，然后是某人的一声惨叫。

娃娃紧张地张望楼上，嘴里小声嘀咕：“完了，老妈又被吓到了。”

郎赫远扫了她一眼：“你母亲经常被吓到？”莫非他们家退休以后也不太平，还会经常被仇家骚扰？这样太危险了！

镇定无比的娃娃无奈地朝楼上喊了一声：“老妈，这次是蟑螂还是蚂蚁啊？”

楼上很快传来娇柔的声音：“屁咧，人家小宁已经收拾好的电路又被你老爸安了什么鬼东西不通知一声，居然被我整冒烟了。”

娃娃听罢回头对郎赫远讪讪笑笑："只是出了一件小小的意外事故，意外事故，你别着急，别着急，呵呵，呵呵。

"老爸退休以后就喜欢安些稀奇古怪的东西，警报器、识别器、监视器之类的。为了防止我那个经常拿手指扳插头铜片去插电门的老妈因为家里没人抢救而触电身亡，所以他会把东西越安越复杂，一直安到……混路了，虽然前不久有神人整理过，但他又乱加，所以老妈给弄冒烟了。"

郎赫远了然地点点头，扬扬眉毛："不用解释了，总的来说，你母亲和你一样。"

娃娃睨了大老板一眼："屁咧，至少我没触电过。"

"哦，我明白，你比你母亲进化了些。"他点头。

只不过，就进化了一项，不触电。

娃娃的父亲不在，母亲看上去倒是很……可爱。

娃娃母亲先将郎赫远安排到一层会客室，然后立即闪身到储藏室鬼鬼祟祟打电话，坐在会客室的他隐隐约约能听见她的几句话：

"嗯，总算有男人为娃娃上门了。"

……

"好，我不声张。"

……

"就一个人，身上穿的西装，看起来没带家伙。"

……

"身体看上去还不错，块头也够大，估计能顶上五分钟。"

……

"你要我找刀？你的刀不是封了吗？哦，囡囡抽屉里还藏一把，好，我明白了。"

……

"你什么时候回来？，我怕来不及啊。"

……

“好，我争取拖住他，你尽快吧……”

……

郎赫远端杯子的手一抖，正在装模作样喝咖啡的嘴也被烫了一下。

在这种强大的精神压力下，郎赫远再能执意认为娃娃的父母会善待他，那就是异想天开。好在娃娃在旁边不停地安抚，才让郎赫远暂时自如些，不过随后发现娃娃这种行为只是死刑犯行刑前固有的那一餐饱饭，为的是让犯人行刑前走得更加安心些，郎赫远开始深层地思考自己来此处送死的目的到底是为了什么。

就为找一个小白娃娃给自己当老婆?

这不是典型被门夹了脑袋吗?

难道是为了全社会着想，牺牲他一人，幸福千万家吗?谁知道这么呆的娃娃将来去做原子弹会不会真的偏离正常轨道，炸了美国大使馆，平了俄罗斯核电站?他趁早点把她拐走结婚，争取为世界和平作出贡献。

这不是我不入地狱谁入地狱的佛理吗?

难道是因为年纪大了，不管什么样的女人都想抓到身边，不管是不是脑袋缺根弦短根路，尤其是凭借雄性动物的原始本能，配偶找个越嫩越好?

这个……娃娃嫩不嫩且不说，单是为了嫩就将自己置身于每天被气吐三升血的境地，似乎“嫩”这个字看上去也忒难追求了。

无语。

所以，郎赫远至今没明白自己到底因为什么钟情于娃娃，并且会为了这份钟情送上门来面临黑社会岳父的威胁。

不过他倒是明白一点，那就是娃娃的父亲和他的见面将会是一场别开生面，趣味横生，刀光剑影，血肉模糊的 meeting。

很……呃……值得期待。

娃娃体贴地为郎赫远又倒了杯咖啡：“这个可以提神，再来一杯吧。”

Chapter 16 登门

郎赫远："咖啡倒不用了，我觉得，你最好先准备好紫药水。"

"你和吉吉真像，她也是来我们家以后才学会囤积紫药水的。"娃娃由衷地说。

郎赫远从娃娃嘴里听见陌生的人名，扫过来的目光隐隐发寒："男人？"

娃娃从未见过这样的郎赫远，目光深邃却动人心魄，唇边的微笑都挂着冰霜，明明面容和善，她偏不敢再度开玩笑于他。

像头被惹怒的狼般凶狠。

娃娃不知道大老板为什么突然变身，只能很小声地回答："女，女的。"

……

"也就是说，你父亲连女人上门都不允许？"郎赫远顿住所有的动作，心中发冷，开始继续思考自己到底为什么来这里的问题……

"赫，赫远，你还想来点咖啡吗？"娃娃发现他的咖啡杯空了，忐忑地询问。

"那……请问，你家还有云南白药吗？"郎赫远抚额问道。

二十五分钟后，楼外响起凄厉的刹车声，声音尖锐得几乎穿透耳膜。娃娃抱着热水袋兴奋地说："我老爸回来了。怎么样，他车子引擎是不是很棒。"

"不错。"郎赫远苦笑。

"你都没站起来看，你怎么知道不错？老爸最喜欢说，他想停车，拉动刹车立即停止。"娃娃雀跃地讲解。

郎赫远从心底由衷地夸赞："我听出来了。"一般的引擎叫得不会这么嚣张，可以想象，那位黑社会准岳父拥有怎样一台拉风的跑车。

当杨逍出现在郎赫远视线内的时候，条件反射的杨娃娃立即从沙发上跳起来，猛地扑过去，在半空中呈飞跃式姿势准备抱住父亲的腰，在他宽厚的胸膛上好好磨磨蹭蹭。不料瘦小的身影一下子停留在半空中，领口被人轻轻地抓住，就像拎了一只小猫，往回一带，随意藏在身后。

郎赫远不露痕迹地站在娃娃身体前，挡住她意图接近除了他以外的任何男人。谁都不允许接近她，她只属于他一个人，只要是他站在这儿，父亲也不可以。

杨逍原本意图抱住女儿的双臂就这样伸在半空中，扑了一个空，入鬓的剑眉立即倒竖。

他宝贝妻儿是道上有目共睹的，也正是因为如此，当年封刀之前他立下毒誓，谁敢动他妻儿，他会启刀再战。如今一个毛头小子就敢在他面前阻拦他亲昵自己的小宝贝，这种自杀的行为让他怒气爆发。

沉默。王与王的对峙。

迟钝如娃娃也知道老爸和郎赫远两个人之间的火险级别已经达到易燃易爆程度，便怯生生地在郎赫远身后对杨逍转移话题："老爸，老妈又把三楼的电器开关烧了。"

杨逍看都没看娃娃一眼，他的目光始终紧紧地盯着意图隔绝他们父女增进亲密感情的男人，好像那个男人比被莫愁烧爆的开关更让他愤怒。

终于，他把身上的大衣脱下，勉强扯动嘴角，露出慈爱的笑容，伸手招呼娃娃去挂好，而后才对郎赫远冷声问道："先生贵姓？"

赫远伸出右手，不亢不卑地说："敝姓郎，郎赫远。"

杨逍什么也没说，也没伸出手，避开郎赫远的手，径直朝沙发走过去。郎赫远对他的拒绝自若地收回胳膊，也走过去得体地坐在杨逍对面。

杨逍上下打量几眼郎赫远，眉头拧在一起，眼神里都是不悦的光芒："哪里高就？"

"华昊集团总经理。"郎赫远的语气很淡定，目光直视对方，对娃娃父亲的不满淡然处之。

娃娃的父亲看上去很年轻，甚至要比雷劲还年轻些。可是按照娃娃的年纪推算，她父亲至少也应该在四十五岁以上，甚至，有可能到了五十岁。身形挺拔魁梧，可想而知年轻时候必定是骁勇善战的黑道煞星，冷然的面庞显然和郎赫远先前想象那个妻奴不符，如今更多的是，身上残留着没有褪净的黑道气息，让人不敢靠近。

“你来有什么事？”杨逍同时也在边皱眉边观察郎赫远。华昊这个名字托雷劲的福也曾听过几次，其实，即便是没有从小雷子那里听过，单凭华昊这几年迅速扩张已经涵盖了各行各业，身为华昊领导者的郎赫远名气早已如雷贯耳，生活在这个城市想抬头碰不上宣传华昊的广告还真有点难。只是没想到娃娃带回来的是他，这么说，他是娃娃的顶头上司咯？娃娃去上班，然后他就对娃娃情有独钟了……嗯，原来是这样……

“我来拜访娃娃的父母，希望可以得到二位的许可。”郎赫远看上去倒是目光诚挚，言谈得体。

“什么许可？”虽然对郎赫远眼光表现出浓厚的兴趣，杨逍外表上还是面沉似水，目光低垂，根本不屑与郎赫远的视线有任何交集。

“让我可以保护她的许可。”郎赫远诚挚地说。

“保护她并不是靠嘴就可以做到的。”杨逍睨着郎赫远，嘴角挑起一丝冷笑。

“我也是这样认为。不过如果连承诺都不敢做出的男人，事情办得再稳妥也只是个不敢寄予诚信的懦夫。”郎赫远坚定回答。

“我觉得娃娃不适合被你保护，毕竟你们俩之间的年龄差距太大。”杨逍轻蔑地摇头。

“我觉得两人年龄差距大没有心理差距大那么令人担忧。反而正是因为两人年龄差距大，才能日后更加多多注意有关方面的协调问题，维护感情。”郎赫远坦然面对这个问题，他不觉得娃娃的年纪会给两个人的感情带来太大的困扰，恰恰相反，他觉得未来生活如果有娃娃相伴将会非常开心，他甚至开始期待这样的生活早些到来。

“你会全力去协调？”杨逍不相信身兼数职的郎赫远还会花时间在娃娃身上，更不相信他会全心全意对待娃娃。

“我想，我会的。”郎赫远点头，认真回答。

莫愁和娃娃两个人偷偷站在客厅外面，眼睁睁地看着两个人如同猜谜一样玄之又玄的对决着，明明话语间都是火药味，脸上却是各含深意的淡淡微笑。

莫愁到底是娃娃的亲妈，观摩了半晌后才感慨地摸摸娃娃的小脑袋："娃娃，你要是找了这个男人，可倒大霉了，他和小浩浩不一样。"

娃娃没听懂老妈的意思，转头小声问："老妈，你说的什么意思，你听懂他们在说什么了？"

莫愁挠挠头："我也不太清楚他们是什么意思，不过看你老板的表情和当年你爸去找你外公谈判的时候一模一样，我就有种非常不好的预感，觉得你要倒大霉。"

"哦，为什么大老板像老爸，我就要倒大霉？"娃娃倒吸口冷气。

"你没看我都倒霉二十三年了？就你那点智商，还不如我呢！"说到智商这一点莫愁倒是很有自信。

娃娃在莫愁说这句话的同时，无奈地抹了一把满头的黑线道："老妈，你这话太亏心了，赶紧收回，我就当没听见。"

还没等莫愁回答，杨道已经转过来瞥了她们所在方向一眼，这一眼太别有深意了，以至于莫愁张开嘴都忘记自己接下来要说的话。

"那你准备做什么？"杨道冷冷地问。

"娃娃去我那儿住。"郎赫远说出心中所想。

"我杨家女儿除非嫁人，不会走出杨家大门。"杨道停了停，旋即冷颜补充道，"不如你娶了她吧！"

冷场。

娃娃眼睛瞪到了前所未有的范围，下巴和娃娃妈一起向地面做匀速落体运动，不过幸好莫愁迅速端住自己的下巴，又抬手接住娃娃的，娘俩这才没有损失惨重。

郎赫远表现得颇为镇定："好，我娶她。"

轰隆隆，这下娃娃和娃娃妈的下巴彻底没保住，纷纷挣脱娃娃妈手掌的束缚，争先恐后地往下落，大有看看到底是谁先到达终点的架势。

杨逍至此才露出一丝看上去有点和蔼意味的笑容："好，年后来娶。"

郎赫远点头，紧紧地抿起嘴角，点头说道："虽然时间紧迫，但我承诺会给娃娃最好的婚礼。"

杨逍浅浅地笑："那就不是我该操心的事情了。"说罢站起身，瞥了一眼娃娃，"最后我再问你一句，你确定了？"

郎赫远语气温和："确定了。"

"那以后千万别后悔，杨家出品，既出此门，概不退换。"杨逍突然笑了笑，把手上的东西摘下来扔给郎赫远。转身走到妻子莫愁面前，突然朝她眨眼，并悄悄竖起V字形手指，"怎么样老婆，我速度吗？"

莫愁呆了一下，才理解老公话里的意图，不得不由衷地附和道："老公，我发现你是这个世界上最聪明的父亲。"停了停，又看了一眼因为他们俩诡异庆祝而顿觉毛骨悚然的郎赫远，再补充道，"恐怕也是这个世界上最恐怖的岳父。"

郎赫远这孩子，看上去也怪可怜的……可怜的，被强买强卖的娃啊。

【第十七章】

暴　露

郎赫远被杨逍莫愁夫妇留下吃了顿饭，也顺利得知娃娃同学真实的学历，以及究竟是怎样的家庭教育成就了现在的迷糊娃娃。

例子一：

“娃娃啊，电饭锅为什么不亮了？”莫愁着急地问。

娃娃没有跑过去查看，只是很淡定地坐在餐厅问：“老妈，你是不是没插电？”

“胡说，我明明插了。”莫愁委屈地说。

“哦，那就是你没放水。”娃娃专注于眼前的红烧排骨，郎赫远还没夹菜，她已经先伸出了羊蹄，结果半路被老爸拍掉了筷子，反而是郎赫远耐心地夹过一块放到她的碗里，然后再拍拍她的小脑袋：“乖，吃吧。”

娃娃立即心满意足地吃起来，而后郎赫远对她宠溺的表现在杨逍心里又加了十分。

“哦，对啊。你不说我还忘记了。”莫愁拍了自己的脑袋，欢快起来。

“娃娃，我们家汤勺哪里去了？”没过十分钟，莫愁又问。

娃娃端着碗看着郎赫远，再看看老爸，无奈地说：“老妈，看看你的围裙口袋里。”

翻找后的莫愁两眼闪亮地说：“是哦，你不说我都忘记了。”

她拿着汤勺发现杨逍正在看她，立即把恍然大悟的面孔换上一副“看什么看，没看过美女啊”的面孔，两只眼睛恶狠狠地回敬杨逍。

杨逍无言地看了一眼郎赫远，郎赫远同时也无言地看了一眼杨逍，颇有互相理解、互相鼓励的味道，共同点了点头，英雄所受略同地各自撇了两道宽面条泪，不语地埋头吃菜。

例子二：

“你父亲是郎璺吧？”莫愁笑着问。

“正是家父。伯母认识他？”郎赫远还没等得出娃娃母亲果然见识多的结论时，莫愁已经发出哦呵呵呵得意的笑声：“怎么能不认识呢，八年前我曾经无意中看到过杂志上写过你父亲的绯闻……啊！”

莫愁还没等说完，杨逍已经用剥好的荔枝送到她的嘴里，然后淡然地说：“吃东西，少说话。”

“为什么，我明明……”莫愁还没等再次说完又被娃娃扔进嘴一个草莓。娃娃朝郎赫远讪讪一笑：“我妈最爱看的是《壹周刊》。”

“其实，他父亲……”莫愁觉得这个问题是一定要说的，所以她在努力地把嘴里的水果吃干净吐出核后又开口，“其实你父亲那件事当年还是很轰动的……”

杨逍无奈地回头看了一下妻子，然后对郎赫远点头：“你先慢坐，我们马上就回来。”

只见他直接把莫愁搂入怀中，还要说话的莫愁顿时脸红万分，略微挣扎了一下，便顺从地放弃所有力道，两个人迅速消失在娃娃和郎赫远面前，直接上楼。

随即在……为什么又吻我……你说我为什么吻你……那你也不能吻我……我不吻你我吻谁……这类没有营养的话题中发出让郎赫远很尴尬的声音。

“我父母经常这样。”坐在郎赫远身边的娃娃若无其事地剥开一个荔枝含在嘴里，吐字不清地说。

“所以你对男人的接近很坦然？”郎赫远突然明白娃娃为什么对他的亲吻和爱抚表现得比较淡定，对父母恩爱耳濡目染的她一定没有女人该有的戒防。同时也庆幸那个时候幸亏是遇见他，如果换一个男人，娃娃估计早已被别人吃干抹净吞到肚子里去了。

例子三：

劫后余生的郎赫远也想再次亲亲娃娃来平复自己的心悸，所以他探过身凑近她粉嫩的脸蛋，轻轻啄罢，觉得还不过瘾，再亲一次，还是不舍放开，一次次逼近的结果是他已经停不住动作，越吻越觉得香甜的味道在唇齿间回味悠长。

突然，脸被娃娃一巴掌推开，他顺着娃娃惊恐的目光看过去，不知何时杨逍已经和羞红了脸的莫愁站在两个人面前。

被父母看到亲热的娃娃觉得自己大脑有点缺氧，长这么大虽然看惯了父母的当众亲吻，但是轮到她，怎么都接受不了。

所以她想装死，想要把脸埋沙发里自尽。郎赫远知道她心里困窘，只是将她搂到自己怀里让娃娃把脸埋入自己的胸口，嘴上却冷静地说：“我想和伯父伯母告辞，我们准备先走了。”

“你如果来得及准备，又很着急的话，也可以年前娶娃娃过门。”善解人意的杨逍，镇定自若地看着当着他面儿就抱在一起的女儿和准女婿。

娃娃目瞪口呆地把头抬起，哀怨地说：“老爸，你就这么巴不得我嫁吗？”

郎赫远微笑着，低头帮娃娃把大衣扣子扣好，对杨逍点头：“好，我尽力，其实我也想年前娶她。”

娃娃愤慨地看着老妈，盼望她能说句公道话，莫愁被娃娃求救的眼神看得直发毛，可她觉得这次不同意的话，下次小郎什么时候能大发善心收留娃娃就不一定了，所以只能小声说：“娃娃啊，能找到一个娶你的不容易……这不，都经济危机了……”

娃娃挫败地望着老妈，叹了口气："经济危机就不让广大少女们过个好年了吗？"

说完被郎赫远强行搂出了门，在父母欣慰的注视下，被开宝马的男人堂而皇之地骗走试婚去了。

娃娃很是无奈地坐在车内，长吁短叹："没想到啊，没想到，我这是聪明反被聪明误，原以为回家老爸肯定不会答应你荒唐的同居请求，不料却用最快的速度卖给了你。"

郎赫远淡淡，恢复以往的镇定："反正我们迟早要结婚的，早几年和晚几年没区别。"

娃娃被他的语句惊吓得呛了一下，万分憋屈地说："可是，可是我还想多玩两年呢。"

"你还想玩什么？"郎赫远帮她系好安全带，不悦地盯着她。

"连连看。"天不怕地不怕的娃娃就怕大老板生气，一见他脸色阴沉连声音都小了几分，一边对手指，一边委屈。

"我叫厂家设计师给你专门设计。"郎赫远抿嘴笑笑。

"八卦绯闻。"娃娃闪亮着眼睛说。

"我认识你常看的那家八卦周刊的总裁，争取第一时间送到你手。"听见为了这个，他更是满不在乎。

"还有，还有钱……"提到这个字，娃娃脑门都开始金光熠熠。

"我的钱就是你的钱，连我都是你的，钱难道不是？"他扬眉。

"还有，我很想念实验室。"娃娃突然想到龟仙人，刚刚离开老头才六个月就把自己卖了，不知道老头听见后会不会老泪纵横。

"需要我捐助一个吗？也不多，才几百万。"他瞟了娃娃一眼，淡若无物地问。

等到此时娃娃才彻底绝望，似乎没有任何理由不嫁郎赫远了，大老板连她老爸老妈都能买通，更别指望其他能难住他……

她，她真的很想哭。

娃娃苦苦的小脸靠在椅背上，像面临世界末日一样痛苦。郎赫远见状扬起眉，嘴角也同时扬起。

“嗯？”娃娃眼中除了郎赫远再也看不到其他，只能愣愣地答应。

“嫁给我，除了换个地方睡，其他一切都不会改变。”郎赫远朝她露出最善良的微笑，“包括你最爱的所有东西，都不会失去。”

娃娃嘟起小嘴，然后整个人被拥进一个滚烫的怀抱。

他的声音靠在她的耳畔，声音低沉充满磁性：“这样还不满意？”

娃娃叹口气，望天，悲情地说：“我还有权利说不满意吗？老爸和你把卖身契都签了的……

事实上，娃娃非常渴望那样吃喝不愁的日子早点到来，眼下在网上看个文都要被河蟹屏蔽的情况下，她越发觉得郎赫远许诺的婚后日子是那么值得让人期待。

不过他们的车子刚开到郎赫远家门口，娃娃就在心里先打了退堂鼓。没错，草坪是大了点，房子是磅礴了点，保安是正规了点，但这都不是重点。重点的是，郎赫远居然很淡定地说要等结婚后把这个房子过户到娃娃名下。

理由是，娃娃在自己的房子里，会住得更安心，更自在。

娃娃深深呼吸，再呼吸，不停地告诉自己：镇定，一定要镇定，杨娃娃，你不是没见过房子，你也不是没见过钱，千万不能露出崇拜的眼神。不就是几百平的草坪吗？朝阳公园多得是；不就是古堡小别墅吗？杂志上多得是；不就是几个着装正规的保安吗？……这倒是不多见，但不能成为接受这么大礼物的理由，一定不能，绝对不能。

杨娃娃，你要相信，你一定能打倒内心作祟的贪念，一定不能因为金融危机了就丧失了作为人妻该有的基本道德规范，丈夫是天，肯送妻子礼物那是天大的赏赐，你应该非常感恩地说：谢谢你，夫君，您辛苦了，我不能要，因为属于你的，就属于我。

站在草坪前的娃娃傻傻地抹了一把嘴角的口水，大义凛然地问："贷款还完了没？"

郎赫远诧异地扬了扬眉，想明白她的意思后，眼角稍稍添了丝笑意，娃娃的回答在他意料之外又是意料之中，他强忍住笑："我全款买下的。"

还是财大气粗啊，这么大房子全款买下，果然有财力！娃娃对此很满意，点点头，继续上下左右打量房子，看得那叫一个目不转睛。

郎赫远走到她身边拽着她手准备进门，按下门铃，阿姨出来开门，郎赫远进门后见她还在门口僵硬石化只是笑："茶几上有纸巾，擦擦口水。"

娃娃这才鼓起勇气说："如果没贷款的话我就勉为其难地收下了，但每年的取暖费你要记得给我，不然光靠我的工资，恐怕连这房子的物业费都交不起。"

郎赫远微微一笑："交不起没关系，你可以用别的抵债。"

他这一笑笑得娃娃瞬间毛骨悚然，总觉得眼前有只大灰狼正在磨牙蹭爪准备给自己来个恶狼扑食，所以她连忙说："家务要一人一半。"

"家务有阿姨。"他还在笑，笑得那么可怕。

她忘记有钱人是不做家务的，娃娃急中生智："那我们可以分担别的，例如，我帮你做早饭。"

"早饭阿姨也管。"郎赫远淡淡地说，拉着她的手进门。

"难道没有需要人的地方了吗？"娃娃绞尽脑汁，结结巴巴地问。

"有，床上。"郎赫远点头，目光深邃令人不寒而栗。

"你，你是说你缺热水袋的意思吗？"希望郎大叔的意思不是她心中想的那个意思，娃娃期期艾艾地想。

噗，郎赫远再也坚持不下去，再让她这么万马行空地想，他早晚要被气死。他径直走过去弯下身把娃娃强行抱起来。

不用别的动作，单单是大叔身子贴在她的手臂上，娃娃就觉得自己已经快脑溢血了，大叔此时的表情很诱人啊，但同时也很狡诈，这让她接下来的选择开始变得异常困难。

郎赫远嘴角微扬睨了娃娃一眼，眼神骤紧："嗯，你不说，我还忘记了。我的床是有点冷，怎么睡都不热。"

躺在他怀里的娃娃眼珠转了转："赫远，传说这世界上有一种东西叫电热毯，不仅冬暖夏凉居家常备，而且现在高科技发展了，还有远红外的呢，才一百八十八元一床……啊……超市特价……"

郎赫远吻住她喋喋不休的嘴，略显不耐地皱起眉头，并用最快的时间走回自己的房间，一把将娃娃扔到床上。娃娃博士的智商让他已经彻底绝望，最好的方法就是不用她思考直接办事，他就不会再忍痛吐血。

他欺身压上去，钳制住娃娃胡乱挥舞挣扎的手臂："可是我觉得你比电热毯舒服，怎么办？"

作孽啊，天打五雷轰啊，大叔居然在此时用色相勾引她。要知道娃娃这辈子最没有的就是节操，一个看绯闻八卦的人要是有节操会被气死的。你看二〇〇八年最后一大雷周玉女的婚事，就知道节操真是如鸿毛一样轻啊一样轻。

可是现在的情节按照小说里的女主角反应还是要象征性地挣扎一下的，所以娃娃依葫芦画瓢地踢了郎赫远的胫骨，结果腿没抬几厘米就被人抓住脚腕，他挑眉："难道你觉得自己没电热毯好？"

娃娃不服气立即回答："我当然比电热毯好，不信你试试。"说完，脸迅速涨红。

郎赫远花了很大的力气才能维持自己不当场笑出声来，他突然发现他到底爱娃娃什么了，就是两个字：可爱。有她的日子，寂寞和烦闷都不会存在，每一秒、每一分都觉得心情很愉快。他点了点娃娃的小鼻子："嗯，你比它好，不试也知道。"

娃娃只觉得窘得要死，任由郎大叔把自己搂进被窝。

亲额头，好吧，她忍了，她亲小狗狗的时候也是喜欢这样的。

亲嘴巴，好吧，她也忍了，反正不是一次两次了，人家都给了房子，难道还不让人亲两下吗？

亲锁骨，好吧，她也忍了，肉骨头谁不爱？更何况是狼家出来的郎大叔？

亲……这就不能再忍了，所以娃娃大叫："你要干啥？"

郎赫远沉默了许久许久，终于才从娃娃胸前抬起头，说出理由："我，饿。"

"那吃饭啊。"娃娃的声音都颤抖了，饿为什么要亲那里？

"来不及了。"郎赫远表现得非常淡定。

"可，可……那里也没啥，不能解饿的！"娃娃说出这句话的时候，表情真的是宇宙无敌的超级囧，大叔为什么喜欢亲小孩子亲的地方……

郎赫远对她的解释不加理睬，继续亲，外衣口袋里的手机突然唱起来，娃娃终于找到解脱的好方法，立即推他的肩膀："赫远，接电话。"

"你接，我忙着呢。"郎赫远的声音有些粗重。

娃娃无奈，只能勉强摸出他外套里的手机，接通电话："喂，您好。"

对方显然没想到居然会是个女人接通郎赫远的电话，愣了好一会儿才说："您好，请问郎总在吗？"

"在，你等，啊，赫远，不要咬我那里，痒啊。"郎赫远突然用力导致娃娃的呻吟顺着电话飞快地传到了手机的那头。

紧接着扑通一声响，电话那边静了下来。过了好久才有还算镇定的声音幽幽传出："娃娃，请把电话给郎总，谢谢。"

是林琅的声音。

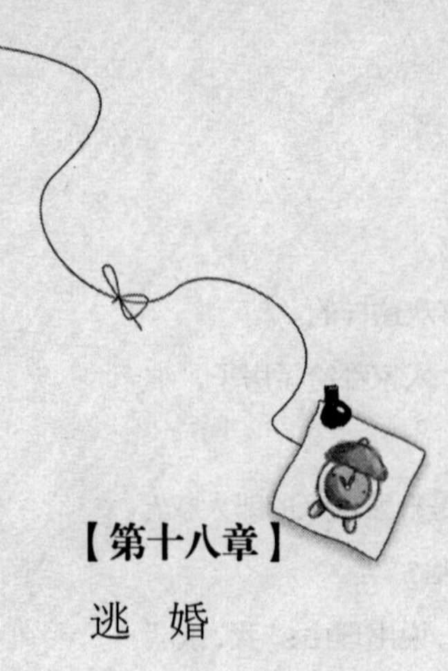

【第十八章】

逃 婚

郎赫远接过电话，沉声和林琅说了几句，收拾好自己上下的衣服，拍拍还在恍惚中的娃娃脑袋：“喜欢吃什么就和楼下阿姨说，也可以到处走走，她不会上来的，公司有事我先回去，你自己在家玩。”

娃娃还来不及反应，人家已经是关门、下楼、开车、走人，动作做得那叫一个顺风顺水。娃娃觉得自己就像是只宠物狗，可怜巴巴地被主人就这样遗弃在了家里，主人甚至都没温柔地回头说声“乖，别闹”。

心里，有点……有点难受。

一骨碌从床上爬起来，把自己上身衣服拢好了，开始完成探索之旅。作为一只宠物，而且是拥有这幢房子产权的宠物，最起码第一件事就是要把卫生间在哪里搞清楚，搞明白，搞透彻。

三个小时后，逛完整个屋子的娃娃不得不发出自己终于变成有钱人的欷歔感叹，不过她还是很有骨气地爬回主人的卧室，摸上床，手里还顺带绑架了郎赫远放在书房的笔记本电脑。

郎赫远的电脑上没有QQ，没有连连看，也没有无数个通往缤纷八卦的收藏网址，唯一有的也是灰色的工作模式背景下的无数办公文件和企业策划方案。

娃娃擅长电脑，十分钟选了一个嬉皮猴当背景，把电脑界面全部换成淡紫色，然后再下了 QQ，连连看，以及先靠记忆收了三十五个网址，还下了一个酷我音乐盒。

实在觉得无聊，又上网帮郎赫远把所有的文件处理程序重新设计了一遍，以后使用的文档变成自动调转模式，可以随意来回更改性质。她拍拍手，对自己完成的结果还算满意。然后登录 QQ 和吉吉聊天

超级美少女：我被我可恶的老爹嫁出去了。

最近没胃口：哦。

超级美少女：大叔把房子当礼物送给我了。

最近没胃口：哦。

超级美少女：这个房子差不多有八百平。

最近没胃口：哦。

超级美少女：吉吉，你怀孕了吗？

最近没胃口：哦……氧化钙，你居然敢咒我，娃娃你去死一万遍啊一万遍。

超级美少女：又不能怪我，谁让你表现那么奇怪。平时我说什么你都唧唧喳喳的，今天却像个闷罐子。

最近没胃口：没办法，那个黑社会要让我嫁给他，我现在都要烦死了。

超级美少女：哦。

最近没胃口：还说什么我不嫁他的话，将来读到博士后就没人要了。屁，没他，不知道多少男人追我。

超级美少女：哦。

最近没胃口：虽然他长得也很帅，而且人也不错。

超级美少女：哦。

最近没胃口：可是我好犹豫，人家好爱福田大叔的说。

超级美少女：哦。

最近没胃口：娃娃，你不会是怀孕了吧？怎么一直哦啊哦啊的？

超级美少女：放心吧，你怀孕那天我都还没怀呢！

最近没胃口：唉……

超级美少女：唉……

最近没胃口：年前被人求婚的日子很难熬啊……

超级美少女：年前没有饭吃的日子更难熬啊……

最近没胃口：唉……

超级美少女：唉……

最近没胃口：娃娃，要不我们俩趁着这月黑风高的夜色，欢畅而奔放地私奔吧？

超级美少女：55555

最近没胃口：怎么？你不愿意？

超级美少女：~~〉-《~~，为什么，为什么，私奔这么梦幻的事，难道就不能施舍给我一个帅哥吗，为什么是你？

最近没胃口：氧化钙，你去死吧，痛快点决定，到底私奔不？

超级美少女：和你私奔管饭不？

最近没胃口：小肥羊，偶请！

超级美少女：好，一言为定，老地方见！！！

十分钟后，在楼下阿姨没有听到任何声音的情况下，娃娃悄然而出，鬼鬼祟祟地消失在茫茫夜色里，和同样恐婚的吉吉一起逃婚去也。

郎赫远和林琅开完会，对方合作公司的高层希望大家可以留下来，继续在酒桌上沟通感情，华昊营销部向来擅长如此应酬，所以林琅满口答应。

不想郎赫远一反常态当即推辞，冷然回绝连周旋的余地都没有。

“不巧我家里有事，今天不行。”他一本正经地说。

林琅明了他在急什么，只是在旁偷笑，郎赫远冷冷扫了他一眼，林琅收到警告后，登时做出正人君子的模样点头说：“是啊，刘总，郎总家有事，下次吧。”

对方立即显露关切询问：“如果郎总有什么需要我们的地方，一定不要客气。”

这事是你能帮得上的吗？

林琅又是想笑，以拳掩盖笑意为难地咳嗽两声：“咳，这个就不用了吧，郎总此事一般是不假以人手的……”

“既然如此，我们也就不勉强了，不过郎总放心，我们会随时和林总保持联络的，一旦有事，我们马上就到。”

“嗯，谢谢。”郎赫远黑着脸，脚下加快速度。

林琅在旁已经憋到内伤，连忙与对方几位高层握手告辞：“那个，我先替郎总谢谢了，不过这事你们确实帮不上忙，不必为难了，不必为难了……”

对方闻话知道他似乎颇知内情，直追问道：“虽然我们公司目前只在房地产业小有发展，但各部委还是有些联系的……”

“这事就是咱各部委也帮不上忙……”林琅觉得自己脸都要扭曲变形了，这些人怎么听不懂他的意思呢。

郎赫远再也听不下去，回头皱眉：“林总监，如果你有空的话，请把年后要讨论的工作提要写给我，十点前传到我邮箱。”

命令一下，林琅再没情绪回答对方任何问题，立即苦着脸开车回家赶提要去了。

要知道那份营销方案昨天才通过，准备四月份开始全公司统一实施，今天就给两个小时哪够啊？

叹气，在郎总身边长期追随果然是伴君如伴虎，他只不过是如实回答人家的问题招谁惹谁了？这点儿也太背了吧……

郎赫远此时心情倒是不错，回家开车路过那个亲子乐园的时候，想起娃娃似乎很钟情里面的海底总动员，停车十分钟进去打包一份回家。想到娃娃看见莫尼时的笑容，眉头也舒展了不少。

开到家，发现自己卧室的灯没亮，有电脑的书房也暗着，郎赫远以为小丫头还在睡，挑起嘴角，心情更加不错。

蹑手蹑脚地走上楼，轻轻推开门，不曾伸手开灯，只是露出笑容靠在门口。

“娃娃，醒醒，吃饭了。”他摇晃一下手里的环保袋子，“你最爱的海底总动员。”

寂静无声。

郎赫远打开灯，眉头陡然收紧，面无表情的他走到空荡荡的床前，枕头旁端端正正地摆放着笔记本和一张A4纸。

上面工工整整地写了一排秀气的大字，末尾以一个晃屁股的流氓兔结束。

“鉴于经济危机，民众辛苦，我们此时举办婚礼实在有违道义，有违良心，所以，我逃婚了，勿找，因为找你也找不到，还不如不找。娃娃。”

郎赫远抚额，他就知道这孩子没一刻能老老实实的，非要搞出点小花活来折腾大家。说什么经济危机不宜结婚，难道，她逃婚就不经济危机了？

不让他找？好，那他就让她自己回来！

娃娃和吉吉正在小肥羊里热火朝天地涮羊肉，两个人一边大快朵颐，一边数落自己即将要嫁给的那个男人，越说越生气，最后还抱头痛哭地总结世上只有姐妹好，天下的男人全是草。

娃娃一想起郎赫远就很悲哀地叹口气：“你还好啦，爸妈又不在北京，你嫁不嫁都奈何不了你，我老爸要是知道我准备不嫁给大老板，一定会把我绑回家，一直压到结婚那天亲手送我上礼堂。我老爸这辈子无论做什么事都讲什么鬼道义，要是被从前的那些朋友徒弟知道他女儿逃婚，他不直接亲手把我解决才怪！”

“就算是我爸妈不在北京，我也不能找黑色会结婚啊，更何况那个人还是退休了的黑色会，你说我图啥？图他有把跟你老爸一样带着封条的刀？图他没事能当个婚礼司仪？”吉吉夹了一筷子羊肉，挥泪撇嘴。

Chapter 18 逃婚

“别的还好说，关键是黑社会大叔长得怎么样？是不是真像金城武？不过话又说回来了，最近金大叔可有点掉头发啊，那人头发没准过两年也不富裕了，到时候可别怪我没事先提醒你。”娃娃咬着羊肉串，心中不住欷歔，这世界上的美食那么多，她为什么要找个吃粗粮的农民企业家呢，难道有被虐倾向？这和她杨娃娃为肉不要命的生活理念完全不符。不成，必须趁自己没变成苦大仇深之前，要着手改变命运。

“反正我最爱福山大叔，他的头发爱掉不掉跟我没关系。”吉吉刚把肉扔嘴里，像是咬到舌头般，闷吭了一声。

“怎么了，你被烫着了？早说过让你慢点吃，我又不跟你抢，你着哪门子的急呢？实在不行再来盘羊肉算我的，不过得等我回家的时候才能给你钱……”娃娃嘴也没闲着，努力地嚼啊嚼。羊肉太香了，更坚定她不嫁郎大叔的信念。

吉吉摇摇头，用力拍打娃娃的肩膀，然后鬼鬼祟祟地蹲下身，似乎在四下找什么东西，娃娃不明白她的意思，瞪大眼睛也跟着找，直到吉吉把舌尖上的疼痛忍过去，才悄悄吱声：“你家那个是不是有点像严泰雄严大叔的？”

“你怎么知道？”娃娃同样弯腰在桌子上面小声问，问完还想起身确定一下吉吉是不是看到什么了。

“别看了，好像找上门来了，你们夫妻俩耍花枪不能出卖朋友啊。好家伙，那位大叔一米八多大个儿，大巴掌要是抽我一下，连我姥姥姓什么都忘记了，你可坑死我了，笨蛋娃娃。”吉吉低声埋怨。

“我才没，冤枉啊。”说完含冤的娃娃探出半个脑袋，就看见另一个黑影也隐隐约约朝她们方向走来。

“我似乎也看见你的金城武大叔了，不错啊，看上去很帅的样子，好像很眼熟。”娃娃还在花痴，脖子被吉吉一把按下来，两个人正准备瞄个空当从另外一侧溜走，不料一回头就撞在服务员大腿上，服务员抱胸睨眼，用看吃霸王餐的眼神看着两人：“两位，你们是要埋单吗？”

娃娃和吉吉苦笑地摇摇头，刚想解释，低沉淡然的声音已经在两个人的头顶响起："不埋单，麻烦再添两套餐具。"

娃娃和吉吉对视了一眼，同时悲从中来不由得叹气，逃婚才不到两个小时就被人当场抓住，短暂的自由行程简直是可怜到了极点，所以两个人各自讪讪地掉过头，摸上座位若无其事地爬过去，也不看自己身边的男人，各自捡起自己筷子，再惆怅地对望了一眼，迅速挥舞起筷子，继续埋头大吃。

娃娃想：不管怎样，能多吃点就多吃点吧，这次要是被他抓回去肯定吃一辈子粗粮了。

吉吉想：听说黑社会最爱用的一招是抓山上去喂包子，我宁可吃羊肉撑死也不吃包子。

倒是她们俩身边的人因为抓住逃妻神情非常轻松，各自端了杯菊花茶，说：

"许瑞阳，你昔日下属行动的速度依然不容小觑。"

"赫远，你们公司下属也很聪明，让我刮目相看。"

"我们公司员工是用了概率，因为我记得娃娃说过她比较爱吃涮羊肉。所以公司没下班的员工集体出发，在我们家周围去打听，还不错，这里到我们家的距离没超过我的预计。"

"虽然劲哥退休了，但旭都的关系还在，我打几个电话给以前的兄弟们让自己出去找的。其实我也没说什么，就是说祝福他们能看到三十晚上的月亮，这帮家伙的速度还不赖。"

"还是你的方式直接，没想到，你那天说过的心仪对象居然是娃娃的同学。"

"还是你的方式文雅，没想到，你那天怪异的表现居然是因为吉吉的同学。"

在桌面上拼命吃的两个人听他们俩云淡风轻地聊天心慌不已，怎么听两个男人的口气里似乎都含带着隐忍的怒火，似乎随时都会爆发，看来这次她们怎么都逃不过了。

一人做事一人当，好汉不能当乌龟，于是娃娃突然站起来，大义凛然地对身边的郎赫远说："其实，我刚刚是想出来吃饭的，不是逃婚。"

无奈大叔根本就不看她，只是一招手叫来服务生又添了两盘羊肉。娃娃急怒交加，愤怒得要命，可对上朗赫远的严厉的目光后，又很没出息地把所有言语化为口水吞回肚中，乖乖坐下吃饭。

没办法，有理走遍天下，没理寸步难行啊……

吉吉倒是很安静，一直在埋头努力地吃，盘子叠在一旁摞成小山。许瑞阳皱眉，把她手里的筷子抢下："你这个女人准备要撑死吗？"

"被羊肉撑死好过被包子撑死。"吉吉脖子仰起，跟他强势顶嘴。

娃娃被吉吉的大胆妄为吓得倒抽口气，到底还是吉吉厉害，对方是黑社会都照样顶嘴，哪里像她，一个小小的资本家就把她给治理得服服帖帖的，不仅狗腿而且没用。

她很想配合此情此景喊声好，但顾及到喊完以后会激怒黑社会在年底犯下命案，只好小声激励道："加油，吉吉，我看好你哦，虽然我是逃不成婚了，但不意味着你就要妥协黑社会！我们坚决打倒黑社会，不能让他们强抢民女得逞！"

娃娃做奋起状的拳头还没举起，满脸黑线的郎赫远已经将她搂过来："都是我管教不严，瑞阳你别介意。"

看着娃娃张牙舞爪地在郎赫远怀里挣扎，许瑞阳很没形象地大笑："你家这个想管教严恐怕要等好长一段时间，我无限地同情你，赫远。"

娃娃本来就对郎赫远的谦逊之词不满，闻听许瑞阳的嘲讽更是愤怒，她抓住郎赫远的袖子做出奋勇牺牲前的语重心长模样，对吉吉大声喊道："吉吉，你一定不能屈服，我用我老妈和你现身说法，跟了黑社会一辈子没好果子吃！"

瞥见许瑞阳阴郁的脸色，她万分雀跃，报仇得逞正在得意扬扬的娃娃竟然一没留神就被郎某人夹在胳膊下拖出饭店，扔上车。

“把安全带系上。”周围没人了，郎赫远的声音听上去反而有点冷。

好汉不吃眼前亏，心虚的娃娃立即乖乖系好。

他面无表情地说：“你很想逃婚是吧？”

眼下就两个人单独相处，她承认她想逃婚，大叔会不会杀人灭口毁尸灭迹？

娃娃讪笑：“哪里，我只是饿了，想吃涮羊肉而已，呵呵。”

“哦？你不逃婚了？”夜色里郎赫远扬眉，侧脸睨看她粉嫩的小脸。

“不逃了，逃什么逃啊，现在正赶上春运，火车挤不上去，飞机票买不到，我就是再傻也知道逃婚这么高难度的活儿不能趁春运的时候干，百分之百逃不成。”

“看来你挺明白当下社会形势？”郎赫远嘴角抽搐了一下。

“嘿嘿。”娃娃讪笑，回头看见后座上有白色餐盒，“赫远，你还没吃饭？”

“那个是给你的。”郎赫远打量她的表情，知道她还不明白，说，“你打开就知道了。”

娃娃解开安全带翻山越岭地爬过去，拽回餐盒打开一看，居然是满满一盒海底总动员，明明已经凉透，却烘得眼睛有点模糊，热乎乎的水涌了上来，鼻子也酸酸地堵住。

“还逃婚吗？”郎赫远沉声问，在夜色的映衬下，他的语声那样寥落。

其实在收到娃娃逃婚书的那刻，他真的开始反省是不是自己素来讲究雷厉风行的做事方式吓到了娃娃。也许这孩子还没长大，迅速地求婚和结婚，她这个年龄根本承受不来。所谓的逃婚其实她是在用最无力的抗议方式来表明对这桩婚事的不满。

他，有这么差吗？

娃娃发现郎赫远的表情在黑暗中看不清，不过包围两个人的低沉气氛还是能让她感觉到他心底的难过，其实大叔对她真的很好，反思两个人一路走来，他对她的宠爱，他对她的疼惜，每想起一件，都让人心头暖融融的。今天的逃婚导致大叔这样难过，她也觉得心里非常过意不去，所以低头，扭着手指说："不逃了，不如，我们回家吧。"

"真的不逃了？"郎赫远伤感的声音缓和许多，温柔地问。

"不逃了，以后都不逃了。"没有察觉陷阱的娃娃立即郑重点头许诺。

"好，请记住你的誓言。走，和我回你们家一趟。"郎赫远镇定的声音似乎带着笑意。

"干什么？"娃娃对大叔语气的突然转变非常不解，刚刚大叔还泫然欲泣，现在居然喜笑颜开，这转变也太大了吧？

"找你父亲拿户口本，咱们天亮登记去。"郎赫远方向盘一转，二话不说直接把车子掉头开向花园路，看见娃娃急速落下的下巴后又迅速补充道，"另外，抗议无效！"

【番　外】
宝　宝

很久很久以后，当娃娃和大叔有了小宝宝：

某日中午，娃娃正在电脑桌前酣战连连看，正在手舞足蹈、咬牙切齿之际，突然被人拽住了裤腿，吓得她浑身一惊，低头看看居然是铭睿，一张小脸非常严肃："妈，妹妹饿了。"

娃娃望着酷似郎赫远的小臭脸，惊觉居然忘记给孩子们准备吃的，她立即惭愧地把连连看暂停，拉着铭睿的手跑到宝宝房，萁羽躺在娃娃车里正在号啕大哭。

被这种情况忙麻了爪的娃娃估计等做完饭，孩子们也饿得躺下了，于是她赶紧四处翻了一个遍，准备找点零食先给孩子吃，结果翻遍了各个角落才发现自己居然已经一个星期没去超市，全家上下能吃的东西只剩蛋黄派两个。

掂量两个蛋黄派，吞了吞口水。她打开一个给铭睿，又打开一个给萁羽，然后慈爱地摸摸两个小家伙的头。

萁羽太小，用小手捧着蛋黄派舔了两下，娃娃看着她粉红色的小舌头吸吮蛋糕美滋滋的样子，自己又吞了吞口水，随后肚子也咕噜噜地欢畅地叫起来。

她光顾着玩连连看，自己也忘了吃饭。现在看女儿吃东西的香甜小模样更是忍不住腹中饥饿，于是她咳了声，对萁羽厚着脸皮说："羽羽乖，妈妈给你用蛋黄派变个月亮好不好？”

铭睿一眼看透娃娃的虚伪本质，当下无奈地摇摇头，把自己手里的蛋黄派小心翼翼地包好。

蓂羽乖乖地点头，娃娃立即拿过蛋黄派狠狠咬了一口，香甜美味流窜于唇齿间，不由得赞叹，真是人间美味啊，世界上再也没有比这更好吃的蛋黄派了。

品完美味，手上只剩下一弯月牙在那里，无耻地放在蓂羽面前晃晃，蓂羽起先是被她的动作逗得哈哈笑了两声，随即明白过来妈妈吞了她的好东西后开始哇哇大哭起来。

铭睿踮脚把自己手里的蛋黄派放在妹妹手里，用小手把蓂羽小脸上的眼泪抹了抹，用无限鄙视的眼神盯着自己幼稚无耻的老娘，叹口气，背着手往楼下走。

说实话，娃娃也为自己的行为觉得惭愧，所以她讪笑着问：“睿睿去哪里啊？”

铭睿头也不回地说：“去做饭。身为老爸上班以后家里唯一的男人，我不能眼睁睁地看着我们娘仨一起饿死！”

娃娃悲愤的小眼神盯着儿子的背影顿觉哀怨无比。

夜深人静月黑风高之时，郎赫远蹑手蹑脚地摸上娃娃床。

娃娃扭扭身子，也不睁开眼睛，直接懒洋洋地将双腿习惯性地搭在郎赫远的身上，他对她的主动投怀送抱很满意，轻轻掀开她的睡衣低头咬住她粉嫩的胸口。

“铭睿和蓂羽睡了？”被弄醒的娃娃口齿不清地问。

“嗯，都吃完了。”郎赫远埋头继续亲吻，所答非所问地说。

“那他们都吃完了？”娃娃因为他的舔咬继续扭了扭身子，呻吟从嘴唇缝隙间倾泻而出。

“嗯，都睡了。”郎赫远顺势脱掉娃娃的睡裤，把她的双腿夹在自己腰间。

娃娃再不醒那就是真的白痴了，于是她睁开眼，半信半疑地问：“赫远，家里没那个了吧？”

郎赫远对她的问题也不回答，只是探身压下去，猛地挺身，娃娃立即呻吟出声，使劲推他的肩膀：“不行，会怀孕的。”

他凝思了几秒钟，嘴角一扬：“没关系，那就再来两个凑成一桌麻将。”

“可是，那还要生两次。”娃娃一想到生产时候的疼痛就忍不住撅嘴，她不想生了，生孩子太恐怖了，虽然大叔当时比她还紧张，但疼的人是她。

“你们家有双胞胎遗传，咱们这次争取再来对龙凤胎，可以节省能源一次。”郎赫远闷笑咬她的脖子。

这就是赤裸裸的欺骗啊，上次也是说生一个就好，结果生完铭睿又生了芪羽，这次居然还要骗她。他真当她一辈子都不会长大吗？

所以娃娃要用彻底的反抗来表达自己的成长，她双手一个用力将他推倒，翻身坐了上去，被人偷袭成功的郎赫远面不改色地躺在床上：“怎么，你来？”

望着大叔在昏暗灯光下诱惑人的胸膛，娃娃顿觉抑郁，发现自己居然再次中了某人的奸计，正准备从他身上爬下来，就听见铭睿站在门口对他们说：“老爹，老娘，芪羽说要和你们一起睡，你们俩都穿上点，别吓到她。”

额上黑线的郎赫远立即拉过被子把娃娃光溜溜的身子盖住，回头冷冷地对儿子说：“你先去哄哄芪羽，跟她说一声，我和你妈现在有事情商量，等商量完再去看她。”

铭睿对郎赫远的托词不置可否，只是头也不回地背着手走出去，明明已经走出老远，空气中还飘动着他稚嫩的声音：“现在都什么年代了，没有大人还会拿这种借口骗小孩了，你们俩太落伍了……”

……

“妈妈，你为什么经常给我们做红烧排骨？”郎铭睿牵着妹妹的手刚进家门就闻见如同自己骨头般熟悉的味道，一本正经地问。

“因为你们爱吃啊，上次你吃了三块呢，羽羽吃了五块，乖宝贝们爱吃，妈妈一定会努力做的。”娃娃当下喜滋滋地偷拿了一块，啃完将骨头扔到垃圾桶里，还把上面放点其他的垃圾掩盖一下自己偷嘴的证据。

郎铭睿无奈地摇摇头，带着妹妹去做作业。今天是暑假的第二个星期，下个星期他和妹妹要去小姨家住一个星期，给老爹老娘过二人世界的时间。

逃出老娘排骨魔爪的日子指日可待。

娃娃的手艺实在不敢恭维，当初之所以坚持辞掉阿姨保姆的原因是她这个当妈妈的现在已经不上班天天玩连连看了，如果连孩子们的晚饭也不做，会不会太不尽母亲责了？在自责的娃娃强烈坚持下，郎赫远抗议无效，保姆被辞退，娃娃来掌勺。

郎赫远曾经无限遗憾地对郎铭睿说过：你妈妈遗传你外婆百分之九十八的大脑，但手艺只遗传到百分之二，所以你不要对她有太多的期待。爱吃外婆做菜的郎铭睿对此话深以为然，于是他无限期待去小姨家做客的日子。

不会姐妹俩的手艺都那么烂吧。

很快，小铭睿就知道，这种概率在双胞胎姐妹之间来说……也是很大的。

郎铭睿拉着妹妹被父亲送到小姨家，远远就闻到厨房传来一股焦糊的气味，他推开厨房的门，就看见在烟熏火燎的厨房里小姨父正手忙脚乱地灭火，背后是小姨叉腰大声吼道：“宁浩然，你说过你会做饭的，你怎么能骗人呢！”

小姨父总是那般气宇轩昂风度翩翩，虽然手脚忙乱但风范依旧，他用镇定的语气说：“我会做饭没错，但总有人趁我不注意的时候加大火，我怎么能提防得了？”

“我不是怕铭睿和莫羽来的时候排骨不熟吗？我又不是故意的，就加了一点点火，你又没告诉我会糊掉！”小姨一如既往地坚持己见，而后两个人就你来我往的斗嘴。

郎铭睿无奈地摇摇头，默默牵过妹妹的手，痛苦地问：“小姨，你为什么要做排骨？”天知道他们就是为了躲避排骨才来这里的，以为小姨家会是天堂，结果天堂也有排骨……

当下果然是个八戒便宜的世界，据说二〇〇八年八戒排骨曾经突破二十三元 / 斤……如果是那个时候，他们兄妹俩大概就不会担忧被老妈和小姨用排骨虐待了吧？

囡囡看见小宝宝们眼睛都乐成了一条缝：“你妈妈说你们爱吃啊，她特地打电话叮嘱我一定要做，至少要做一个星期。小姨放下电话立即到菜市场买了二十斤，结果被你小姨父做坏了一部分，不要怕，我们还有十八斤！一定让你们吃个够。”

郎铭睿突然觉得自己的暑假变得暗淡无光，满眼满世界晃的都是糊焦焦的红烧排骨，他默默拉着妹妹走出厨房，然后默默地走到门口穿鞋，囡囡追出来，见他正准备默默地离开，连忙急问：“怎么了，铭睿？”

铭睿听到小姨的询问，没有直接回答，反倒是用手摸摸妹妹的头发，坚定地说：“蕢羽，相信我，哥哥一定给你找一个没有排骨的地方，我们一定会远离她们姐妹的魔爪，我发誓！”

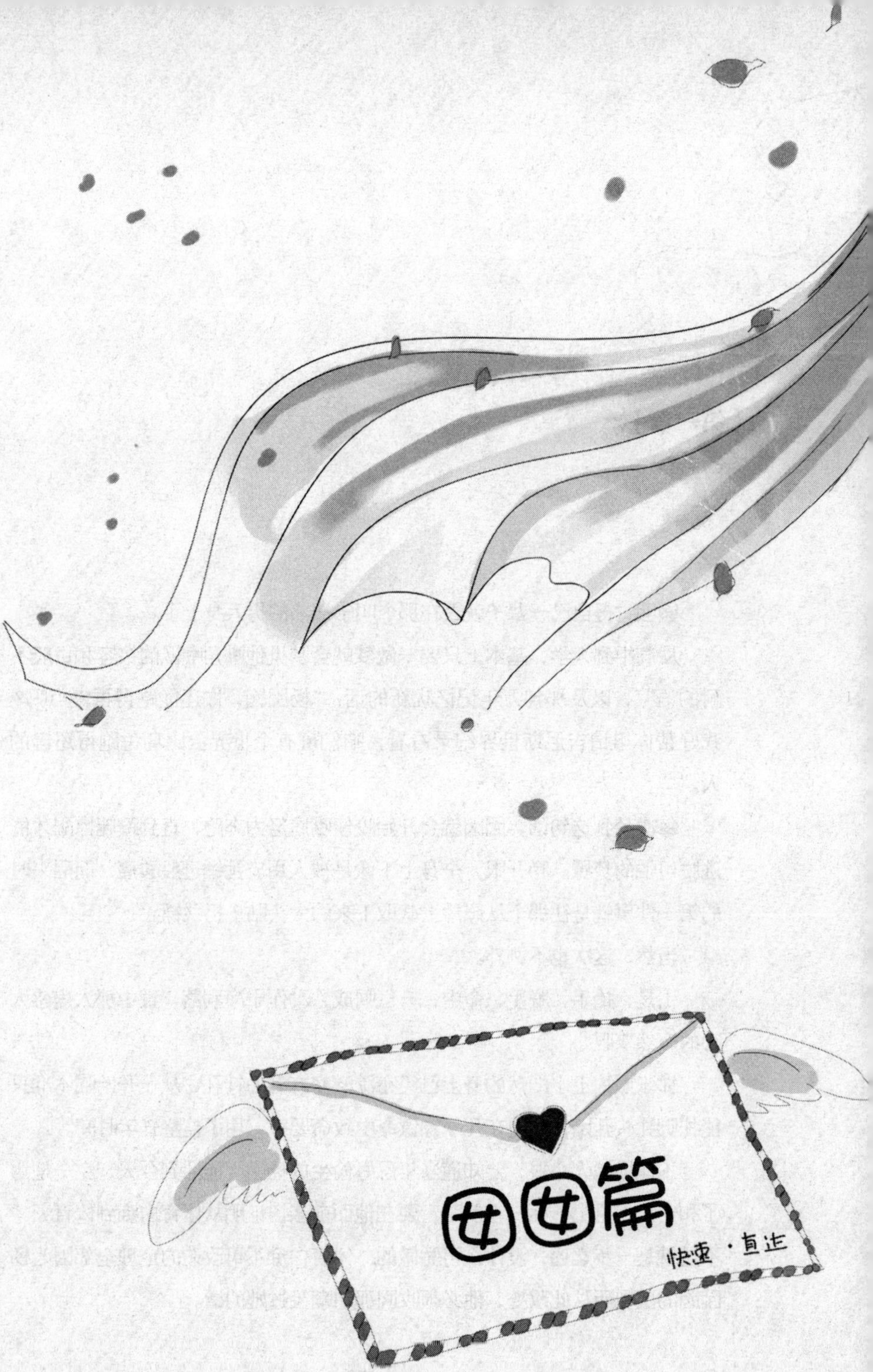

囡囡篇
快速·直达

【第一章】
开 学

囡囡觉得自己一辈子就毁在那个叫宁浩然的男人身上了。

从高中到大学，基本上只要一做梦就会梦见他嘴角嘲讽的笑容和百般不耐的语气，以及那句万年记忆犹新的话：“杨囡囡，你还能跑得再慢点吗？我好帮你申请吉尼斯世界纪录看看，咱们班有个世界上比乌龟跑得还慢的人。”

每次梦到这句话，囡囡就会开始咬住嘴唇努力奔跑，直到蹬腿惊醒才能逃脱可怕的梦魇。睁开眼，全身上下像是被人用皮锤锤过般酸痛，而醒来时的第一件事就是往那个从照片上截取下来的大头贴上扔飞镖。

当然，这次也不例外。

于是，抬手，脱手，命中，一气呵成，动作干净利落，直中那人蛊惑人心的冷然双眼。

那张照片上宁浩然的身上已经布满密密麻麻的针孔，从一开始瞄不准只能扎脚扎头开始，到现在几乎镖镖命中致命要害，用了整整五年时间。

不能怪她太心狠，要知道当年忍辱偷生的杨囡囡能活到今天，完全是为了和宁浩然见上一面一雪前耻。要在他面前亲自证明从体育白痴到体育天才不过就是一步之遥，没什么可骄傲的。体育白痴不可改造的定理全部因为杨囡囡的出现而从此改变，他必须收回那句嘲笑过她的话。

Chapter 1 开学

9 月 1 号，就是最好的时间，就是他血债血偿的末日。

囡囡信心满满地套上最飒爽的白色运动装，穿上自己最心爱的珍藏版运动鞋，头发全部用定型水竖起，在穿衣镜面前做了个必胜最炫的姿势，随手像旋风般冲出家门，直奔她毕业后第一天上班的母校，× × 大学。

“宁浩然，你从今天开始最好小心点，我杨囡囡又回来了，小心你的脑袋、脖子、肋骨、股骨头、腕骨、肱二头肌和脚掌踝骨，我杨囡囡要是不把过去的耻辱历史改写就一辈子不姓杨！”

开学第一天，新生没有安排任何课程，囡囡在大礼堂四下寻找一圈也没看见宁浩然宿敌的高大身影，倒是若干曾经是她教授，如今是她同事的人对囡囡的毅然加入表示万分欢迎，集中表现为：

“囡囡，你真留校了？”

“囡囡，你怎么想不开呢？”

“囡囡，你确定自己的行为了吗？”

“囡囡，你做不到教书育人没关系，一定不要祸害人，好吗？”

……

囡囡被众人折磨得没了继续寻找的勇气，只能先找个位置靠边坐下，气呼呼地直喘。

该死，那人居然第一天上班就迟到，害得她刚刚雀跃的心情全部熄灭。

看来宁浩然那个浑蛋还是没改了喜欢迟到早退的臭毛病！

宁浩然当年毕业实习的时候，去囡囡所在高中当了三个月的体育老师，搜罗全体女生芳心后神秘离开，离开后的他似乎在地球上消失了全部踪迹，连线索都断个一干二净。若不是跟他有深仇大恨，囡囡不会凭借惊人的毅力在一年后也考上他所在那所大学，只为了让留校任教的他有一个向她道歉的机会。可到了大学报到才知道，此人居然被国家队借调，而且一走就是四年。

整整四年，囡囡是日也盼、夜也盼，就等着自己留校他从国家队回来那天的到来，届时两人可以再较个高低胜负强弱输赢。她早就派人打听好了，宁浩然从国家队回来继续执教，她摩拳擦掌好几个月，就准备给他来个措手不及，岂料开学第一天蓄势待发的她就遭遇滑铁卢，那个叫宁浩然的敌人居然没出现。

可恨啊，不就是在比赛上拿了个第一嘛，还当自己真是历史功臣了？

想到这里囡囡万分不屑地撇嘴，虽然内心澎湃，但还不得不仰着头茫然倾听校长对新生的谆谆教诲。校长大人的教诲一向具有煽动性，而下方此时已经人声鼎沸。群情激昂的都是大一刚走进大学校门的新生们，只有初入校门的他们才会对未来生活保持饱满的热情，等过了大一，你让他们再目光如炬都很难。

基本上黑眼圈对黑眼圈见面的第一句话绝对是："兄弟，昨晚上到几点？"

此上非上晚自习，而是上网游戏。

正在囡囡胡思乱想之际，突然大礼堂一片寂静，鸦雀无声之下茫然失神的囡囡以为校长已经训导完毕正准备鼓掌，猛然听见身边有若干个女老师的小声惊呼："宁浩然，你怎么才来？快过来坐这边！"

囡囡听到熟悉如自身血液般的名字立即觉得自己全身紧绷起来，像被勒紧的弦，僵硬易断。幸好宁浩然没有坐在她这边，他卓绝挺拔的身形就在众人面前那么一闪，绕过了囡囡的眼角余光随意找了一个空位坐下。

囡囡颓然吐口气，旋即又开始愤怒，刚刚宁浩然的目光扫过她，居然一点停留都不曾有过，好像两个人从来不曾认识，更别提有什么深仇大恨。他居然忘记自己究竟给某个青春期正在长身体的少女带来怎样的伤害，这种人渣简直猪狗不如！

校长训话像缠脚布一样没完没了地继续，可囡囡这边一个字都没听进去。她满脑子都是怒火肆虐下的狼藉，心中波涛起伏，冷眼瞥了宁浩然好几次，此人不但没有悔过自新，居然还眯起眼睛靠在椅背上假寐。坐在教室区的囡囡不用特别留神就能听见新生那边越来越大的窃窃私语声。

氧化钙的，谁能想到宁浩然这么大年纪还在耍帅？

果然是狗改不了吃屎！

当年当她们体育实习老师的时候，他就曾惹了全校女生神魂颠倒，那时候她们高中出勤率最高的就是体育课，连生理期的女生为了珍惜这一周一次的见面机会，居然都会全部忍痛出席，可见他那时的所作所为简直人神共愤，天地不容啊！

囡囡怨愤的目光在身边同事的理解下变成她对他似乎小有仰慕，于是那位老师善解人意地低声介绍说："小杨啊，你还不认识他吧，他就是宁浩然，我们学校的体育组老师。不过他外借了四年，所以你读书的时候可能没遇见他。他可是咱们学校传说中的体育杀手，在他身上当科的学生那可海了去，你上学的时候幸好是没遇见他，否则，那可就惨绝人寰了。听说他最能折磨的就是体育生，每届体育生都会被折磨得死去活来的。那年还有两个体育生因为受不了他的折磨退学了。你要是对他有意思可要等了，他身上拴着所有未婚女老师的芳心呢，上至三十五的哲学系副教授，下至你这么年轻的小娃娃，没一个不是等待他情眸回睐的，可无奈人家偏偏就是一本正经不解风情的样子，急死一批有心人啊。"

正说到这里，校长大人在台上居然点名说到杨囡囡："本校今年毕业的杨囡囡同学成绩优秀，参加几次体育赛事成绩斐然，毅然放弃高薪聘请，只为执掌教鞭，回馈母校，令人感动啊。我期待明天会有更多从我们大学走出的毕业生，成为各行各业中的翘楚，这才是我校百年不变教书育人之根本……"

众人听到"杨囡囡"三个字的时候并没觉得怎样，唯独宁浩然听到这三个字，猛地回头，如炬目光来回扫视。囡囡惊吓过度来不及收回的目光正与他扫视搜寻的目光对上，两个人互相瞪了两秒，囡囡觉得自己的呼吸此时此刻近乎停止，恨不能就地挖个坑将自己掩埋。

显然宁浩然没有在教职员大部队里发现她羞愤难安的身影，只是轻轻停顿目光后，将视线收了回去。

宁浩然视线刚离开，囡囡就像被人抽去了脊梁，猛地靠在椅背上，大口大口喘着粗气。

原来，这家伙真的忘了她。刚刚两个人的目光明明碰在一起，他都没有任何反应。

不知何时，校长的讲话已经结束。老师和学生开始陆续退场。

眼看那个遗忘了自己所作所为的人也要随着人群离开，囡囡再也控制不住自己心中的激动。

这怎么行？她记他整整五年，一举一动，一言一行，点点滴滴都记在心头没有遗漏。她记住的东西他也必须记住，她记不住的东西，他也必须记住，否则，她如何平复心中多年来的积怨？

所以杨囡囡在此时突然站起，对着宁浩然的背影清清嗓子大声喊道："宁浩然，你居然敢忘了我？你这个负心汉！"

大礼堂尚未离去的全年级师生齐刷刷地向囡囡方向行注目礼。同时为数不少的有心人也开始寻找她话语里那个负心汉的身影。

宁浩然是谁？

他为什么是负心汉？

为什么会有人将他说得如此不堪？

他和那位看起来很帅气的小男生究竟是什么关系？

莫非，传说中的耽美在学校老师圈子里也在风靡盛行？

只见一个瘦小的女生突然喊道："宁浩然，站起来给我们看看，不美型，不许耽美的说！"

于是引起众多耽美爱好的新生腐女们一致赞同，被人误认为小男生的杨囡囡实在是欲哭无泪，话不经大脑思考已经喊出去，现在怎么都找不到不伤及面子还能顺利坐下的办法了。

天知道引起这么大的反应不是她故意的，她刚刚只是想引起宁浩然一人的注意。

进退两难的她只能抵抗住全场人的议论，苦着脸鼓起勇气站在那儿等宁浩然交代。

宁浩然停住脚步慢慢转过身，傲然的面容上稍稍弯起了嘴角，注视她的目光中居然充满了笑意和惊喜。他缓缓向前走了两步，略显冷清的声音在大礼堂里显得幽远而悦耳："杨囡囡，好久不见，没想到你还记得我！"

宁浩然说的这句完全是屁话，根本不通顺。

既然美其名曰好久不见，那就代表两个人没什么亲密关系，她个人好不好，自然也不干他鸟事。如果硬要问一句好不好来代表大灰狼对小红帽若干年后的殷殷关切，之前那句"好久不见"就是对宁浩然司马昭之心的最佳嘲讽。

好，当然好，拜你所赐我都变成体育生了。

天知道囡囡多想用恶狠狠的语气来说这句话，当年她杨囡囡也曾弱如杨柳轻如风过，也曾清纯可爱惹人怜过，那是怎样一个文艺女青年的岁月啊……

轻轻的你走了，正如你轻轻的来，你轻轻的招手，作别西天的云彩……

如何让你遇见我，在我最美丽的时刻，为这，我已在佛前求了五百年，求佛让我们结一段尘缘……

我不知道，是否，还在爱你，如果爱着，为什么，会有那样一次分离，我不知道，是否，早已不再爱你，如果不爱，为什么，记忆没有随着时光，流去……

想想少女情怀总是诗的过往如此被那个浑蛋用一句"比乌龟跑得还慢"这么无情的话瞬间毁掉了，多么令人愤慨、令人发指，这种国仇家恨辱没个人尊严的痛苦让囡囡抑郁痛苦。当年文弱的她被宁浩然大浑蛋刺激到怎样难堪的地步，才会从文科转向体育特长生这么不上道的发展方向，从此一发不可收拾地狂奔至今啊！

当然，也正因为如此，才导致她没有考虑到众人对二人纠葛的承受能力，贸贸然喊出那么惹人遐思的话，谁知泣泪泣血的一句话在大家耳朵里竟然扭曲得变了味道，很多师生的反应是非常经典的，例如目瞪口呆型，持币观望型，事不关己型，以及镇定自若型。

最后一个词是形容宁浩然的。

囡囡很囧，但囧囧有神。她直勾勾地看着宁浩然，琢磨着怎么也要回答出一句铿锵有力的话，才能表示自己再不是当年任他嘲笑的体育白痴，来显示自己的涅槃重生。

于是，她大义凛然地向前大跨步："宁浩然，我要和你比赛，百米、万米、跳高、跳远，随便你挑！"

多么有意义，有营养的话啊，居然……居然把宁浩然给逗乐了，他噗地笑出来，连忙用手捂住嘴扭向一旁，正对囡囡视线的左脸蛋上隐隐浮现一个酒窝，眼角更是笑成了弯，随后囡囡身旁的小女生们因为看见他完美无缺的右脸发出一片花痴的低声抽气。

囡囡此时再转了大半个身去观察一下众人的表情，很好，已经从各种类型共同转变成看好戏型，无数双眼睛齐齐目视两个人眉来眼去的奸情，典型一半看好，一半厌恶的心理。

接下来就等宁浩然一句话了。是选择就此脱掉上衣和囡囡去狂奔创纪录呢，还是表示一番嘲讽然后坐下气死杨囡囡继续耍帅呢……

这是个复杂的问题。

不过第三条选择是宁浩然自己丢过来的。他冷冷地说："下周开课再比，现在先各回各的办公室！"

围观的所有师生顿时发出泄气的嘘声。

对于宁浩然如此识大体，懂礼貌，校长大人站在会场前方热泪盈眶，幸好他还够冷静，不然"开学当天 × 大两体育老师操场争锋，上千名师生围观"的消息一定会成为明天报纸头条的。还没等校长表达自己对宁浩然的无限感激之情，宁浩然已经默默走过中间的过道，挺拔的身姿就站在囡囡身边，伸手把自己外套脱下来轻飘飘落在她的身上。

他这种非常低调的表现囡囡并不领情，她受不了不战而退的窝囊男人，并且如她所知，宁浩然为人也绝对不会这样低调。他一定是娃娃常说的那句黄鼠狼给鸡拜年,没安好心的典型代表。所以直接开口问:“怕了就直接说话，不要推三推四的。”

“你现在能比吗？”宁浩然沉默了几秒，突然口气不善。

“当然。”果然五年过去了，他还在一如既往地鄙视她。囡囡正准备找些犀利的字眼反驳回去，却看见宁浩然把衣服围在她腰上，趴伏在她耳边用很低的声音说了一句：“去卫生间吧。”

宁浩然的嘴唇就在囡囡耳边蹭过,以至于她根本无法仔细思考他的意思。眉间一皱，经典的脱线话语正要脱口而出，只听他又补充道：“你裤子都透出来了。”

轰，囡囡脑袋蒙了。

好吧。她五年前的耻彻底没机会雪了，对于一个在初中还会把卫生巾从裙子下面掉出来的她来说,生理期裤子挂彩已经见怪不怪了。但是……但是，居然在上千名师生面前，居然在宿敌宁浩然面前如此丢人，还真是让人悲痛欲绝！

她真想替八辈祖宗问上帝他老人家好，或者是问上帝他老人家的八辈祖宗好……

“还比吗？”宁浩然望着囡囡大红萝卜似的脸，知道她已经明白了自己话里的意思，于是淡然地问。

“今天太阳好大，太晒了……”囡囡心虚地讪笑。

“是啊，好大，太晒了……”宁浩然认真地附和。

“今天是重大日子，不适宜运动……”囡囡龇牙。

“是啊，重大日子，不宜运动……”宁浩然点头。

宁浩然就站在她的身边，在他强大的气势笼罩下她已经坚持不了太久，嘴角抽搐的她从座位里小心翼翼地走出，倒退着一边朝大家点头，一边落荒而逃。

“那就下周再说，再说吧……”

以为宁浩然还会随声附和，不想他却用不大不小、在他和她之间所有的人都能听见的声音，对着她所在的方向喊：“慢点跑，小心血量增大。”

只见囡囡瘦高的身形当下晃了两晃，她觉得自己眼前仿佛万道白光霹雳闪过，接下来震耳欲聋的轰隆隆雷声响成一片，顷刻间，四周火花乱跳青烟直冒，囡囡平滑的脑门像电子滚屏一样闪上十二个大字：

“宁浩然，我诚挚地问候你全家！！！”

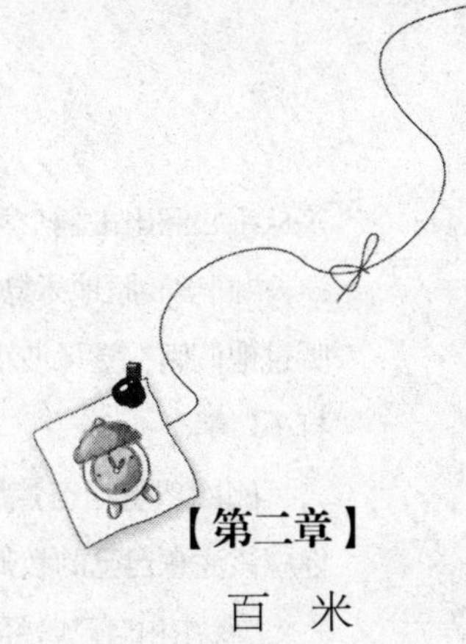

【第二章】
百 米

从哪里跌倒就从哪里爬起来，神经大条的囡囡一直这么淡定地鼓励自己。

可惜，始终没有用武之地。

今天是开学的第一堂课，教务处的安排是让她跟年纪在五十九岁上下的徐老师一起上。徐老师负责学生管理，囡囡这个新助教负责记分，画线，实习，以及发呆。

九月天，太阳还是明晃晃刺眼，热浪滚滚中发呆的囡囡老远就看见另一个上体育课的班级由远缓缓跑近。虽然大学里的体育课没初高中要求那么严格，但这个班的素质明显好上太多，不仅步伐整齐，连喊口号的声音也中气十足。哪个老师带的，这么有派？正纳闷的囡囡一眯眼就看见拽得不能再拽的宁浩然在旁领队小跑，明明有点小近视的她甚至能看见那个浑蛋脑袋下甩出的汗珠，晶亮晶亮地四散飞溅。

当个体育老师能把自己弄得满头大汗大概全国只有他一个。

囡囡对他亲历亲为很是不屑地撇嘴，收回眼睛抬手为下一轮掐好秒表，清亮的嗓音凌空喊过去：“预备——跑！”

一排五个女生齐刷刷地朝这边扑过来，囡囡也不抬头，只注视自己脚下的终点线默默数：一，二，三，四，五……不错，五个成绩都在十五秒以内。

啪的一声，肩膀被人拍了一下，秒表的数字还没抄，囡囡先被惊了一下，笔从手心溜出去翻个身往下掉。

“同学们原地休息，我和杨老师有点事商量。”宁浩然这话说得好不暧昧，听过他们俩礼堂风波小道消息版的同学们居然不惧宁浩然的威严，纷纷小声打了口哨。

囡囡望望自己肩膀上的狼爪，冷了颜色：“宁老师，现在是上课时间，你应该注意自己的教师形象。”

“我在和自己曾经的学生叙叙旧有什么可注意的？没别的，就是想问问你你还准备比试吗？”在囡囡眼里，宁浩然笑比不笑狡诈，亮晶晶的汗珠和牙齿一样闪光，看着都觉得讨厌。

这么多人注视心理压力太大，不利于正常发挥，所以她很聪明地说：“我知道百忙的宁老师肯定没有空，所以不用为我打乱教学课程。”

“这样吧，我让你先跑，我追如何？”宁浩然摸摸下巴，觉得自己的提议既不伤及囡囡的尊严，又维护了自己的绅士风度。

说实话，囡囡百米短跑的速度还是不错的，虽然自信赢不了宁浩然，但咬咬牙拼个齐头并进还是值得期待一下的，但现在是教学时间，两个老师在操场上玩命跑不是要给别人落下话柄吗？还算理智的她当场就想否决，偏偏他鄙视地说让她先跑，正踩住囡囡的小尾巴，被惹毛的猫立即亮出了爪子。

“不用，一起来！”囡囡当即豪情万丈地反手拍了拍宁浩然的胸口。

宁浩然奸计得逞，从囡囡手里拿过秒表递给徐老师，笑道：“我还真想看看自己教过的学生身手如何，来吧！”

徐老师年纪大了，便有了所有年纪大的人都爱有的毛病，那就是当红娘。在她眼中宁浩然和杨囡囡异常相配（徐老师最近刚刚换了散光眼镜），性格也互补（如果吵架互殴也算补的话），再加上年纪刚好（反正差个十岁八岁不算什么），又是曾经的师生情谊（现在大学生都让结婚了，师生恋算个啥），所以，一切的一切都激发了她五十年没完成的做红娘的心愿。

于是徐老师笑眯眯地掐好秒表，眼睛余光扫了扫囡囡那红彤彤的小脸蛋，再看看宁浩然冷静淡定的表情，心中非常欣慰：看，杨老师的脸红了，宁老师的眼睛也没离开过杨老师的脸蛋。明明两个人都是情人眼中出西施，还不好意思挑破，算了，就由我来当这个多事的人吧，不结婚我就不罢休！

其实，囡囡此时的想法是：完了，好死不死的，关键时刻鞋底居然开了。

曾经无比支持国货的囡囡被老爸送的这双运动鞋更加坚定了支持下去的信念，她仰头望天只觉得这是天要亡她，很明显这时候如果再换鞋，肯定来不及了，没准还落下临阵脱逃的罪名，可任由丢人又不甘心，毕竟关系到名声。只能劝说自己不妨往好处想，例如跑到一半鞋底飞了砸死个蟑螂，也算是为国家除了四害，为社区节省了蟑螂药是吧？

忸忸怩怩的她认命地蹲在宁浩然旁边的时候，刻意用脚趾勾了勾鞋底，控制了一下鞋底的走向，所幸鞋底很听话，立刻乖乖回来。囡囡瞪着它感叹，鞋底啊鞋底，我就再信你一回，如果你要飞也要挑那个姓宁的脑门飞，请瞄准点，如果正砸中脑门，我一定带你去专卖店修，如果砸偏了一点，我争取带你去修鞋师傅那修，如果费劲飞出去还没揍上……还要你这废物干什么？被扔了是难免的，你要挺住……

瞥了一眼身边的宁浩然，他并没看她，他正在作赛前准备。对于这样的宁浩然，囡囡突然有点茫然，认真时候的他多了些英气，眉宇间专注的表情似乎也不像当年迫害囡囡时的模样。

五年，怎么人变化这么大呢？

那时，宁浩然带着戏谑的笑站在终点，看囡囡面目狰狞地吐出舌头，以迅雷不及掩耳盗铃之势颠簸起伏，其状态之用力，其动作之缓慢，其声音之诡异都让他笑得直不起腰来。

秒表、记分册全部掉在地上了，这个该死的人类居然还没有涌出一丁点的愧疚感。

囡囡以为自己会累死在那次百米途中，结果未遂。当她终于以二十二秒的速度刷新了 ×× 高中的百米最慢纪录跪倒在百米终点的时候，宁浩然不得不蹲下身子用手帮她扇风，顺便说出了那句“跑得比乌龟还慢”的冷嘲热讽。

二十二秒，那是毕生的耻辱。囡囡一辈子都不会忘记自己是怎么跌倒在终点的，所以这次她一定要从这里爬起来。

她发誓！

“老娘这次一定要破 × 大纪录。”囡囡努力说给自己听。

宁浩然原本认真准备的表情因为听见了她的嘟囔瞬间破功，腰都直不起来的他笑得肩膀一直在抖。结果，还没等收回嘴角就听见徐老师一声：“预备——跑！”

身边的囡囡已经趿拉着掉了半个底的运动鞋像离弦的箭一样飞了出去。

尘土飞扬下，那背影看上去非常卖力。

对于宁老师追杨老师的经典场面，宁老师带的学生和杨老师带的学生在描述风格上大相迥异：

宁老师的学生说：天，没想到宁老师在起跑那刻晃神了，出发的口令都喊完好几秒了，宁老师居然没反应过来，还趴在跑道上。可随后他就爆发了身体内储蓄的小宇宙，发出豹子般的速度，朝着杨老师背影的方向全力冲了上去……

杨老师的学生说：必须要承认，虽然杨老师跑步的姿势有些奇怪，但我们相信这是她经过秘密培训练就的瞬间增加速度的绝密武器，这种秘密武器会导致人内在潜能的激发，取得出人意料的成绩来。显然，在两位老师跑前五十米的时候，这个秘密武器绝对是杨老师遥遥领先的原因所在……

宁老师的学生说：总结整场比赛，就像是梦八前锋瘸了腿，王军霞长跑遇见水，宁老师用先天的体能优势弥补了后天所犯下的重大失误，在后五十米的时候开始全身发力，快速迈步。很快，他就超过了杨老师矫健的身影，就在准备加大他们俩之间的距离时，一件让人意想不到的事情彻底打破了宁老师即将扭转乾坤的局面……

杨老师的学生说：看，不明飞行物！一个白色呈波浪状的不明飞行物从杨老师身后的烟尘中飞出，就在大家还在仔细研究那个不明物体究竟为何的时候，杨老师做出了更加令人百思不得其解的动作，那就是用力抬起腿，向后大力甩甩，另一只明显是鞋的东西从她的脚下再次飞出……

宁老师的学生说：这两样东西的出现明显打乱了宁老师跑步的节奏，他似乎发现了什么事情，一边扭腰躲过飞来的东西，一边不住地向杨老师的方向望去，也正因为如此，他奔跑的步伐明显偏离了跑道……

杨老师的学生说：杨老师闷头跑步的样子很帅，宁老师斜眼看人的样子很丑……

宁老师和杨老师的学生一起喊道：啊！！！没想到，两个人居然是同时到达终点！！！

徐老师喊：十二秒三十三！

宁老师对她说："喂，杨囡囡你鞋底掉了。"

杨老师对他喊："我知道，所以我光脚跑的。"

这场比赛的见证人是杨老师脚上套着的一只掉了底的鞋帮和一只飞出去跌在尘土里的鞋……

囡囡回头看看宁浩然，跑完百米人家依旧英气勃发，白色的运动服似乎没沾染到丝毫灰尘，全身上下的干净帅气越发映衬着自己犹如丧家之犬的狼狈形象非常可笑。

好吧，形象上她是输了一点儿，但场面上的气势倒是呈现一边倒的热烈情况。所有学生都在静默几秒后迸发出热烈的欢呼，在震天的呼喊声中杨囡囡觉得自己虽死无憾了，哪怕现在嗓子眼里正嘶嘶喘息，哪怕现在肺泡正在剧烈地疼痛收缩，哪怕脚底板被石头子硌得厉害，也能含笑九泉了。

当然，那个前提是她没听清学生们的欢呼。

"宁老师……宁老师……天，他好帅啊！！！"

"你们看，我口水都流下来了，在大学里能碰见罕见的帅哥男老师是多么令人终身无憾的事啊！”

“他怎么那么帅，怎么可以，简直是人神仰慕啊！”

屁咧，是人神共愤才对。

泄气的囡囡颓着脑袋往运动鞋飞落处拐着脚走去，心情非常不爽，拜托，她和他同时到达啊，那可是大学男子百米考核最好成绩，女生从来没有达到过，为什么没人夸奖一下她？现在的小女生真是一点追求都没有，光是皮囊漂亮就满足了，殊不知有人内外不一啊。

唉！

她瘸着脚走到那里四下寻找那只运动鞋，以当时鞋子抛物线的走向来看，估计着陆地点就在方圆十米以内……

“你在找什么？”身后有人问，囡囡想都没想随口回答：“找另一只鞋。”

“回头看看，是不是这只？”宁浩然清朗的嗓音已然听不出刚刚剧烈运动遗留的气息，囡囡怕自己被骗，犹疑一秒钟，才敢回头，只见宁浩然正望着她的脚，手里拎着的正是传说中那只飞掉的鞋子。

时间凝滞。

杨囡囡眨眨眼，点点头：“是，谢谢宁老师。”手伸到一半准备拿回来，不料俊朗的身影却在她面前蹲下去，宁浩然突如其来的动作把囡囡吓得赶紧往回退了两步，他要干什么？不会是准备模仿言情小说里男主角给女主角穿水晶鞋的经典传统动作吧？

她正在失神，就听到某人在她腿边说：“这么大人了，怎么还这么好胜？赶快快穿起来。”

跑掉鞋那只脚还是凉飕飕的，显然没有被人套上什么。

失望是难免的，看着自己脚边放置的鞋子，再看看他刚刚低头系好的鞋带，囡囡僵硬地蹲下身子当着他的面把鞋子套在脚上，用力系好鞋带。

不等她站好，宁浩然已经镇定自若地站起身对徐老师说：“杨老师鞋子坏了，这节课我们两个班并课吧。”说罢他径直地走到学生面前说，“同学们，给杨老师点掌声，她是我教过的跑得最快的学生。”

两个班的学生一起鼓掌欢呼，囡囡拖着坏了鞋底的运动鞋从学生们面前走过，面部表情看上去很淡定，天知道她心底到底是怎样的狂风暴雨，她都想当场掐死宁浩然了。

这家伙，真，真无耻啊。

居然能在此时表现出博大园丁春晖的情感去骗他的徒子徒孙们，简直无耻到极点，也不想想自己当年干了多少龌龊事，她眯起眼睛心生一计：“同学们，也给宁老师点掌声吧，要知道宁老师也是教过我的跑得最慢的老师。”

两个班的学生一起倒吸口凉气，齐刷刷地扫过来的目光让囡囡笑容逐渐放大，同样宁浩然的目光也随着众人的眼神一同扫过来，在她红扑扑的脸蛋上停了片刻才挑眉不屑地说：“杨老师，别忘了，我们还有游泳没比。”

似乎，是的。

那又怎样？她杨囡囡可是天不怕地不怕，立即挺起平坦的胸膛说：“我乐意随时和宁老师在泳池里一决高下。”

没想到，毫无歧义的一句话晃晃悠悠，晃晃悠悠，晃悠到下午的时候居然变成了“我乐意随时和宁老师在泳池里鸳鸯戏水”。

这是一个口口的时代，这是一个负心的宇宙，话说到了这般不和谐的地步，纵然如杨囡囡这么没心没肺的人，在下班的时候看见校门口某车的座驾也难免会畏缩了手脚。

“鞋修好了？”宁浩然瞥了瞥她脚上完好的运动鞋。

“没，我柜子里还有一双备用的。”囡囡嗫嚅着说。不知道宁浩然知不知道他们之间的约定已经被传成绯闻，看样子是不知道，否则他一定会让她好看。

“哦，以为你没有鞋子穿准备开车送你回家，看来……”他顿住接下去的话。

“不用了，我自己坐车。”果然他还不知道，囡囡很有自知之明地赶紧说。

“看来我们可以去吃饭了。”宁浩然这句话把囡囡囧住，满脸黑线。

“顺便讨论一下我们的鸳鸯共浴问题。”他接下来的补充彻底把囡囡从囧，变成了囧囧，而后是无穷无尽地囧囧囧下去……

【第三章】

同　事

如果说五年前的宁浩然在杨囡囡眼中最多就是个满大街都能看见的帅气的男青年，那么现在的他看上去绝对是帅气的中年 WS 大叔。

试问正常的同事之间跑去吃饭，谁会选择情侣餐厅？整个餐厅音乐诱惑轻柔，香气暧昧袅袅，若干各自分离的小包厢里为了增加情侣亲密度的小座位窄得可怜。

这哪里是餐厅，根本就是促进奸情的活色生香窝。

坐下去，正卡住两个人的身体，囡囡必须要收腹挺胸才能避开身边宁浩然透过几层衣服传过来的滚滚热浪。

这样近的距离，宁浩然原本就俊秀的眉眼也被放大几倍，囡囡想假装自己眼花远视都不行。

鼻子，挺直；眼眸，深邃；嘴唇，面部轮廓棱角分明。言情小说的男主角都长这德行，基本上囡囡随便在身边翻本书，中间就不乏对他的外貌的详细描写。

“那年元旦聚会以后，我接到回校的通知，所以没打招呼就走了。”宁浩然说这些话的时候态度有些奇怪，似乎踌躇着词语，他似乎想借机点明什么，又似乎有点犹豫到底该不该说。

囡囡再次往椅子边靠了靠，把腰贴在扶手上肯定又客气地说：“宁老师，这个我知道！”

当年他骤然消失的事成为高二年组女老师和女学生们揣测一年的长情话题，从情杀版到奉子结婚版到江山美人版，围绕他悄然离去的揣测好像就没有离开过“情色”两个字。

男人长得帅不是错，错的是因长得太帅只传绯闻，那就只能说是宁浩然个人人品问题了。

高二那年元旦聚会，全年组以班级为单位大会餐包饺子，有几个班级的女生都想去请宁浩然参与，连一哭二闹三上吊的手段都使出来了，还是没有撼动他的脚步。就在原本大家都以为他性情孤僻不喜欢参加无聊的学生聚会时，此人却毫无征兆地去了高二（3）班。

高二（3）班有什么?

答，高二（3）班有小受气包杨囡囡一个。

宁浩然出现在班级门口的那刻，全班女生的注意力都放在了他一个人的身上，只有杨囡囡不敢看他所在的方向。满心又气又恨，又羞又恼，除了愤怒还是愤怒。她前不久刚刚被他嘲笑过，所以记得，现在在他面前还要若无其事地干活她实在做不到。

可惜，有人似乎不知道世上还有谁讨厌谁，谁烦谁这回事。

囡囡小媳妇般眼睁睁地看着宁浩然轻轻松松地走到她所在的小组，轻轻松松地和大家说笑聊天，还轻轻松松地参与包饺子的活动当中。一时间同组的几位女生登时桃花满面，灼热的视线凝结在一起把他所在的周围变成烤炉，轰的一下升至最高温度。当然站在他身边的囡囡也就无法幸免遇难变成了烤全羊。

“本来想跟你道别的，我去你们班找你，听说你请假一个星期，时间来不及就没等你。”宁浩然说。

请一个星期假是因为囡囡脚摔了，在元旦聚会喝酒的囡囡根本想不起来是怎样跌倒的，怎样回家的，第二天清早大脑一片空白的她只觉得脚踝疼得厉害，被老爸带到医院检查才发现是筋膜损伤，养了一个星期才蹦着回到学校去上课，刚到班上就被班里的八卦大喇叭告知，那位曾经羞辱过她的体育实习老师回校了，拍拍屁股走人的他空留下一片破碎的芳心在地上晶莹闪亮。可现在宁浩然说，当初是想和她说一声告辞的，这又是什么意思？

想通过她和全班告别？

“其实宁老师只要告诉我们班那个八卦大喇叭，估计全年组第二天都知道了，我保证。不用告诉我，告诉我也只有我一个人知道，没用！”说到这里，囡囡还豪爽地拍了拍桌子，一副无所谓的样子。

宁浩然原本想为她倒杯水，刚放到桌上就被拍桌的力道震晃了几下，水差点溢出来，他皱眉。

“你……全忘了？”宁浩然挑了挑眉，似乎发现一个无法置信的事实。

“忘什么？宁老师，你放心，该忘的，我一个都不会记得，但是不该忘的，我一定都记得。”囡囡拍胸脯保证。

例如，他曾经如何打击她幼小的自尊心……

宁浩然嘴角抽动一下，瞬时冷淡了所有隐藏的情绪，说：“哦，好，那记得下周我们俩还要比游泳。”

这才对，宁浩然必须认清形势，不要以为套关系走后门就能把所有过往恩怨一笔勾销。虽然今天的对话似乎很诡异，暗藏很多玄机，但囡囡深深知道好奇杀死猫的道理，对听上去很奇怪的话一概不予理睬，绝不加以深度挖掘。这也是她和深好绯闻的娃娃的最大区别。

在短短数秒钟内囡囡已经平稳好心神，开始淡定地埋首对付眼前的美食，一边飞舞着筷子，一边还含糊不清地说：“一会儿我们AA付账，但是付钱的时候我来，出门你再把你那份给我，不要当场分钱，省得服务生的表情不好看。”

嗯？！宁浩然骤然收紧眉头，没想到再见到他，她还能挪出心神盘算付账的事，愤然地打量了囡囡两眼：“你真的都忘了？”

囡囡立即警觉地瞥了他一眼，对宁浩然的反复强调认真思考一下自己有没有管他借过钱却没还的可能性，深觉不可能的她认真地问："有什么需要我特别记忆的吗，宁老师？不如你再提醒我一下？时间太长，我记不清了。"

宁浩然的眼底顿时闪过冷意："不用了。一会儿记得付账，你欠我的！"

他烦躁的语气使得小囡囡暗觉不舒服，可又不好多问，只能埋头默然吃饭。他莫名的表现似乎她真的曾经欠过他什么，她垂着脑袋仔细思考，几乎想破了头还是没线索。

直到她接到账单的时候才灵光一现，终于想起来了……

宁浩然点的这个A套餐居然要一百六十八元一份，简直天理不容啊！

她还没开工资，上个月打工的钱也支援娃娃买上班穿的套装了，满兜就剩下老爸给的零花钱。所以她磨蹭的时候态度很谦逊，抖了半天才把钱包掏出来，咬牙切齿地付了三百五十块给服务生。

肉疼的她刚一出门就小声嘟囔说："其实我是不介意请客的，但是我们是同事关系，所以AA比较好。当然，你不给我也不会主动要求的，但如果你给我，我也不会嫌弃的。"

一句"同事关系"使得宁浩然的脸色越来越黑。他紧紧盯着囡囡不肯罢休一张一合的嘴唇，勉强压抑住胸中熊熊燃烧的怒火，从兜里拿出钱包立即递四百过去还给囡囡："这顿饭我请，记住下周的比赛！"

囡囡原本准备收下去的气焰在见到人民币后立即重燃，根本忘记需要假意推托两下表示大方，直接把钱揣到腰包，信心满满地点头："放心，宁老师，下周我一定全力迎战。"

"另外，你能提醒我到底是什么事吗？我真的记不起来了。"囡囡茫然地问。

宁浩然似乎被她某句话刺激到，不等她再有所反应，漠然地和囡囡点点头率先离开，头都不回，飒爽的白色运动装在他身上硬是飘出了风衣的架势。

嗯，看上去非常决然。

囡囡发呆在原地摸着手里的钱包，拧着眉毛不解地望着他的背影琢磨……

莫非，她真欠过他钱？看他这愤怒的架势最有可能的就是她管他借过钱了。

可为什么又不直接让她还钱呢？

难道是因为她太可怜，导致原本应该还钱的人得到了债主的同情，而后债主不仅不收欠款还多找了五十块给她？

对面的服务生推开的大门还没关上，见囡囡不走，僵硬着身子靠在门上进也不是退也不是，一双眼睛滴溜溜地转着望向她这里，心中大概正在想：这女人真可怜，男人抛弃了她才给四百块……

囡囡抬起头，回望了半天，觉得自己必须说点什么来缓解眼前尴尬的气氛，所以她对服务生讪讪地笑："那个，你们这里，不收小费吧？"

"娃娃，我高二那年元旦聚会喝醉那件事你还记得吧？"囡囡躺在床上皱眉问。

"记得啊，你这辈子唯一喝醉的那一次嘛。回来躺床上像死猪一样，老妈怎么叫你，你都不醒，她在床边上哭得花枝乱颤死去活来的，不知道的还以为你得绝症当场阵亡呢，后来还是老爸把她架着拖出去，才控制住她的眼泪没把你被窝当场淹没。怎么，你现在自责顿悟反悔啦。对了，那晚你还死命不让我给你脱衣服，力气贼大，差点把我打个生活不能自理，那天送你回来的人可倒老霉了……"娃娃拿了一本职场指南，正在研究怎么能打进华昊内部八卦圈探听到更多更深的八卦，两条腿耷拉在床头不停地晃来晃去。

"有人送我回来的？谁？"囡囡惊得从床上站起来。

娃娃看都没看她一眼，冷静地回答道："男人。"

"这不是废话嘛，什么样的男人，是不是高高大大，长得很帅？"囡囡没留神居然夸赞起宁浩然。

娃娃睨了囡囡一眼："做梦呢，你还真当白马王子出现了？你身边什么时候混过高高大大，长得很帅的？"

"难道不是？"囡囡满心怀疑又落了空，有点不确定宁浩然今天下午话里的意思，她似乎没有酗酒闹事的前科啊，他怎么提起元旦那天的事咬牙切齿地立眉毛？

"不知道，我又没看清楚。"娃娃打个哈欠，这面瘫郎总到底好哪口呢？是中年大叔还是山西女星更讨他喜欢呢？不行，明天上班的时候一定要打进敌人内部，可不能再这么猜来猜去的，真费神。

看来真不是他。囡囡拽过被子默默躺下，娃娃见她不说话也把灯关掉，窗帘隔住了外面所有的光线，只剩下满屋子黑黝黝的回忆，像无底的深渊怎么都摸不到。那晚的真相到底如何……

奶奶的，怎么搞得跟寻宝探秘似的，算了，头痛，不管它先睡，天塌下来有高个子挡着呢。

等娃娃那里呼吸均匀了，囡囡还是翻来覆去睡不着。

实在窝不住心里事的她偷偷从床上爬起来，摸起手机给狐朋狗友们群发短信：

哥们儿，当年高二元旦聚会结束后，我到底干什么了？

十分钟后陆续收到回信……

二毛：CAO，你又变性啦？上次喝酒你不是捶我脑袋让我叫你大姐吗？还说就是我的称呼才耽误你抓桃花的，怎么三天没到又回归兄弟们怀抱了？桃花过季了？

蔷薇：那么大的国家大事谁知道啊，这事得问村长啊。

小六：你这死孩子大半夜的不睡觉，发短信打搅我和老婆恩爱，将来我那个不行了你要负全责！

狗蛋：兄弟，你发错了吧，高二我没和你一个班，如果有人尾随，我敢用脑袋当保票，那事肯定不是我干的！

大眼：高二？咋了，你借酒抢劫了？氧化钙，现在自首还来得及，据说还在保质期。

某干哥哥：又吃饱没事干憋得慌啦？没事出去遛弯，别瞎合计。你高二我都出国了，谁有工夫看你干啥呢！

某干弟弟：大哥，我那时候在小学，你这题太高难度了，你在挑战我仅剩的为数不多的智商。

星星君：讨厌，我就知道你从那个时候对杂家开始心怀不轨了。说吧，啥时候出去哈皮一下？（唯一一个女人）

曾经见过面的多年男网友：其实，我一直想对你说，你确实不是我喜欢的那种类型，对于我给你的错觉，我很抱歉。

某大学时代损友：昨天肱二头肌练杠铃的时候抻着了，没工夫帮你想这点儿破事！

还是高二三班的同学最有人情味，发出去十八条，分别回了五条。

学习委员：那天你喝多了。（简短干练，就跟他的长相一样）

劳动委员：你抱着拖把唱了十三遍伤心太平洋。（不愧是劳动委员，回忆出来的结果都和他长年奋战的工具有关）

文艺委员：那天晚上你唱的一句都没在调上。（这就是职业素养，必须得承认）

小组长：光顾着吃饺子了，没注意。（小组长一向是着眼于眼前工作的）

班长：你拉着我的手承认上次大扫除追老鼠的时候把窗户玻璃打碎了。这事我们查了一年半，几次把目标从你身上扫过，都没猜是你干的，你居然……蒙蔽兄弟们这么久，实在枉费了众兄弟们的信任。后来我跟他们说，等你明白后还是不要提醒你了，因为人喝多了，所说的话不具有法律效力……

呃……这帮哥们儿，真是没白养。关键时刻，一个有用消息都没提供，不过从他们字里行间不难看出，那天她确实醉得很夸张，这么说来，宁浩然和她的恩怨很可能是在她无意识时候发生并纠葛至今的。

惊！

刻薄如宁浩然，真要是为了以前的恩怨报复的话……

会在下周的泳池里倒硝酸吗……

抖。她下意识地摸摸自己的胳膊渗出的鸡皮疙瘩，狠狠咽了咽唾沫，喃喃地说："正所谓喝多者不怪，哥们儿，你不会这么绝吧？"

就宁浩然几次三番的提醒来看，他对此事记忆犹新，刻骨铭心的程度绝对会让他对她痛下毒手的。

看来，下周的游泳课要穿鲨鱼皮了！

嗯，就这么办，以防万一是上策。

转过一周，叶黄气高，温度适宜。杨囡囡负责带队去校游泳馆，很不幸，这次又是徐老师的班。

一路上学生们默默跟在背后，除了凌乱的踢踏脚步声，就是徐老师从未停歇的话题，以及囡囡头顶来回盘旋飞过挥赶不去的冷汗乌鸦。

"宁老师很帅的。"

"宁老师烟酒都不沾。"

"宁老师家住洪园离你们家很近。"

"宁老师父母双亲都在国外，他是独生子。"

眼看宁老师的户籍惨被徐老师爆料翻出，囡囡很无力地抚额："徐老师，这些我都知道。"

原本囡囡只想找一个堵住徐老师喋喋不休关切的借口，谁知徐老师竟然立即雀跃起来："那就更好了，你们俩青梅竹马，两小无猜，彼此之间知根知底。你要不要我去当个媒人跟他说一声？我知道你刚毕业太年轻，一定脸皮比较薄，但这事还是要先下手为强比较好，我们两个班并课是他提出的，这可是千载难逢的机会，你赶快趁机擦出点火花，将来再有人跑出来竞争就不怕了。"

徐老师越说越兴奋，眼看着对敌战略都要部署完毕了，囡囡只能无奈地望天，假装自己什么都听不见，徐老师大概也觉得一个人的独角戏没什么意思，囡囡不说话，她只能收住嘴，囡囡刚想欢呼，就听见徐老师再度兴奋地说："你看，宁老师来了。"

囡囡为她停顿差点欢呼的小脸立即转为愁云惨雾，她没好气地说："他也上课，当然要来。"

"不一样，这小伙子平时都是准时上课的，今天这么早？看来他特地为我们提前了十分钟。"徐老师的兴奋之情转眼不见，夸赞之情反而溢于言表。

ORZ，宁浩然只是提前到达十分钟而已，人老精马老滑的徐老师从这也能看出两人之间萌发的奸情小嫩芽？

还让人活不了？

刚想解释，就见宁浩然已经径直走向她们自若地和两个人打招呼："徐老师，杨老师你们来得真早。"

"早，早。宁老师今天也很早啊，你们先慢慢聊，我去找管理员填表。"徐老一副我是过来人，早知道你们俩在耍花枪的模样闪身离去。

"徐老师，我去吧！"囡囡在她背后叫，可徐老师就当没听见，一溜小跑没了踪影。

"呵呵，呵呵，为了咱俩比赛的事徐老师居然比当事人还着急。"囡囡讪讪发笑，嘴角不自然地抽搐。一想到自己曾经喝酒肇事对宁浩然脆弱的从师生涯造成难以磨灭的伤害过，浑身上下都不自在。

"一会儿真要比赛？"宁浩然拧眉问。脱线囡囡把五年前的事情全部忘记了他都无所谓，但她和他见面就抬杠实在让人很头痛。

他的随口反问使得囡囡愣了一下，随即再次想到昨天自己设想过的硝酸泳池浑身紧张，小嘴也紧绷绷地抿了起来。

见她表现沉默，宁浩然也不好说什么，知道她的脾气，没准现在又在想什么馊点子，一言不发地朝学生们一招手，学生立即自动分成两队各自随杨囡囡和宁浩然去男女更衣室。

两个队伍互相擦肩而过时，囡囡觉得自己后背似乎在被某人犀利的目光上下左右巡视。战战兢兢的她再次深深觉得自己的鲨鱼皮泳衣带得非常正确，这年头什么事都说不准啊，恶贯满盈的马同学和朱兄弟外表上也是仪表堂堂，玉树临风的，可面对仇人的时候，还是一样地下手爽利，好不留情。

万一当年她曾暴力过那个男人……

算了，一会儿下水之前，还是再加一个游泳眼镜保护眼睛吧！

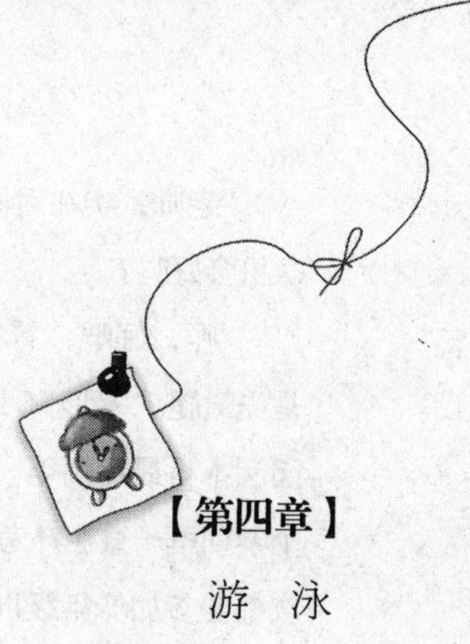

【第四章】

游　泳

游泳课是检验学生籍贯的上好绝佳工具。准确率之高，使用之方便让娃娃大呼过瘾。

来自祖国各地的孩子们，在游泳课上用具有各种地方特色的泳姿来狗刨，不仅展现了当地百姓在落水时所呈现的各种千奇百怪的逃生动作，此外还深刻地体现出各自省份浓厚的文化背景。

例如，东北的孩子们蹬腿蹬得很生猛，江南水乡的孩子们挥手挥得很婉约，齐鲁大地的孩子们喝水喝得很儒雅，广大少数民族同胞们沉底沉得很含蓄。

杨囡囡蹲在岸边不住地摇头，万分无奈地对从她口令出发开始就已经漂在那里一动不动的 18 号同学说："18 号同学，你方便动一下吗？我们在考标准蛙泳，不是考你水上浮尸，谢谢。"

18 号同学在水下隐隐约约能听到小杨老师的话，她很想开口反驳，于是张牙舞爪地撅屁股，勉强勾住脚趾沉了底，满头满脸都披着黑又长的头发从水里吐着泡钻出来，连呛带喘地说："老师……咳……不是我想浮尸……吓大家，主要是我扎头发的皮筋开了。"

"你头发长漂在水上类似水草我也就不说你什么了，可是你为什么原地不动呢？"囡囡蹲在泳池旁问，不解地探寻缘由。

“老师，实在对不起，刚刚我忘记是应该先挥手还是先蹬腿了，再给一次机会好吗？”

“呃，好吧，看在你态度诚恳的分上再给你一次机会……记得……呃，是先蹬腿。”囡囡不是纵容这个孩子，而是18号同学确实是天资有问题，在囡囡本科最后两年一直听说跟她有关的传奇，这个18号居然在大学四年四个学期里一直在补考体育。据说其他课程都顺利过关可以毕业，唯独体育每次都要参加低年级训练来准备补考。囡囡一直不承认自己当年和她一样菜，一样让人抓狂，但又不得不说，这孩子在体育考试中出现的幺蛾子真是他娘的花样百出。

立定跳远从来没跳过自己身高过，一直徘徊在一米六零左右。

背跃式跳高及格线只有一米线，她跳了一下午还是没背过去，杆子坐在屁股下面都发出嘎吱嘎吱的声响了，成功仍遥不可及。为了保护学校的体育设施，当年那个体育老师不得不换了皮筋做杆子，并且好心承诺，只要18号同学能跨过皮筋就给她及格，不管是跨越式背越式上蹿式下跳式都允许……结果还是需要补考。

好吧，俯卧撑撑不起来算她臂力不够，只能做十九个仰卧起坐是她腹肌没有，那她手上的成绩单说她上学期八百米没成绩是怎么回事？（18号同学在水下高呼冤枉：那个啥，老师，我八百米其实也有成绩的，只不过跑到终点的时候记分老师以为后面没人了，把秒表停了。冤枉啊，实际上我才跑了六分多钟，她居然不多等一会儿……）

囡囡站起身等待18号同学连漂带爬地到泳池起点站好，再次高声发令：“预备——开始！”

18号同学这次表现很勇猛，一个猛子扎下去……就……再也没上来。只见水花四溅下一条水光直奔终点风驰电掣直杀过去，直游得虎虎生风，落落大方。气势磅礴之下震撼在场所有的师生，几乎所有的人都想对水底正在玩命的她大喊一句：

“姐姐哟，你游歪了哎……”（水下没戴泳镜的18号同学心中纳闷：好累，怎么还没到终点啊，我明明已经很努力了，眼睛都要憋炸了，应该快到二十五米终点了吧？怎么还是摸不到终点的墙壁？）

囡囡看着穿着粉红色泳衣的迷茫背影下巴几乎落在胸前，只见18号同学顺着终点线向右九十度拐弯平行游去，眼看拐出了L形后还有准备往起点线拐U弯游回去的趋势，不得不当机立断大声吹哨。

刺耳的哨声终于被在水下奋勇划动的18号同学听见了，她不解地从水里挣扎起来，正在纳闷还没到终点怎么就被老师吹哨的时候，只见囡囡两眼烁烁冒光地跑过来蹲在她面前，惊叹道：“人才啊，你整整三分钟没换气。”（作者画外音：那个……囡囡啊，她换了……带水喝了不少的气，这点我是可以证明的。）

18号同学：“……”

囡囡：“你有没有兴趣报游泳校队，你这样的资质虽然差了一点，但培养一下还有机会的。”

18号同学：“……”

囡囡：“你同不同意，倒是说话啊！”

18号同学：“呃，老师，我还呛着呢，你能不能不玩我？”

囡囡……

正想再深一步挽留游泳天才，眼角余光就发现款款走过两条大白腿，囡囡顺着白花花的物体缓缓向上抬起头，迎面先瞄上一条三角形黑色泳裤外加可疑物体，再仰视就发现宁浩然面无表情地俯视她：“什么时候比赛？”

囡囡觉得宁浩然这个人很聪明。他懂得用怎样的手段先让对手心猿意马，然后再让对手身残志坚。有热乎乎的液体从囡囡鼻子流窜出的迹象，她立即倒吸了一口凉气，把疑是鼻血的液体刹那间毁尸灭迹。

她依然仰着头，只不过脑溢血般偏向没有宁浩然的一边，虚软地撑着胳膊站起身客套讪笑：“随意，我奉陪。”

宁浩然默然，这是他给她的最后机会，还是被囡囡浪费。怒火上攻的他丢过一句话：“那你做一下热身运动，别又出现那年的状况。”

那年……那年，宁浩然居然还好意思提那年！如果他不说，她宽宏大量地原谅他。结果非但不领情，居然还摆出超拽无比的表情和态度，他到底是真无耻啊，还是装无耻啊，怎么可以忘记那时候对她究竟做过什么！

那时候她是臂力不足腿力有余不假，在偌大游泳池边连续动作十下，没前进不说，居然还倒退五米。这不是她的错，但是嘲笑她的行为就是他的错。宁浩然居然当众宣布应该把囡囡的头朝起点，屁股朝终点，二十分钟以后没准屁股就能完成此项艰巨的任务，一切就皆大欢喜了，全班同学轰然大笑，囡囡差点自尽于水下。

想到这里，囡囡用无比怨愤的目光扫过去，看见他也正在回头看自己，健硕的胸膛有力的双腿……脸腾地冷下来，再加重愤恨的表情三分。

娘的，刚刚差点因为他的好身材就脸蛋发烫，鼻血再流了。她竭力平复了身体内部风起云涌的气息，赶紧弯腰做热身运动。

左三圈，右三圈，脖子扭扭屁股扭扭……

就在此时，18号同学在水池里可怜巴巴地爬过来，口气无比哀怨：“老师，再给一次机会吧，这次我肯定及格。”

囡囡咬牙道：“不用了，如果这次我能游过宁老师，你就及格，否则你等着期末补考吧！”

18号同学回头张望一下索普身材的宁老师，再扫视眼前如同瘦鸡般的杨老师，顿觉眼前一黑及格无望，当下昏厥于水中。

强烈呼吁加强师风师德教育，不带这么让学生跟着倒霉的！！！

囡囡给学生们测成绩的时候身上还没穿泳衣。理由很简单，她不习惯光着大腿蹲在泳池旁数秒表。

接受宁浩然的宣战必须拿着包去更衣室换，鬼鬼祟祟地走到更衣室先把运动背包来个底朝天，哗啦啦抖落一地的家伙，她暗自贼笑。地上躺着尚未舒展的黑色游泳衣，这个就是传说中密不透风的两身式鲨鱼皮。上身泳衣有半截袖，掩盖大半白皙双臂，下身泳裤直到膝盖，再把头套上泳帽，全身类似蝙蝠侠。这是当年她高中时苦练游泳时，心疼宝贝女儿的杨逍下令属下强力搜罗提高游泳成绩的各类奇珍异宝，一时间别有目的的人天天献宝，据说还有人为此专门去了美国国家游泳队卧底……

这套泳衣囡囡珍藏多年，总不舍得穿，也一直没有用武之地。这次比赛之所以带来，完全是想要阻隔某些人让她浑身不舒服的犀利视线。于是，把泳衣三下五除二从头套上，囡囡全身类似潜水蛙人，再把游泳眼镜戴上，蓝汪汪的咸蛋超人造型，基本上非人非兽。

掰着两只脚走到游泳池边，只见两个班的学生已经被热心的徐老师招呼过来坐下观战，囡囡无奈地擦了擦额头上冒出的黑线长吁口气：这个徐老师，真是执迷不悟啊。

她站在那里正发呆时，冷冷的声音从身边传过来：“你准备用这套泳衣把我吓抽筋，然后获胜吗？”

囡囡骤然抬头，发现宁浩然不知何时竟然贴在自己身边，热乎乎的气息增加了鲨鱼皮的紧窒程度让她非常非常的不适，囡囡立即弹开身子结巴地回答：“你干……干什么靠我这么近？”

宁浩然挑挑眉尖，对她的胆小表现嘴角露出嘲讽鄙视的笑容，对问话并不回答。

囡囡不悦，冷哼一声反攻：“你准备用这种方法，把我吓抽筋，然后获胜吗？”

宁浩然对她的反击不以为意，上下打量了两眼，立即发现她穿的泳衣太紧了，一声不吭地靠上去，直到两个人之间的距离只有零点零一毫米的时候，才阴沉沉地威胁：“你回去再换一件泳衣。”

“凭什么？”囡囡声音不觉加大。

“不凭什么，因为我看着不舒服。如果你不去，我就给学生们讲讲杨老师游泳池的故事……”

眼看囡囡不想妥协，宁浩然回头对向他们这里静静观望的学生们促狭地一笑：“我曾经教过一个学生，她喜欢把腿朝着终点……”

“好吧，宁老师，你等着！”囡囡被气死人的宁浩然迫害到只能咬牙切齿地挤出所有的字。

她转过身用力迈步拐回更衣室，做了几个深呼吸，默默地对自己说：我是圣人，不跟王八蛋见识，不跟王八蛋生气……王八蛋让我换我偏不换，看谁能拧过谁。可，说归说，她还是走到服务部那里买泳衣，因为她知道小人之所以称之为小人，第一条就是惹怒他下场会更惨……正所谓好女不吃眼前亏……

服务部常年有泳衣代卖，既然身上这套潜水兽的衣服那个浑蛋看不顺眼，她决定再来个更猛的。囡囡在一排游泳衣里挑来挑去，很快，一套符合惊吓宁浩然要求的太阳花的两截式游泳衣落入眼帘。

这套泳衣上下两截分开，下身泳裤四角保守，但上身只是围兜绑带绕过脖子维持不掉落。

囡囡七扭八歪地穿上游泳衣，从穿衣镜那里发现自己平板的身材穿女性化的游泳衣异常别扭，不过一想到这套泳衣同样可以刺激到宁浩然的眼睛，为了欣赏他惊悚的表情还是值得一试的，于是囡囡千辛万苦地克服心理障碍踌躇着走出更衣室。

刚走出更衣室门，迎面就看见嘴角抽搐面部表情奇特的宁浩然。他原本站在岸边为学生测试，因为她的出现手中的记分册立即掉在池边，差点滑落泳池。囡囡见状，扬扬自得，立即露出我最纯洁我怕谁的笑容仰头叉腰：“宁老师，你说，咱们在哪比？“

小样，惊吓过度了吧？要的就是这样的效果！

宁浩然眯起眼把穿着分体游泳衣的某人上下左右打量一番，突然收紧下颌脸色阴沉："你定，最好快点，我还赶时间给学生测试。"

囡囡觉得自己干扰对手心念的龌龊手段已经大功告成，当下心中欢呼雀跃，连蹦带跳地跑到泳池边朝他招手。宁浩然放弃走过去的方式，反而在水池边一个翻身扎下去，紧实的臂膀在水中划过带出水花四溅，估计在场的师生没有几个人能逃过他线条流畅的身躯和诱人双目的古铜色皮肤的巨大吸引。

这种活色生香的场面，真让人……让人控制不住鼻腔里不断涌出的血液啊！

宁浩然触壁上岸，完美的肩腰倒三角比例让坐在两侧的学生们尖声呼叫，鼓掌加油，相反，倒是第一次穿上分体式泳衣的囡囡丝毫没有引起学生们的注意。

呃，毕竟一个小受，穿上分体泳衣了，她还是小受。

宁浩然面对女同学们的高声尖叫笑容依旧，囡囡则对自己被冷落表现得很无所谓，她已经习惯被宁浩然身上的光芒掩盖，与其给自己强大的内心找不痛快，还不如考虑一下等会儿怎么赢得比赛更重要。她拉拉自己的游泳衣肩带，又拎拎自己的游泳裤，手脚没有老实的时候，直到宁浩然双眼再度飙出杀气，脸色登时寒如南极的千层冰，这才畏首畏尾地停止所有动作。

又怎么得罪他了，她觉得衣服不舒服整理整理也是错？什么道理！

徐老师站起，高喊："预备——"开始两字还没说出，宁浩然已经冷冷地瞪着囡囡肩膀大步流星走过去，冷着脸把她拽到自己身旁，大手掌握住肩膀用力把她拧了半个圈，囡囡还没等张嘴呼救，挎在脖子上的带子瞬时解开又瞬时勒紧，她从尴尬中醒神也拜这力道所赐。

"哎呀，疼！"他在干吗，准备用泳衣带子勒死她？

只见宁浩然黑锅底一样的脸色，又见囡囡的脸色则一会儿青一会儿白，很明显，两个人之间正涌动着暧昧的氛围，就连坐在泳池边观战的学生们都已闻出游泳池溢出的酸酸味道。等到宁浩然把所有东西归位完毕，才放开挣扎许久的囡囡对徐老师镇定地说："麻烦你，徐老师，再喊一次。"

学生和徐老师此刻十分默契地保持沉默，对刚刚暧昧的一幕不发表任何官方评价，于是比赛终于开始……

宁浩然脸色缓解与否，囡囡并不知晓。她只是在徐老师口令发出那刻跃身跳进泳池。哗啦啦的水声遮盖了刚刚不正常的尴尬，拼命的游动也改变了大脑的空白状态。刚刚泳衣换得匆忙，游泳眼镜竟然忘带了，她不仅可以在水下看见某人宽肩窄臀，她还可以在水下看见某人同样也睁着双眼在看她，这哪里是一场游泳比赛，在你看我来我看你的情况下，两个人前进的速度奇慢。

囡囡好不容易撑到比赛末尾，正想要一鼓作气扑向终点，不料宁浩然居然在关键时刻非常不识相地挡在她面前。这个无耻的人类在水中以为没人能看见，居然，居然把她按在水底猥亵。（宁浩然：白痴，我猥亵你个头！我在检查你的肩带，省得出水时走光。）

等脖子上那股沉重的力道消失了，囡囡发现自己居然沉了底，无论呼气还是吸气都无法顺利爬上水面去，挡在面前模糊的身影已经成为游泳池中她唯一能够攀附的物体，只见那个身影似乎有准备继续朝前游走的想法，凭啥呀，为什么他耽误完她还可以若无其事地完成比赛！愤怒的她立即爆发出有生以来最大的潜能，脚尖用力点地，猛地朝着他的窄腰抱上去。

此时，水上所有的同学纷纷发出倒吸一口凉气的声音，只见宁老师正准备扬身触碰终点时，一只枯槁的手臂从水中颤巍巍地伸出，一把趴住宁老师的脑袋，随后另一只形销骨立的手臂从水中挥舞而出，张牙舞爪地抱住他的肩膀。

宁浩然被突如其来的动作惊吓住，顿时窘然，条件反射地回手隔开囡囡的饿虎扑食，谁知她不依不饶地再使出九阴白骨爪，准备薅住宁浩然的短裤，可就在快要抓住他腰的片刻，又被他轻易脱了身。不过因为两者纠葛的举动他没有再往前继续自己逃离的动作，明明回身就能碰见终点的他竟然没有伸出手臂，大概他是想看还在水底上下扑腾的她到底要干些什么。

最后漂在水中不动的宁浩然终于被囡囡成功地趴伏上身，她勉强出水，拼命喘气，胸口起伏不定地靠在他的后背大声责怪："宁浩然，你差点把我呛死。"

游泳馆中静悄悄的，除了哗啦啦的水声……

囡囡身上的肌肤紧紧贴在宁浩然身上，水是两个人肌肤中间的黏合剂。宁浩然的嘴唇几乎抿成一条线，只是皱眉扭头看着某人，想激起某些人的自觉，她似乎还没察觉自己的行为失当。

很快，囡囡想起二人之间的比赛，再抹开眼前的水雾，抬头发现终点就在眼前，兴奋不已的她立即勾过他的颈项准备跃过这个叫宁浩然的障碍物欢畅地奔向终点。可她全身蹭过之时，他的脸色又变，全身紧绷不说，甚至最后还咬紧了后槽牙。

以宁浩然的力气完全可以轻易摆脱囡囡的借力用力，可不知为什么，在被她作弊的那刻他竟不想挣脱她蔓藤般缠绕的手臂。

囡囡的动作还在继续，他原本被迫扶住她肩膀的手从她细滑的腰间滑过，手指微颤。

发现终点就在前方的杨囡囡如同打了鸡血一样激动，将腰间徘徊不定的手指完全忽略，用力划动手臂，现在只需一步她就可以完成这场比赛。

突然腰间被人用力，竟是向前送她，于是，只用了一秒钟的时间她已经碰触到终点墙壁。

爬上终点岸边的囡囡得意地回头刚想叉腰扬扬得意，不料发现原本落后的宁浩然突然向相反方向默默游去。他回到起点岸边，双手撑住岸边爬上去，连头都没回，直接走到男更衣室。

"切，小气鬼，输了也不敢承认。"对自己的胜之不武有点心虚的囡囡，只能一边偷窥宁浩然消失的方向，一边小声嘟囔着。

不知道为什么，面对久违的胜利囡囡并不开心，她气呼呼地捡起毛巾擦头发。

更衣室内淋浴下，宁浩然按开了凉水冲洗的按钮，瀑布般的水点压制住很多东西……

【第五章】

双　杠

囡囡与宁浩然决斗第二场胜利的消息奔走于 ×× 大学各个院系、各个班级、各个人。师生们在惊呼囡囡那如同液晶等离子的小身板里所蕴涵的巨大能量外，也对宁浩然两次马失前蹄，一失足成千古恨的原因觉得万分地难以捉摸。

于是各类小道传说不胫而走，经过整理归化，大体分为两个版本：

鸳鸯相恋被人扰，鸳深情种插一脚派：即，宁浩然曾经有一绝美女友，两人如胶似漆地相爱，却因囡囡插足导致有情人被迫分开。

鸳鸳相报何时了，鸯在一旁看热闹派：即，宁浩然和囡囡曾经是一对恩爱恋人，虽然被绝美女友插足，但两个有情人仍至死不渝。

至于为什么两个版本里都出现了绝美女人……

“娃娃，我长得就那么对不起观众，对不起国家，对不起和谐社会吗？”囡囡躺在床上蒙着头痛苦地哀号。

“放屁，谁这么说你我扔原子弹砸他。”娃娃一句亲情味浓厚的安慰使囡囡顿感难能可贵，她刚想说点什么姐妹情深的话来表达对娃娃的感激，不料娃娃又接着说，“你要是对不起观众，对不起国家，对不起和谐社会，身为你双胞胎姐姐的我放哪里？！我可是宇宙无敌美少女！绝不允许有人对我的美名进行丑化！哪怕是通过打击你来磨灭我，也不可以！”

其实娃娃只是在对因为双胞胎血统导致自己受牵连很愤慨而已，所以她掉转枪口一致对外的理由也很简单，当然也让囡囡很抑郁，不过她深深明白在此刻刺激娃娃是最不明智的，她只能忍气吞声，枪口对外。

“那谁来告诉我们，为什么要插进来绝美女子来衬托我们的鄙俗和无耻！！”对娃娃自恋见怪不怪的囡囡全身包裹着被子不住地前后扭动，像个硕大的肥虫子在抗议自己为什么不被众人称之为蝴蝶。

“囡囡，我再说一次，你愿意受刺激没关系，请不要带上我，谢谢！你忘啦，这是小说千篇一律的定理啊，女配都是美貌无比的，男配都是深情不寿的，两个浑蛋男女主角对上眼，外界再好的ABC选择都看不见，乃是作者故意雷读者惯用的方式之一。你能逃开作者的上帝之手吗？”娃娃用枕头砸过去，等囡囡露出头再睨着眼不屑回答。

“不能。”囡囡露出绝望的眼神。

“那就得了，别折腾了，今天你还要上双杠呢。”娃娃继续拿饭盒盖化妆。

“娃娃，你为什么还拿饭盒盖化妆，老爸还没把卫生间镜子修好吗？”囡囡一向不照镜子，早上最多就是洗把脸就上学，所以对老妈和娃娃重要生活设施的修复状况并不掌握。

“我怀疑老爸故意把镜子弄坏的。上次老妈去超市买菜，卖肉的大叔上好的里脊才卖她七块八一斤，而且还留了电话号码说经常联系，咱们可怜的老爸有危机感了。他故意把镜子弄坏，这样老妈就不能化妆去买菜……自然危机就解除了。小时候我一直奇怪，为什么我们家三层楼连一个梳妆台都没有……唉，腹黑的老爸，可怜的老妈，如果生活中的男人都和小说男一样霸道爱吃醋的倒霉德行，女人们实在太可怜了……”娃娃摇摇头，无奈地叹息。

“呃……娃娃，我再问你最后一个问题，你要如实地告诉我真相。”囡囡踌躇片刻，勉强开口。

“说。”娃娃郑重地看着她。

“你觉得我被小说里男主角那样的男人看上的可能性到底有多大？”囡

囡英勇就义地握拳问。

娃娃停住手上动作轻轻地走到囡囡床边，怜惜地摸摸她如同杂草般的乱蓬蓬头发，用看隔壁大爷家金毛巡回犬的表情一字一句道："杨囡囡，虽然你和我长相一样都是美少女的坯子不假，但，你要知道，当今社会智商决定一切，我这样的智商你是学不来的，所以你……还是安下这份心思吧！"

随后，在囡囡咬牙切齿的咆哮声中娃娃从房间离开，对在房间门外偷听的老妈温婉地一笑："没事，孩子太小，刚进入青春期，有点无法接受现实，过两天就好了……"

而后在莫愁老妈满脸黑线的眼神中施施然远去。

大学体育双杠考试向来是放水项目。体育老师们也都知道，指望学生们能做到国际体操水平根本不现实，所以只要能顺利爬上杠，前臂屈伸抬起前身，挂壁倒旋两圈，然后分腿挂杠做体操动作，最后跳下双杠完结全套动作都会取得不错的成绩。当然，男生在这个基础上还要再加一个半身倒立动作才行。

所以囡囡拿着记分册很轻松地走到双杠前面拍拍杠子，笑眯眯地说："第一个，上杠！"

"老师，你能抱我上去吗？"熟悉的声音再次响在耳边。

囡囡惊吓回头，只见18号同学正诚惶诚恐地站在双杠旁朝她怯生生地挥挥小手。

"又是你？"回头望望双杠，高度只到18号同学的下颌，囡囡悲愤地问，"就这么一丁点高，你都爬不上去吗？"

"呃，报告老师，是有点小困难，嘿嘿。"18号同学对囡囡哈腰点头，一脸诚恳笑容让人不忍拒绝。

囡囡无力地放下记分册走过去，扶住18号同学的腰，双手用力向上举，丹田运气喊了一声：

“上！”

囡囡只觉得一股千斤重的力道直往下坠，她把吃奶的力气都使出来挺了十几秒，对方居然连一点反应都没有。她不禁仰起头，憋住劲问：“你干什么呢，赶快上啊！”

“老师，我双臂撑不住身子！”晃悠在囡囡怀里的18号同学看上去也很焦虑，双臂立了几次都没立住。

囡囡无奈，只能再把她扛高些，眼看着18号同学腿都能顺利地搭到双杠上才咬牙切齿地说：“你把腿先搭上，然后再说别的！”

18号同学很听话，腿是搭了，只不过是从后面搭的。囡囡只觉得眼前一黑，不知是什么的模糊东西瞬间飞了过来，鼻子顿时挨了踹，一股鲜血万马奔腾，刹那间直从鼻腔滚滚而落。

很好。

在美男面前保有的色女节操到底比不过暴力分子不经意的一脚，鼻血流得很是欢畅。

囡囡挂着两道宽面条鼻血愣在那儿，居然连擦的动作都没有。

呃……准确点说，她之所以没动的原因是眼前的金星还没陨落，眼前仍是金光闪闪一片。

18号同学顿时惊吓过度，赶紧从双杠上蹦下，慌手慌脚地从裤兜里找面巾纸给杨老师擦鼻子。囡囡接过面巾纸按在鼻子上，静静神，先把金星摇落，低头发现面巾纸居然是18号同学递过来的，顿时大怒，囔囔着鼻音厉声问道：“好不容易爬上去的，你怎么跳下来了？我都挂彩了，以后谁扛你上去？！”

这，确实是个问题。果然老师思考问题永远比学生长远……

于是18号同学再度对囡囡老师做出默哀状，对自己不经大脑思考的贸然行为深表歉意。

“算了，蔺胥，你把她扛上去！”囡囡挑选班上一百八十九公分二百多斤的体育委员完成此项高难度高挑战的高精尖项目。

蔺胥为难的表情得到囡囡深刻理解，于是她又好心地补充了一句："把她扛上去，你双杠就及格了！"

毕竟蔺胥那个身材也是双杠的老大难困难户。

蔺胥不等囡囡说完这句话，立即精神抖擞地前身一躬，后腿一蹦，大喊一声："大姐，你从我肩膀上踩过去吧，算我求你了！"

……

蔺胥站在双杠前蹲下的时候，囡囡突然记起有人似乎也做过同样的动作。

那个背影依然留在囡囡已经隐身的记忆里。

宽厚的肩膀，有力的双腿，挺直的脊背，以及嘴角含着的笑容，都像极了宁浩然。

高二双杠运动比大学要求简单很多，无非就是上杠前后摆，加两次偏腿挺身，最后再前后摆两次跳下来就可以了，无奈囡囡当初也是撑上去成问题，于是身为实习老师的宁浩然主动上前帮忙。

那时候，他还没嘲笑过她的百米速度和游泳的破烂姿势，所以，在众人眼中，包括在她眼中，他仍是新出炉的帅哥实习体育老师一个。

不管多少年过去了，囡囡还依然记得自己当年的羞涩。虽然很丢人，但必须承认，在宁浩然抱她上杠子的时候，她胸腔里心脏跳动的声音很响很响，好像身上所有的寒毛都变成了扩音器，对外持续不断地宣告她的全身局促。

如果那时候她回头，会看见什么？

她永远都不知道，因为她根本不敢回头，她，没那个胆量。

18号同学终于从双杠上跳下，囡囡也从往事中猛然回神，低头机械地记录她的双杠成绩，笔尖在记分册上微颤。眼角扫过另外一个班群龙无首的学生，心中空落落的。

徐老师年纪偏大，又即将退休，所以学校配个囡囡给她当助教，意在未来接班。宁浩然班级只有他一个人带课，恰逢今天徐老师家中有事请假，宁浩然更是连声招呼都没打就不来。

幸好他没来，如果他来了，还不知道要怎么嘲笑她，嘲笑她当年上杠前的青涩……

“宁老师！”学生们一致的欢呼声彻底终结了囡囡的偷偷妄想，她站在双杠面前一点点蹭回头望过去，果然冤家就站在日光阑珊处。秋日午后，金色银杏叶下宁浩然一身黑色运动装，越发衬托他的皮肤很白，嘴角的笑容诱人。

世上就有那么一种人，从小至大深得上天厚爱。明明他和她一样从事户外教学，没两天，她被晒得跟非洲鸡一样，人家依然是白面书生一个，丝毫看不见阳光关照过的痕迹。这就是人和人之间的差距，赤裸裸的差距。

囡囡不确定地朝他打声招呼：“宁老师，你来了？”

宁浩然回答的声音很低沉，面容表情居然有点不自然：“嗯，不来的话有点不放心，有人总能超出我的想象力做些千奇百怪的事情来，还是预防着点比较好。”

“宁老师是在说我吗？你真能说笑，呵呵，呵呵。”囡囡假笑两声，赶紧把目光全部投在记分册上假装自己什么都没听懂。

对方沉默了一会儿，突然想到什么似的：“对了，今天我们还比吗？”

说实话，囡囡现在有点骑虎难下，尤其是在刚刚因为蔺胥的背影联想到宁浩然之后，再在他的注视下根本没办法爬到杠子上做动作，那样会让她想起当年的心跳如潮。（作者提示：囡囡，你就不要嘴硬了，双杠是你唯一没有加强训练过的项目，你现在的表现完全就是心虚的结果！不要狡辩了！）

“这么说，你认输了？”宁浩然嘴角扬起，倔犟野狗般的小囡囡难得有乖顺的表情，偶尔低眉顺眼的她让人看起来心情特别的好。更何况能知难而退，也会给两个人以后的共事省不少的麻烦，一举N得。

正在满意地暗暗窃喜，身边那个女人已经二五零地大声说：“好……好啊，宁老师，您先！”

宁浩然愣了，随后沉着脸转过来："杨老师还是您先吧。"

囡囡嘴快脑子想到什么就说什么："宁老师不先上杠是因为身体不允许吗？那天游泳抻到了，还是怎么了？你脸色一直不好，是不是伤到什么地方您自己都没发现啊？"

被她言语刺激的宁浩然牙齿咬地咯咯直响，露出阴森笑容："我身体好得很，倒是杨老师要注意了，小心胳膊别抻断了！"

这个……很明显有人不愿意提到那天游泳比赛失利的事情，所以囡囡自觉地走到双杠前面，瞥了一眼在旁边正准备看好戏的18号同学，心想，如果在这个18号面前表现出自己杠子都爬不上去的话，似乎有点难以服众，于是她故作虚弱地晃了晃身子，做出被阳光刺到眼睛的模样，揉着太阳穴对身边的蔺胥说："昨晚熬夜计算游泳成绩老师有点头痛，身上实在没力气，蔺胥，你过来扶老师一把。"

蔺胥回头看看宁老师一副要吃人的阴冷表情，低头仔细考虑了一下自己下学期体育成绩的重要性，而后怯懦地对杨囡囡说："杨老师……我……我还有三学期体育要考。"今年得罪了宁老师，来年一定要挂科啊！

杨囡囡面目顿时狰狞，吸血鬼表情般露出尖尖的小虎牙："那你今年还想及格不？"

想！蔺胥眼含热泪不得不承认，这次体育考试成绩也很重要。

其实，他就是传说中的"三明治"，两面都被挤对。

缩头缩脑的蔺胥只好耷拉了眉眼认命地走到杨囡囡面前，小声说："杨老师，今年体育你一定要保我过啊。"

"放心，今年体育成绩我包你全部及格。"杨囡囡不得已只能临阵签署卖国条约。

"优秀！"有人不满足及格，努力讨价还价。

"良好！"杨囡囡痛恨被威胁咬牙不肯放松。

"成交！"蔺胥嘴上答应立即躬下身子，甘当过墙梯。

囡囡做了一下必要的铺垫动作（就是虚软了脚步，仰面对着太阳长叹口气，一副我本不愿奈何世事相逼的架势）慢慢走到藺胥身边，手刚搭在他肥厚的肩膀上，身子还不曾借助他臂力往杠子上撑，有人就已经非常耐不住怒火地直接把她的爪子揪了下来。

宁浩然觉得自己这辈子唯一干过的错事，那就是五年前他没在帮她上杠的时候顺势掐死杨囡囡，现在恨到牙根痒痒也没办法当众毁灭眼前这个沿袭外星球思考轨迹的女人。

所以他只能怒从心头起，恶向胆边生，像抓小鸡一样抓过囡囡，扒拉开藺胥自己来负责余下动作。

跌落在某人怀抱里的囡囡还没来得及想太多，就被人全力举起身子，显然，宁浩然高估了囡囡的身体重量，囡囡低估了宁浩然的巨大臂力，于是一个惯力，她借力，被人嗷的一声推了出去。

反应再快也没了办法，只见囡囡越过了双杠，飞过了学生人墙，直奔双杠旁的甬路上摔过去……

所有的动作只在一瞬间……

囡囡终于知道为什么意大利比萨饼在做好之前都需要摔一下来作为完结动作，因为——那样会让面饼更松软。

很快，吧唧一声结束了囡囡和宁浩然的短暂双杠较量，并激发所有学生的奔放而自由的畅想。

嗯，根据飞越的距离来看，杨老师的跳远应该也不错的……

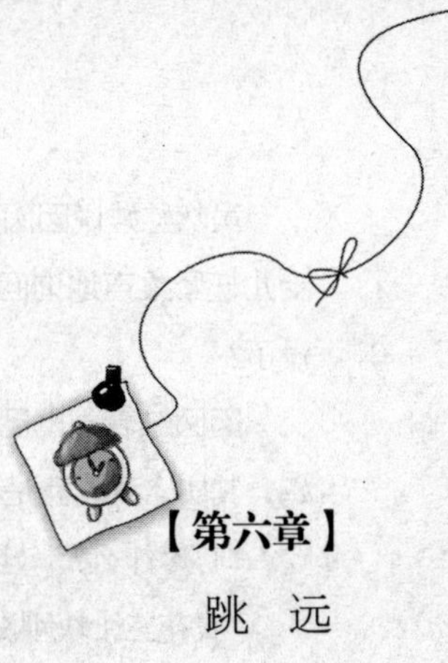

【第六章】

跳　远

囡囡抬起一脚踹开自家卧室门，一瘸一点地拐到自己床边，不顾随后追进来的老妈和原本就在房间被惊到的娃娃倒在床上哎哟哎哟地叫起来，面部表情看上去非常痛苦，至少在她身上发生了断胳膊少腿的重大伤亡事件。

“你才当了二十七天体育老师就把自己摔伤了？“娃娃对囡囡只动手不动脑的四肢发达特质有股翻白眼的冲动，到底还是智商差了一点，怎么能把自己摔成这样？经济危机下，赚钱不容易，摔谁也不能摔自己啊……

“你怎么知道她摔了？”莫愁问女儿。

“你看她灰头土脸的样子就知道啊。”娃娃一句解释完毕，莫愁顿时发出崇拜的眼神，并发出自己不配身为母亲的愧疚。

“不过她被人摔完以后第一个给我打的电话，这也是我知道她挨摔的真正原因！”娃娃慢条斯理肯定地接着说。

这个死孩子，怎么大喘气啊！黑线的莫愁立即关切地用手掌摩挲囡囡的头发：“小囡，小囡你没事吧？”

“她没事。听说，她刚摔完就有老师给校医院打电话了，校医院的医生小步跑到事发现场的时候还挺紧张，上上下下仔仔细细检查以后都说她没事，她这么皮糙肉厚的，被人摔那么远连血都没出一点儿来应景，人家医生只好放下两袋红药就走了，你说她能有多大的事？”娃娃满不在乎地说。

虽然娃娃说囡囡没事，可囡囡还是窝在那里哎哟哎哟地呻吟，莫愁心疼女儿赶紧柔声地询问："乖……小囡啊，那你这是哪里疼啊，怎么叫个没完没了？"

囡囡皱着苦巴巴的小脸从床上抬起来，双眼眼眶里犹含两行热泪："老妈，其实，我，我是心疼。"

"心疼什么？"娃娃和莫愁对这个答案非常不解，一起抬头问。

"我花三十块刚黏好的鞋底，又摔掉了……"

……

囡囡觉得自己职业生涯不能因为一个过肩摔就轻易毁灭掉，所以周一早上醒来坚持要去上课。娃娃嘴里咬着肉包子，手里抱着豆浆，身后背着《壹周刊》，脑袋装着连连看随后慷慨激昂地答应万分担忧囡囡安危的老爸老妈一定"保护"妹妹安全上学。

两个人下了公交车晃晃悠悠地往学校走，娃娃想起昨天当着郎大叔打嗝的事件就悲愤不已。

囡囡缩在娃娃身边，胳膊被娃娃拐着，听她发泄心中的不满："我觉得男人都是狼，心肠歹毒着呢！"

嗯，没错，像宁浩然那么歹毒的就是毒王之王！囡囡对娃娃一针见血的分析非常认同。

"他们要是迫害起人来，手段花样翻新，层出不穷，简直让人防不胜防。"娃娃一想到昨天刚刚吃那两盘肉，嗓子眼就开始泛油花，真想一口咬死那个叫郎赫远的老家伙。

囡囡低头看看自己脚上穿着那只刚被老妈拿去修好的鞋默默地点头，宽面条泪奔，没错，这句话简直说到她心坎里去了。

娃娃见囡囡无声地跟在自己身后一副憋屈的模样，拍拍她的肩膀，宽心地安慰道："放心，这样的人你不会遇见了，即使将来不幸遇见了，由我来帮你解决。”

囡囡望了望娃娃比自己还瘦的枯树枝手腕，深深沉默了一下……然后淡定地鼓足勇气说：“嗯，我先上，你在后面指导！”

娃娃刹那热泪盈眶，果然世上还是亲妹妹好，浑蛋男人比不了，看看囡囡多么心疼她这个当姐姐的，有了困难她先上，有了危险她一样先上……

囡囡默默接过娃娃手上的豆浆狠狠一握，塑料杯瞬间爆裂，眼泪和豆浆一起流向了海。

画外音是：“大姐，你先上，我指导，咱俩都挨打。我先上，你指导，还能留一条小命跑出去打 110……”

“不就是有俩臭钱，长相稍微是个人模样嘛！很金贵吗？有钱帅哥不多吗？钻石王老五就很受欢迎吗？”娃娃提起郎赫远就一肚子怨恨。

是很金贵。有钱猪头比较多，人模人样的钻石王老五确是比人模狗样的钻石王老五受欢迎。

“你说，获胜的可能大不大？”娃娃侧过脸，万分郑重地问囡囡。

这个……今天是跳高课……赢的可能性……非常……

“你要问我实话吗？”犹豫半天囡囡才嗫嚅着问。

“当然，你可是我最亲的妹妹，不问你我还能问谁呢？”娃娃咬住嘴唇点头许可。

“不大……”

……

宁浩然每天都习惯跑步上班，冬夏不辍。

今天晨练总有点心神不宁，跑着跑着就失了神。不知道杨囡囡那丫头今天还能不能来上班，昨天似乎伤得不轻。虽然皮肉上看不到什么明显伤痕，但她龇牙咧嘴走出办公室的模样还是让他不敢确定她的内在伤势。

拐了个弯躬身靠在路边休息，额头上晶莹的汗珠滴滴答答地落在地面上，折射出心中人的影像。他猛地抬头，远远看见囡囡被人拐着胳膊慢悠悠地往这边走，才突然意识到自己居然跑到囡囡上班的必经之路来等她。这简直是不可原谅的幼稚！再回身已来不及，因她嘴角扬起的笑容又不自觉地迎上走去。

她……没事吧？

囡囡很快也看见了宁浩然，脸色立即发白，被娃娃拐着的胳膊也不自觉地夹紧。娃娃察觉囡囡的不对劲，浑身僵硬的她直勾勾地看着前方，顺着囡囡的视线往前看，时间尚早，马路上都是遛弯的大爷大妈们和摆摊的小贩，冷不丁出现一个帅哥站在前方路上还是非常惹眼的。突兀的身高，休闲的穿着，难道这就是把囡囡过肩摔的那个男人？

“不会就是他摔的你吧？”娃娃用手遮掩了唇形，小声问。

囡囡火冒三丈，咬着后槽牙说：“没错，就是他，就是他把我摔过双杠的。”说罢拉起娃娃准备绕过宁浩然的围追堵截。这瘟神，惹不起还躲不起吗？

原本正向她们走来的宁浩然见她躲着自己，心情立即变得极差，挑着眉尖沉了脸，在囡囡与自己错身的刹那，冷冷地说：“从奔跑的速度来看，杨老师身体恢复得不错啊！”

呸呸呸。别以为他主动说话她就能原谅他，做梦！

囡囡不回答，倒是娃娃一转脸笑容可掬地对宁浩然深深鞠躬：“多谢您的惦记，我妹妹病好了。”

大姐，你不要指望从我们身上挖掘到绯闻八卦……回你的华昊去！

囡囡满脸黑线地往前拖拉娃娃的胳膊，可娃娃遇见带着￥符号的帅哥八卦就有着舍生忘死的精神，任变形金刚也无可奈何，所以，囡囡用尽全身力气也没能撼动她的脚步一丝一毫。

宁浩然出于礼貌，向眼前和囡囡长相相同的可爱女孩子伸出手自我介绍：“您好，我是杨老师的同事，宁浩然。”

不错，有礼貌，有气度，加五十分！

“这个不重要！”娃娃眯着眼睛笑呵呵地无视他的介绍，口水几乎掉在宁浩然的手背上。

八卦有的挖比较重要，囡囡在内心替娃娃补充完下一句，不住哀叹。

“娃娃，要迟到了，你们慢慢聊，我先走一步。”杨囡囡知道此时已经拦不住娃娃奔腾的八卦细胞，又实在怕丢脸，试图岔开话题自己先行开溜。

“要迟到了吗？那你和宁老师一起去啊，把你交给他，我就放心了，老爸老妈也就放心了。”娃娃温婉善良的表情只有在盘算小九九的时候才会用，毛骨悚然的囡囡大叫一声不好，赶紧准备撤退。

果然不出所料，随即娃娃又对宁浩然非常灿烂地笑问：“宁老师今年多大年纪？可有女友？家里父母如何？我有一个妹妹，顽皮淘气，资质蠢钝，喜好助人为乐……”

宁浩然脸上阴晴不定的表情和憋不住的笑容都使得囡囡悲愤欲绝，想拖着娃娃快速逃开这个令人尴尬的境地。

她加大力度，不管娃娃脚下的三寸高跟鞋开始飞奔，动作迅猛，无人反应过来，娃娃也不得不被带了几个踉跄。

于是，娃娃的声音还沿着两个人前行的轨迹四处飘散：“尚未婚配，可愿交往否……”

娃娃日记

2008年9月29日　星期一　晴

杨囡囡说她要与我同归于尽。这是她二十二年人生中第一千零六回提出此意，我不予理睬，驳回！

今天下午是跳高课，九月末，北京的天气仍是高温不降，囡囡单是站在沙坑旁一动不动就已是汗如雨下。

很意外，在平整沙坑时宁浩然居然塞给她一瓶水，而后顺手接过记分册，命令她坐到大树阴凉处偷懒。有鱼不摸是白痴，所以她仰着脖子走过去，一屁股坐下，疼得脸都皱巴在一起，屁股火辣辣地疼，她只好把半个屁股搭在凳子上望风。

从她这个方向向操场中央望去，线条简单的白色运动服造就宁浩然一身英气，在学生中间晃来晃去的，想不注意都很难。这让她无暇整理烦乱心情，以及疼痛的屁股。

一个月之内两个人轮番交手，虽然胜出次数多于失败次数，可心里总觉得怪怪的。无论是她找他比试，还是她对他挑衅，宁浩然居然都愿意俯身屈就配合，更没有一句怨言，一丝不悦，超级诡异的现象怎么品都不对劲。还记得高中时，他曾对全班女生说过，他对一切主动邀战的女生都非常缺乏好感，因为那样意味着大多别有目的，可他对她的态度又很奇怪，把从前的原则丢到脑后，实在怪到让人无力多想。

不知道他是不是……

突然，一个高大的黑影遮挡住她头顶的阳光，原本火辣辣的脸颊立即冰凉阴冷，囡囡惊吓中抬头，就看见宁浩然正眯眼站在她面前："你刚刚全神贯注在看谁？"

"……我说我在看猩猩，你信吗？"囡囡被宁浩然理所当然的问话囧掉，一个太极打回去。

"我以为你在看我……"宁浩然突然意识到自己说了什么不该说的话，但他非常不情愿承认自己的失误，一带而过支支吾吾遮掩，"哪里有星星？"

"白日梦里。"原本有调皮的兴致也被宁浩然的一本正经弄个精光，囡囡把接下来还想说的话也吞咽在肚子里，脑袋直接百无聊赖地扭到一旁。

面无表情的宁浩然不甘心地瞪了囡囡一眼，转过身刚准备继续去沙坑监督，又听见囡囡在后面叫了声，他以为她有话要对自己说，连忙回头看过去。只见囡囡面色苍白地颤抖了嘴唇："那……我们今天……还比吗？"等她问完，宁浩然满心欢喜顿冷，颇有点悻悻的味道，眼睛中刚刚升起的晶亮也瞬时黯淡："就你这样能行吗？"

"我不行。"这次囡囡倒是承认得很痛快。

对于长期抬杠的人突然放弃了她所热爱的充满热情和理想的抬杠事业，宁浩然老师显然非常非常的不适应，只能死死地瞪着她等待囡囡接下来的合理解释。

囡囡讪讪笑了一下，而后淡定地望望天空中悬挂的太阳，故作潇洒地说："其实……咳……其实，我屁股有点疼。"

宁浩然不动声色地点点头，表示自己能理解："嗯，那你站着喝水吧，别为难可怜的屁股了。"说完大步流星走出囡囡视线，直奔教学楼走去。

囡囡用自己十根脚趾头挨个发誓，宁浩然这家伙绝对是憋不住跑到卫生间去偷笑了，看他抖动的肩膀频率她就知道！一定是！

屁股疼有什么好笑的？屁股疼还不是他摔的？对待受害人的身体残疾，身为肇事者的他根本没有及时表现出悔过，休想让她原谅他，下跪也不行！

很快，宁浩然只身返回，囡囡坐在那里将他高大的身影忽视得很彻底，脸扭向一边丢个冷屁股给他。宁浩然走到她面前刚要说话，囡囡扭过头一本正经地说："宁老师，不用解释了，我知道你一定偷笑得很爽，麻烦你下次偷笑的时候请不要让我发现，谢谢。"

宁浩然对她的猜疑并没有多加解释，事实上根本就不用解释，他一听到"屁股"两个字又憋不住笑，飞快地扭过头去抖肩膀。

直到囡囡火冒三丈，咬牙切齿，他才抖着手勉强板紧面孔，转过身来对她说："这个，拿去。"

跌打酒？这种在港剧才能出现的万能药水怎么出现在他手里？

宁浩然停了一下，低声地说："回家让你姐姐帮你擦。"

"好使吗？这个玩意就是心理作用吧，我屁股没青没肿的，用它也没什么用，你还是拿回去吧！"囡囡对他的好意并不领情，万一他在里面掺了辣椒油呢，这都是说不准的事啊！

宁浩然把跌打酒瓶子甩给囡囡，转身愤然走开。

囡囡深深感觉到宁浩然的不正常，深觉一定有什么蹊跷她没察觉，赶紧撇嘴把瓶子捡起来仔细翻了几个面来看，没什么啊，不就是黄道益牌的吗？有什么稀罕的？说不用居然还甩脸子给她，真好笑。

又过了十分钟，体育委员蔺胥满头大汗地跑过来又送给她一把小电风扇，囡囡很想夸奖他尊师重教，可谢字还没说出口他已经愁眉苦脸地抱怨：“杨老师，天气热，我用这个有错吗？”

措手不及的杨囡囡停顿了一下，仔细思考后回答：“没错啊，怎么了？”

“宁老师说不许用电风扇，让我把电风扇送到你这儿保管。”蔺胥额头上布满豆粒大的汗珠，抱怨道。

囡囡抬头看了一眼宁浩然所在方向，那个人自始至终都没有回头看她一眼。

跌打酒加电风扇就想赔礼道歉了？道歉管用还要警察干什么？

杨囡囡二十几年都没这么用心地对谁记仇过，她也从来不知道自己居然小气到无以复加的地步，她一点都不想原谅宁浩然的失误，一点都不想……

于是，囡囡打起精神站起身，龇牙咧嘴地走到沙坑旁，扒拉开前面的学生们，站在沙坑对面向宁浩然咆哮：“宁浩然，哪怕你就是送云南白药，我都不会原谅你，永远，永远不会！”

话音未落，她才发现所有学生无言地且以略带着鄙视的目光望着她。

唯独宁浩然背对着她的咆哮坦然自若地回答：“放心，我不会送你云南白药。因为云南白药对智商不具有任何治疗作用。”

【第七章】

雨 夜

今天天气预报说，傍晚时分有雷阵雨。囡囡原本的课程都调到下周去上，一下午无所事事的她趴在桌子上直发呆。

宁浩然迈步刚走进体育组办公室的大门，就看见徐老师摆出一副我家里煤气没关的恍然大悟的表情，匆匆起身为传说中有情的两个男女单独相处提供了便利空间。

“你们忙。”她到门口拍拍宁浩然的肩膀，那小眼神满是鼓励。

“您也忙。”宁浩然看她，那小眼神很是无奈。

“忙忙就好了。”徐老师万分坚定地再拍拍他的肩膀，抿嘴直笑。

“就怕越忙越忙。”宁浩然摇头苦笑，送走了徐老师，一回头就看见囡囡半死不活的样子，不禁皱皱眉，“还疼吗？”

“疼不疼和宁老师无关，反正你也不会送我云南白药治疗智商的。”小气的囡囡当然还记得宁浩然在沙坑旁的口出恶言，对他的关切自然没好气。

其实囡囡那帮狐朋狗友损起人来，比宁浩然远远厉害几十倍，几百倍。但她偏偏就记得他对她说过的每一句讽刺的话，一句都不能忘掉。毕竟那些人是她的兄弟，爱怎么损就怎么损，大不了反嘴再臭回去，可他是她的什么，凭什么也嘲笑她？

显然宁浩然对囡囡的斤斤计较已经习以为常，并不再深劝，只是坐在自己的办公桌前开始工作。囡囡纵然满心不忿也没了对手，悻悻地摔了本子靠在椅背上闭目养神。

突然，咳嗽声打破了办公室宁静的气氛，囡囡睁开眼瞥了瞥他端正坐姿的背影，翻个身继续闭上眼，没过多久又被阵阵咳嗽声惊醒。虽然她还在生他的气，但善良还是她的本质，于是她睁开眼口气不善地甩过去几个字：“喝水，吃药。”

“哦，知道了。”嘴上这么说，宁浩然却没动地方。

囡囡这辈子就看不得别人虐待自己的身体，虐待身体就等于虐待她，好死不如赖活着，干吗跟自己过不去？所以猛地推开坐椅走向饮水机，用纸杯倒了热水砰的一声蹾放在宁浩然面前状似豁达地：“喝！”

还没等他回话，就有人在外敲办公室门，囡囡循声抬头发现刚刚测试过的一个女生站在门口，正犹疑着缩头缩脑地往里面看。

“那位同学你可以进来，是问跳远测试成绩的是吧？暂时还没统计出来。”囡囡扬声回答。

“不是，我是来做别的的。”那名小女生扭着身前的手指，嘟噜着小嘴，身子左右摇晃表示并非是囡囡说的那个目的。

那是？囡囡皱眉。

只见她忸怩地走到宁浩然办公桌前，摸索了半天才从兜里掏出一瓶黑糊糊的药来。

“宁老师，我刚才测试的时候听见您咳嗽了，这瓶是枇杷止咳糖浆，我咳嗽的时候我妈给我买的，不……不……我还没吃，他们说很管用，您赶快吃吧。”

囡囡下巴顷刻摔在办公桌上，手也开始狠狠地用力抓住办公桌上无辜的报纸。

这群孩子们啊，让她教育她们什么好呢！放眼本校那么多年轻帅气的男同学追谁不行，为什么偏偏挑上这个没良心没道德的宁浩然呢？喜欢大叔级的话，那其他组男老师也不少啊，论身高，宁浩然比不上篮球组的组长；论身材，比不上跳水队外号“中国索普”的少帅张；论相貌，比不上交际舞的主教酷老师，可她们为什么会对他有这么大的好感，难道平时宁浩然不正经上课专门放电勾引小女生吗？这不是存心糟蹋祖国未来幼苗，太没师德了！

囡囡越想越生气，越想越恼火，表面上还要装出很理解的模样，嘴里吐出不咸不淡的话来：“这位同学，我们学校对老师的医疗照顾还是非常不错的，刚刚校医院的小护士已经给宁老师送过止咳糖浆了，现在暂时用不到那么多。你这瓶先拿回去，我们当老师的也不好多占你们学生的便宜，宁老师很快就会好的。”

“可是，我看宁老师病情不见好转啊。是不是那瓶止咳药水不是正宗的，我这瓶是念慈庵的。”那个女生甜美可爱的声音让人听上去皮酥骨麻，从脚后跟痒到头顶。

姥姥，我还是同仁堂呢！囡囡真想张嘴骂人，但碍于自己的身份和眼下的地点，强压了半天才露出恶狠狠的笑容：“这位同学，你要知道，还有很多女生送了更好的，他藏着不给我们看呢。”

宁浩然眉尾向上扬起，但没对囡囡随口捏造的谎言表示反驳，只是埋头端起她送来的那杯热水深深抿了一口，嘴角不禁上扬。

摆着臭脸的囡囡和可怜兮兮等待回应的学生两个人对立相面，一时间眼神如小刀，嗖嗖向对方撇去，实在难解难分，就在此时宁浩然抬头淡淡笑答：“没错，还有人送我包治百病的白开水，我也很感激。”

那个女生听闻有人捷足先登，粉红的小脸顿时一脸悲苦，囡囡趁机半推半送地将小女生赶紧弄出办公室，又狼外婆般安慰了几句，确定此孩子没有准备轻生的念头，而后才回到宁浩然面前，本想冷言奚落他两句，可余光又瞥到桌上放着的那瓶止咳糖浆，气愤之余，从他手里抽出水杯，嗖地扔到垃圾桶里，笑眯眯地把药瓶推到宁浩然面前，字从牙缝里一个一个蹦出来：“宁，老，师，请，吃，药！”

宁浩然脸上的笑容越来越大，对她的态度并不计较，目光直直凝视囡囡因气愤而变得绯红的脸蛋。

囡囡被他笑得有些发毛，戒备地看了他一眼，生怕自己又中计，立即跳出三步，狐疑地走回自己的办公桌，再狐疑地偷瞄宁浩然脸上还悬挂着的奇怪笑容。

所以她狠狠地拽开椅子，愤怒之下把办公桌上的东西弄得很响，在电话响起的时候，她居然差点下意识地摔了电话。

可很快，接通电话的她立即喜笑颜开："什么，一起吃饭……可是我今天没有准备啊，那晚上怎么办……睡你家？不好吧……不如这样，晚上我们去开房……好，就这么办！"

在囡囡回答的话语声中，宁浩然面前的记分册已经变成了碎纸。他没听见电话那头人的话，所以活该如此备受折磨。

电话那方说话的真实再现："哥几个要出去打CS战队，你小子一起来吧，胖墩包饭……没准备不怕，大不了我们帮你多带一个本本……晚上睡我们家啊，你又不是没睡过……开房也行啊，找个能无限上网的，我们战队集体转移过去……好，就这么办，你小子快点来哈！兄弟们到时候可都等你了！"

囡囡对一脸阴霾的宁浩然展露出得意的笑：你以为你有女学生我就没有兄弟们了吗？我的人缘也是棒得不得了呢！

宁浩然则对一脸雀跃的囡囡展露出阴森的笑：居然当着我面就敢商量开房的事，老虎不发威，你当我是Hello Kitty吗？

于是男人几个大步绕过椅子走过来，双臂用力一把将女人的领子拎起来，而后下一秒钟，女人就被男人强行拉入怀里，双臂狠狠钳制住她不算挺拔的肩膀。

囡囡觉得自己的骨头都要被宁浩然的大手掌扭碎了，咯咯直响。她闷在他的胸口喊道："士可杀不可辱，用胳膊勒死人这种手段不光荣！"

宁浩然被怀里的女人已经气到胸口满胀，脑子发昏。他原本以为她会突然明白点什么，结果冷不丁放出这么一句话来，愤怒之下更加不肯放手。

囡囡觉察出他的双臂越勒越紧，为了避免被这种下三烂的招数谋害致死赶紧奋力自救，于是她双手用力来了一个泰山开顶式，用脑袋顶着他的胸膛，双手卡住他的腰，正准备挣脱被勒死这种非人的酷刑虐待，只听见门外酥软软的声音再次响起："宁……宁老师，难道你的女朋友是她？"

正在纠缠的两个人互相望了一眼，默默数了三下，刹那分开身子，假装谁都不认识谁扮无辜。

只见那个女生手里又添了二斤鸭梨，孤零零、可怜巴巴地站在门口，显然刚刚两个人暧昧的动作全部落入她的眼底。

宁浩然想：不错，算你有眼力，也省得我跟你解释了。

囡囡想：大姐，你是啥眼神啊，我差点被勒死你看不出来吗？

女学生想：难怪宁老师对女生都不屑一顾，原来，他好耽美这口！为了世俗的偏见，他只能找外表符合的杨老师来两全其美……

作者想：你们仨还有完没完？快点折腾，我还要去买菜呢！

帝都的大雨从来都不按套路出牌，尤好在上班族下班时，老人孩子晒太阳时，家庭妇女晾被子时洋洋洒洒地落下来，凡是躲闪不及的人只能自认倒霉。

囡囡早上没听天气预报，出门忘记带伞，又因为心中惦记兄弟们的 CS 战队，为了不耽误时间，索性在脑袋上蒙了块塑料布，下班时间一到立即撒丫子冲出办公室。

雨真不小，整个街道都在灰蒙蒙的雨雾中若隐若现，豆粒大的雨点砸在脸上，微微有些痛，眼睛几乎睁不开，连带着前方什么都看不清。学校门口屋檐下躲满了避雨的人，可她不能避雨，只能前进。哥们儿都等着呢，迟到失信一贯不是她的作风，所以抖抖精神准备咬牙再往前跑，可被雨浸湿的运动裤和里面已经可以抓鱼的运动鞋都限制了奔跑速度，使得她用力奔跑的姿势不知不觉中变成了太空漫步。

某位躲雨的大爷看不过眼，善意地喊了一句："小伙子，过来避避再走吧！"

囡囡奔跑的步子趔趄，差点摔倒。无可奈何地扭过头朝大爷报以微笑："大爷，没事，不大！"

虽然此时，她倒立的短发已经耷拉在额前，晶莹的水珠正从发梢滚落到脸颊上南流北淌，但绝比不上此刻心中难挨的抽搐。

大爷，您回家以后，等雨停了，去眼镜店配副老花镜吧，不用给咱大娘省钱……

再走一会儿快到公交车站了，只是不知道人家售票员让不让全身湿嗒嗒的她上车。

"哥们儿，要不我带你一程？"背后有位二十多岁的骑车男子，用力拍着囡囡的肩膀，好心邀请她上车。

囡囡一时间悲从中来，愤然回头朝他大喊了一句："我是女人！"

只见该名男子听到她开口时，立即呈现惊吓过度的表情，搂过二八破车子在茫茫大雨中疯狂逃窜，边逃还边喊："我 CAO，今儿算是终于开眼了，哪都有人妖啊！"

黑线如雨下，噼里又啪啦。

如果不是为了及时赶到阻击战队，囡囡在学校南门当场自尽的想法都有。不过被打击了第二次，她稍稍习惯了许多，除了在原地愤然瞪眼三秒目送那位被惊吓到的哥们儿远去外，步子幅度还是未变。

好不容易等到公交车，欣喜若狂的囡囡爬上去，往车后尾看去，居然满座，她只能站在乘务员旁边的栏杆处抱着扶手栏发呆。

刚刚风吹雨打产生的冷意都被车内的湿闷驱散，随着汽车晃晃悠悠地缓慢前行，她几乎要在来回摇摆中沉沉睡去。

这感觉非常惬意，这世界多么美好……

突然，公交车司机惊叫一声："会不会开车啊！" 乘客大多还没反应过来，他已经来了个紧急刹车。说时迟那时快，一个站在后面的中年妇女用火星陨石坠落地球的速度向公交车前厢惯性倒退而来。

刹车是挺猛，但猛不过这位大姐二百多斤的壮观体重！

只见她伸出手张牙舞爪地抓栏杆，妄图挽救前奔的惯性，但，没一个成功抓稳。收不住脚步的她眼看就要四脚朝天跌落在地，囡囡飞起身连奔几步将她拦腰抱住，因为被救者体积庞大她还不得不倒转了半圈来做缓冲动作，此情此景犹如浪漫言情大戏中的经典镜头，恰似王子对公主那般深情专注凝视，在耳边轻轻浅浅地呢喃了一句："你，没事吧？"

啪！囡囡脆弱的小肩膀被该妇女推了一把，好悬没当场粉碎性骨折，也许她只是天生神力，我忍，囡囡心中这样想。

可对方随后补来的一句话彻底毁灭了囡囡心中仅剩的安慰："你个臭小子，别想趁机占我便宜！"

这位大姐，你不是吧，且不说您的年纪没比我老妈小多少，单就您这体积来看，我想占便宜都找不到重点啊！

囡囡无限悲怆，从那个眼神不济给宁浩然送止咳糖浆的甜美小妞开始，今天下午一连串的打击近乎让她咬碎银牙，热泪逆流。

她很想扒开运动服给大家看看，拜托，说我是男人？你们看见过男人穿BRA的吗，有吗？（答：有了，日本现在流行男人穿BRA，小囡，不得不说，你落伍了。）有男人皮肤这么细腻的吗，有吗？（答：有了，现在妮维娅的男士护肤品卖得比女士用品还好，小囡，不得不说，你OUT了。）有男人有这么明显的女性特征的吗，有吗？（答：噗，大姐，不带这么睁眼说瞎话的，说你一点没有确实是委屈了你，但我坚决认为葡萄干绝对算不上女性特征！）

事实证明，囡囡的默默腹诽不敢开口狡辩的弱受气质导致对方的强势攻击，她认为这个毛头小伙子占了便宜后被她一针见血地指出，不敢顶撞的理由是心虚。所以更加不依不饶，句句挑战囡囡的忍耐底线。

“你说你到底想干什么？”

“你说是不是见色起意？”

“你说你是不是觉得我好欺负？”

囡囡不愿和她降低到一个层次，对她的步步进逼并不开口反驳，只是掏出纸巾擦擦刚刚搂过她腰的手，再把手狠狠甩了两次。这个动作在那位二百斤重的大姐眼睛里变成了对她体重的嘲讽，于是更加声嘶力竭。

独角戏骂了十余分钟，囡囡一直充耳未闻，站在一旁的售票员再看不下去，她从座位站起劝说：“人家小伙子也是为你好，刚才就让你四仰八叉摔地上好看吗？你怎么这么得理不让人呢？人家占你什么便宜，难道是想占摸一把一个月不想吃肉的便宜吗？”

事实证明，两个四十几岁的大妈骂起架来的精彩程度远远超乎囡囡贫瘠的想象能力。很快，两边被她幻想成街头霸王中的角色，只见头戴白条写着“囡囡我爱你”的售票员阿姨就是英俊潇洒的白人，她飞起一脚踹在相扑大姐肥硕的身体上，正想举拳示意胜利，随后又被相扑大姐狠狠地搂在怀里紧紧勒住，差点窒息。

“你是不是看上他小白脸了，怎么喜欢替他说话？这么大岁数了也不庄重点，他的年纪都够当你儿子了……”相扑大姐的一句话再度点燃血雨腥风，一时间躲在你来我往唇枪舌剑下的囡囡幻想个天马行空，一塌糊涂。

可惜啊，车快要到站了。不然这样的真实版街头争霸还真让人赏心悦目。

她想挥挥手跟二人道别，却发现人家两位大姐正大眼瞪小眼根本就没空搭理自己，继续斗鸡交锋。

落寞，人生真是无边的落寞啊！

于是无人注视的她默默毛腰下车，目送公交车渐渐离去。今天下午已经很倒霉了，难道还会有更倒霉的事情吗？她欣慰地安抚自己仅剩的、为数不多的情绪，继续冒雨前进。

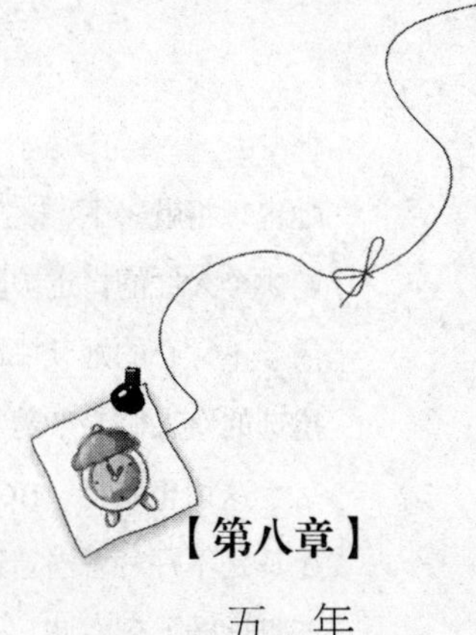

【第八章】

五　年

雨势还没见小，柏油马路上腾起白袅袅的水汽，雾蒙蒙罩住天地，长长宽宽的马路上就她一个人飞奔，身上的衣裳早已湿透了，虽然明知道到了狗蛋家有他姐的衣服穿，可内衣内裤怎么办？总不好真空上阵吧？低头看看顺着衣角泻下的水流如注，再四周打量一下周围店铺，不远处居然有一排专卖店，也许能碰见个内衣专卖的想法支撑她立即冲过去。

果然皇天不负淋雨人，精品店最后一家就是她梦寐以求的内衣小筑。

打开门，一股热浪扑面而来，囡囡差点没惊吓过度。

二十平不到的小店挤了三十多个女人，各色各类拥挤在一起非常壮观。估计都是躲雨的，大约是躲到人家店铺里实在不好意思，赶紧买点东西当补偿，所以几乎每个人都在那里挑挑选选。店主也乐得雨天有大笔的生意上门，听见门被推开的声音头都没抬喊了一句："欢迎光临，随便挑随便选，喜欢的话我给你打折。"

随后内衣店里的众多女性齐刷刷回头，上上下下把囡囡打量个够，众人目光如刺扎得心虚的她进退不得，可想到一会儿去狗蛋家换衣服的尴尬，只能硬着头皮迈了进去，假装不理会她们不屑的目光走到左侧挑起内衣。

很快，原本在左边柜挑选内衣的女人都作鸟兽散，集体转移去了右侧。对于身边人的减少囡囡浑然不知，上下左右看了一圈，居然都是大红大绿的，她也想将就一下，挑个就逃，可实在不行啊，今天里面的运动背心是白色的，要挑个大红的肯定被胖墩狗蛋他们笑死。

不甘心的她又挪动脚步向右墙柜子进军，随后在她到达时，原本在右墙挑选的女人们夹杂着左墙逃过来的那些人一起转移回左墙。

这边也不行，BCDEFG 都有，唯独没有 A。囡囡不好意思地问老板娘，尤其是不好意思当着这么多人的面报出自己胸部非常可耻的尺码，所以她又沉默地转战到左墙。

那些逃到左墙还来不及喘气的女人们很快又移形幻影般逃到右边，而后，囡囡冒出想要戴大杯冒充 B 的可耻念头，又转身折回到右侧，女人们只好再次背道而驰。

很快，她来回的举棋不定，惹怒了一群女人，她们奋不顾身地投入雨中，带着宁可被雨淋湿也坚决不跟无耻的男人同室挑选内衣地愤然消失离去。

当然，还有一群同样愤然的女人不愿离去，开始群起而攻之："喂，你能不能出去站着？这里是卖女人内衣的地方！你买什么买？"

"我，我怎么就不能买？"囡囡又一次被无情的猜疑打击到。拜托，一而再，再而三也就算了，现在居然是受到全体女同胞攻击，天知道她今天出门是没上香还是没磕头，不过是挑件内衣，至于这么天怒人怨吗？

"你不走，我们走！"女性起义的火焰一旦达到了革命最高峰，势头必然无法轻易压灭，囡囡刚想回一句"你们爱走不走反正我不走"的时候，老板娘也终于控制不住自己愤慨的情绪。也不怪她，一秒钟前店里明明还装满三十多个顾客，现在就只剩下五六个人了，生意锐减的情况下她也自然控制不住脸上的狰狞，愤怒地朝囡囡咆哮道："小伙子，你出去行吗？我还要开门做生意，你一个大男人在这儿捣什么乱啊！"

囡囡当场泪奔。

于是，众人眼中那个碍事而猥琐的男人终于在正义之师的持续不断的攻击下夺路而逃。

而奔跑在雨中的囡囡满心想的则是：老娘是女人！货真价实的女人！你们这群不长眼的家伙，早晚是要有报应的，凭什么看不起女生男相？凭什么看不起帅到一塌糊涂的女人？春哥你们那么爱，为毛给我一点宽容度就不行？这真是赤裸裸的双重标准啊！大妈们在现实中都是刻薄的……

果然是超女只在电视有，人间不容几回闻，她能够存活在世上容易吗？怎么这么天妒红颜啊……

与此同时，宁浩然坐在车里又抿紧了嘴唇，他差点控制不住自己的满心愤怒冲出去拽住那个白痴丫头好好问问，为什么不去避雨？为什么要冒雨跑？难道那个男人就这么好，值得她恨不能飞过去，甘愿顶雨跑去约会，一刻也不愿耽搁？难道她还嫌自己身体太强壮，不怕因此生病？她才被摔过，怎么一点都不注意呢！

咬牙切齿的他看着她继续在滂沱大雨中疯狂逃窜，手在喇叭上停了一秒，又抬起，狠狠拍在方向盘旁边，愤怒地将头扭向一边不再看囡囡。

她爱怎么做，他都管不着。

她现在如何本来就和他无关，无论是冒雨与其他男人约会，还是半夜与其他男人开房，都与他无关了。

没错，他之所以现在纠结难受也不过就是对当年那件事一直保持愧疚而已，根本没有感情掺杂其中。

既然他已经选择在那样的夜晚拒绝了她，现在就没有任何理直气壮的身份可以站出来。

所以，她做什么，都与他无关。

毕竟，她不是他的谁！

囡囡落汤鸡一样扑到狗蛋家门口玩命地敲门，并且暗自在心底发誓，如果待会儿开门看见她的倒霉模样，他们谁敢笑出来声，她就把在场所有人的脑袋拧下来当球踢，当马桶坐。

门里有人应声，声音听上去不是很熟，半扇门打开，囡囡抬头看见门后露出曾经带给她无限困惑的脸，也直接夺走她嘴里剩余的半截言语。

“你这个没良心的……范煜臻？”

囡囡敢和天下人打赌，自己此刻的嘴巴一定能装下成熟的鸵鸟蛋。她曾无数次想过和范煜臻相见的场景，但绝没想过开口就嗔怪他“你这个没良心的”。

怎么说呢，这句嗔怪听上去特别暧昧，像个被负心良人辜负一片春心的怨妇，终于多年后再遇良人，哀怨地捧出情意绵绵。

范煜臻浅浅笑了一下：“杨囡囡，你还是这么口无遮拦，毕业这么久了都没变。”

囡囡就是神经比电线杆还粗，也再觍不了脸说出别的话来，脸一红，脖子往上都火辣辣地热，低头钻进去，见到狗蛋先是拎着脖领子一顿胖揍，然后拖他去阳台秘密审讯，压低声凶巴巴地吼：“你给我解释一下，他怎么来了？”

“范煜臻是胖墩带来的。”狗蛋面临大兵压境，第一件事就毫无兄弟义气地把责任推到胖墩身上，而且毫无愧疚之心。

总不好再捶一顿胖墩吧，那也太引人注目了。误伤无辜的囡囡只能硬着头皮走到房间，狗蛋家三十几平的大客厅被六七个兄弟和接着七零八落网线的本本们挤个水泄不通，纵然这样，范煜臻坐在角落里的身影依然能轻易抓住囡囡的目光。

他以为他流露出小鹿一样的目光，她就会原谅？

她曾那样地怨过他，当时恨不能直接踹两脚过去解恨。

当年一吻之后，囡囡的记忆只停留在自己追上去时，扑在他身上吐个稀里哗啦，然后就人事不省，再想不起来其他。改天上学时，此人态度已经来了一个一百八十度大转弯，变得冷淡漠然。囡囡以为他既想维护同学感情又想避开自己的纠缠，才不得不采用冷处理，也算体谅他。结果毕业那天照毕业相时，她鼓起勇气邀请他一起照相都被婉言谢绝就太显得小肚鸡肠了些。

你不仁不能怪我不义，君子报仇十年不晚，所以那天囡囡也愤然转身不再理睬他。

那时年纪还小，做事不懂得给人留一步台阶，现在她再也做不出那样落人口实的事。所以她坐在被安排的位置上，回头若似无意地问一句："范煜臻，你不玩？你玩，我的电脑借你。"

范煜臻淡淡一笑，摆手摇头，他依然像高中时代那样沉默少言，只用点头和摇头来表达自己的情绪。

被他无声地拒绝，囡囡觉得没趣，赶紧转过身打开游戏对大家喊声临战口号："我们的口号是……"

"没有汉奸！"

没错，就是这句口号。

当囡囡在战队出击任务过程中无数次被内部人员"解决"后，她愤然提出了这个口号。虽说征战最痛苦的事是出师未捷身先死，但也不能死在自己人手中，那是痛苦中的痛苦。所以在她的强烈要求下，玩游戏之前提醒战友们不要误伤无辜，迫害倒霉蛋。

刚换枪入内，还没找地方躲好，身边轻坐的范煜臻便起身站起，浑身绷紧弦的囡囡心中一动，食指条件反射按了下鼠标。

"老大，你瞄我了！"狗蛋在地毯上突然惨叫一声。

囡囡咳了一下："废话，谁让你躲在我枪靶子下面！上诉驳回！"

哭泣一个不算多，她再度提神开战，操纵躲在箱子后面，把枪上膛。

范煜臻从她的脚边迈过，跨过网线走出客厅，囡囡低着头，看似盯着笔记本，实际上眼睛却随那双黑色的袜子跟出去。

"啊，老大，我也被你干掉了！"胖墩宽面条泪咬着嘴唇扭过头看囡囡。

大萝卜脸不红不白的囡囡一撇嘴，满不在乎地说："谁让你堵大伙儿的路，我这是为民除害！"

显然其他几个并不领情，纷纷扭过身子朝她竖起中指，鄙视她到底，而后认命地继续埋头开战。

淡定，淡定，有什么啊，不就是当年被亲了一口，干什么还惦记呢，长这么大谁还没被蚊子啃过两口呢，她现在的惊慌失措完全是因为当年自己表现得失态而愧疚，绝对不是因为她还喜欢他，绝对不是！

突然头顶被一大块毛巾蒙上，眼前视线被切断，随手又是一按，只听见身边哎哟一声，只是这次不知道是哪个倒霉蛋中弹了，她一把抓下毛巾仰头看去，范煜臻正逆着灯光对她淡淡笑道："你看，你头发上都是雨水，滴到笔记本上了，别把电脑弄坏了。"

这理由真充分，充分到囡囡有点恍惚，差点就相信。

大哥，你这样让我打不下去了！囡囡心中默念，但没胆子喊出来，最多抓住毛巾胡乱擦擦头顶乱蓬蓬的短发，然后把毛巾随手甩到一旁，露出小白牙："谢啦，你比他们这群浑小子们有良心多了。"

良心这东西都是靠对比的，有了更没良心的人，才能衬托原本没良心那个人稍显出颇有良知的模样。

范同学脸上闪过说不出究竟是什么的神情，停顿一下才笑着捡起毛巾放在她的头顶，手用力蹭着："杨囡囡，你玩你的，我帮你擦。"

被他擦得晃来晃去的脑袋有点晕，视线上下左右乱瞕偷偷察看兄弟们的表情，不知道会不会有一个看见他们老大被人无声蹂躏而下巴掉下来。结果，没良心的兄弟们居然没一个人发现异常，还在专注地盯着各自的笔记本，全力攻击。

也对，平日里她和他们也这样，胖墩帮她挽过袖子，狗蛋帮她系过鞋带，根本就没有意识到彼此性别。

可为什么同样的动作到了范煜臻这儿，事情就变了味儿呢？

她低低说声"谢谢"，伸手把他手里的毛巾抢过去，低头继续战斗，身边的范煜臻大概也发现自己今天行为非常诡异，艰难挤出笑容并没继续。

气氛刹那间尴尬，耳边只是游戏里咣当咣当地扣动扳机的声音，以及不知是谁被射到的惨叫声。大概，又有人当了汉奸吧。

这晚，同志们的游戏结束得很早。（胖墩心声：不早不行，谁能架得住老大枪枪命中自己人，简直就是故意瞄准也没有那么高准确度的！）

差点饿断气的一群人从狗蛋家出来觅食，囡囡自然是走在最前面的那个人，身后跟着兄弟们以及范煜臻。风寒路滑，刚出门原本被体温熏干的衣服贴在身上，顿时引起阵阵凉意，鸡皮疙瘩起了一身。囡囡光顾着撸胳膊取暖没注意脚下，刺溜一下，几乎跌倒。

见惯她更多危机的兄弟们对此全部无动于衷，唯独范煜臻伸手正好抱住她的腰，揽入自己怀里，囡囡还习惯性地嘴硬：“没事，小意思。”一回头却发现搂抱自己的那个人是范煜臻，蓦地止住声音。

继续沉默，她立即闪开他的扶助，结果动作未遂，人已经眼前一黑跌入另一个人的怀抱。

囡囡抬头看看自己头顶那双正在冒火的眼睛，突然灵光一现，居然露出最灿烂的笑容：“宁浩然，你怎么来啦？”

【番　外】

真　相

元旦，一个连中国人都不是很热衷的新年。除了即将考试的学生们。

学生们对元旦前的大聚会分外保有热情的原因是，可以让他们考前垂死挣扎片刻，苟延残喘半晌。

杨囡囡当然也不例外。

娃娃此时已经临近大学毕业，而她却还在高二傻乎乎横晃，之所以还能保持一副乐天派完全凭借粗如电线杆的线条，以及她对自己勉励的话：

虽然我没高智商，但我有傻人缘，谁能把我怎么样？

所谓的傻人缘就是她傻到底傻到缺心眼才交下的一帮狐朋狗友们。其中包括囡囡已经暗恋很久，努力一小次未果后，用两年时间才想通，进而退求其次成为好朋友的范煜臻。

用一个词来夸范煜臻那就是阳光，用两个词就是阳光帅哥。他谦卑和善，无论对谁都是笑眯眯的样子，善意灿烂的笑容让人看一眼就舒服半年。衬衫总是领口袖口一尘不染的干净，遮挡住眼睛的发帘微风拂过时会动人心弦地飘飘扬起，如果再伴随他柔软的语调，温柔的目光，简直杀人于无形，妇女儿童上至七十，下至七岁，方圆百里不留活口。

所以学校里有很多女生都喜欢他，围追堵截。最夸张的时候，连男卫生间门外都有大批的女生守候，只为见他一面希望他对她们笑笑。

番外 真相

范煜臻行情一直热销到宁浩然那个浑蛋出现为止。当女生们发现新来的体育实习老师除了具备帅的本质以外还很酷后，从前那群成群结伙排在高二（3）班门口等候的她们，心中丘比特小箭头立即掉转了方向直奔操场上的宁浩然射去。

于是，范煜臻同学哪怕绕着操场裸奔也无法挽回那帮喜新厌旧的女生们大江东去的青睐。

若是换作旁人，在这样巨大的落差面前，估计也会失落一阵子。可范煜臻对此事的反应一直是轻轻淡淡的，那种不以物喜，不以已悲的淡然深深打动了囡囡，儒雅如他果然是学习范仲淹的好苗子啊。彼时还是文艺女青年的杨囡囡分外喜爱儒家淡泊名利的范儿，又因为本身对宁浩然为人卑鄙恶劣品行的诸多厌恶，自然连带着也喜欢上了范煜臻。

可喜欢归喜欢，杨囡囡还是充分了解自己和范同学之间的差距，所以暗暗省了那份单恋的心，只觉得能每天幻想他就是最幸福的事，不必要求太多。所以她最喜欢做的事是在范煜臻无意识看向自己时，微微低头，抿嘴含笑，留给他最温柔的印象。

时间久了，范煜臻大约也知道了囡囡心底那份意思。偶尔在课间同学们三五成群地聊天时，他也会有意无意地扫过来两眼偷看囡囡在做什么，经常被她抓个正着。小小的发现几乎让假装矜持的囡囡就地破功，所以她不得不抓同桌狗蛋过来结巴而紧张地问：“他是不是又在看我，他是不是又在看我……”

而狗蛋的回答则是习惯的千篇一律：“大哥，你控制点，即使控制不住情绪也要控制住口水好咩……我衣服每天都湿漉漉的……你垂涎他了吗？”

是啊，她垂涎他了，垂涎到无以复加的地步。

所以她决定，就在元旦聚会这天晚上向范煜臻表白，喝多点，装傻点，说快点，估计一切很快就能搞定。当然，如果他答应最好，不答应她也可以借酒盖脸当自己什么都没说过。

谁知，这一喝，喝高了点……(作者按：一点儿你个头，你喝了整整一瓶！)

==================我是喝醉的分界线===================

宁浩然的视线很少停留在女生身上，尤其是长头发的女生。

长头发的女生很烦，也很缠，他觉得她们的头发就是美杜莎头顶的蛇发。厚厚的长发总像能勒死人的蛇身，一旦把男人套住了，不把对方鲜血吸干，就一定不会放开。

除了，那个叫杨囡囡的小女生。

她和他印象中那些女人不同。

她的头发很轻薄，长而垂顺。经常干干净净地扎一束辫子，在百米奔跑的时候摇摆在身后，清纯轻盈，吸引众人的全部视线。

按理说，囡囡的眼睛虽然不大，但笑起来的时候弯弯的，只不过她从来没对他真正笑过，所以他不知道那笑容的吸引力是否真像自己幻想的那样强大。

没错，他能轻松察觉她心底的厌恶，也知道自己和小女生拌嘴很无聊，可每每看见她蠢笨的运动样子，总控制不住心底不断浮起的想要再戏弄她的念头。

上课的时候，他已经习惯看她出丑，如果她生气反嘴了，他会毫不掩饰地嘲笑，可她如果闷声不响地走回队伍，丢给他看后脑勺，他又难免会有点失落，不知做什么好。

也许，他只是不习惯有这么笨的女生出现在眼前，所以才会对杨囡囡特别留意。

他这么对自己悄悄地说。

所以在接到高二各班邀请参加聚会的贺年卡的时候，他第一个反应就是看看有没有高二（3）班的，先撇嘴把那张贺卡剔出，再看看手中剩余的卡片，又觉得去哪个班都没意思。所以在和其他老师打趣的时候，他又悄悄地藏起了高二（3）班的邀请卡，坦然地从办公室出来，径直向她的班级走去。

==================== 我是闹别扭的分界线 =================

其实刚刚真没喝多少，囡囡只觉得班上买的红酒甜润爽口，喝了也没感觉。再加上又被范煜臻的灼热视线烧久了，脸蛋和心都很热，嘴巴也很干。所以她左一杯右一杯端起葡萄酒来当饮料喝，其实她完全可以少喝些，也可以就此罢手。如果不是那个该死的无耻浑蛋挡在她和范煜臻中间，她现在就可以毫无顾忌地扑上去对心爱的男生来番酒后大表白。

可有了宁浩然，事情理所当然地会被搞砸。她不想在这个男人面前做蠢事，一件都不允许。

所以人生中最重要的真情表白，她决定放在元旦聚会以后单独找范煜臻再说。念及此，放开胸怀的她开始跟兄弟们干起杯来。

很快，又喝了不少酒的她开始跌跌撞撞地抱着亲爱的班长豪爽大笑，刚闪过身又去抢二毛手里的麦克风，她很想给范煜臻唱一首《伤心太平洋》借此表明心迹，不料二毛那个可恨的臭小子偏不给她，于是她抄起拖把开始用力扯开歌喉，抱着拖把棍尽情地唱起来。

请原谅她的可笑吧，她只不过想找个发泄的出口，一个把憋闷许久的喜欢说出口的机会。

错愕的人啊，是他吗？为什么他的表情看上去那么震惊？

囡囡憋不住打了一个酒嗝，醉眼迷蒙地看范煜臻夺门落荒而去，她发誓自己不能若无其事地任由他离开，所以她扔开拖把，趔趄着步子，东摇西晃地追上去……

================= 我是伤心太平洋的分界线 ================

身边这个唧唧喳喳的女生还真烦，先是请教饺子的包法，而后又跟他讨论《挪威森林》，宁浩然恰到好处地敷衍她的含羞带怯，眼睛却溜到一边看着那个在讲台上频频出洋相的杨囡囡。

他也从这个年纪过来过，只是不曾像她这样丢人，说实话，第一次看到女生耍酒疯，还真有点兴致盎然。

她当自己是酒桶吗？葡萄酒一瓶喝下去，居然还要再开一瓶。他不动声色地召来学习委员把杨囡囡手边的酒瓶拿走，四下找不到酒的她又换了一招，黏糊糊地抓个人扑上去，觍着脸开始非礼满脸严肃的班长。

宁浩然很不高兴，非常不高兴，比她上体育课时无视他还气愤万分。他甚至开始懊悔自己没事来高二（3）班干什么，莫非就为了看她当马戏团小丑作践自己吗？他阴沉着面色站起来，从包饺子的桌子旁走开，在她难听的《伤心太平洋》还没唱完之前离去。

当然临走之前他还是没忍住看了她两眼。

囡囡绯红的小脸蛋圆乎乎的，让人很想掐一下拧一把，大概是在班长身上蹭过的缘故，头发有些凌乱，碎碎地散落在耳边脸侧，让人想轻轻地帮她捋到耳边，一双眼睛水汪汪的，和平时的倔犟很不同，让人很想吻一吻她的睫毛……

也许，他真的该离开，在这所高中待的时间久了，脑子也变得憨憨傻傻起来，平日里的小魔怪居然变成了小甜心，昔日的小倔驴居然变成了小母猫……

只是不知道，过了今晚，他们是否还能见面……

最好，今生今世再也别见，说实话，他真受不了这样的女生。

真的。

非常受不了。

================= 我是被误会的分界线 ==================

醉酒的人，不讲RP（人品）。

所以当囡囡飞起身子抱住前面男人胳膊的时候，她丝毫没觉得自己的动作看上去很猥琐，很无耻，让旁人非常的不屑。

被人抱住的宁浩然没回头，酒气已经清晰地闻到，不用回头他也知道是杨囡囡那个酒鬼，他忍无可忍地冷漠斥责道：“松开！”

“不松！”囡囡做事很少会这么固执，她觉得今天是表明自己坚忍不拔毅力的最后一次机会，正所谓不成功便成仁，不说出来大家都后悔。所以哪怕对方再不悦对她来说也没有用，甚至她还在心底偷偷定义，这就是传说中男生的小别扭，越是喜欢，越会对喜欢的人疾言厉色，所以更加坚定了她不能放弃、不能离去的伟大信念。

他再没说什么，只能僵硬了身子任由她抱住自己的胳膊，两个人就在冬日空荡荡的操场上伫立，暗淡的月影是他们唯一的光源，影子被拖得很长，她的怀抱很温暖，宁浩然原本紧绷的胳膊悄悄放弃抵抗。

================= 我是无辜月亮的分界线 =================

“其实，我喜欢你很久了。”头脑发晕的囡囡在他身后轻轻地说，话语完毕，感觉到怀里的胳膊重新变得僵硬。

宁浩然心头突然一跳，怔怔立住，目光下垂，望住自己不肯再动的脚尖。

“我知道，上课的时候你也在看我，即使你不说我也能感受到你也有点喜欢我的。其实，不论什么时候我都在观察你的一举一动，希望能把所有属于你的瞬间都定格在自己脑中。我知道没有多少时间，我们即将分离，但我仍希望憧憬未来。只要最后的日子里有你陪伴，我一定不会寂寞！”囡囡鼓起全部勇气口齿不清地把心里话全部说干净，此刻，对方的感觉已经不重要，反而是她把窝在心里这么久的话全部说出，全身轻松了不少。

他看着地面上两个人在一起的影子，声音不觉放慢，轻轻地问：“如果时间不允许你憧憬怎么办？”

“能爱一天算一天，只要我们在一起，每一天都要珍惜，反正未来有的是时间，我会用剩下的所有时间来记住你！”囡囡虽然表面上故作潇洒地耸肩，但心中已经有了不好的预感。再次感谢上帝，喝醉酒告白是多么英明的决定，幸好她还能用酒后失言来遮掩，实在不行还可以借喝酒之名行失忆之实，喝酒告白这招实在是太聪明了。

宁浩然并不讲话，呼吸的声音听上去有些沉。

囡囡见他不讲话，以为她的告白让他有些为难，赶紧明事理地给自己找台阶下："其实，你不喜欢我也没什么关系，反正将来我们抬头不见低头见的，你只要说句实话就行了，不用怕我伤心。你也知道，我这个人没心没肺，不会往心里去的，来，给句痛快话！"

虽然嘴上这么说，可她的眼睛还是暗了下去，躲在他的背后垂了头。

原来，她表错了情，范煜臻一直没有喜欢过她。

==================== 我是转折的分界线 ====================

"其实，也……也不是没有可能。"她的声音听上去很落寞，是不是告白不成被伤到了心？宁浩然不知道该怎么安慰眼前这个傻丫头，只能违心地说。

可他越是这样安慰，囡囡越明白，其实他是在给自己吃宽心丸。反正两个人再也回不到表白之前了，想装作若无其事估计也很难。在决裂之前，至少要豁出去在最后一秒钟把自己心中所想告诉对方，所以，她用尽全身力气放开他的胳膊快走一步，跨过地面上停留的影子，蹦起来啄了他的嘴唇。

够本了，就这样吧！

虽然心在难过地抽搐，但她必须保持最后的笑容和自尊。哪怕只是苦涩的笑容，哪怕只是可笑的自尊，她也要保持一身傲骨，留一个完美的背影给对方当回忆。

囡囡决然转过身，还没等迈步离开，换作他拉住她的胳膊，口气非常非常的不善："你这是什么意思？"

囡囡笑起来："没什么意思，只是觉得自己好歹要对得起喜欢一场，做个最终诀别而已，你别往心里去。"

宁浩然强迫自己深呼吸，深呼吸，再深呼吸。

他觉得决定明天离开这所该死的高中真是无比英明之举，如果再拖拉不走，这个脑子比脚还笨的女生没准会来个殉情之类的惊悚社会新闻。

他的当务之急是必须要保证自己走后她别留个署名为"宁浩然亲收"的绝命遗书来贻笑了广大人民群众。

“你亲完我就想诀别了？”他咬牙切齿地问。

囡囡觉得自己是喝醉了，范煜臻的声音听上去有点扭曲变异，隐隐觉得似乎特别像那个姓宁的大浑蛋。不可能，一定是被人拒绝了，自己有点小气，心生怨恨，觉得范同学和宁浑蛋是同等级的恶劣人类。这样不好，这样不好，为人不能太小肚鸡肠，否则怎样成大事练大字呢？所以她头也没回地淡定地梗了脖子问：“难道还要给你补偿以后再诀别吗？”

身后的人冷静地说：“给我补偿也行，但你要闭上眼睛。”

上当的人是猪！用脚指头都能猜出他心眼里冒的是什么坏水。

但此刻，囡囡宁愿当猪。即使他不喜欢她，即使他只是想敷衍她，留下高中时记忆的美好也未尝不是件好事。所以她非常听话地乖乖闭上眼。

闭上双眼的世界，一切烦扰都变得不再重要，耳边能听见的只有两个人略有些紊乱的呼吸声，大家扑通扑通的心跳个不停。

他沉沉地说：“我现在给你一个希望，希望你不要做傻事。”

她笑答：“你放心，你不给我一个希望，我也不会做傻事。”

十七岁的女生在情爱方面很生涩，闭紧的双眼带动两排睫毛颤抖着，她不自觉地咬嘴唇的动作吸引了宁浩然的全部注意，他甚至忘记自己最初只是想用手指沾沾她的嘴唇骗骗她的初衷。

他低下头，在暗黑的操场上吻了她。

虽然只是轻轻碰碰她的嘴唇，没有再加深的动作，但已经让他全身不自然地紧绷，像个青涩少年。还在闭眼睛的囡囡吞了吞口水，身子有点抖，她觉得自己此时已经酒精上头，满身满脸的热，不光是脑子晕，胃液也开始咕噜噜冒泡翻腾，全身上下都有了醉酒的生理征兆。

宁浩然意犹未尽地舔舔嘴唇，唇上有属于她的甜丝丝的味道，感觉很美妙。

他不承认自己眷恋那甜美的滋味，只觉得自己有责任、有义务再安慰这个笨丫头一次，可他已经找不到哄骗她再来一次的理由，踌躇片刻，正想强行去吻，囡囡突然很自然地抬起头，在他还未离去的嘴唇上再补亲了一次。

所有的理智瞬间崩塌，宁浩然觉得自己的脸慢慢热起来，他觉得她想说什么，强迫自己静静地听，不要表现出慌乱，可他等来的却是对他刚刚升起的雀跃的破灭性打击。

“范煜臻，不管你喜欢不喜欢我，我都会记住今晚的。”她涨红的双颊浮现第一次亲吻的悸动和羞涩。

如果说之前宁浩然纠结的是怎么才能让杨囡囡同学在离开他后不自杀的话，那么他现在脑中唯一的想法就想掐死她，就在这儿，就在现在。

宁浩然握紧的拳头举起，放下，举起，再放下。心头笼罩阴霾的他只能离开，因为他根本不知道该怎么处理眼前这个天底下最可笑最荒诞的事。

居然有人会喝醉酒，亲错人！

囡囡望着他离开的背影非常心虚，恐怕范煜臻原本只是想安慰她一下，结果她刚刚的表白又让他误会自己被缠上了，所以头疼的他只能无奈地选择转身离去。

对不起！对不起！！

我不是故意缠你的，我只是想表现得文艺一点……没别的意思！

囡囡心中默念，脚步趔趄地追上去。

================ 我是误会到底的分界线 ==================

“范煜臻，你在看什么？”同学发现班上的忧郁王子站在窗户旁边越发忧郁地望着窗外。

“我在看一对有情人。”他一动不动地望着黑暗的操场，轻轻地说。

“哎？那不是杨囡囡吗，刚刚和她接吻的人是谁？”同学眼尖终于发现重大新闻，惊叫。

“不知道，大概是她喜欢的人吧。”反而是范煜臻一直语气平静无波。

他的目光始终盯着玻璃窗外的她，心中渐渐升起莫名的苦涩滋味。

难怪她最近一直卖力地练习百米短跑，原来，她早已心有所属。

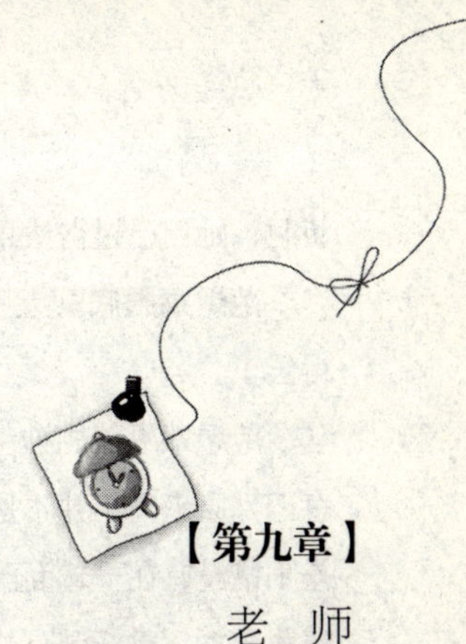

【第九章】
老 师

常言道：一日为师，终身为父。曾经当过实习体育老师也是爹，所以以范煜臻为首的昔日学生们再见到宁浩然时，竟然集体选择失语，除了目光直视他怀里抱的囡囡做不了任何动作。

囡囡的表现还算自若，拍拍手从宁浩然怀抱里站起，踢踢脚下滑溜溜的地面泄愤，埋怨道："这路该修了，刚刚差点没摔死我。"而后仿佛才察觉到众人的注视，扫了一眼其中表情最为复杂的范煜臻，连忙撇开脸假装自己不在意，不清楚，不计较。

范煜臻向前迈出一步，善意笑笑："自从毕业以后就没看见宁老师，不知道宁老师现在在哪所学校教书育人呢？"

宁浩然因他刚刚对囡囡意图不轨非常恼火，表情漠然地回答："我和杨囡囡在一所学校教书。"

原来她当年报考 ×× 大学也是为了追随他的脚步。范煜臻的表情又黯然了一次。

高三那年，他与囡囡同日报考，曾听说她要放弃报考最喜欢的中文系，准备以体育特长生的身份报考 ×× 大学，一直不知道内里缘由。只是听说她天天高喊要发愤图强，努力向上，不想却是为了宁浩然。

她为了他放弃了自己的梦想。只是不知道，如今终于追赶上那个人的脚步时，她自己过得快乐吗？

范煜臻眼底蒙上些阴霾，轻轻浅浅笑道："这么说来，囡囡也算是心愿得偿了。"

范煜臻失落的神色投到宁浩然眼中变了另一种味道，怒火中烧的他突然意识到原来当年并不是笨丫头单恋，他们俩本来就是一对有情人，只不过阴差阳错没有在一起而已。如果刚才不是他及时出现，估计这丫头早就被范煜臻搂过去，重新谱写昔日恋曲了。

宁浩然冷着脸，并不回答范煜臻的话，视线直接跳过范煜臻只问后面犯傻的胖墩："汪洋，你们现在是不是准备去吃饭？"

胖墩被只代课三个月的体育老师在过去这么多年还记得自己的名字的事着实感动了一小下，立刻点头哈腰地说："是啊，是啊，宁老师要不要也去？"

囡囡和范煜臻几乎同时想说："不要！"只不过囡囡嘴巴发出了声音，范煜臻及时收住。两个人对视一眼，又别开，说不出的别扭。

不悦的宁浩然反手牢牢抓住囡囡的胳膊，幽深的眼眸直视她心虚的小脸。凶狠冷酷的视线使得囡囡不禁毛骨悚然，为了不被他当场分尸不得不屈服于他的强大淫威之下："我的意思是，宁老师也要去的话，我们一定不要挑小吃店，找个好地方，咱们去海吃一顿！"

该死，被宁浩然抓住的胳膊疼得厉害。果然，练过体育的男人力道就是和普通男人不一样，平日里她和胖墩他们也经常练摔跤，练掰腕子，那帮家伙没一个能使出这么大力气的。今天碰上宁浩然，只能自认倒霉了，从痛感来估计手腕一定肿了，要是挂彩了，回家还不知道怎么和娃娃解释呢。

关键是她委屈啊，到现在她也没弄明白到底是谁得罪宁浩然他老人家了，怎么把气全部撒她身上？

"好，那就吃顿好的。"宁浩然点头赞同，却不肯放手饶过囡囡。

于是一大群人定好去哪里消夜，每四个人坐一辆出租车，轮到囡囡时，还不等狗蛋张嘴安排，宁浩然已然在一旁发话："杨囡囡坐我的车，你们前面带路就行了。”

“为什么杨囡囡坐宁老师的车？”狗蛋的脑袋显然没能转过弯，不假思索地问。

范煜臻在他旁边苦笑：“因为她是女生！”

“她哪里是女生，她根本就是披着虚弱女生外皮的健壮男……人！”没等狗蛋说完，杨囡囡已经飞起一脚踹过去，狗蛋当场挨脚阵亡，一骨碌身子，滚入出租车后座，听不见哀叫了。

范煜臻深深地看了杨囡囡一眼：“你知道……我……”

很不幸，还没等他鼓起勇气把话说完，宁浩然已经把车开过来，停在两人身边。车门打开，宁浩然有意忽视范煜臻欲言又止的表情，笑着对僵硬在马路边上的她说：“杨囡囡，上车！”

杨囡囡当真就这样傻傻地跑过去，坐进去后才想起范煜臻还站在马路边，回头看了他一眼大声招呼：“范煜臻，你也上来吧！”

范煜臻目送她像只快乐的小鸟般飞到宁浩然车内，收回所有想说的话，落寞地摇摇头：“不了，我坐出租。”说罢，上车，关门，眼睛不敢再看兴奋的杨囡囡。

前方红色出租车尾灯一闪冒烟离去，宁浩然转过方向盘跟在后面，杨囡囡将故意做出的快乐表情收好，沉沉地坐稳。两个人不再说话，车内气氛顿时凝滞，不知是不是雨夜气压太低的关系，车内空气有点沉闷，呼吸变得异常艰难。

“你怎么找到这里的？”囡囡收拾好心情小声发问。大哥你别告诉我，你曾经家访过狗蛋啊。

“跟着你知道的。”宁浩然对自己尾随杨囡囡的行为承认得很痛快。

“为什么跟我？”囡囡愣愣地看着他俊朗的侧脸，脑子转不过来。

“我朋友家就在这附近，停车的时候正好看见你。”他不自然地扭头看看后视镜，“看你进去就没叫你。”

“哦。”囡囡点点头，觉得他的解释很合理。十字路口的红绿灯突然转变了颜色，他急刹车将车停住，红灯把他们的车子留在了斑马线后面。

遥遥看着马路那头的出租车消失在茫茫夜色中，她急急地拍打他的胳膊：“完了，完了，跟丢了，这怎么办？”

宁浩然没说话，紧捏住方向盘的动作维持不变。

囡囡察觉自己刚才有些过分紧张了，底气不足地补充道：“我的意思是跟丢了我们就不知道他们去哪里吃饭了。”

“你就这么在乎范煜臻？”他的口气听上去非常不耐，像忍了好久怒火，一瞬间爆发般。

“啊？没啊！”条件反射的回答恰到好处地配合囡囡无比震惊的表情，使得宁浩然心头突然轻松，抿紧的嘴唇也随之微微扬起。

“就是觉得，大家都是老同学了，以前感情又不错，所以……”囡囡喃喃道。

宁浩然定定神，双手紧紧握住方向盘的关节泛白：“哦，你们俩以前感情不错？”

提到从前，杨囡囡向来不动声色的脸蛋泛滥起一片红晕，尴尬，羞涩，难堪，哀怨，诸多情绪齐齐涌上来全部都写在脸上。

察觉到她的局促不安，他眉目不动声音哑哑的：“这么说，你们曾经是恋人？”

此时雨已经停了，路上行人寥寥无几。

明明阴暗的天空已经没有雨意，囡囡却分明听到有东西正点点滴滴砸在心头，如同车背后还在鸣叫的喇叭，用声音撞击着内心最柔软的那块柔嫩地带。

“或者说，你们曾经亲密过？”他故作轻松地笑了笑，半晌才问出口这个问题。

囡囡不想回答，也不知道该怎么回答。她只能艰难指出：“宁老师，前面绿灯了，我们挡住了别人的路，再不开车，要挨骂的。”

宁浩然原本凝视她的目光，忽地惊醒般闪开："哦。"

"他们呢？"他一边转了方向盘开动车子，一边若无其事地问。

囡囡抬起眼皮张望了一下："我也不知道，没看见他们去哪里了。等一下，我给狗蛋打电话。"

她说，给狗蛋打电话，而不是范煜臻。

宁浩然刚刚揪起的心再次落下，心情又恢复平静。

"喂，你们去哪里了……范煜臻，怎么是你接电话？"忽然一向语出惊人的囡囡再度开口。

车子明显又是一晃，情绪濒临失控的宁浩然第一次觉得自己心累，比跑完万米长跑，还累上一百倍。

事实证明，宁浩然又错了一次。

其实，和杨囡囡一起吃饭比刚刚心累一万倍。

宁浩然坐在杨囡囡左侧，范煜臻坐在桌子对面，两边分别是不明情况的小猫三两只，目光只注视美食，不抬头观战。

"老大，你不是最爱吃烤肉吗？来、来、来，兄弟喂你。"狗蛋狗腿地夹起一块烤牛肉隔着炉子送过来。

若是以往，囡囡一定张嘴就接了，再拍拍狗蛋的脑袋以示奖励。事实上今天她也是想这么做来着，只不过脸还没等凑过去，那块牛肉已经大方地夹在宁某人的筷子上，随后一句"谢谢"化解可能是非常碍眼的暧昧场面。

囡囡抑郁，又不敢反抗。埋头自力更生烤好一块牛肉直接放入嘴里大嚼特嚼，而后又夹了一块肉状似无意地扔在狗蛋碗里。随后一群小猫都像丐帮弟子一样端起碗敲桌子，不甘心地齐嚷嚷："老大偏心偏心，我们也要。"

底气十足的杨囡囡吼了一声压住群众的怨愤："慢慢来，我一个一个给！"

范煜臻视线淡淡扫过豪情万丈的囡囡，见她只管别人顾不上自己，不动声色地夹了块肉想要送过去，宁浩然的筷子又像巧遇般猛地抬到半空，正好把殷勤牌牛肉撞下来，肉掉到箅子上滚了滚，被囡囡赶紧夹起，无所谓地放回范煜臻的碗里。

“没事，不脏，吃吧。”她像安慰小动物那么安慰范煜臻。范煜臻表情呆滞了一下，宁浩然突然愉快地笑了：“没错，吃吧，我不是故意的。”

囡囡点头，嘴里塞满牛肉地嘟囔：“他不是故意的，就算是故意的也不用怕，没什么了不起的。”

飞忙的几双筷子听见她的轻蔑话语齐齐停了动作，有人问：“囡囡，你和宁老师说话很不客气，你们是……”

“天天在一起。”宁浩然眼睛瞧了一眼范煜臻，淡然解释。范煜臻侧脸别有深意地注视着囡囡，似乎在等待当事人的真正解释。

“屁咧，我们是一个体育组的，当然……”天天在一起。话没说完，脚竟然被人踩住，囡囡憋得很辛苦，忍无可忍无须再忍的她立即回头怒喊：“你偷偷踩我脚干吗？”

宁浩然嘴角抽动，没正面回答。

借口！刚刚囡囡说她和宁老师没关系的辩解应该是天字号第一大谎言，你看，连宁老师这么冷酷的人都学会踩脚尖这么肮脏龌龊的小把戏了，说他们俩没什么暧昧的小关系傻子才信。桌子两侧的兄弟们互相对视，一致点头奸笑，形成了良好的默契后，各自埋头吃肉。

范煜臻镇定地给自己倒了杯啤酒，语气很轻松：“我信你，杨囡囡。你才开学一个月，以前三个月都没事，现在一个月能有什么事呢。”

“对，对，对，范煜臻，你太聪明了，就这么回事。”囡囡点头赞同，虽然对范煜臻还有一层隔膜，但跟他总是比跟宁浩然要亲近一点。

知道内情的宁浩然脸色阴沉，紧紧抿起双唇睨了囡囡和范煜臻，半晌才缓慢地开口：“范煜臻，还有同窗三年什么事都没有的人呢，你信吗？”

范煜臻刹那变了脸色。

两个纯爷们儿的对视自然引不起其余纯爷们儿的注意，没心没肺的众人还是该吃吃，该喝喝，囡囡作为假冒伪劣的纯爷们儿也是保持同样顾吃不顾腚的状态。只不过在嘴巴没空闲的时候才夹一块肉扔范煜臻碗里，犹豫半秒，再夹一块肉扔宁浩然碗里。

平均分配就打不起来。

这是囡囡老妈奉若神明的治女法宝。囡囡和娃娃的所有纠纷一贯用此方针解决。当年，在她们俩你吃十七个饺子我也必须吃到，否则以哭闹换取的情况下，莫愁实在没辙了，想出的处理办法就是平均分配。眼看这两个大男人大眼瞪小眼誓不罢休的架势，她突然想起老妈的法宝，赶紧用此作为平息两人怒火的灭火器。

两个男人同时朝自己碗里看去，被浸在酱料里的肉块引来两重反应。

宁浩然表情看上去非常莫测，范煜臻的表现却是非常沉默。

囡囡皱眉茫然地看着两个人的反应，不知何意，不是嫌肉大小不均吧?

宁浩然回头对囡囡说：“快点吃，一会儿吃完饭，我送你回家。”

范煜臻低头笑笑：“同学们好久不见了，杨囡囡，吃完饭我们继续回狗蛋家玩怎么样?”

范煜臻的提议得到在场绝大多数人的赞同，当然也包括杨囡囡。宁浩然嘴角的笑容有点冷：“杨囡囡，你要记住，明天还要上班。”

对哦，差点就开口答应范煜臻提议的囡囡突然想到今天才星期一，立即没了食欲，未来还有四天要熬呢，今天爽躺下了明天怎么上课呢? 她认命地点点头：“那只能麻烦宁老师送我回去了。”当老师真不自由，还不如当学生呢，当学生还能宿醉，当老师就得永远保持清醒。

这次换范煜臻嘴角抽动，没再说话，开始低头吃东西。

这顿暗藏针锋相对的烧烤终于吃完，宁浩然准备去停车场取车，让杨囡囡站在路边等他，其余人士因为天气太冷纷纷拼车离去，宁浩然瞥到范煜臻仍不肯离开的脚步，低头对囡囡威胁道：“杨老师，老实站好！”

囡囡不甘示弱地立即回嘴：“宁老师，小心驾驶！”

对囡囡回答很满意的宁浩然转身离去，囡囡撇嘴小声道："明天上课等着瞧！看到底谁怕谁！"

范煜臻站在她身边，听她抱怨，忽然叹息，静夜里发出如此惊悚的声音吓得囡囡差点蹦起："范煜臻，你吓死人不偿命啊，干吗站我背后不说话？"

"也许以前还有一点不甘心，现在看见你这样什么都没了。"范煜臻的神情瞬息万变，勉强让自己尽力看起来平和些，"没想到我竟然会错过，而且错一步，就是这么多年。"

杨囡囡觉得自己才是真的没想到，她没想过大雨天太阳会从西边出来，也没想过原子弹爆炸会崩出爆米花，更没想过，她杨囡囡今生今世居然还会被模范生范煜臻当面表白。

且慢，这算表白吧，不是她理解有误猜想跑偏吧？不会是他看上宁浩然，然后戏弄她寻求心理上的安慰吧？拜托，她没想过自己要当炮灰女配啊。

"等……等一下，你能再说清楚点吗？"虽然心里有些刺痛难受，但炮灰也要有炮灰的尊严，不能无缘无故被人发射。

"无论是现在，还是以前，我一直在喜欢……"范煜臻凝视囡囡的目光温柔，语气也非常轻浅，还没等他说完，立即有人冷冷地在两人身后说："杨囡囡，过来！"

握紧双拳的宁浩然不知什么时候站在两人身后，车并没开过来，难道是他早就发现范煜臻准备对她痛下毒手，才不得不放弃提车而先行返回？

好奇心不光是娃娃的专利，囡囡也拥有同样强大的好奇心。但当该强大的好奇心遇到更强大的怒气……

当然不会和娃娃一样没骨气。

所以她选择站直身板对宁浩然说："我等范煜臻说完再过去，别闹！"

然后一本正经地望着范煜臻："虽然我很介意，但我希望你说下去。"

如果他是想对当年亲吻她后拍拍屁股走人的事作个合理的解释，她愿意忍着不舒服接受道歉；如果他是想对喜欢上宁浩然作个解释，她会赏他一个夺命断子绝孙脚表示态度，反正将来也用不到了。

范煜臻低头看着囡囡认真的模样犹疑着，宁浩然慢慢走过来，带着强大的气场站在她的身后，范煜臻的视线定格之处，她的背后已经有了他，再没有多余的缝隙留给别人。所以，他只能暗暗握紧了拳头，竭力压抑心中的烦躁。

“没事！”范煜臻别过头，眼眸瞬间暗淡。不管当年的感情怎样遗憾，怎样错过，如今她的身边已经有了别人照料，再不是当年曾经偷偷瞄他的那个羞红了脸蛋的小女生，也自然不会是他心中的那个霸道的小女生。

被冷水泼头的囡囡顿觉疑惑不解，范煜臻明明有话想说，怎么欲言又止？她回头看一眼宁浩然，才发现他不知何时居然贴在自己背后。

一定是因为他的介入导致范煜臻对自己的请求闭口不答，他在忸怩，他在害羞……

“其实，你还可以……”囡囡刚想开口。宁浩然猛地拉过囡囡，没说完的半句话硬是生生淹没在某人的怀抱里。

秋后雨夜，静静的，总使人心底充满失落。无论是范煜臻的欲言又止，还是她再次面对过往的故作坚强，都可以责怪是天气让人惆怅。囡囡本想挣脱宁浩然的钳制再问个究竟，可宁浩然温暖火热的怀抱阻止了她，也让她所有的故作坚强都在顷刻间崩塌。

没错，她一直介意范煜臻对她的冷淡，在心底耿耿于怀整整五年，越是在意越是装不在乎，越是装不在乎越要面对，她根本陷入一个囹圄里逃不出来。宁浩然看出她的难堪，也第一次让她有个借口装一次柔弱，不用回头面对。

原来当女人挺好。

至少有不想面对的时候，可以埋在男人的怀里当鸵鸟。

至于这个怀抱是谁的……

其实并不重要。

【第十章】

太　极

囡囡上学的时候还没有设立太极拳这门体育课。

今年不知是哪位领导拍脑瓜子蹦出的决定，说什么大学生要弘扬国粹传承文化，非要给体育课挤进太极拳教程，居然还详细分了男拳和女拳。

男拳，舒缓伸展，女拳，飘逸灵气，不得不承认教科书上画得不错，教学 DV 也拍得不错，可就差一个教师现场演习。

回头看看宁浩然站在一边若无其事地放空，再看看老胳膊老腿的徐老师风中摇曳，毫无疑问演示的活只能是杨囡囡这个壮劳力来完成。

她愁眉苦脸地把棒球帽摘掉扔在一旁，先转转脖子活动好手腕脚踝，一本正经地扎好马步，身后几十个学生全部依葫芦画瓢，各自蹲好放好姿势。

太极盲杨囡囡事已至此已经属于赶鸭子上架，不得不上。她只好心想着分苹果的步骤，先像模像样地比划起来企图糊弄过去。

一个大苹果。双手胸前画圈。

切一刀下去。右手立掌竖劈。

左边分一半，双手推向左侧。

右边分一半，双手推向右侧。

虽然她做得很差劲，但至少做得很认真，囡囡不断鼓励自己。话说，没看过猪走还没吃过猪肉吗？不会打太极，至少会蒙混吧！

不等囡囡打完全套，后面已经哇地掀起一波喝彩声浪，她暗自窃喜继续摆造型，唯恐被人识破，又记起高中时打过的五步拳，太极她不懂，但那套拳是熟到不能再熟的东西。所以话音一变说道："太极拳讲究的是内功修养，而另一套拳法是修内功的根基。只有学会了这套拳，太极才能打得飘逸空灵，出拳才能潇洒利落……"

五步拳第一式刚打出去，囡囡余光就看见原本靠在双杠旁听她讲解的宁浩然突然趴下身去，双肩不住抖动，用脚指头想也知道他现在肯定想起那套高中五步拳。囡囡原本不错的心情被他的诡笑打击得消失殆尽，见他不负责任的模样就想起自己昨晚的糗事，她决定忽视某人面部的扭曲表情，当是透明无色无味的空气一般掠过去继续踢腿："踢腿要有力，大家可以跟我学！"

今天杨囡囡的运动服是白色的，踢腿的飒爽英姿还真的很帅气。抬起，落下，没人看见两条白色不明物体在半空中甩来甩去，再抬，再落，别腿，下腰，展臂，咕咚……

原本跟在她身后一步一步模仿的学生们全体愣住，谁都没敢轻举妄动。

只见杨囡囡摔在那儿，也是一动没动。

"好！"三秒钟后，反应过来的大家立即热烈鼓掌，虽然经常在电视上看见武术表演都把木地板震得咣当咣当直响，今儿第一次在大屏幕外看见活的喘气的，杨老师舍身忘已的牺牲值得敬佩，所以学生们都由衷地崇拜她。

"杨老师，你太厉害了。"

"杨老师，你好棒。"

囡囡那叫一个心中有苦说不出，鞋带开了不是她的错，踩住鞋带绊倒自己也不是她的错，错的是摔个跟头居然也能摔得这么有观众，可见这年头摔跟头也不是白摔的。她讪讪回头，面对热情的学生们也不好承认自己是被鞋带绊倒的，想了半天只好讪笑道："这个姿势难就难在摔得要真实，大家记住，一定不能像 C · 罗纳尔多摔得那么不敬业！"

宁浩然再也憋不住，扑的笑出声来，阴了一上午的脸终于彻底放晴。

昨晚原本以为与杨囡囡拥抱以后至少要表现出点小女生该有的羞涩，结果人家脸一抹，压根没把拥抱当回事，等范煜臻走后，颠颠跑到车上等他开车回家。害得他空着两只手愣在原地半天，直到始作俑者喊了几声才回过神来。

他该拿她怎么办？难道就一直任由这个神经如钢筋的丫头继续折腾下去？

“老师，有对打的示范吗？”蔺胥向来充当不讨好的角色，可他一本正经的讨论模样又让人找不到驳斥的正当理由。

囡囡呆滞了一下，转过身双眼直勾勾地看着他威胁道：“你想和我演练吗？”

“宁老师和您是一个技术层次的，我不行，我不行！”蔺胥倒是知道自己几斤几两重，面对囡囡老师的阴冷邀请，摆着手往后退，被他说成这般，囡囡再不就坡下驴就有点不识时务了。她抬眼瞥了瞥宁浩然，见他没什么反应，心中大乐，立即阴了他一招：“其实，宁老师他不擅长太极拳！”

谁能想象一个长跑冠军擅长太极拳，哈哈哈，哈哈哈。

“谁说的？”囡囡的内心独白还没等笑完整，心底阴暗的魔鬼正在叉腰得意，就被宁浩然突如其来的一句话击个粉碎。她痛苦地扭头哀怨地看了一眼倒霉催的他，半晌才咬牙切齿地开口：“宁老师，你昨天不累吗？”装什么大尾巴狼啊，承认自己不会太极拳又不丢人！

她知道世界总有那么一种人专门喜欢和别人抬杠，她就是。但没想到宁浩然这么酷到半边脸麻痹的男人，居然也和她有同样嗜好。只见他耸耸肩：“还行，好久没运动了，正好借机会舒展一下筋骨。”

他施施然走过来，潇洒地活动了手腕脚踝，扬手示意囡囡先出拳。万般无奈赶鸭子上架的杨囡囡只好蹲好马步，想了想成龙李连杰的《功夫之王》电影，摆了个黄飞鸿经典造型，视死如归地抬起下巴：“来吧，宁老师！”

上次双杠，她已经被他成功地过肩摔，至今半个屁股仍处于麻痹状态中，如今再要过招，估计小命也能断了半条，她认命了，准备因工殉职牺牲在操场上。

她过丑的姿势让宁浩然突然收了摆好的招式，径直走到她身边。

对于他突然靠近的身体，囡囡脑子轰的一片空白，竟然想起昨晚他的怀抱，脸蛋热度直线上升。她的身体从来没这么敏感过，现在能清楚地察觉他的双手正扶住她的腰，但不敢回头看。

宁浩然正色对学生说："大家都看向这里！杨老师的姿势是想给大家演示，影视剧里的武术姿势其实很多都是非常不规范的。"

可恶！囡囡愤然扭头，刚想说话，宁浩然一只手顺着腰往胳膊上上行，抓住她的手腕也往上抬，达到水平线后手就停在那里。

腾！囡囡觉得自己脑袋顶都开始冒白烟了，口干舌燥意识丧失，也说不出什么特别的感觉，反正心跳加速超过一百八，手部汗毛变得异常敏感。宁浩然的掌心温度很高，烫得她开始微微发颤。她不想当众失态，赶紧努力定神随他的手摆好姿势。

拜托，赶快示范完，要么他捶她一顿，要么她捶他一顿，反正别这么玩阴的！

"下面是出拳。影视剧里最经典的出拳也有问题。"宁浩然继续讲解。

囡囡觉得自己的后背突然靠上了什么东西，温温的，硬硬的，余光扫过去，他已经从后围住自己的身子，握着她的胳膊就势出拳。

反抗是不可能的，因为她明显感觉到宁浩然这个浑蛋的左手正用力钳制住她的腰，如果就这么躲开了，学生们一定会以为他们俩在搞什么暧昧见不得人的东西。她杨囡囡一身清白光明正大，谁怕谁？所以囡囡出完拳，还对学生们嘴硬："没错，我是想让你们看清楚，所以故意出拳慢了些。"宁浩然淡淡地笑了声，对她的自我开脱不予置评。

笑就笑吧，还贴着她耳朵笑，囡囡这辈子就怕别人呵她耳朵，以往娃娃吹一下，她脚指头都跟着紧张半天。

所以她现在异常艰难地憋住心中的不适，想办法不露痕迹地往前蹿了蹿脚步。

宁浩然被她的小动作也弄回了神。

刚刚贴在她身后本来是想戏弄她，不料怀里人的身上传来的淡淡清香竟让他忘记放手。他假装没注意她躲闪的动作，松开握得紧紧的手，努力平复了自己的呼吸。

“接下来是踢腿。”宁浩然咳嗽一声从囡囡背后站起，面对学生们一双双清亮的眼睛不自然地叮嘱，“各自找搭档，模仿我和杨老师的动作练习！”

囡囡也吐了口气，看来刚刚他也不是有什么歹念，宁浩然知书达理的进退反而显得她思想肮脏，自我反省了一小下。

宁浩然沉着脸走到她面前，摆好姿势：“杨老师，来吧！”

虽然没练习过专业武术，但踢腿还是会的。杨囡囡飞起一脚踢过去，被宁浩然偏身闪过，两人错身之时，宁浩然又闻到那股淡淡的香气，心慌意乱的他竟然冷不防地被囡囡抱住脖子，所有的学生与此同时也全部模仿囡囡的动作，纷纷掐住自己搭档的命门。

囡囡柔软的前胸正顶着宁浩然的后背，再度轻易化解了某些人本欲反抗的全部力量。

“老娘拼了！”

囡囡低吼一声拽着宁浩然的脖领子，反过身一个背摔，轻而易举地将肩膀上的人送了出去。

天，还是那个天，云，也还是那个云。除了宁浩然以外，其他人都还是那个其他人。

当囡囡意识到自己究竟干了什么惊天地泣鬼神的壮举之后，也不得不佩服起自己的天生神力来。

牛，真牛，绝不是吹牛！

宁浩然一百八十公分的大个子说摔就摔出去了，落地的时候连声都没有，一个男人静静地躺在地面上还真有些说不出的诡异。

她站在原地愣了愣，反应过来后第一时间冲到宁浩然身边嘘寒问暖。

他下落的时候是后背着地的，眼下就直板板地躺在那儿一动不动，双眼目不转睛地望着天空任凭她怎么呼唤也不吱声。

完了，大概是伤到背部脊椎了。她一想到这种可能就心头慌乱。

“宁老师，宁老师，你没事吧？”杨囡囡觉得自己快要哭了，在学生面前一贯是高大威猛形象的宁浩然突然表现出失魂落魄的模样让她深感愧疚难安。常言道被打击惯的人，即便赢了也不当自己会赢，反而是平日里高高在上的人容易感受挫折，稍微遭受一丁点失败就痛苦不堪。宁浩然可千万别想不开做什么傻事，不然她就真万死难辞其咎了。

“宁老师，你能动吗？不能动的话我去叫校医。”囡囡说话的时候几乎泪花四溅。

“杨囡囡，你说，我要是动不了怎么办？”宁浩然躺在地上沉默半天，突然问了一句。囡囡一时间还沉浸在无意中伤害宁浩然的愧疚中，赶紧接口回答：“没事，我养你。”

正所谓杀人偿命，欠债还钱，讲的都是天经地义的事，没什么废话好啰嗦的。

宁浩然垂了垂眼帘，想了想又问：“养我的话，你工资够吗？”

果然年长几岁就是想得长远啊，她一个刚入职的助教，把所有补助全算上才不过两千多大洋，还得给囡囡妈一部分家用，还得给娃娃一部分零花钱，还得留点小钱买言情小说，零七零八地全花掉，也就剩几百块糊口吃饭，如果再加上平时请那帮狐朋狗友吃饭的钱……

“不够。”悲情的囡囡突然更加悲情起来，因为她突然意识到原来欠债不还的人不是不想还，是根本没钱还……

“那我想一个方法吧……”宁浩然还没说完，徐老师已经喊来了校医院的校医，帮宁浩然察看，囡囡先退到一边，紧张兮兮地看着校医把宁浩然翻查了一遍。

校医检察完，抬眼看看宁浩然的表情，颇为意味深长地问："前后没到一个月，你们俩一人摔一次，没事找平衡玩呢？"

宁浩然此时倒是能动弹了，慢慢撑住身体坐起来，嘴角淡淡含笑："大概是有人觉得吃亏不够本，非得也摔我一次才能证明自己的实力！"

校医撇嘴，拿看精神病的眼光扫了他和囡囡两眼，同样是留了两袋红药抬腿走了。

囡囡捏着两袋红药认真想了想，话说校医都不劝他入院治疗，是不是意味着宁浩然的伤势远远不像自己想的那么重？上次她摔屁股校医也是留了两袋红药，事实上，她当时根本就没觉得疼。（宁浩然：小样，你终于承认了吧，你根本就是装的！囡囡：胡说，我只是痛觉神经每天只工作五小时，其余时间都在休眠而已。）

学生们都被徐老师暂时带离了现场，虽然还有人频频回头张望，但已经听不见他们说话的声音。

"宁老师，你刚刚是装的吧？"囡囡柳眉倒竖，银牙狠咬，说出心中的恶毒猜想。

宁浩然双手撑地慢慢站起，面部表情看上去非常痛苦："你看我像装的吗？"

他的行为和表情再次迷惑了囡囡可怜而贫乏的脑神经，一百种可能在心中上下乱蹿，但占据上风的还是最善良的揣测。宁浩然一定是大男人爱面子，校医来了他也不愿意多说病症，怕丢人。

实在是……太可怜了。

"还疼吗？"生怕他受委屈的囡囡赶紧关切地问，手也自动扶住他的胳膊。宁浩然挣扎不让她搀扶，碍于腰伤又反抗不成，只能乖乖地被她抱住胳膊，然后用很无奈的眼神看着她："杨老师，我们这算是一报还一报，你也不用太愧疚。”

“那怎么行！这事因我而起，是我下手不知道轻重，才把宁老师害成这样。正所谓一人做事一人当，宁老师，你别管了，我一定要对你负责！”讲义气是囡囡成年后始终保持的美德，但也有可能是她成年后唯一的致命弱点。

宁浩然沉默一下，嘴角浮现出不易察觉的笑意，他尽力控制好自己的语气说：“好，你先把我扶起来靠在双杠边上就行。”

“那怎么行？为什么不回家休息，你现在站不了太久的。”囡囡抱着宁浩然的胳膊不明白他的意思。

“课还没结束，我不放心。”他淡然地说。

囡囡突然觉得自己有点崇拜宁浩然了，他真是教育界尽忠职守的最佳典范，如果换作是她，一定不会在自己脊骨被摔后还坚持在操场上顶着毒辣的太阳教书育人，都是体育老师，做人的差距怎么这么大呢……

开展自我批评与自我反省后，她真挚诚恳地请求：“宁老师，就算你不为自己的身体着想，也要为我们带的学生们想一想，毕竟你养好了伤才能更好地工作啊，才能更好地教导他们啊，我还是送你回去吧！”

宁浩然没再说话，靠在双杠旁不语。大概是默许了，囡囡先去和徐老师请假，说自己准备送宁老师回家休息。

对于这个完美的花好月圆的结局，徐老师早也盼晚也盼终于盼到了，她热泪盈眶地对囡囡说：“快去快去，不要拖久了，再拖几天黄花菜都凉了……”

果然徐老师也觉得宁老师的病不好拖，需要赶紧休息，囡囡再次坚定自己要送宁浩然回去休息的想法。得到徐老师首肯后的她赶紧跑过去，连扛带拽地带着宁浩然出了学校东门，在马路边拦了一辆出租车，先把他推上去。

理论上她完全可以不送宁浩然到家门口的，但又觉得那样做有点不人道，不仁义。所以她把宁浩然的身子往里推推，自己也躬身坐进来。

“宁老师，你家在哪里？”她问。

“怡园。”他答。

“师傅，去怡园。”囡囡立即提高了声调。司机答应，踩了油门，启动车子。

车一路飞驰，没十分钟就到了怡园，宁浩然似乎要睡着了，头一下一下地点在囡囡肩膀都没有察觉。

宁老师真是太辛苦了。囡囡看他沉睡的模样不由得叹口气，她用百年不遇的温柔语气小声唤他：“宁老师，宁老师。”

“小姑娘，你老师睡着了？”司机扭头看看说。

“他不是我老师。”囡囡立即撇清。拜托，她成年很久了，这位大叔虽然猜对了性别，但没猜对年纪。

“啊？那他是你男朋友？”这么一说，仔细看两眼，觉得也有可能，看他们俩很相配的，虽然女孩子的头发短了点，但模样很秀气。

“他也不是我男朋友。”知道司机大叔彻底误会了，囡囡立即拔高嗓门，涨红脸大力摆手澄清。

“那你们什么关系啊？”司机大叔也被囡囡的几次否定弄糊涂了，皱眉问道。

“我们，我们没……没关系！”说完，囡囡急急忙忙打开门，把宁浩然死拉硬扯地拖下车，再回头狠狠把车门关上。

司机看看后视镜里纠缠在一起的两个人苦笑摇头：“这年头小情侣闹别扭的方式真奇怪，明明是一对儿，偏说没关系，明明男的醒着，偏装睡着了，这不是瞎折腾嘛！”说罢发动车子离去。

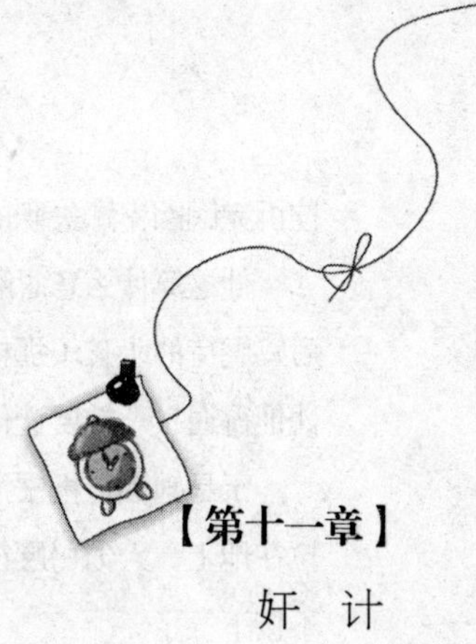

【第十一章】奸　计

囡囡望望伴随走路步伐咬牙切齿的宁浩然，再望望不知道是哪位倒霉败家设计师设计的大回旋型底层楼梯，深情而又万分不甘地问："宁老师，你们家上面有电梯吧？"

万一上面没电梯，她直接可以在这里刨个坑把自己就地掩埋了。

宁浩然点头："上面有，没事，你把我放下来，让我自己慢慢走上去就行，你别再管了。"说罢扶腰艰难地向前挪了步子往台阶上迈，几乎每走一步都要掉下几个汗珠瓣，看得人好不心疼。

这怎么行！囡囡叉腰在宁浩然身后看了半天，觉得放弃病号有点不像话，最后干脆走到他面前毛腰蹲下："上来吧，我看你挪步挪得心慌。"

这时代雷锋不好找了，尤其还是一个以一百六十五厘米身高去背一百八十厘米身高的病人的女雷锋，更是难找中的难找。病人很感动，后果很严重，宁浩然往她背上一趴，囡囡差点一下子翻白眼背过气去。

"我重吗？"宁浩然热乎乎的呼吸吹拂着囡囡的脖子，戏弄囡囡脆弱的神经，第一次觉得男人呼吸那么讨厌的她半边脸已经呈现枣红色，连忙慌乱地回答："宁老师一点都不重，就是往死了沉！"

"唉，我还是下来吧，就知道你背我上楼也不是心甘情愿的，把我摔了的事你也别太在意。没事，我在家养几个月就好了，放开我，让我自己上楼。"

控诉完囡囡卑鄙失职的宁浩然霍然推开她肩膀，身子滑了下去。

他这算什么意思啊？她不过实事求是地说了一下，宁浩然干吗像被恶毒后妈虐待的小孩子那样委屈，他越是这样以小人之心度君子之腹，她越不能让他得逞！一定要让他看看，她也是知廉耻懂道德的！

于是她强行把宁浩然扛在自己肩膀上，不管他的两条大长腿是不是还拖拉在地上，大力弓腰往前爬行。结果，才走了十步，就已经气喘吁吁，上气不接下气了。

“累吗？要不要我帮你擦擦汗？”宁浩然用很无辜的语气说。

……

“想喝水吗？再坚持一会儿，楼上就有。”宁浩然用很诚恳的语气说。

……

“热不热，用不用我帮你扇风？”宁浩然用很执著的语气说。

……

“杨老师，你为什么不说话？是不是你不甘心背我上楼，你直说吧……”宁浩然突然用很无奈的语气说。

囡囡额角青筋暴跳，怒目横视，咬牙切齿，声音嘶哑地说：“废……废什么话，我都要累断气了，还说……说个屁！”

宁浩然眨眨眼，表情说不出的奸诈。他突然扭过头去对旁边的行人笑笑打招呼：“邓阿姨，您去买菜啊？”

囡囡顺着他说话的方向瞥眼瞧去，果然有位岁数不小的阿姨正拎着环保袋下楼，远远看见两个人这样情境还驻足抿嘴笑笑：“小宁啊，你怎么这么欺负你朋友啊！”邓阿姨一句话说完，囡囡已经是热泪盈眶。没错，这家伙就是趁病欺负她，果然还是这位阿姨有眼光，一眼就看透事件的本质！

边说边走的邓阿姨又笑着说：“我们家你大爷不能动，我一个人又不会修，昨天晚上水管又坏了，上次还是你帮我修好的……”

“他病了。”囡囡哑着嗓子接话。宁浩然这样还修水管？他能把自己修好了就不错了。

“啊？是吗，那可怎么办，我本来还想求你帮我们家再修修水管呢。你病了过不来，要不让这位小伙子来我们家帮忙看看？”邓阿姨凑近了对着囡囡说，“小伙子，你会修水管不？”

囡囡决定把自己刚刚称赞阿姨有眼光的那句话收回，必须的，因为她的小心肝此刻已经碎成一片一片的了。

“行吗，小伙子？”见囡囡不回答，以为她没听清的邓阿姨又大声问了一句。

此时身背着巨大负担的囡囡双腿直颤，胳膊也抖，眼睛都要因为用力过度而挣扎着出去闹解放了，这位眼神不好的阿姨再不放他们爬上去，她就得交待在楼梯上成为壮士，所以她眼泪汪汪地说：“行，前提是我能活到那个时候。”

“啥？”邓阿姨用手拢在耳朵旁听囡囡的话，这个典型的重听动作彻底断绝了囡囡最后的挣扎，原来这位大妈不光是眼神儿不好，连耳朵也有问题。悲愤的她只能慷慨激昂地朝邓阿姨大声喊：“能，你回家等着去吧！”话音刚落，大妈身形忽地闪过眼前，一溜烟消失在楼梯尽头，胳膊上挎着的环保袋迎风飘扬，锦旗摇曳般地向两个人诉说一诺千金的重要性……

“你真会修水管？”无语的宁浩然扭过头问囡囡。这丫头清楚自己究竟答应别人什么事了吗？

囡囡咽咽吐沫，望着大妈消失的背影说：“修不好还修不坏吗，反正已然是坏了，最多就是修不好，没事！”

……

宁浩然家住在十二层，等囡囡好不容易爬上大回旋楼梯已经过了半个小时，再把他连挪带扛搬到电梯里时，囡囡已经没了半条小命，按下楼层按钮后只剩下最后的力气靠在电梯门上喘气了。

眼看着数字灯一层一层亮，他们两个静悄悄地独处于电梯里分外不自然，此时如果不说话有点尴尬，所以她耐着性子，喘息着说："宁老师，你回家以后多休息。"

"嗯。"宁浩然靠在电梯内侧也有些不自然地看着数字一个个增加。

囡囡瞥了他一眼，宁浩然的侧影高大威猛，肩膀宽广健硕让人很想靠上去休息一下，如果能靠在他的肩膀上，一定会很惬意……想着想着，自己脸先热了。必须得承认，这是她第一次和一个男人单独处于密闭的小空间里，不得不呈现出诡异的脸红心跳症状。当然，上次和范煜臻接吻不算在内，毕竟是在那么大的操场上，也不会有眼下窒息人的气氛。

"咳，宁老师要不要给女朋友打个电话让她过来照顾一下？"囡囡有点没话找话的嫌疑。

"我没有女朋友。"宁浩然一本正经地回答。

"那，比较熟悉的女性朋友也行。"囡囡讪笑，继续没话找话。

"我没有比较熟悉的女性朋友。"宁浩然继续一本正经。

"那，比较熟悉的女学生？上次不是还有一个送枇杷止咳糖浆的……"囡囡话还没说完，肩膀立即被宁浩然拽过去，二话不说堵住了嘴，因为拉扯动作过猛，她的牙齿磕上他的嘴唇，宁浩然皱眉，只是躲开牙齿继续亲吻她柔软的嘴唇。

此时，囡囡满脑袋想的就是：话说，腰上有伤果然不耽误嘴的事啊，这迟钝的腰和这灵活的嘴是多么鲜明的对比……

只是这感觉怎么那么熟悉呢？还有熟悉的呼吸和熟悉的味道，有点像……

嘴唇也就贴上那么三秒钟，电梯门已经霍然打开，囡囡见状立即激动地挥舞着双手托住宁浩然的胳膊，嘴巴扭开他的嘴巴喊："到了，到了，宁老师快走！"

肩膀猛地被按住，腰再次被搂好，嘴巴重新黏合，然后电梯门又合上了，迅速地向楼下奔去。

囡囡绝望地看着合拢的电梯门，继续茫然地被宁浩然占着便宜，根本就想不起来要推开他。

因为她突然悲愤地发现，宁浩然这辈子她是送不到家了。

接吻是一件非常耽误事儿的活。非常，非常地。

囡囡被宁浩然强行搂住腰勒住脖子接吻，虽然身体已经不能采取任何行动来反抗，但脑子里面想的事儿可海了去了。

第一件：下去以后万一电梯开门了，外面站着若干大厦里面的住户，他们俩这样会不会吓到人，就算门开时没吓到人，万一吓到些花花草草也是不好的。

第二件：宁浩然的腰会不会恶化，看这家伙动作挺猛，腰扭得比嘴扭得还厉害，万一因此弄个腰肌劳损就得不偿失了，到时候苦的还不是她这个倒霉鬼！

第三件：电梯下去顺利，上去以后又该怎么办？他会不会继续不松嘴？听老人说被王八咬住了要学驴叫，被宁浩然咬住了……总不好也学驴叫吧？

实践是检验天马行空的唯一标准，囡囡很快得到了接吻实践给她送来的大礼。

首先，囡囡第一个设想没成立，电梯一路狂奔下去后，打开门电梯外仍是空荡荡的，一个人都没进来，自然也不会有人出去。随即宁浩然百忙当中抽出手，再按个十二按钮，电梯又一路欢畅地往上走。

第三个设想也同时搞定，因为囡囡没用学驴叫，宁浩然的嘴也离开了。

嘴是离开了，但他额头还顶着她的。因为经过刚刚的亲吻，宁浩然已经决定再不能隐瞒自己的心意，就在囡囡脸红偷瞥他的那一刻，他突然品尝到幸福的滋味，心头暖暖的。如果一辈子都能和她待在一起也是件很幸福的事，不是吗？他迫切地想揽住自己眼前的幸福，狠狠吻住自己梦想了五年的人，她的嘴唇还像记忆中一样柔软香甜，她的反应还像记忆中一样羞涩生疏，她的眼睛……在看什么？

只见囡囡僵硬挺着脸被他亲吻的同时，竟然眼睛还始终保持斜视状态盯着电梯上方闪烁的数字。

宁浩然非常不悦，口气不善地问：“你在看什么？”

“快到了，我们要下电梯了。”囡囡诚恳地回答。

宁浩然觉得自己脑袋就要冒火了，被他吻过的囡囡在接吻时刻还惦记下电梯的事真不知该哭自己技术烂还是欣慰她的警惕性高，他扳过囡囡的脸恶狠狠地说：“用不着你管那些，你先说说，你认出我来了吗？”

呃……宁浩然什么意思？认出他来？不是旧日恩怨今朝已经完结了吗，怎么又提起这件事来了？囡囡眉头紧皱，眼睛斗到一起：“宁……宁老师，事实上那天你问完我，我也仔细琢磨了，还问过同学的，高二那年我是喝多了不假，但绝对没管你借过钱！”

宁浩然觉得自己胸腔一阵热浪翻滚，差点一口鲜血喷在囡囡脸上，他咬牙切齿地问：“但你和我借了别的！”

“什么？”囡囡苦着脸问，心中已经大感不妙。

果然不能随便喝酒啊，现在按照宁浩然暴跳的程度来看，酒后乱性的她一定是惹了大祸了，难道她……把他们家孩子扔井里了？

这种事情怎么开口？难道要吼你把我初吻夺走了？

宁浩然憋了半天才踌躇地吱声：“你，那天，和我，借了一个……”吻字还没说出口，电梯门骤然打开，囡囡顾不得他正在说的话噌的一下拽住胳膊往外拉，宁浩然对她没有认真听非常不悦，脚步死活不动，囡囡用尽全身力气也没拉动半分。

“你怎么不走啊？”囡囡着急地问。

“我还没说完！”宁浩然还在别扭着。

眼看电梯门就要关上，囡囡突然不耐地大叫一声：“行了，不用说了，我知道，我借你一个吻对不对？”

“嗯？”宁浩然反而被她突如其来的大吼吓了一跳，脚步松了松，囡囡趁机赶紧手臂上加力，拽了他奔向电梯门，结果刚摸到电梯门边，电梯门又无情地合拢，她立即甩开他的手跳过去狂拍开门的按钮，可恨的电梯已经再次毫无阻拦地狂奔下楼了。

哀号，这辈子还让不让人走出去了……

“你……你怎么知道借我一个吻？”阴森的宁浩然在囡囡背后突然幽幽地开口。原本他还雀跃觉得苍天终于可怜他，让杨囡囡想起自己到底做了什么亏心事，可看到她现在的动作……又不得不承认，她想起的可能性非常非常小。

囡囡颓然地趴在按钮上凄凄惨惨地说：“我知道，我还和你借了命呢，我现在就还你！”

“囡囡，你怎么了？”宁浩然这才发觉她有点不正常，赶紧挪过身子看，摸摸额头，感觉一下呼吸，只见囡囡呆呆地望着按钮快速下闪，痛苦地说：“我渴，渴死了。”

其实此时囡囡心里还有一个声音，那就是我一定要装快要渴死的模样，不然宁浩然万一醒过神来和她讨债，说欠他个万八千的，那还不如要了她的小命算了。

原本以为她突然醒悟的宁浩然，再次失落地靠在电梯墙壁上，无奈地对望几乎表现出口吐白沫状态的囡囡有点无语。

电梯奔下了楼，没人。

再上来，囡囡准备拉着宁浩然往前挪，却发现他正靠在电梯墙壁上走神。囡囡觉得，这次要是还不把他带出去，自己肯定要死在这里了，幸好宁大爷回神很快，电梯门开时顺利地跟她走出门，看着两人终于离开那个密闭的小空间，囡囡莫名地长吐口气，可算逃出来了。

宁浩然低头掏出钥匙打开门，两个人进了屋子，囡囡先把他扶到卧室躺在床上，突然听见宁浩然低沉了嗓音说：“冰箱里有可乐。”

囡囡差点开口问他要可乐干什么，但很快就想起自己刚刚是拿口渴当借口的，忙不迭地点头去冰箱拿了可乐，回头也给他倒了杯矿泉水递过去。

“囡囡。”宁浩然靠在床头端着水杯出神，声音变得很低沉。

“嗯？”囡囡扭头看他，可乐罐正含在嘴边，圆溜溜的大眼睛瞪着宁浩然。

“我有点后悔认识你。”宁浩然难得这么一本正经的严肃的样子让人觉得他现在很无奈。

囡囡不明白他要说什么，只好老老实实听下文。

“你这样怎么办？体育不好，脑子不行，连大脑思维都和正常的女孩子不一样，你父母不担心你吗？”他愁眉不展地问。

囡囡听到这里登时火冒三丈：“你才体育不好脑子不行呢。我父母为我骄傲着呢！”

“那，你能让我也为你骄傲一次吗？”宁浩然显然不信她的吹牛，皱了皱眉头认真地问。

囡囡想想，忽地站起身，把可乐蹾在桌子上，“宁老师：你们家有工具钳子吗？”

“有。”宁浩然停顿半秒才回答，眼睛眯起看着她的动作。

“螺丝刀和扳子呢？”囡囡仰脖接着问。

“有。”宁浩然眉毛挑起，眼睛逐渐睁大。

“胶布和密封器呢？”囡囡奸诈地笑笑。

“有。”宁浩然端水杯的手指关节开始泛白。

“你要干什么？”宁浩然和她对视三秒后，觉得自己头皮有点发麻，难道她打算把他毁尸灭迹？

“我去修水管！”囡囡握紧拳头，慷慨激昂地说。

“我要让你为我骄傲一次！”她信誓旦旦地说。

【第十二章】
长　跑

没过三个小时，囡囡终于顺利归来，挥挥手还带着一丝疑似下水管的臭味，风一样扑到宁浩然的面前结结巴巴地喊："宁老师，你们这里的自来水总水闸在哪里？"

"你什么意思？"宁浩然怒目横视，一下子从床上蹦起来。

"我找不到总水闸，刚刚我把邓阿姨家水管子拧裂了，现在那位阿姨家发大水，满屋子都是，再不关闸估计老两口可以就地玩漂流了。"囡囡说此话时表情非常紧张，仿佛下一秒水就要漫过走廊直奔宁浩然他们家而来。

这时候再装淡定那就是脑子缺根弦！

只见宁浩然动作迅猛，先是翻身下床，然后弓腰找鞋，最后拖着囡囡鸡爪子一样的手一同往门外火速奔去，动作以迅雷不及掩耳之势加速进行着，恨不能就此学崂山道士穿墙而去才好。

两个人刚走到大门口，囡囡突然停住脚步甩开宁浩然的手，抱胸瞥他："宁老师？"

"嗯？"宁浩然蹙眉停住脚步，回头看她。

"腰……不疼啦？"囡囡露出一嘴小白牙，粲然笑笑。

宁浩然眨眨眼，只停顿一秒立即开始活动手臂扭扭腰："似乎……是的。"

"吃牦牛壮骨粉啦，好得这么快？"囡囡继续天真烂漫地笑着，脸上一点都看不出生气的模样。

宁浩然觉得自己的骨头缝开始飕飕冒冷风，虽说囡囡这个丫头是傻了点，但狠起心来极为恐怖。据说曾经有只用了五分钟就把狗蛋打成猪头的丰功伟绩，莫非她要……

“宁浩然，你去死吧！”囡囡突然脱掉自己臭烘烘的外套直接蒙在他的脑袋上，照着某些人抱恙的小细腰狠狠揍了两拳一溜风地冲出房间，宁浩然摘掉外套追出去时，走廊电梯门刚巧合拢，他疯狂地拍电梯按钮已是无用功，电梯迅速下落，他只好再乘另一部电梯下楼，到底层才发现已经是门开梯空。

这次欺骗事件已经超出了宁浩然高中时对囡囡的任何一次嘲讽和打击，毕竟那时他说那些话做那些动作她还能安慰自己是因为体育不好，提不上台面，活该挨骂。可今天宁浩然耍的小手段分明就是蔑视她杨囡囡的智商兼侮辱她杨囡囡的人格！

所以杨囡囡决定，从今天开始，再与宁浩然说半句话，天打五雷轰！

莫愁说，囡囡这个孩子什么都好，就是倔，只要是她认准的事十头驴都拉不回。

娃娃说，妈，你说错了，是十五头驴都拉不回。

杨逍说，囡囡这个孩子什么都好，就是犟，只要是她认准的事天塌下来了也要做。

娃娃说，爸，你说错了，是地陷了她也要做。

于是号称十五头驴拉不回来，能造成地陷灾害的囡囡周二的时候再去操场上课时，连一分目光也没分给宁浩然，需要交流时直接由体育委员蔺胥传达。

今天的测试是长跑。女生八百米，男生一千米。

宁浩然站在起点负责发令，杨囡囡站在终点负责记分，明明两个人共处一条线的左右两侧，却没有任何对话和眼神交流。他遥遥望着白衣飒爽的杨囡囡画线掐表，总想上前解释，可囡囡视线偶尔与他视线相对，她绝对刻意将头扭向一边，当他是空气，根本不给机会。

“预备——！”这是宁浩然第三次喊预备，因为只有他喊预备的时候，杨囡囡才会望向他这里准备掐表，才能让他有机会看看她是不是真的气得那样厉害。

当“狼来了”喊过多次后，准备起跑的八位同学不由怨声载道地跪倒在起跑线上，18号同学抬头抱怨：“宁老师，我神经衰弱，您这是对补考生的精神摧残。”

宁浩然看着囡囡不回答，囡囡瞥了他一眼继续低头不搭理，他咬牙切齿地冷然回答：“我是想唤醒你们的注意。”

注意是唤醒了，神经也快崩溃了。同学们哀号不已。

囡囡鼻子冷哼声，对某人的强词夺理根本不屑一顾，索性丢个冷屁股给他，背过身去。

“预备——跑！”见她还是不愿搭理自己，宁浩然也是闷了一股火，口令发完，学生们从起跑线离开，他径直大步流星走到杨囡囡面前：“你到底想干什么？”

囡囡没吱声，把手里的秒表绕着手指玩得很happy。

宁浩然掰掉她的秒表，直接摔在地上：“你说，你想干什么？”

杨囡囡再忍不住，斜眼翻了他一个卫生球白眼冷笑：“我还想问宁老师想干什么呢，难道我脸上就写着‘大白痴，不骗白不骗’吗？”

“我根本就没那么想……你简直笨死了！”宁浩然眯眼狠狠地辩解。可囡囡此时根本听不进去任何话：“你……一边说不是这么想，一边骂我笨？宁浩然，欺负人也是要有个限度的！不带这么骂人的！”

杨囡囡此时此刻已经濒临崩溃，她气不过地飞起一脚正踹在宁浩然的腿胫骨上，宁浩然顾不得察看伤势，直接抓住她的手拉到自己身边，以为胜券在握的他没想到囡囡居然会轻易挣脱他的钳制再反手拉开两个人的距离回旋再踢。

宁浩然闪身躲过，再向前企图拉住囡囡的衣角解释，囡囡暗自用指甲抠住他的手背往下用力，他闷哼一声仍不肯放松，再扭过身去抓囡囡的胳膊。就在两个人你来我往的斗争时，第一批队的学生们已经纷纷到达终点气喘吁吁地瘫倒在长椅上。也就在此时，宁浩然和囡囡突然同时想起，似乎，似乎两个人都没掐时间。

电光火石的一瞬间两个人互相拉扯的动作全部停止，眼睁睁看着操场上尘土仍在向两人方向飞扬前进，两个人你看我来我看你互相交流了一下潜在意见。

宁浩然立即收手，摆出正襟危坐的架势，把记分册和秒表捡起来放在面前开始登记姓名，囡囡则走过去对先行到达的几个女生准备实施错误曝光后的安抚工作。

很快八个同学全部到达终点，囡囡和宁浩然表情一致立即从记分册上开始点名，囡囡点到 18 号同学姓名的时候，他不禁皱眉："你和她们一起到的，怎么可能？"对于一个无论是什么项目都补考的人来说，是多么不正常啊！

18 号同学讪笑，挠挠后脑勺，有点不好意思说理由。

"你不会是少跑一圈吧？"顿悟的囡囡立即瞪大眼睛，"人家跑八百米你才跑四百米？"

"杨老师，其实我也想继续跑完的，主要是你已经把我拦住，不让我跑了……"

囡囡只是常规动作做终点线而已，谁知道原来还有比别人晚跑一圈的人存在。

她痛苦地扭向一边："没事，你不用愧疚，反正更痛苦的还在后面。"偷眼瞥了瞥另一个始作俑者。

宁浩然接收到囡囡眼神信号，不得不清清嗓子："有一个非常不好的消息，刚刚秒表坏了，同学们可以再跑一次吗？"

原本勉强直立的姑娘们，听闻后立即又瘫回长椅上。

杨囡囡对自己失职的惩罚是和学生们一起跑八百米，她觉得自己有责任不让学生们痛苦地认为这俩老师办事不地道。(18号同学：事实上就是不地道，人家好不容易坚持四百米下来结果还作废，再跑，再跑连二百米都坚持不下来！)

宁浩然依然守在起点发令，口令发出后囡囡则第一个冲出起跑线。

她迈开步子摆开双臂，在跑道上努力奔跑，不一会儿额头上渗出的汗水开始四下晶莹飞溅，她一个人带头跑在前方，其余几个学生呈扇形包围在后，在弯道时几人并成一条尾巴长长地拖在杨囡囡身后，速度明显加快。

很久不曾剧烈地跑步了，囡囡觉得嗓子眼有股腥甜的味道，她在大学训练时偏向于短跑，超过二百米她就需要调整状态休息几天才行，这几天为宁浩然的事心情急躁，现在明显感觉心脏正在超负荷运转中，如果可以，她甚至想把舌头伸出去甩甩来放松高压神经。

其实，她也可以不用这样拼命。只是惩罚，她完全可以陪同身后学生们同时到达终点即可，可她并不满足只是陪同。

囡囡记得，当年浑蛋宁浩然在教她们长跑时曾经说过，长跑第一名领跑的作用非常重要，由领跑者带出的节奏速度将能改变整个后随队伍的最终成绩，她想帮学生达到最好的成绩来弥补自己刚刚的失误。所以她努力加速，边跑边招呼身后的学生们跟上，连同最慢的18号也招呼着一起跟随别掉队，很快一圈已经跑过，囡囡踩白线时瞥了一眼宁浩然，发觉他正盯着自己，她赶紧回瞪了他一眼，继续前进，身后的学生们也呼啦啦跑过白线。

囡囡觉得自己快要缺氧窒息了，只是不知道奇怪的感觉到底是因为宁浩然的目视，还是因为长跑中固有的呼吸障碍。她继续维持步子幅度，一边回头看学生们是否落后，一边放慢呼吸，很快，她又开始加力再冲到队伍前方带队领跑。

到了第二圈冲刺阶段，众人的速度已经让终点附近等候已久的学生们欢呼惊叫，囡囡咬牙冲过终点时宁浩然低头看表，嘴角不禁上扬。这丫头居然跑在满分之内，再往后看时间，分别为三分钟两名同学，三分十秒两名同学，三分二十秒三名同学，连体育成绩最烂的18号同学这次都跑到了三分五十秒。

杨囡囡成功了，她完全拥有了体育老师该具有的带队资质。他欣喜地回头，发现杨囡囡并没有停下脚步，她仍绕着操场向前奔跑。

是的，她不想停下来。

从高二开始，到大学结束，到任职体育助教。囡囡一直是憎恨体育的，无论是长跑短跑游泳跳高，所有的项目特训对她来说都是为了满足报复宁浩然的需要，她是咬牙练，痛苦地练，甚至是拼命地练。她只把运动当作目标，从没有从中得到过快乐。直到刚刚带领学生们通过终点线那一刻她才真正发现，原来穿越终点的喜悦远远超过她的预料，她真的爱上了这种虚脱后的快乐感觉。

挑战身体极限，锻炼精神意志，原来运动对每个人来说都很重要，或强，或弱，或剧烈，或轻柔都需要站起身，离开暄软的沙发，舒适地转椅做一次，生命不息运动不止，没有什么再是运动的阻碍。

所以囡囡觉得自己现在跑起来是如此的轻松，心脏慢慢恢复正常跃动，呼吸也开始由紊乱到正常，她品味第一次没有刻意去争强斗胜，只是单纯地跑步，汗水流得惬意，步子迈得痛快，如果此时让她来说到底是什么让她满足，她一定说是运动。

宁浩然，丢在脑后，报复，放在一边，其实单纯的生活没什么不好，哪怕是不需要思考的长跑，哪怕是简单的机械运动，也是让人心情愉快的良药。她要快乐地生活了！

宁浩然视线随囡囡一圈一圈地跑下去，丝毫没有停止的意思，他并没有上前阻拦她的疯狂，反而是站在跑道旁默默递给她矿泉水。

第一圈，囡囡看都没看一眼，第二圈，囡囡瞥了瞥矿泉水闪身绕过……第六圈的时候她从他手中抢过去那瓶水，拧开盖子咕咚咕咚喝了一半又把剩下的半瓶浇在头顶。酣畅淋漓的痛快在秋末的空气里幸福地洋溢着，似乎从这一刻她明白了自己应该做什么，应该怎样做。

最后，她终于累瘫了，直挺挺地跪倒在跑道上，双手撑地不住地喘气，宁浩然慢慢走过去把自己的衣服脱下给她揉头发，杨囡囡别开头，没搭理他，继续呼呼喘息着。

“如果你今天还不理我，我明天亲自登门道歉。”宁浩然坚定地说。

囡囡睨了他一眼，不屑地喊了一声：“宁老师当我是惊吓长大的？登门道歉这么高难度的事你能做？”

“能做，我一定做！”宁浩然用保证坚定自己的心意，他不愿意自己和囡囡再这么折腾下去，囡囡情绪波动大，处事不冷静，无论什么事都能想跑偏。记得上次在学校门口看见她姐姐还是很正常的样子，也许可以求助她来劝服囡囡平复心中怨气。虽然求助他人一贯是宁浩然最不屑的方式，但对付不寻常的杨囡囡只能用最不寻常的手段。

是的，他宁愿采用这种平日里最不屑最不寻常的方式也要让囡囡展开笑颜。

“哼，那你去吧，只要你不担心我老爸那把剔骨刀！”好，良言难劝该死的鬼，囡囡对宁浩然的执著并不感冒，并迫切希望看老爸重新开刀砍人的热闹。

“别说刀，就是你母亲的剪子我也不怕！”宁浩然斩钉截铁地回答。

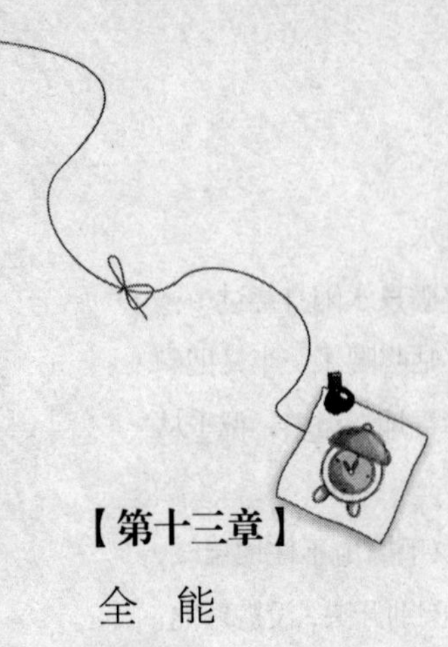

【第十三章】
全 能

宁浩然登门拜访的动作很拖拉，从放话到上门整整用了两个月时间。他仿佛消失一般，在教务处以旧伤复发为名义请假，由杨囡囡正式上任接手他所代的体育课，而他本人从那以后就再也没在学校露过面。

两个月时间很长很长，以至于囡囡用了两个月时间在门口藏了狼牙棒，在厨房里藏了九节鞭，没事的时候又把老爸封好的剔骨钢刀拔出来用磨刀石擦了又擦蹭了又蹭，单是这样还觉得不过瘾，她甚至还找到老爸当年的赤龙护手放在老妈老爸的床头藏好。

总之一句话，宁浩然同志不上门则已，上门必死无疑。

起初，她摆弄门口狼牙棒的时候，杨逍和莫愁还曾专门为杨囡囡的诡异行为召开了第六百七十八次家庭会议，这类家庭会议前六百七十七次都以两个人的床上运动作为结束，唯独此次杨逍和莫愁全然丧失那个兴致，不是没有，是非常没有。

“老公，囡囡把那个狼牙棒上的每个尖尖都打磨过了，她恨谁恨得这样咬牙切齿啊？娃娃说，她天天晚上磨牙……”莫愁声音颤抖地说。

“没事，老婆，这不是冬天了吗，囡囡一定是觉得扎不透才磨的，磨牙的事，你让娃娃戴耳塞吧。”杨逍满不在乎地回答。

“老公，难道你一点都不好奇到底谁惹了囡囡吗？”莫愁对杨逍投去崇拜的目光。

“我不好奇，老婆，我只是在考虑囡囡不一定会正确使用狼牙棒的方法，要不要提前教一下。”杨逍考虑的事情另有其他。

很快，在这次会议后，莫愁又在某次入厨时发现厨房抽屉里隐藏的九节鞭，于是分会再度转移会场，她在卧室里神神秘秘地招呼杨逍，单等他满心欣喜地冲进来才战战兢兢地汇报：“老公，厨房橱柜下面我发现囡囡藏了九节鞭。”

“没事，老婆，咱们再观察几天。另外你别告诉囡囡，那个九节鞭有一节坏掉了，这傻孩子居然没发现，就这智商还准备偷袭别人，真不知道该说她什么好，唉。”

“老公，你真的不担心咱们的宝贝女儿吗？”莫愁心都揪到一起了，可恨的杨逍居然一点都不担心，果然女儿是妈的心头宝。

“我不担心，老婆，因为我觉得囡囡连坏掉的九节鞭都藏，不值得惧怕，闹不出大事的。”杨逍拍拍莫愁肩膀安抚老婆的怨气。

随后在某次大扫除的时候娃娃站在客厅沙发旁惊叫：“谁把双截棍插人家花盆里了，都上锈了！”

莫愁和杨逍同时回头向她嘘声：“嘘，宝贝小点声，我们早就发现了。乖，先别嚷嚷，明天让你老爸再给你买好花盆装仙人掌！”

直到最后一天，也就是宁浩然拎着水果篮上门的时候，囡囡总算找到剔骨钢刀的藏处，正在磨刀的她第一时间将刀插到自己的腰间，露出凶狠的目光。

门铃响过，莫愁兴奋地开门，一家人都在，难得有人周末“敢”上门，她打开防护玻璃门镜，正看见一位面貌英俊帅气的小伙子朝自己露出雪白牙齿：“伯母您好，我来找杨囡囡。”

原本浑身放松多日的杨囡囡因为腰间突然插进一把剔骨钢刀立即凉得紧

绷了身子，她回头，正看见娃娃和老爸也同时从各自房间向外探头。不妙，个人恩怨牵扯到老爸和娃娃就没好事了！她第一直觉反应就是在大家发功之前先把宁浩然干掉。

真帅啊！莫愁从心底里不由得感叹。也同时从心底不由得忧虑：帅是挺帅的，就不知道能挺住囡囡几分钟殴打。

出于对不知情的帅哥的莫名同情，莫愁很迅速地打开门接过水果篮赶紧闪身，杨逍和娃娃一本正经地从各自房间走出来，明目张胆地打量来人。娃娃一眼认出宁浩然朝他笑笑，回头对父母介绍："他是囡囡以前的老师，也是囡囡现在的同事，就是上次把囡囡过肩摔的那个人。"

莫愁和杨逍顿时恍然大悟，彼此对视五秒透露给对方同一个信息：哦，原来狼牙棒是给这家伙准备的，收到！

杨逍咳嗽声，故意板了脸："囡囡，你朋友来了，打个招呼。"

为了隐藏剔骨刀的杨囡囡只能坐在沙发上，立即摆出我不认识他的表情："别乱套近乎，我和他毫无关系。"

宁浩然对杨逍报以歉意的微笑："杨老师两个月前就和我闹别扭，一直气到现在，所以我只好登门道歉，打扰伯父伯母实在抱歉。"

杨逍没说话，冷冰冰地示意宁浩然先坐下，莫愁则无比同情地打量宁浩然，心想：多好的孩子啊，长得这么帅，脾气又这么好，为什么会看上我们家傻囡囡呢？

娃娃对囡囡威胁的目光无感，表情非常谄媚地直接靠上宁浩然："宁老师，你们俩为什么闹别扭啊？囡囡从小到大没有生气超过一天的哦，你能让她生气这么久，说明你对她做了非常非常过分的事……难道……"

囡囡知道娃娃马上就要联想到桃色事件，她立即眉毛倒竖冷笑着威胁："杨娃娃，再多问一个字下个月没零花钱哦！"

娃娃抿嘴衡量一下各种利弊，正所谓绯闻诚可贵，八卦价更高，若为零钱故，二者皆可抛！所以她只能非常有骨气非常咬牙切齿地离开宁浩然，用无辜的表情躲在沙发的一角控诉囡囡对自己的非人虐待。囡囡、莫愁包括杨逍在内都故意无视她做出的可怜相，毕竟二十几年如一日都是囡囡屈服于娃娃，娃娃欺压惯了囡囡，但囡囡爆发时情况又会逆转，娃娃就会表现出被虐状态博取同情。大家对娃娃无辜表情的免疫力全部提高到国家免检标准了，已经习惯到骨子里了。

当然，对于宁浩然这种初来乍到的外来客还是可以唬一唬的。

宁浩然不清楚这是姐妹俩经常用的手段，他剑眉微扬，扫视娃娃囡囡之间的暗流涌动，刚想替娃娃说句话："杨囡囡……"你不能以强凌弱。

话还没说完，囡囡横过来冷眼："我什么我？"

于是宁浩然非常识时务地没再开口，恰到好处的沉默加上稍稍委屈的表情顿时让莫愁和杨逍同情心大起，他们习惯了娃娃无辜的表情，但还是第一次见到外人被囡囡弄得如此委屈，所以杨逍一改往日严厉的态度慈善和蔼地道："宁老师不要介意，你还没说今天为什么要来找囡囡呢。"

宁浩然发觉杨囡囡的父亲身上有股让人不容轻视的霸气，虽然嘴角明明在笑，但眼底却隐藏着非常深沉的含义，看上去和气的他过往一定不简单，他忽然想起囡囡提起过的那把刀。

封刀?

严密的保护措施?

难道他是……

"杨囡囡对我有诸多误会，无论我怎么解释她都不肯相信。前不久我又恰好受伤耽误了解释的最佳时机，所以我想亲自上门解释来表达诚意。"宁浩然彬彬有礼地回答，话尾还对杨逍歉意地微笑。杨逍暗暗赞叹，这小伙子和囡囡的个性简直是两极差别，有他映衬，囡囡把腿跷在沙发扶手上的动作显得非常粗鄙。

"那你介意我问一问你们之间的恩怨吗？"杨逍再度含笑询问。

囡囡眼刀嗖的一声砍过去，提醒某些人小心答话。宁浩然偷瞄到她紧张的表情，忍不住心底暗笑。

“当然不介意，我一定知无不言，言无不尽。其实我和囡囡五年前就认识了，那时候我对她的印象就非常特别……的好，没想到毕业以后又能在一起工作，我觉得应该是缘分使然。”

“孽缘吗？”囡囡听到这里再也控制不住自己的怒火，立即冷冰冰地反问。她瞪了宁浩然一眼，真看不惯他道貌岸然的伪君子模样，明明在外面就肆意欺负她，见到她父母了反而装出师德的样子，真是无耻到极点。

杨逍再看看囡囡和宁浩然斗鸡似的对望，不得不再一次感叹二人差距之大让人委实痛苦。

如果这样的男人肯娶囡囡……

这该是件多么让全国人民拊掌欢庆的事啊。

“啊！”厨房里突然传出令人毛骨悚然的尖叫声，除宁浩然以外，杨逍率领两个女儿一起冲到厨房门口：“老婆，怎么了？”

“做鱼香茄煲我没买豆瓣酱！我明明写在购物单上的，怎么会不在购物袋里？”小白妈妈莫愁正在厨房里不停地搓手来回地踱步。囡囡痛苦地趴在厨房门框上：“老妈，是因为你忘记买了。”

“可是我明明拿了的……”莫愁被囡囡说得非常委屈。

“那就换一种做法。”杨逍安慰老婆，“在我和宝贝们看来，只要是你做的，白水煮茄子也好吃。”当然，他也没忘对此刻做出呕吐状的囡囡和娃娃加以眼神威胁。

宁浩然隐隐约约听见囡囡母亲尖叫的缘由，他站起身也落落大方地走到厨房门口：“伯母，其实可以不用豆瓣酱的，我来做。”

除了囡囡，杨逍和娃娃的下巴开始呈现自由落体运动，杨逍先按住娃娃的，然后收住表情：“宁老师，这个不能让客人做的，囡囡母亲来就可以了。”

“别客气，伯父，我父母经常不在国内，所以我一向是自己做饭的，已经习惯了。”宁浩然挽起袖子径直走入厨房，从莫愁手里接过锅铲，很快就摸清楚油盐酱醋的位置所在，利落地将茄子改成蓑衣花刀上锅炸，还没等油炸出茄子香味，莫愁已经在旁鼓掌叫好。

囡囡满脸黑线，脊背发凉："老妈至于这么兴奋吗？我帮她炸鱼的时候也没见她赞过我。"（莫愁：你那也叫炸刀鱼炸成面条鱼，用了我三斤初榨橄榄油，你还好意思提！）

杨逍在囡囡背后悄悄回答："至于。你妈这辈子茄子一次都没切明白过，她第一次看见有活人把茄子切得这么完整，也难怪她。"

娃娃则在俩人背后感叹："何止是老妈被宁老师征服了，连我都觉得宁老师是天下少有的好男人，他做饭的样子让人好萌啊！"

"你萌他，你的大老板怎么办？"囡囡对娃娃赞美宁浩然心中非常不悦，适时打击她，无奈娃娃对这样的打击已经习惯："他爱吃粗粮，我还能指望他下厨吗？万一蒸一锅窝头出来我是吃啊，还是不吃啊？"

"吃呗，给钱就吃！"囡囡眼皮都不肯抬，直接将大展厨艺的宁浩然鄙视到底。

杨逍一把搂过囡囡："老爸的乖囡囡真好，什么都让我操心，就找男人没让我操心，这男人比你看着顺眼多了，很好，很好！"

说话间，蓑衣茄子已经出锅，宁浩然在茄子上面浇上肉末蒜薹木耳豌豆番茄汁后，把盘子端到莫愁面前："伯母，菜好了，还有别的菜需要做吗？"

莫愁顿时热泪盈眶，端着菜走到杨逍面前，偷偷嘀咕："老公，就他吧，赶紧把门后的狼牙棒藏起来！"

宁浩然高大身躯里蕴藏了无数的神奇，囡囡家混路的电器被他一一拆开然后分格安装，从此告别天天冒烟的状态，中餐和晚餐全部由他一人包办，中午六个菜一碗汤，晚上居然用冰箱里堆积的各类鲜鱼做了全鱼宴。中间还把莫愁几乎养死的仙人掌根部上了药，换了盆，最后送到外面晒太阳。除了没把莫愁没完成的毛线活儿织完外，宁浩然把杨囡囡家里所有的事全部搞定，当然，也搞定了杨逍和莫愁。

囡囡几次想要把剔骨刀拔出来劈了这个浑蛋，他帅气优雅也就罢了，居然还十项全能，十项全能也就罢了，居然还是中年大爷和中年妇女的偶像，她辛辛苦苦在旁边破坏他形象的冷言冷语全部被老爸老妈的冷眼给挡了回去，甚至连娃娃也在一旁激动地狂喊："卖了卖了，这次咱家赚大发了！"

这，这是一个双胞胎亲姐姐该说的话吗？

囡囡挫败了，挫败得非常彻底。她一边心底流血，一边企图用痛苦的表情引发某些人心底隐藏的愧疚，显然正在吃晚饭的宁浩然根本不知道"愧疚"两个字是怎么写的。

老妈给他夹菜，他照单全收；他跟老爸敬酒，老爸居然从不拒绝；娃娃聊的八卦，他面无表情地倾听。虽然囡囡明白他绝不喜欢这些，但他居然一直坚持听下去。

如果说他对她没企图，那就是脑子进了水。虽然隐隐猜到他可怕的目的到底是什么，但让囡囡更愤恨的是家人的迅速叛变。

"如果你对我们家囡囡有兴趣就直接说吧，别绕弯子。"杨逍突然变了脸色，啪的一声拍了桌子，目光寒冷直直地扫过宁浩然，等他回答。

宁浩然对囡囡父亲态度的转变有些不解，瞥了眼囡囡和娃娃像被什么东西同时卡住了喉咙，各自咳嗽起来。

他思量片刻，非常严肃地说："是，还是伯父眼力好。我非常喜欢囡囡，我觉得囡囡是个非常单纯可爱的女孩子。"

还在咳嗽的囡囡顿时惊恐得瞪大眼睛，与此同时娃娃也震撼得瞪大眼睛。

"所以我想和她在一起，我希望可以得到伯父的许可。"宁浩然再次郑重地表态。

莫愁立即点头表态："好啊！好啊！"囡囡飙泪，老妈你太不矜持了！

宁浩然对囡囡母亲的肯定客气答谢，杨逍接着冷面："如果是这样，别怪我没有提醒你，囡囡从小性子直爽，从来不会做家事。"

宁浩然不假思索地回答："我会做就可以，不用她来。"

"囡囡在我眼里是个宝贝，哪怕她将来和别人打架，犯任何错误，我也觉得她是正确的。"杨逍盯着宁浩然，想要把他从内到外观察透彻。

"在我眼里，杨囡囡会犯错，我不会包容她，我会督促她去改正。但我觉得她即使有错我也一样喜欢。"宁浩然说到这里还向杨囡囡深情地望了一眼，于是囡囡很不负众望地羞愤地撞桌子，砰砰砰。

娃娃抚摸囡囡的肩膀，强忍爆笑的冲动："不要再撞了，本来就笨，再撞会笨死的。"

倒是莫愁为宁浩然的一番表白感动了半天，惯于当家做主的她立即拍桌决定，豪爽地说："就这么定了，咱家囡囡先结婚，娃娃还没找到合适的也不怕，双胞胎不分长幼。"

囡囡只觉得自己眼前即刻天昏地暗起来，除了把手伸向腰间别着的剔骨刀外再也找不到任何解决眼下困境的好办法，于是她神不知鬼不觉地探过手去摸腰……

"刀嘞？"她猛然站起，身后的凳子也因为她太过震惊的举动咣当一声倒地。

杨逍坦然地看着囡囡含了微笑。

莫愁诧异地看着囡囡带着不解。

娃娃同情地看着囡囡伴随无奈。

宁浩然仰头看着囡囡满是淡然。

于是，一把在杨家流传多年的剔骨刀就这样神秘而诡异地消失在杨囡囡腰间，何时消失，如何消失，被谁消失都不得而知。

大家唯一知道的是杨囡囡再也逃不开宁浩然的魔爪，虽然这魔爪是囡囡一家人深切殷殷期盼的，一手造就的。

【第十四章】

女 戒

老妈说，女人就要有女人的样子，出去约会必须穿高跟鞋。

老妈说，女人应该是秀发三千尺，宁当贞子也要留发明性别。

老妈说，女人说话要得体加斯文，绝对不能口出恶言吓到人。

老妈说，女人要可爱天真自然呆，哪个男人见了都会主动爱。

老妈还说……

“老妈，你有完没完？”囡囡坐在床边痛苦地望着莫愁忙来忙去地唠叨，万分心烦。

莫愁扭头贼兮兮地眨眨眼：“还没完，来，乖宝贝，给妈妈站起来转一圈！”

囡囡瞥了一眼自己脚上穿的高跟鞋以及几乎无法遮蔽双腿的短裙，再加上头顶飘逸而凌乱的假发，耳朵上沉甸甸挂着的是娃娃贡献出的耀眼圈圈耳环，所有一切的一切让她连平衡是什么东西都已忘记，还别说转一个让两眼灼灼放光的老妈满意的圈圈。

“老妈，你准备让我在今天晚上摔无数个狗啃屎来吸引全世界的注意吗？”囡囡觉得自己现在的打扮就像个马戏团小丑，别说出门参加宁狼人的平安夜约会，就连顺利走出杨家大门都是痴心妄想。

“老妈，我要是这么出去把你的宝贝浩浩给吓倒怎么办？”囡囡对母亲的异想天开非常头痛，抚额痛苦地问。

"吓倒没问题，只要给他留口气肯娶你就行！"莫愁觉得自己真是个无欲无求的母亲，为了宝贝女儿能够顺利出嫁，要求底线如此之低，几乎低到尘埃里，简直要为自己掬把慈母泪，太不容易了。

囡囡悲怆地叹气，已经作不出过激反应的她早就适应了家里人的一致叛变，自从那日宁浩然成功俘虏杨家一干人等后，杨逍和莫愁对她天天耳提面命女戒，娃娃则对她日日培训淑女课程，囡囡除了要应付父母和娃娃超前的爆棚热情外，还要克服宁浩然夺命连环电话的骚扰。

对他声音大了，莫愁会把报纸卷成筒抽她。

对他热情少了，杨逍会用凶狠眼神威胁她。

对他态度差了，娃娃会为内幕八卦拷问她。

能苟活如此完全是拜宁浩然所赐，所以她现在最恨的人也是他。

好不容易甩开莫愁的尾随，杨囡囡摇晃脚，颤抖腿，以五百赫兹的振荡频率向门口艰难行进，她发誓，如果宁浩然看见她现在的打扮，一定会当场乐背过气去。她必须承认，如果宁浩然想要乐死瞑目的话，他的临终目标今晚就可以提前实现。

门拉开，一眼望见在小区外停着自己熟悉的车，那个成功忽悠全家人鼓动她赴平安夜邀请的男人正靠在车边耍帅，他如炬的目光正盯着自己。囡囡想要瞬间飘移过去是不可能的，她只能在宁浩然欣赏的眼光下一步步往前艰难挪动，如果此刻他的诡异目光真是欣喜的话……

宁浩然打电话约杨囡囡吃饭的时候是下午三点，分外热情的莫愁让他五点半过来领人。事实上，此时已经超过七点半，他在黝黑的夜色里看见一个不明生物向自己的方向前进。

他很想告诉自己，那个人，他不认识，事实上，确实有点陌生……

"囡囡？"他几乎不敢相信自己的眼睛，杨囡囡此时头顶是久违的长发，齐发帘衬托化了烟熏妆的眼睛在夜色里越发的闪烁明亮，小皮草披肩下是一身超短绒裙，脚穿高而细的高跟鞋伴随晃悠的高频散发蛊惑人的香气直向他扑来。

她，真美！真生动……

而囡囡此时脑袋里的想法就一个：氧化钙的，娃娃没告诉我，高跟鞋也能谋杀人啊！

宁浩然伸手扶住她纤细的腰，非常满意地看着小鸟依人扑在自己怀中的囡囡，虽然此时她的脸部表情看上去诡异了点，但他聪明地知道，此话不宜直说，以某人的火暴脾气来看，如果当场指出必定会挨打。

"你为什么把自己弄成这样？"宁浩然不想点评未来准岳母准大姨子的化妆手艺，但是囡囡分外支棱的框架形身板被裹在紧绷绷的小短裙里，骨头棒呼之欲出，整体看上去甚是别扭。

"你还敢问我？你还有脸问我？"囡囡觉得自己现在脑袋顶已经开始冒青烟了，虽然在夜色里她必须靠抱住宁浩然来保持身体平衡，但不意味着她不能飞起一脚来结果他的刻意羞辱。

"哎哟！"杨囡囡这么想也是这么做的，但她忘记自己身上紧绷绷的裙子以及可以戳穿一切的高跟鞋，刚刚鞋跟插在下水道的铁栅栏缝隙正好卡住不动，她原本想要高抬的腿也因为倒霉的裙子限制了举动弹回来绊倒了自己，一屁股坐在宁浩然的脚背上。

好吧，她承认，女人是种高等生物，所擅长的撒娇发嗔技能更是高精尖动作，普通人类切勿模仿，违者必死无疑。

正所谓不听老人言吃亏在眼前……

宁浩然察觉杨囡囡坐在自己脚上的屁股丝毫没有准备挪开的意思，虽然他很乐意她选择如此的方式来增进双方的距离，但脚……真的很疼。他皱眉，咬牙伸出手："我拉你起来。"

她屁股在软乎乎的鞋面上又是一扭："不用你，我自己来！"说罢探出胳膊去掰卡在下水道栅栏的鞋跟，宁浩然很想从囡囡屁股下面把脚抽出来，可如果此时抽出来，她又会坐在地上，所以他只能凶巴巴地把她硬拖起来，一手揽住腰固定好姿势，一手拽着她的裙子防止走光："你别动！我来！"囡囡刚刚站起，宁浩然的脚才算是轻松了些。

杨囡囡金鸡独立趴在他的怀里，宁浩然侧弯腰去捡鞋，没想到鞋跟卡得太结实，左掰右掰取不下来，囡囡湿热的呼吸就拂动在他的脖子边，宁浩然只觉得刺痒难耐，她身上的香水味道很清淡却能扰乱他所有的剩余意志。他竭力掩盖自己的失态，专心致志地掰那只惹祸的鞋子，心中闷气再加上手上力气，鞋子就这样咔的一声被掰断了跟子。

囡囡觉得……这是个好主意。

就在宁浩然还看着惨遭自己荼毒过的鞋茫然时，她已经挣脱他的怀抱，一瘸一拐地把另一只鞋也脱下朝马路边的台阶上用力跑去。

一下两下三下，瘆人的声音回荡在宁静的夜晚，像恐怖片妖魔鬼怪爆发的前奏，听得人骨头缝飕飕冒凉风。宁浩然反应过来赶紧阻止："你想干什么？"

"掰鞋跟，把这只鞋跟掰掉，这样就不会摔倒了。"囡囡嘴上一本正经地回答，手上的动作一点没有停止的意思。

他沉默一会儿，觉得自己太阳穴怦怦直跳："你把鞋跟掰掉，鞋子也不是平底的不能走路，你知道吗？"

她刚想问为什么不能当平底鞋，手上的鞋跟已经咔吧一下应声折断了，她拿起鞋子显摆显摆又从宁浩然手里拿回另一只，两只脚兴奋地刚穿上就发现自己猛地向后仰去，眼看就要毫无悬念地坠地身亡，她卖力抓住宁浩然的大衣挽救自己下落的身体。

他淡定地弯腰抱住囡囡弯变形的腰，帮气喘吁吁的她站稳，当然也顺势吻住了囡囡用作呼吸的嘴唇。

囡囡真想跟宁浩然分析，据某些科研所的研究报告证明，女性唇膏是所有化妆品中含铅量最高的，爱接吻爱熊抱的男士尤其要注意，一旦对方涂了唇膏一定不要接吻，不要舔嘴唇，否则只能牡丹花下死，唇膏是元凶了。

囡囡的大脑没有停止思想，同时宁浩然也没停止动作，他轻柔地揉搓她的长发，但假发之所以被人们称为假发，掉下来是必然的，囡囡觉得自己有必要保持假发在脑袋顶停留的时间，所以在感觉假发慢慢向下滑落时，她挣脱宁浩然的钳制，用力用手扣住自己的头顶。可惜，动作还是慢了一步，假发轻飘飘地掉在地上露出她乱蓬蓬的短发。

宁浩然还在吻，俏丽短发的杨囡囡比刚刚的淑女模样更能吸引他的视线，他根本不想理会那个掉在地上的虚假美丽。

囡囡赞叹宁浩然应变能力强大，处事泰然淡定不说，连吻功也如此超群。熟悉的动作，熟悉的感觉，熟悉的味道，所有熟悉的事物都有点像……有点像当年那个人吻她时发生过。

“你是？当年吻我的是你？”杨囡囡突然萌发的意识让她吼出声，宁浩然停住所有动作，皱眉捧住她的脸蛋，口气不善：“什么意思？我以为你知道了。”

“知道什么？我当然不知道！我什么时候知道的？”囡囡眉毛拧成一团，眼睛瞪得很大，难怪上次他们接吻的时候就感觉他的动作很熟悉，似乎在哪里见过，可转念一想还是不对，“那天明明吻我的是范煜臻……怎么会……”

“那个人是我！上次在电梯里你说你知道。你知道欠我一个吻的，这么快就不承认了？”宁浩然现在的心情非常恶劣，原来经过这么多事，经过这么长的时间，恨不得连她家里人都明白了，她还徘徊在状况之外，这笨丫头到底要什么时候才能明白，他已经喜欢她很久了这件事？

杨囡囡面对宁浩然紧迫的目光非常慌张，她结巴地回答：“上，上次我以为你是逗我的，这么说，我高二喝醉那次占了你的便宜？”

嗯？她说是她占了他的便宜？

宁浩然停顿片刻，几乎没反应过来杨囡囡话里面的深刻含义，这中间弯路有点多，一不小心就容易迈入陷阱，他还是小心为妙。

“你之所以对我念念不忘是因为我占了你的初吻便宜？”囡囡突然发现

事实的本质，痛苦不已。

虽然她不大记得当初究竟是怎么先去亲宁浩然的，但可以肯定的是她从那以后欠下了风流债，难怪他每次见到她都会摆出被人欠了大笔钱的臭脸，要知道面瘫帅哥初吻可是比钱还要贵的。

宁浩然有点怪异地看着她，沉吟良久也不知道该怎么解释其中的乌龙……不如就这样不解释了？

“算起来，你那年也快大学毕业了吧，怎么还留着初吻啊？怎么会让我倒霉碰见你这样的男人啊！”囡囡说到这里还用咬牙切齿来表示自己心中的愤慨。没错，就是愤慨，对于一个宅男保留初吻她不反对，反正不危害社会，不危害生命的。但宁浩然保留初吻造成了这么大的误会就必须由他自己来负责解开问题症结，谁知道那天接吻是他第一次呢，她也不想干坏事的，他要是在脑门上贴上初吻尚在，她能下手吗？

宁浩然突然脸红：“我一直想留给我的爱人，可是那天晚上被你霸占了。”

囡囡愣了一下，随即沉默，她不得不在心中哀号：完了，被人赖上了。

话已至此，宁浩然只能硬着头皮继续编下去：“你说现在我该怎么办，我只能一直跟着你，我以为你可以很快就能想起我，结果，你让我很伤心。”

听上去是怪可怜的，对于自己负心行为稍稍有些悔意的囡囡为难地伸出手拍拍他的后背，好心安慰：“你是挺可怜的，别伤心，都是我不好。”

可怜兮兮的大个子男人站在衣着诡异的小个子女人面前的场景看上去就更加委屈，囡囡痛苦地呻吟：“那你想怎么办啊？总不能一辈子背着初吻被人夺走的阴影吧？”

宁浩然站直身子，认真严肃地回答：“我想要你对我负责。”

囡囡被他的骤然变脸华丽丽地劈了一道雷，同时宁浩然对她的无耻要求也让她囧到风中凌乱，法制社会怎么能这么欺负人啊，凭什么强吻的那个要被吻的受害人负责啊！她是愧疚不假，但也好死不死地想起来那天晚上好像是他先动嘴的。他居然还敢厚颜无耻地要求她负责？

“可是，那天晚上是你强吻的我啊！”囡囡面部表情已经扭曲成一团，她觉得自己再不发泄一定会爆炸，这位大叔以为年纪小脑子就不好使吗？居然恶人先告状！

“反正都一样，都是嘴唇碰嘴唇，没有先后！”宁浩然在奸计被受害人揭发后还维持坦然的表情实在让人佩服佩服。

囡囡觉得此时是自己应该表现智商的时候了，她必须做到一语中的，一针见血，还要做到让他反应不过来：“那，我是不是也可以要求你对我负责啊？”

宁浩然顿住，再次迟疑前面是不是又有什么陷阱，他直视囡囡藏不住事的小脸，确定她并无他意后痛快地回答：“那也行，如果你觉得那么说你心里能舒服点的话！”

囡囡眨眨眼，似乎察觉有什么不对劲的地方，她刚刚好像把自己绕进陷阱里去了，她亲口答应了自己草拟的不平等条约。

不行，要反悔！

不给囡囡脑子机会思考的宁浩然用力将她抱起，二话不说径直往囡囡家走去，囡囡急忙挣扎乱喊：“宁浩然，你要干什么？”他不是想让老妈为她强吻他的事做主吧？要死了！

宁浩然朝她低头一笑：“不干什么，送你回家换衣服，你现在这个样子我不喜欢，我还是爱看你以前的样子。”

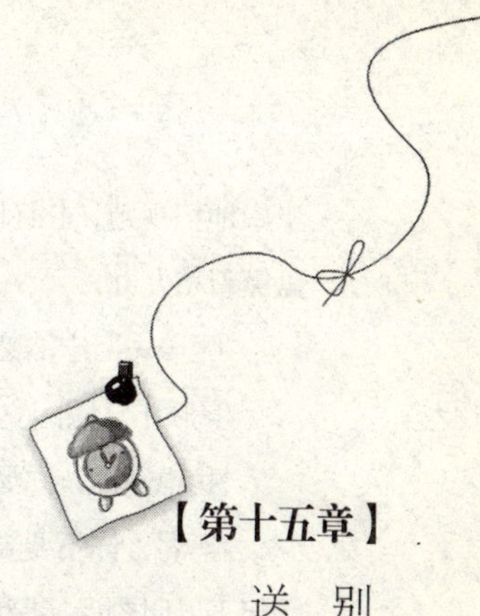

【第十五章】

送　别

在杨家唯恐天下不乱的老爸老妈推波助澜下，宁浩然绑架囡囡勇往直前地开始了试婚生活。

囡囡很想知道，为什么娃娃的男人提出同居请求老爸不允许，而宁浩然提出同居时老妈却答应得这样痛快，不仅收拾衣服用品速度飞快，甚至还眼含热泪地叮嘱她千万不要惹怒宁浩然，生怕下一秒钟那个可怜的倒霉蛋就把和她试婚的念头丢在脑后。

扛着行李背着包的囡囡无语地被老妈塞进宁浩然的车子，连挥挥手告别都没来得及，就被他带离了生养她二十三年的家，她这边还在悲戚身为父母的他们太过绝情，那边杨道和莫愁已经研究好了两个人第十次补度蜜月的地点，举杯庆祝两个人可以过一段很长很长时间没有女儿打扰的甜蜜二人世界。

可见，这世界上最悲惨的事不是父母太善良，而是父母太前卫，囡囡被宁浩然拖上楼时脑子里只闪过这么一句金光闪闪的至理名言。

正所谓人在屋檐下怎能不低头，她对某人再愤慨也明白在别人的地盘上要学会听话，尤其是在别的男人的地盘上更要听话，否则言情小说经典H桥段的侍候。

行李箱放在门口，两个人不约而同选择在沙发上休憩，电视打开，囡囡调好台，宁浩然接着调，两个人默不作声，她战战兢兢地偷瞥他，他也鬼鬼祟祟地扫视她，心怀叵测的两个人分别坐在沙发上保持姿势不动，各自心中盘算着小九九。

“呃……”宁浩然先开口打破僵局。

“闭嘴！”囡囡立即打断他，生怕他说出什么色情话题。

“我想问你，你渴吗？”一脸阴郁的他沉声问道。

“不渴，你不要妄想用迷药来迷倒我，我也是有看报纸社会版的。”囡囡扬起下巴时刻保持警惕。

“好，那我不给你拿了。”说完他站起身大步走到厨房自己取了罐可乐，当着囡囡面扑哧打开仰头咕咚咚灌下去，对可乐罐子惬意笑笑，“真好，过瘾。”

囡囡抿抿嘴，吞了口吐沫湿润干巴巴的喉咙，虽然忙碌一上午的她也很渴，但还是很有骨气地别开头佯装自己对可乐不在乎。宁浩然见她不上当，又淡定地从零食筐里拿出一袋泡椒鸡翅和红油牛肉，囡囡瞥了一眼立即心中长草，可她只能眼睁睁地看着某人把鸡翅放在两人中间，撕开包装取出一只鸡翅开始饱食美味。

他的表情说明味道很美妙，她瞪圆了眼睛，刻意屏住呼吸竭力少吸进引发食欲的香辣气味，宁浩然也再不让她，吃完鸡翅后又从囡囡面前随意走过，转身再次去了厨房，炝锅，打蛋，没多久又炒了一盘蛋炒饭出来。囡囡睨了他手上的盘子，金色蛋粒包上了米粒，绿莹莹的葱花伴随嫩粉色虾仁，看起来非常美味，他随手把红油牛肉拌在上面，又埋头吃起来。

无视他各种行为的囡囡再不能无视自己敏感的嗅觉，她发誓自己容易饿肚子是因为作为体育老师体能消耗过大，绝不是因为嘴馋大肚王的缘故，自然也不是因为某些人炒饭炒得很香的缘故。

可不管是怎样的理由，囡囡肚子就是不争气地咕噜起来，她刚想开口，宁浩然微笑地转过脸来：“怎么，饿了？”

“才……才怪，那是我肠胃蠕动，说明我消化好！”囡囡嘴硬。

“哦，我还想说你饿了，厨房里我给你留了一些，你要是现在不饿，可以等会儿再吃。”宁浩然笑容狡诈，等杨囡囡主动开口。

囡囡之所以叫做囡囡，还是具有一定骨气的，她冷哼一声别开脸幻想家门口那个卖水果馅烧饼的大哥英俊的相貌，以及他那可爱可亲的烧饼们。

正在幻想烧饼充饥的囡囡，口袋里的手机突然欢唱起来，她掏出电话发现是个陌生的号码有点纳闷。“喂？范煜臻？你怎么会给我打电话？”

宁浩然原本想要逗弄囡囡的好心情全部被情敌的电话冲散，他一声不吭地把勺子和炒饭放在茶几上，脸色阴沉地靠在沙发上调电视，状似无意地听囡囡应答。

“你要出国了，那我恭喜你。”囡囡虽然还介意当年的事，但细细算来，当年范煜臻倒霉蛋是当了宁浩然的替死鬼，所以她还是非常同情他的，也惋惜两个人确实无缘。听说他要出国，心情有些失落，知道他是为了躲避自己才离开的，更是想尽些心意送他一程。

“好，你在机场等一会儿，我马上赶过去送你。”囡囡当下许诺。讲完，放下电话她站起身跑到衣服箱子前狂翻一通，准备给范煜臻留下最后的美好印象。突然宁浩然喊她的名字：“杨囡囡，你要去哪里？”

她回头，不知何时他已经站在自己身后，阴霾了脸色：“我问你要去哪里？”

囡囡愣了一下，不明白他的意思：“我要去送范煜臻，他要出国读书，可能再也不回来了，刚刚电话你没听见？”

“他出国读书为什么要你去送？”宁浩然又恢复往日的冷然，似乎有些不悦。

“同学要出国了我难道去送一下都不行吗？”囡囡说到这里也是气不打一处来，不过是送个同学，他凭什么摆脸色给她看。

“不行。”他非常坚定地命令。

“为什么不行？”囡囡猛地站起身，目光直视他，身正不怕影子斜，又没做见不得人的事情为什么不行？

“你是我的女人，我说不行就不行！”宁浩然对她还没有身为他人女朋友的自觉非常不满，他直接把行李箱扣上，不许她花枝招展地去见范煜臻。范煜臻那家伙分明贼心不死，她傻乎乎的居然没看出来，所谓送别无非就是范煜臻想见她的一个借口，送来送去便留下了，赶都赶不走。最可恨的是她还可怜心怀叵测的范煜臻，没见过这么笨的女人。

囡囡瞪大眼睛，满脸愤然地看着宁浩然的过分举动。

如果是娃娃，一定会觉得宁浩然此时此刻的样子很男人。她是娃娃吗？当然不是！所以囡囡干脆踹开箱子，背起背包径直开门出去。

宁浩然面色阴沉地跟上去，在电梯门打开之前就贴在囡囡身边，她眼皮也不抬地用沉默抗议，他则无声无息地忍受心中妒火，两个人在电梯里没较量出输赢，电梯门就已打开。囡囡出了电梯直接拦住出租车，她左边开门坐进去，右边某人也跟了进来，司机问：“先生，小姐先上的。”

“她是我女朋友，去机场。”宁浩然浑身上下都散发着生人勿近的气势，一句话司机立即乖乖听话转过头去开车。

“我不是！”囡囡这次到底答话了，只是愤怒的回答听上去很像嗔怪，对司机没有任何威慑力，司机很快把车开出小区直奔机场。

囡囡后来噤声的原因很简单，宁浩然用嘴堵住了她接下来即将爆发的一卡车怒气，他热烈的亲吻软化了她的坚定意志，也软化了她的小脾气，缠绵纠缠到最后已经是心平气和，两个人除了气息加重心血管扩张外，再找不到最开始的矛盾焦点。以吻化解矛盾这招非常管用，是宁浩然百试百灵的一帖良药，针对越来越上瘾的囡囡，也针对越来越上瘾的他。

到了机场，囡囡遥遥就看见范煜臻正在那儿四处张望，她推开车门跳下去，刚想招呼他，宁浩然已经下车伸手揽住她的腰，她不自然地闪了闪身子，他俯在她的耳畔：“不许闹，不然我在这儿吻你！”囡囡登时错愕而羞愤地望着他。

青天白日，朗朗乾坤，大庭广众之下居然跟她讨论闺房问题，这男人简直一丁点羞耻心都没剩下，亏他还是个为人师表的老师。

“怎么，不服？”他咬住她的耳垂。囡囡腿发软，无奈地说：“拜托宁老师，你不要脸也要给我留点脸吧！”

宁浩然对她的态度很满意，抬头朝范煜臻方向笑笑，立即提高了嗓音：“范煜臻，我们在这里。”

范煜臻早就看见囡囡和宁浩然亲昵的身影，他原本以为她对宁浩然的感情远没有如此，没想到亲眼看见的却是两个人犹如热恋中的恋人打情骂俏的场面，他有些黯然神伤地苦笑一下：“宁老师，没想到你也在。”

“你打电话的时候囡囡正在我们家准备收拾衣服，我怕她着急还是送她过来比较放心。”宁浩然表现得还算淡然，范煜臻望了一眼囡囡，绯红脸色的她正纠结自己耳垂竟然失守于宁浑蛋的问题，压根就没发现现场他们两个人之间气氛的诡异尴尬，直到宁浩然悄悄握了握她的手提醒，她才反应过来上去大咧咧地拍拍范煜臻的肩膀：“小子不错啊，还混出国了，以后我就等你荼毒欧盟的好消息了，单等我们大好爱国青年去接手！”

“你能去接手我就行了，我不指望还涉及国际并购。”范煜臻意味深长地苦涩笑笑。

“呵呵，呵呵。”囡囡找不到接下去的话，只能靠干笑打发。

三个人一路沉默进入机场大厅，数十个登机牌不停地翻滚，显示着每个人即将前往的目的地，希望在天空的彼岸，离别却在人们眼前。范煜臻站在登机口，迟疑地看看宁浩然，低头又看看囡囡说：“我能抱抱你吗？”

三个人同时沉默，气氛变得凝重。囡囡又想起自己鼓起勇气表白的那个夜晚，也同时想起自己曾经奋不顾身抱住他胳膊的勇气，虽然那天站在自己面前的不是范煜臻，但她的念头都是为他而存在的，只不过那些念头开始变得模糊。

幼稚而青涩的感情终将淡忘，她唯一能回忆起的都是和宁浩然有关的吻，他对她说其实我也很喜欢你，还有他对她最后的拥抱，她这么多年铭记的绚烂美好只属于宁浩然，对于范煜臻她只能说抱歉。

"好啊！"囡囡大度地回答，释放心防的她反而觉得坦荡起来，不过她没看见，宁浩然的表情随她的爽快答应立即变成罗刹，布满阴霾："我看没必要。"

"我只是说说，没别的意思。"范煜臻黯然微笑，垂下眼帘只是笑。他也用手拍拍囡囡肩膀："你找了宁老师，大家都放心了，虽然之前每个人都担心没人敢接受你，但事实证明你眼光还不错。"他扭头看看登机牌，又笑了笑，心烦意乱的他连笑容都变得异常僵硬。

"你怎么把我说得那么惨，我可是人见人爱、花见花开、车见车载的，多少男人排队等着呢！"囡囡故作轻松地拿自己开玩笑，虽然这玩笑连她自己心里都不觉得多有趣，但宁浩然在身边露出的笑容还是让她心跳明显慢了半拍。他什么意思，是在笑她自不量力吗？

宁浩然抬起头，靠在她的后背上隐藏好笑容，挑起眉毛："男人排队干什么，等着你飞腿吗？"

一时间两个人又想到那个令人痛苦的平安夜，囡囡顿时囧了，宁浩然则惬意地揽过她的肩膀。

面对二人斗嘴的甜蜜景象范煜臻终于学会放弃，他如释重负地松口气说："宁老师，你要是和囡囡度蜜月也可以去我那儿，我到时候肯定全心全意接待。"

宁浩然对他的诚意也报以微笑："谢谢，如果她同意的话，我们一定会去。"

囡囡不满他对范煜臻的敷衍态度，当下拍胸脯保证："我们一定会去的，下个月，或者是过完年肯定去。"

范煜臻除了笑已经说不出话来，他拉着行李箱的手指渐渐泛白，宁浩然一把拉过囡囡的肩膀："你又乱许诺！知道我们在说什么，你就瞎说！"

“什么啊，我说我们一定去他那儿错了吗，是你自己态度不诚恳，该答应的不答应，不该答应的乱答应。”囡囡抱怨地拍开宁浩然的狼爪，两条眉毛扭成一团。

“别忘了，人家说的是去度蜜月，在你去之前你要先嫁给我！”宁浩然弓腰在她耳边说，声音不大，却刚好能被范煜臻听到。

囡囡脸腾地红了，紧张到结巴的她只能发出单个字节：“别，别臭美，谁答应嫁你了！”

范煜臻不自然地朝两个人挥挥手，打断他们的对话：“我先上飞机了，我等你们。”说罢，他转过身一言不发地走开，囡囡挣脱宁浩然的怀抱想要与他再打声招呼说次再见都没机会。

“他怎么就这么着急呢？”囡囡喃喃地说，鼻子有点酸酸的。宁浩然搂住她的腰，下颌卡在她的肩膀上：“他觉得这里没有什么值得他再留恋的了，所以走得很痛快。”

“还不是怪你？当年如果你不那么卑鄙的话，他……”囡囡咬牙切齿地说。

“他怎么样？”宁浩然眯起眼，这是他发怒的前兆。

是啊，又能怎么样？

她和范煜臻原本就是两个世界的人，她那个时候乐于在男人堆里打滚，他则是高高在云端的清高才子，就算宁浩然不出现，他们的结局无非就是交往一段时间，彼此始终无法磨合，最终高考后分手，也许情况比这个设想还要糟上一百倍，还不如现在留下的遗憾让人感动。

只有没得到的爱情才是最值得纪念的，遗憾只不过是它的附属纪念品。

她站在登机口旁幽幽地说：“宁浩然，我这辈子算毁在你手里了。”从那个错吻的新年开始。

宁浩然理所当然地微笑：“咱们俩可是孽缘，都过去那么多年了还缠着还念着，说明手指上的红线系得牢。”

“说明月老不开眼。”囡囡怒视宁浩然，愤愤地说。

“好好好，月老不开眼，但愿他一辈子都别开眼，找到你这样的女人我很满足。”宁浩然强忍住笑意把她搂在自己怀里。

谁说囡囡没女人味，在他眼里，杨囡囡是天底下最可爱的女人。

最最可爱的。

女人。

【第十六章】
结　婚

佳偶天成婚庆公司从未接过这样棘手的婚庆 case。

且不说婚礼现场布置主办方女方父母如何要求精益求精，单是主持风格就必须分为两派，两对新人同时同场地举行婚礼，一边要求浪漫唯美，一边要求火暴新潮，三对父母也会同时参加，嘉宾也分别涉及金融界、教育界，以及“黑社会”人士。因为需要照顾到数百宾客从事的千奇百怪的行业，致辞不能太过招摇，典礼不能太过出格，所以要求司仪必须特别注意细节。

所有人千里迢迢赶来只为这两对年轻人的婚礼，足见对此事的重视程度，也让主持这场世纪婚礼的司仪胆战心惊。

这名叫做甄导嵋的婚礼司仪从接下 case 的第一天开始就在犹豫自己在婚礼当天的穿着。

普通西装革履已经满足不了教书育人的高度需求，长袍马褂又不能代表商界风范，防弹背心护不住下肢和胳膊的安危，金钟罩铁布衫能保全所有却来不及练，他真的很想问问公司，有没有内着长袍外穿马褂，最后套上防弹裤衩这种新型的婚庆司仪装备，可从公司老板那儿了解，这年头连防弹玻璃都不管用，更别说那三角形的一点点铁布头，于是他痛苦得抑郁了。

2009 年 2 月 12 日，阴历正月十八，新年中的大吉日，杨家二女顺利出嫁。

当郎赫远和宁浩然各自带着百合玫瑰手捧花冲向杨家大门时，他们身后的伴郎全部没义气地作鸟兽散。这年头只有为新娘拼命的男人，没有新娘他们自然不会奋勇冲锋。明知道新娘父亲是黑社会人士还贸然去送死，大概只有这两个被爱情冲昏头脑的男人了。

三百个俯卧撑，二百个仰卧起坐是对宁浩然的小儿科考验，哈佛商学院的 MBA 试题，全球化背景下金融投资决策是对郎赫远的基本能力测查。还没等进门两个人已经被下马威，冥思苦想，不辞辛劳，两个人只能靠个人努力来通过岳父岳母的临阵考察。

红包这种东西在杨家不流通，能娶到杨家女儿的男人必须具备与众不同的超能力才行。

杨家女婿能文能武当然也能从他们顺利抱得美人归上看出，当宁浩然和郎赫远闯关成功各自抓住自己命中新娘的时候，杨逍和莫愁站在门口望着女儿被女婿们抱走的身影几乎热泪盈眶。终于嫁出去了，差点就烂在手里……

当然，在甄导嵋司仪看来，这对年轻的女方父母明显是被外面的巨大阵势吓哭了，别说是这对可怜无辜的父母，连同他刚刚站在大门口时，也是双腿转筋，不由得悲从中来。

数十辆世界顶级豪华车停留在北京闹市中最平民的小区门口，数百名戴着黑色墨镜身着黑色风衣的黑社会人士围住那些车子站在小区门口放哨站岗，两方对峙剑拔弩张。

一位高大魁梧的男子挽着瘦小的妻子腆着肚子站在小区门口对新人背后的女方父母鞠躬敬礼，而另一个看上去非常斯文的黑衣男子则绑架正在嚷嚷要报警的女朋友冲进婚礼现场。

杨逍站在门口朝两个人点点头，从容不迫地搂紧妻子的腰，宠溺的笑容从不曾离开他的脸颊。

没想到昔日恩怨所牵扯的朋友敌人全部在一天到齐，更没想到的是雷劲居然在婚礼还没举行之前就招呼了昔日兄弟将别有意图之人全部镇压摆平。

此刻若两边稍有动作便会瞬时风起云涌，杨逍不难想象其中利害，但他为了妻子，为了女儿，必须刻意表现出若无其事的状态。在女婿们带着囡囡娃娃上车时还慈祥地和莫愁朝四人摆摆手，让他们离开。

目送花车缓缓离去，他的笑容渐渐放下，冷面伸手招呼雷劲。

雷劲挽着奈奈上前："师傅，这是我妻子秦奈奈。"

莫愁听见名字当即惊叫："《当糟糠遇见黑色会》里那个秦奈奈！"没想到自己声名远播的奈奈立即不好意思地躲在雷劲背后，刚毅的雷劲朝师母恭敬点头："没错，就是她！"

莫愁立即补了一句："你小子配不上她啊！"

随即雷劲和杨逍两个人都绿了脸，僵硬当场。莫愁说完也察觉不对劲，捂住嘴："我的意思是，她比你强太多了。"

杨逍的脸从绿色变成了蓝色，他已经不忍心看雷劲的表情，莫愁发现老公态度尴尬，仔细酝酿一下又解释："我的意思是，你没她那么好。"

杨逍万分尴尬地拉过老婆，宽厚的手直接掩住她的嘴："她还是从前那个样子，你也应该习惯了。"

雷劲毕恭毕敬地点头："没错，我是习惯了，尤其我发现我身边的女人比师母还让人头痛后，我已经完全习惯了。"

莫愁也有些不自然，只能转移话题问腆着肚子的奈奈："你肚子里是男宝宝还是女宝宝啊？"

奈奈伸手："我希望我肚子里的宝宝是个乖女儿，能像两个新娘子那么漂亮，听话，省心。"还没等她把话说完，杨逍和莫愁两人对视一眼，随即发出心虚的讪笑："是，你一定要生个跟她们一样的……乖女儿。"保管雷劲头痛得要死。

许瑞阳也用武力胁迫吉吉走过来："杨叔，她是娃娃的同学！"

"我认识，这个同学来过我们家。她也是学核能的。"杨逍一听见娃娃同专业的同学就两眼灼灼放光，娃娃一直对她所报的专业很痛苦，总是埋怨他。

可她也不想想，这个专业多拉风，多招摇，没有这样的专业素养，她怎么能哄骗到郎赫远那么出色的男人！

“是，原子弹之母。”许瑞阳一边拉扯不服气的吉吉，一边对杨逍报以歉意的微笑。

“不错，没想到她跟了你小子，以后我们可是亲上加亲了。”杨逍对吉吉的印象一贯不错，没想到最后也被旭都的小伙子追到，他为自己未来的徒子徒孙们的智商感到欣慰，颇为值得期待。

“其他人呢？”他回头，发现保卫他家的人有很多陌生面孔，低声问雷劲，“洪高远那小子呢？

“陪他老婆卖房子呢！”许瑞阳得机会拆台就绝对不会放过这个诬蔑冤家的好时候。

“看来你们旭都解散后的发展还是很多样化的，将来出个地产商，鼓捣出原子弹什么的都是指日可待了。”杨逍大笑，雷劲和许瑞阳也含笑赞同。

“插嘴问一句，几位老大，交警已经开出三百多张罚单了，能不能让兄弟们先把位置让一下，容花车挪一下先？”甄导嵋司仪深知打扰几位大哥聊天是天大的罪过，但得罪交警给花车开罚单他也不要活了，反正伸头是一刀，缩头也是一刀，他说完紧闭双眼，把脖子一挺只等挨揍。

杨逍这才发现，光顾着聊天，孩子们的花车居然一步未行，这样危险的局势怎么能多停留，他二话不说第一个冲了上去，雷劲紧随其后。

几分钟过去甄导嵋司仪再睁开眼时，发现只剩下许瑞阳面色严肃地站在面前，花车、神秘诡异的黑社会车辆，以及几百名黑社会人士全部悄悄消失个无影无踪。司仪被面前的大哥看得浑身发毛，结结巴巴地问：“大哥，您有事？”

许瑞阳若无其事地说：“没事，就是想提醒你印堂有点发黑，一会儿要注意了。”

甄导嵋痛苦地问：“我没做什么啊！”

许瑞阳阴沉了脸色："就是没做什么才倒霉呢，你要是做什么的话我保你死得更惨。"

嘎的一声，这位号称穿了防弹裤衩的婚庆司仪终于再也抵不过强大的心理压力，华丽丽地抽了。

今天娃娃和囡囡身上的婚纱非常有特色，娃娃的婚纱是芭比式，洋娃娃的卷发戴着花环，精灵颜色的眼影越发衬托眼眸水亮，层层叠叠的公主裙纱梦幻可爱，身后的大拖尾则用去了三米长的镶满钻饰的白色锦缎。囡囡的婚纱则是运动式，俏丽的短发耳边别着活泼的太阳菊，阳光色彩的妆容透出脸蛋健康绯红，精致的白纱短围胸，超短的白色蕾丝运动裙，颈上装饰的是璀璨的钻石花链，铺满前身，热辣夺目。

"娃娃，如果我现在逃婚，你估计成功率有多高？"囡囡一边摆弄自己婚纱下面脚穿的运动鞋，一边问。一早在准备婚纱配鞋的时候她就已经为今天的逃婚开始作准备了，所以执意要搭配这么一双与众不同的鞋子。

"你省省吧，要是能逃婚，我早就逃了，还等你爆发？"娃娃痛苦地拉扯了把自己装扮成玩偶一样的厚重婚纱，心中满是无奈。

"你逃什么，郎大叔又是有钱，又是宠你，还容忍你看八卦、玩连连看的毛病，上哪里去找这么好的男人？"囡囡觉得娃娃想逃婚纯属无病呻吟，难道甩开郎大叔再回到研究所去面对一群光了头的真正大叔就幸福了？

"你逃什么，宁帅哥又是十项全能，又是相貌英俊，还能忍受你男不男女不女的模样，上哪儿去找这么倒霉的男人？"娃娃觉得囡囡一点都不值得同情，乌鸦看不见自己身上黑，总觉得宁帅哥比不上她，也不看看自己资质到底有多差。

"唉！"

"唉！"两个人一起叹气，在外人看来两个人嫁的男人好到不能再好了，可只有她们俩才知道，事实并非如此，她们实在是心不甘情不愿啊！

“嫁吧嫁吧，嫁了以后有绯闻看还有连连看玩，坐着等天上掉钞票！”

“嫁吧嫁吧，嫁了以后有人做饭还有人玩摔跤，天天靠折腾当情趣！”

“不嫁！”突然不知哪来一嗓子，两个人立即回头。只见新娘室门口探入一个脑袋：“我来解救你们了！”

“吉吉，你干什么？”娃娃瞪大眼睛不顾婚纱累赘立即奔了过去。

“我找到一个好方法，我们三个可以逃婚去！”吉吉满脸兴奋地在她们姐妹面前手舞足蹈。

囡囡满脸黑线：“上次你们逃婚不是半天就被抓回来了吗，怎么还不死心啊？”

“这次不一样，我已经画好逃婚路线了，我们出门挥师西行，直奔唐古拉山口，我就不信那种鸟不生蛋的地方还有黑社会存在！”吉吉献宝一样从羽绒服里把地图掏出来，还顺带拿出刚刚买到的三张火车票，“春运过去了，我们可以坐火车，他们一定不会想到我们舍弃飞机坐火车的！怎么样，这主意棒吧！”

囡囡不想和两个白痴天才儿童讨论这么蠢的行动，但她身不由已地被二人强行扒了婚纱套上运动装，娃娃边脱边威胁她：“不跟我们走，你的下场会很悲惨，你想继续和宁浩然比双杠吗？”

“不想！”囡囡只要想起自己曾被摔出过双杠屁股疼了一个月，就不由得咬牙切齿。

“你还想继续和宁浩然比百米吗？”娃娃挑眉，阴森一笑。

“不想！”囡囡痛苦地回答，她可不想再跑丢一个鞋底。

“你还想被他威胁着过日子吗？”娃娃最后套上厚实的运动服，丢过一个问号。

“不想！”虽然她从来都是蔑视宁浩然的威胁，但一想到从今以后要心甘情愿地被他占便宜就心中不爽。

“那好，就让我们三个人自由而奔放地逃婚去吧！”娃娃激动万分地振臂狂呼，挽着吉吉拖着囡囡钻出新娘室，消失在青天白日之下。

2009 年 2 月 12 日　阴历正月十八　星期四　晴

相书曰：属牛属兔者不宜逃婚，婚嫁吉日，典礼必成。

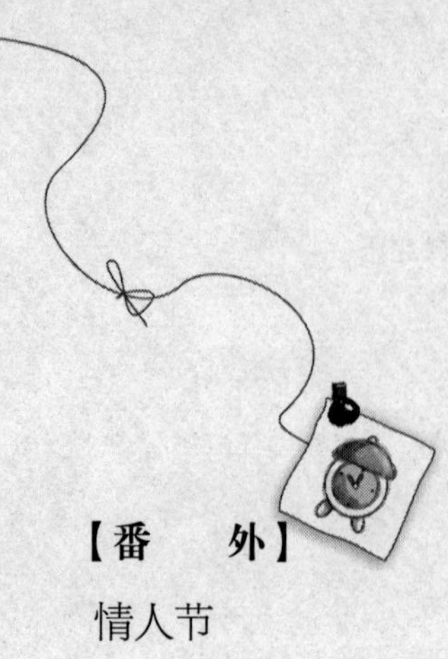

【番　外】

情人节

很久很久以后，当囡囡已经嫁给宁浩然。

情人节上午的故事

“杨老师，请问晚上有什么安排吗？”

“宁老师，我没有，你呢？”

“杨老师，那晚上我们一起吃个饭？”

“宁老师，好啊，不过麻烦你能不能先把补考男子跳高测完？”

囡囡朝左撇撇嘴，宁浩然的视线随之瞥去，补考男生测试用的跳高竹竿还没搭上，应该铺垫子的体育委员已然停止手中动作，那些准备补考的学生完全忘记为即将到来的残酷跳高项目祈祷全部停住热身运动，开始兴致盎然地听墙根，一切一切都因为两位令人尊敬的体育老师在公共场合进行了一段引人遐思的对话。

“咳，男生过来补考，女生先自由活动，杨老师休息。”宁浩然一本正经地说完，冷冷扫了眼脸上略带困窘的囡囡，在两人擦身而过的时候，沉声命令，“好，今天晚上，你等着的！”

说完威胁，宁浩然知道囡囡必定会反抗。所以不等她反应过来，人已经走到垫子旁开始测试，这让囡囡憋了一肚子的气没处发泄，于是她愤怒地隔空喊道："好，你等晚上的，你也别想好过！"

噗，所有学生齐刷刷回头望过来，下巴呈现脱落架势，更有窃窃私语表达自己对该对话里暧昧桃色的无限猜测。唯独宁浩然拿着记分册嘴角抽了抽，沉默了片刻才扭过头说："行，晚上咱俩谁都别想好过！"

囡囡固执地还想反驳，徐老师神不知鬼不觉地从角落里钻出无奈地说道："实在看不下去了，我来说句公道话吧！"

"您说！"宁浩然和囡囡同时毕恭毕敬地回答。

"我替学生们说句心里话，那就是……你们俩晚上都等着，谁都别想让谁好过，不用给我们面子！"

……

目瞪口呆被雷到的何止是囡囡和宁浩然两个人。

全体补考学生都没逃开。

于是之前飞奔而至的 18 号同学因徐老师的话走了神，一瞬间飞越了垫子，飞越了栏杆，再次坐在地上，摔了个尘土飞扬。

众人惊呼声掩盖了囡囡的提醒，如果 18 号同学能听见她的话，悲惨的命运结果将会被改写。

囡囡喊："那个，18 号，你，你跑反了……"

情人节中午的故事

囡囡结婚后的行情越来越好。主要是因为学生和她的年纪相仿，再加上最近中性美流行，她这种不男不女的打扮惹了一片草心芳心，更主要的是，铁打的大学，流水的学生，大多学生都不知道她已婚的身份，以及她身边的某老师就是传说中的师爹。

刚推开办公室的门，囡囡办公桌上一大束大红玫瑰和小半摞情书使得宁浩然的脸色瞬间变成铁青。

当然，对于自己桌上的十几盒巧克力和三大摞情书，他向来视若无睹，也不以为然。他的一双美目只直盯着囡囡的办公桌，跨过两人办公桌中间的空当，直接大力揪起玫瑰花毫不怜惜地扔进垃圾桶，翻出卡片目光随意扫扫，记住上面标注的名字。放下后回到自己办公桌前，直接翻开记分册，找到名字红笔画下。

囡囡进来的时候，瞥见他桌子上花花绿绿的巧克力盒子，随手抽走一盒打开包装扔嘴里一颗，脸上丝毫没有不悦的表情不说，反而是无动于衷地点评："这是哪个学生送的啊，怎么这么难吃，超市特价买的吧？便宜没好货，好货不便宜啊……"

话还没说完，眼前已经被人丢过来个神秘盒子，突然而至的惊吓差点让她咬到舌头，囡囡捂住嘴把东西拿过来。

是一枝包装很精致的白玫瑰。

背后响起宁浩然淡淡的解释："路上卖花小姑娘抱我大腿缠着买的，没想特地给你买。"

"哦。"骗鬼呢，路上卖花的小姑娘才不会包装这么精美呢，他一定是在花店精心挑选的。只是囡囡并没被他的有心感动到涕泪横流。

她不自然地从运动背包里翻了半天，才掏出个铁盒，头都没回直接甩过去，一点都不怕砸到后面的人。

"又是巧克力？"他皱眉，冷冷地问。

囡囡咳了一声："不知道，超市随手拿的，它最便宜。"

宁浩然把盒子打开，撕开包装纸，轻轻咬了一口，抿到嘴里嘴角不禁上扬。

他曾对她说过，他最讨厌巧克力的味道，所以那么多送巧克力的女生他一个都不喜欢。

所以每次她都记得给他买巧克力威化饼。

同样，她也曾对他说过，她最讨厌玫瑰花的俗气大红色，看着就没食欲。

所以，每次他都记得为她专门买白玫瑰。

情人节下午的故事

“娃娃，你还没被你家男人绑架吧？晚上一起出来唱歌怎么样？”囡囡打电话的时候下意识看了宁浩然一眼，幸好他正在计算补考分数，没有空答理她的撒疯。

“现在还没有，不过，昨晚我被他绑架去了天台。”

“绑架你去天台做什么？”囡囡对郎大叔的怪癖很是不解，大冬天的吹风玩。

电话里娃娃的声音听上去非常虚弱，叹口气停顿半天才说：“没什么，他非说是什么预热情人节，你别问了。”

囡囡还是没想明白，刚想再问，身后已经有人用冷静的声音回答：“你想知道，晚上我告诉你。”

“囡囡，你家男人也在？今天不是你的班级补考吗，怎么他也来办公室加班了？”耳尖的娃娃听到宁浩然的声音有点尴尬，一时间声如蚊呐。

“不知道啊，他说他来帮忙，我赶都赶不走。”囡囡这边声音再小，身后的人也能听个一耳无余。

当事人轻轻推开椅子，走到她的身后，凑近她的耳边，用阴森森、冷幽幽的声调回答：“今天这么重要的日子，放她自己来我不放心。”

娃娃当然听得出宁浩然就在话筒旁，讪讪笑笑刻意放大声音：“哦呵呵，妹夫，你也在啊，刚刚囡囡怎么也不说一声，我应该跟你问声好呢。”

宁浩然若无其事地从囡囡手中拿过话筒：“今晚我和囡囡出去玩，本来不想打电话劳烦姐夫的，我想姐夫也很想和你出去玩，对吧。要不然，我打个电话问问姐夫确认一下？就说你不想单独过情人节，很想和我们一起过？”

“那是自然……不用了，不用了，哈哈，你们玩得 happy 点吧！我们也是很忙的……”分外没种的娃娃同学赶紧把电话挂掉，生怕宁浩然真来个说到做到，跑去问郎大叔，那她今天晚上死定了，昨晚腰还没缓回来呢。

囡囡对宁浩然的无耻行径不由得目瞪口呆，说不出话来。

做人不能无耻到这种地步！自从结婚那天她们逃婚失败后，他和郎大叔就一直阻止她们姐妹单独行动，凭什么？

“我在替娃娃着想，你把她约过来，晚上回去还要被姐夫惩罚，到时候我们俩就是千古罪人了。”宁浩然振振有词，坚决不承认他和郎赫远已经私下商定好，对她们姐俩私下见面一定严防死守，说不准两个人将来又拍脑门想出什么鬼主意来。

囡囡想想，觉得他说得没错，可总觉得哪里不对，想了想，又找不到反驳点，她只能小声嘟囔道：“就我们两个人，晚上过节该多寂寞啊，打牌都凑不上一桌。”

宁浩然眉尖扬起：“寂寞？你放心，晚上，我一定不会让你寂寞。”

情人节晚上的故事

少儿不宜。

一句话总结：

宁浩然：没想到，囡囡身体柔韧度还不错。

囡囡：宁浩然这家伙让我没时间感到寂寞。

会客厅
一草

一草会客厅是“纸上偶像剧”系列图书常态版块。
“纸偶”作者都会被请来，接受一草和黑猫的“拷问”，
内容很八卦，回答很狗血。

这次来的还是我们的《毕业了，嫁人吧》
（以下简称《毕业》）的作者瞬间倾城大大啦！

黑猫：（星星眼）倾城大妈，我们又见面了……好久不见 ~ 好久不见。

一草：（斜眼）一副狗腿样，你直接承认错误就好了，不用这么套近乎吧……

黑猫：（对手指，声泪俱下）好吧，我承认，我们好久没见的原因是我前阵子消极怠工。

瞬间倾城：（黑线）我就说怎么这么久才电话俺……

一草：（威严）好好检讨，认真工作！不许整天放空状态……

黑猫：（绞手指）我知道了，请原谅俺 ~~~~ 我们从批斗状态进入访谈状态吧。

一草：好吧，暂且放你一马。（笑容）倾城大妈，这次的书原来的名字叫《当LOLI 遇见大叔》，这两个词是什么意思？为什么起这么古怪的名字？

瞬间倾城：LOLI 是 LOLITA 的缩写啦，不过实际应用中好像和直译的意思不完全相同。反正不知从什么时候喊女生“美女”已经 OUT 了，大家现在都夸“哇，你好 LOLI”啊。我琢磨，LOLI 大概就是特指年轻美貌外加拥有让人有一点无法摸到头脑的小聪明的女孩子吧。大叔这个词呢，源自韩

国，年轻女孩对年纪稍大的另一半的称呼，本来是不想这么起名的，可是，当LOLI遇见哥哥，当LOLI遇见大哥，当LOLI遇见大爷，当LOLI遇见大伯，当LOLI遇见老爷们……呃……这些名字挑了几圈后，我觉得，选择这个名字也是无奈之举（一边流泪，一边奔跑）。

黑猫：（撇嘴）其他名字确实听起来很囧……后来这个名字被改成了《毕业了，嫁人吧》更浅显一些了。不用给某些人做名词解释了……

一草：（捂脸）不要乱说，我只是比较好学罢了。

黑猫：（无奈）好吧，好吧。其实我也很不习惯用很多你不明白的词跟你说话，这样子显得我好像很火星一样……

一草：（皱眉头）火星？你是说……

瞬间倾城 & 黑猫：（对视）又来了……

一草：（哼~下次直接忽略你们）为什么这次选了新的一对组合LOLI和大叔，是出于什么样的一种目的？

瞬间倾城：最开始写《毕业》的时候，本意就是以快乐为主，想写一本类似于笑话大全的东西。因为“遇见”系列主旨是讲述最不可能的爱情，所以我觉得事业有成的精英董事长碰见高智商低情商的小白娃娃会有很强的冲突感。另外一个是曾经是连一百米跑都完不成的体育小笨蛋成长以后和体育老师比拼讨回面子的故事，也一样非常精彩。

黑猫：以前都是一个男主一个女主，这次的故事却选择了一对双胞胎的设定，这是为什么呢（小沈阳调调）？

瞬间倾城：好朋友们（同样小沈阳调调），最初我只是想要写一个天才美少女的白痴生活故事哈，后来又觉得自己当年的运动白痴经历也很好玩，不如就设定成姐妹两个，所以娃娃是天才美少女，专业研究核能，金融危机了她决定再也不能吃白食混下去，于是拍了大腿的她决定降低学历去当八卦文员。囡囡是运动女战士，体育特招生，毕业留校的第一年做实习老师，成

为 ×× 大学创校以来第一个年龄比学生还小的体育白痴老师。这样对比着写，故事会更有趣……。

一草：（高举双手）我喜欢囡囡多一些～女孩子太八卦不好，像某猫一样，整天在 QQ 上八卦，对着电脑傻笑，不知道多烦人……

黑猫：（一一+）抓住机会打击报复……不理你。很多人说娃娃和囡囡太可爱了，她们有原型吗？

瞬间倾城：（兴奋，点头）当然，当然。娃娃和囡囡都是有生活原型的，娃娃的原型就是一个 22 岁毕业的博士，生活里非常小白和搞笑，我每次写到娃娃就会想起她，忍不住想把她的一些笑话写出来。连连看高手，除了专业其他科目都是浑水摸鱼，喜欢八卦和热闹都是她的特征。而囡囡和 18 号学生的原型就是我了。

黑猫：那“大叔”们呢？或者说倾城大妈对“老男人”们这么心水是什么原因呢？是不是觉得“老男人”有一些很可取的地方？

瞬间倾城：（托下巴）成熟的男人不仅体贴，而且稳重，那些多年修炼所散发的气质是非一般小男生能够媲美的。他们的经历就是最大的资本，永远是最好的老师，责任心强，懂得包容女人的各种缺点，更容易接受不完美的一切。说白了就是，任由我们无良欺压还不会抱怨，时不时的还要跟在后面帮我们收拾烂摊子。（掐腰大笑）这样的生活太逍遥自在了，谁不喜欢？

一草：（骄傲）那是当然了～我们熟男就是有魅力！上次做《当老牛遇见嫩草》（以下简称《老牛》）的时候，我还回家自卑了一天呢。《老牛》是“姐弟恋”，《毕业》是“兄妹恋”，你觉得什么不同吗？

瞬间倾城：“遇见”系列第一本《当糟糠遇见黑色会》主要强调的是身份不同的恋爱，而后两本书更多的是年纪成为恋爱的首要问题。我觉得，无论是所谓的“兄妹恋”还是“姐弟恋”，各有各精彩的，只要当事人身处其中觉得快乐，没有任何阻碍是不能清除的。我的目的就是想把这些恋爱写得

很美好，给更多的姐妹们勇气，这样大家都能接受与众不同的爱情，眼界放开了，找到真爱也会更容易些。

黑猫：（鼓掌）是的~是的~其实真爱是可以跨越年龄和性别的！特别是性别……其实耽美和百合都是王道啊王道~（兴奋）世界大同吧！（狂笑）

瞬间倾城：（黑线）呃……惹什么不要惹腐女才是王道呀！

一草：（满头黑线）她们简直是最恐怖的一类生物……

黑猫：（望天）自娱自乐下也不行啊？（恢复八卦状态）其实我们大家还蛮关心的吉吉童鞋的，多讲给我们听听吧！

瞬间倾城：《糟糠》里面吉吉就是一个番外，在这里，出现更多一些。她是外表古板内心LOLI的女博士，她和黑社会许瑞阳相识在雷劲的婚礼上，由于她蹭坏了许瑞阳的车，导致被许瑞阳缠住，两个人因为理念不合闹出不少的笑话。许瑞阳对待"原子弹之母"无可奈何，当然，最后他一定成功地抱得女博士归，但那时雷劲的儿子都很大了，所以黑社会还是任重而道远的，毕竟吉吉这个女博士是高精尖的课题，不是光靠威胁恐吓就能成功解决的。不过我可以透露，最后是吉吉求婚的，为了……嘿嘿……

黑猫：（手做喇叭状）喂~~~~~~~~ 你这样不好吧~~~~~~~

一草：（瞪）你喊什么？

黑猫：（指向远方）你没看见倾城大妈跑去买菜了吗？临结束还留了个悬念给我们！（怒）为什么啊？为什么？我难道就要纠结这个悬念而死了吗？我真是悲催啊！！

一草：（迷茫）悲催？你的意思是……

黑猫：（宽面条泪）神啊~~~~救救我吧！！我不要当名词解释机！！！

最美的初恋纪念读物 写给女孩的勇气之书

是一部散发着玫瑰气息，薄荷冰激凌香味的小说。讲述了关于爱情信仰的主题故事。

现在这个社会，很多事物已经濒临绝境，但只要你相信它仍存在，它就存在，比如爱！

小说由三个既独立又相关的故事组成——对爱绝望的魔术师，不敢表达爱的大学生，将爱拱手相让的女翻译。每个故事其实都反应了一个主题：相信爱，相信生活，相信梦想。

这是最美的初恋纪念读物，也是写给女孩的勇气之书。

2009年最刻骨铭心的深爱

一个残忍而温柔的故事，尽述爱与不忘的“勇气”！

献给所有愿意把回忆珍藏的人！

相忘于江湖，好容易。但我的心，足够大，放得下我的爱。

张爱玲说，这是一个热情故事，我想表达出爱情的万转千回，完全幻灭了之后也还有点什么东西在。这是一个残酷而温柔的故事，沉默如谜的陈勉，明媚灿烂的锦年，温和闪亮的觉明，在感情中他们不逃避，伤心过往不掩埋，曾经甜蜜不忘却。要有勇气，记得所有的美好与疼痛。在破碎中见到团圆，在荒凉中看到盛世，在离散后见证曾经的爱。他们将最美好的时光倾心收藏，刻骨与铭心，然后携带勇气与热爱，继续上路！

师生恋？OFFICE恋？四角恋？

NO1 遭遇“潜规则”的最佳借鉴方法

最匪夷所思的“潜规则”操作指南 看小白女如何潜倒腹黑男

一个是小白猥亵女 一个是腹黑男上司
当他的爱情遭遇她的“潜规则”最大神的恋爱蠢蠢出动

夏沫和洛熙的爱情让我们叹息（《泡沫之夏》明晓溪），“玉面小飞龙”郑微和陈孝正的结局让我们伤感青春的逝去，（《致我们终将逝去的青春》辛夷坞），尤佳期和阮正东的过往赚走了我们的眼泪（《佳期如梦》匪我思存），芦苇微微和一笑奈何大神的相处让人感叹“大神”的强大（《微微一笑很倾城》顾漫）??

可是没有谁的爱情像秦卿与宋子言这样让人爆笑不已，能深刻体会到“爱情潜规则”的甜蜜、温馨。与美丽无缘、与性感无份的大四女生秦卿因为选修课不及格，想出了“向老师表白”的馊招，可作为校园偶像的宋子言居然答应交往。猥琐、狗腿的秦卿与儒雅、腹黑的宋子言的相处惹出了一连串的笑话：迎新酒会、青岛一夜、六级考试??